Gabriele Wiggen-Jux

Ein Todesfall und andere Missgeschicke

Bibliografische Information der Deutschen Nationalbibliothek

Die Deutsche Nationalbibliothek verzeichnet diese Publikation in der Deutschen Nationalbibliografie; detaillierte bibliographische Daten sind im Internet über http://dnb.ddb.de abrufbar.

ISBN 978-3-89969-130-6

Gabriele Wiggen-Jux

Ein Todesfall
und andere Missgeschicke

Katzenroman

PRINCIPAL VERLAG

Die Autorin Gabriele Wiggen-Jux, promovierte Historikerin und Literaturwissenschaftlerin, lebt mit ihrem Mann und derzeit 7 Katzen in Bergisch Gladbach.

1. Kapitel

Um den perfekten Mord zu begehen, muss man sein Opfer restlos beseitigen. Niemand weiß das besser als ich. Obwohl es für eine Katze meistens nicht erforderlich ist, die Spuren ihrer erfolgreichen Jagd bis zur Unkenntlichkeit zu verwischen. Schließlich erwarten die Menschen, dass wir ihnen bei der Beseitigung lästiger Zeitgenossen helfend zur Seite springen. Zumindest wenn sie Gärten haben oder in ländlichen Regionen leben. Oft loben sie uns, wenn wir ihnen unsere Beutestücke vor die Füße legen. Abgesehen davon, dass es schön ist, nette Worte zu hören und belohnt zu werden, sollte eine ordentliche Katze - also eine, die ihre Aufgabe ernst nimmt und etwas auf sich hält - auf ein gewisses Maß an Reinlichkeit achten. Dazu gehört ebenso, ein Jagdopfer, wenn möglich, mit Haut und Haaren restlos zu vertilgen. Doch lassen wir das. Es geht mir hier nämlich nicht um Katzen, obwohl gerade zu diesem Thema beileibe noch nicht alles gesagt ist. Trotz der vielen Literatur, die es dazu gibt. Lass sie schreiben, sie werden uns ohnehin nie komplett verstehen. Es ist hoffnungslos, im Übrigen auch nicht erstrebenswert. Wer will schon völlig enträtselt werden? Nein, das mit den Katzen ist zwar sehr spannend und mitunter recht kurzweilig, aber ist jetzt nicht mein Thema. Ein kurzer Vergleich muss hingegen erlaubt sein und kam mir eben ganz spontan in den Sinn, als meine Herrin Imogen verzweifelt an einem toten menschlichen Körper herumzerrte. Zunächst war mir nicht klar, was sie überhaupt mit ihm vorhatte. Sie hatte ihre liebe Mühe mit dem schweren Brocken, war ganz hektisch und zittrig und beachtete mich nicht, so fixiert war sie. Er war groß, sicher viel schwerer als sie. Um ihn hinauszuschaffen, musste sie über sich hinauswachsen, bisher ungekannte Kräfte mobilisieren. Doch ich will nicht vorgreifen, immer schön der Reihe nach, damit sich nachher keiner beschwert, ich hätte Wichtiges verschwiegen.

Ich hatte ihn vorher noch nie bei uns gesehen und konnte ihn auf Anhieb nicht leiden. Er hatte geklingelt und als Imogen die Tür öffnete, stand ihr förmlich ins Gesicht geschrieben, dass sie ihn von irgendwoher kannte, aber nicht besonders schätzte. Sie nannte ihn Wolf und heuchelte freudige Überraschung, dass er sich nach so langer Zeit blicken ließe, nach dem gemeinsam besuchten Seminar für Führungskräfte, damals in Bensberg.

Er kam herein, ein dünner, schlaksiger Mensch mit faltigem, blassem Gesicht, stechenden hellblauen Augen und schmalen Lippen. Auf seiner kleinen schrumpeligen Nase saß eine silberne Nickelbrille. Für sein Alter, ich schätzte ihn auf Ende fünfzig, trug er eine reichlich albern wirkende Rennfahrermontur, enge, lange Sporthosen aus einem glänzenden, schwarzen Stoff und ein dicht am Körper klebendes rot-grün gestreiftes Langarmshirt. Ein neongelber Fahrradhelm bildete das i-Tüpfelchen dieser unsäglichen Aufmachung. Den Fremden umgab eine nasenbetäubende Schweißwolke, er sah fix und fertig aus und atmete beim Eintreten schwer. Unter seinen Achseln blühten riesige Schweißflecke. Das passte nicht recht zu seiner sportlichen Aufmachung, die vermutlich Professionalität gepaart mit Fitness suggerieren sollte.

Als er auf Imogen zutrat und ihr auf die betont vertraut wirkende Tour ein Küsschen links und rechts ins Gesicht drückte, machte ich instinktiv einen Schritt zurück. Mich würdigte er kaum eines Blickes, murmelte nur etwas wie: »Das ist ja mal 'ne fette graue Katze.« Unverschämter Kerl!, dachte ich sofort und brachte mich vor ihm in Sicherheit, denn er hatte die Stirn, mir einen leichten Fußtritt zu verpassen, als ich ihm im Flur den weiteren Zutritt ins Haus versperren wollte. Imogen war der Typ ebenfalls sichtbar unangenehm, doch wahrte sie die Form.

Mir ist schleierhaft, warum Menschen, die einen anderen nicht ausstehen können, dennoch Freundlichkeit heucheln.

Warum zeigen sie nicht offen, dass sie ihn nicht mögen, er ihnen unangenehm ist? Dann hätten sie ein und für alle Mal Ruhe vor ihm. Wir Katzen praktizieren dies mit viel Erfolg. Natürlich gibt es selbst bei uns Revierstreitigkeiten, Zeitgenossen, die einfach nicht verstehen wollen, dass man mit ihnen nichts zu tun haben will, und so kommt es mitunter zu handfesten Kämpfen. Selbstverständlich kennen wir Jahre währende Feindschaften. Die Menschen, mit denen ich es bisher zu tun hatte, sind mit Handgreiflichkeiten untereinander sehr zurückhaltend. Wenn es ganz schlimm kommt, fliegt ein Teller durch die Luft, aber das ist es auch schon. Bei verbal ausgetragenen Meinungsverschiedenheiten werden ihre Stimmen durchaus mal lauter, oder die Gesichtsfarbe ändert sich von normal bräunlich weiß in rot oder dunkelrot, je nach Erregungszustand. Geschlagen haben sie sich noch nie.

Sicher wäre es keine gute Idee gewesen, wenn Imogen ihren ungebetenen Gast, kaum dass er drinnen war, eigenhändig aus dem Haus geworfen hätte. Bevor man eine Auseinandersetzung in Form eines Kampfes in Betracht zieht, sollte man die körperlichen Voraussetzungen auf beiden Seiten abschätzen. Wolf wirkte nicht nur größer und viel muskulöser als meine Herrin, er war zweifellos obendrein bedeutend stärker, trotz seines höheren Alters. Entsprechend taktisch klug ging sie vor, sie tat beglückt, ihn zu sehen, bat ihn ins Wohnzimmer und bewirtete das schwitzende Faktotum mit einem Glas Wasser. Mit großer Geste zog er seinen albernen Rennfahrerclownshelm von den kurzen, verschwitzten grauen Haaren und legte ihn neben sich auf die Sessellehne. Ihre Gastfreundschaft ging sogar so weit, dass sie anbot, ihm ein Handtuch zu holen, was er mit dankbarem Nicken quittierte. Währenddessen erzählte er wortreich, dass er seit Neuestem als Sportredakteur in einer Online-Redaktion für Fußball, Winter- und Motorsport arbeitete. Nach seinem Reden hatten Imogen und er sich vor Jahren auf einem Seminar für Führungskräfte kennengelernt und nach ein paar sporadischen Stippvisiten seinerseits aus den Augen verloren. Ich vermute, dass die damaligen Besuche ähnlich überfallartiger Natur waren wie der heute. Damals, vor mehr als zehn Jahren, war Imogen bereits mit Richard verheiratet. Sie hatten allerdings noch nicht im Haus, sondern in einer kleinen Zweizimmerwohnung im Bergisch Gladbacher Ortsteil Hebborn gewohnt. Wolf war und blieb für meine Herrin eine flüchtige Zufallsbekanntschaft, einer von vielen Seminarteilnehmern, die sich nach Ende der Veranstaltung sozusagen in alle Winde zerstreut hatten. Es war ziemlich mühselig, aus dem schier endlosen Wortschwall unseres vor Selbstgefälligkeit strotzenden Überraschungsgastes eins und eins zusammenzuzählen, mir eine realistische Vorstellung zu machen, was Imogen und Wolf verband, also nicht verband.

Mittlerweile wirkte er entspannt, er atmete ruhig. Wie ein aufgeblasener Gockel thronte er schwadronierend, mit selbstzufriedener Miene und weit ausschweifenden Gesten am Wohnzimmertisch und überschüttete Imogen förmlich mit Details aus seinem beruflichen und privaten Leben. Sie ließ es, Interesse heuchelnd, über sich ergehen.

Bis dahin verlief alles im Rahmen, zumindest was menschliche Vorstellungen betrifft. Ich persönlich finde es ja ungeheuerlich, nach Jahren totaler Funkstille unangemeldet bei jemandem, den man vor Unzeiten allenfalls oberflächlich gekannt hat, aufzutauchen und davon auszugehen, dass man gerade in diesem Moment erstens willkommen ist und zweitens, der andere nichts Besseres zu tun hat, als einem zuzuhören und zu bewirten. Imogen hätte ihn natürlich vor der Haustür versauern lassen können, aber so ist sie nicht, sie stößt Leuten ungern vor den Kopf. Im Nachhinein betrachtet wäre das gescheiter gewesen, zumal wir allein mit ihm im Haus waren. Doch ich will nicht vorgreifen. Wer kann schon in die Zukunft schauen?

Als ob das tagtägliches Ritual sei, lümmelte Wolf breitbeinig in einem der Wohnzimmersessel, einen Arm lässig über die Rücklehne gelegt. Sowie er einen Moment mit seinem Redeschwall innehielt und dabei taxierend das Wohnungsinventar in Augenschein nahm, nutzte Imogen die Gelegenheit und lief aus dem Raum, um ihm ein Handtuch zum Schweißabwischen zu holen. Das Tuch hatte sie ihm eigentlich bereits kurz nach seiner Ankunft geben wollen.

Ich folgte ihr. Der Gedanke, allein mit dem Kerl zu sein, behagte mir nicht. Vielleicht wäre es besser gewesen, zu bleiben. Vermutlich ist es anmaßend, zu glauben, meine Präsenz im Wohnzimmer hätte irgendetwas am Gang der folgenden Ereignisse geändert. Katzen haben auf viele Dinge der Menschen leider, leider nur sehr begrenzte Einflussmöglichkeiten. Hätte Imogen darauf verzichtet, das Handtuch aus dem Wäscheschrank im Obergeschoss zu holen, sondern wäre sie einfach im Wohnzimmer geblieben, hätte die triviale Unterhaltung der beiden vermutlich noch ein wenig fortgedauert, sich nach einer Weile im Nichts verloren und dann in Wolfs Abzug gemündet. Doch das sind alles Spekulationen, die zu nichts führen. Denn es geschah, was keiner vorher ahnen konnte, zumindest nicht Imogen und ich. Als sie mit dem Handtuch in der Hand und mir im Gefolge in das Wohnzimmer zurückkehrte, saß Wolf nicht mehr im Sessel, sondern hatte sich splitterfasernackt ausgezogen. Er lag bäuchlings auf dem Boden, den Kopf stützte er auf beide Arme auf und warf Imogen einen unterernährten, schmachtenden Blick zu. Zunächst blickte er sie nur stumm, irgendwie hilfsbedürftig an, dann murmelte er etwas von einer Muskelverspannung, die er lockern wollte. Imogen, von diesem gänzlich unerwarteten Anblick völlig überrumpelt, ja geradezu kalt erwischt, bewahrte sichtlich bemüht Haltung und Fassung. Sie reichte dem lüstern blickenden Typ am lang ausgestreckten Arm das Handtuch mit der Bemerkung, er möge sich bitte etwas anziehen, so gehe das nicht. Da packte der Bursche sie am Handgelenk, zerrte sie zu sich herunter auf den Boden und versuchte, ihr mit einem Ruck die Bluse vom Körper zu reißen.

Nach dem ersten Überraschungsmoment, in dem Wolf sie gierig und lustvoll befingerte und die schreckgeweiteten Augen Imogens für einen Augenblick den ganzen Raum zu füllen schienen, griff sie hinter sich, dorthin, wo der schwere gusseiserne Kerzenständer stand, holte aus und zog ihm mit der Kraft der Verzweiflung den Ständer über den Schädel. Nach einem menschlichen Aufjaulen und schrillem Klirren war es plötzlich mucksmäuschenstill. Kein Laut war zu hören. Eine Schrecksekunde später, die mir wie eine halbe Ewigkeit vorkam, sprang Imogen wie elektrisiert hoch, sie war kreideweiß im Gesicht und zitterte am ganzen Körper. Wie versteinert stand sie da und blickte fassungslos zu Wolf, der mit merkwürdig verzwirbelten käseweißen Armen und Beinen rücklings auf dem Boden lag und sich nicht rührte. An seiner Schläfe prangte ein großer dunkler Fleck.

Sie beobachtete ihn ängstlich, anscheinend rechnete sie damit, dass er jeden Moment hochsprang und erneut über sie herfiel. Doch Wolf bewegte sich nicht. Unsägliche Anspannung und Schreckstarre standen förmlich im Raum. Die Zeit schien buchstäblich stillzustehen. Ich habe Derartiges noch nie erlebt. Tatsächlich zittere ich nach wie vor, wenn ich an jene schreckliche Szene denke. Meine arme Imogen. Das hatte sie von ihrer Gutmütigkeit. Und es kam noch schlimmer.

Hätte sie nicht so schockiert ausgesehen, wäre ich auf der Stelle zu ihr gesprungen, um ihr zum errungenen Sieg über den Eindringling zu gratulieren. Merkwürdigerweise war die Lage nun alles andere als geklärt, im Gegenteil, nun wurde es richtig verzwickt. Zitternd beugte sich Imogen vor und legte dem nackten Wolf ihre Finger seitlich an den Hals. Das brachte jedoch keine sichtbare Entspannung. Mit bleichem Gesicht und auf wackligen Beinen hangelte sie nach der Lehne des nächststehenden Sessels, setzte sich schwer atmend auf ihm nieder und ließ den nackten Leichnam dabei nicht aus den Augen. So sichtlich war sie aus der Fassung, dass ich höchst beunruhigt war. Schnurrend strich ich um ihre Beine, aber sie nahm mich nicht wahr.

Mit zusammengesacktem Oberkörper kauerte sie auf dem Sessel und atmete bald ein paar Mal bewusst tief ein und aus. Was sollte das nun wieder? Ich verstand ihre Aufregung nicht. Schließlich hatte sie einen riesigen Gegner bezwungen, ihm allem Anschein nach endgültig den Garaus gemacht. Im Grunde musste sie stolz sein. Im Katzenreich kommt es äußerst selten vor, dass Kämpfe untereinander tödlich enden. Da muss mal ein Auge dran glauben, Fellbüschel fliegen oder ein Ohr wird zerfetzt, damit hat es sich auch schon. Meistens hat der Schwächere ein Einsehen und gibt klein bei, bevor es zum Schlimmsten kommt. Doch schwante mir Imogens Problem. Menschen tragen ihre Meinungsverschiedenheiten meist mit weniger körperlichem Einsatz aus als Katzen. Insofern war der reglos am Boden liegende Wolf ein ungewöhnlicher - um nicht zu sagen, völlig neuer -, aufgrund unserer bisherigen Erfahrungen ungekannter Anblick. Nicht nur für mich, sondern besonders für Imogen, die für Wolfs Zustand verantwortlich zeichnete und dadurch besonders betroffen war. Er rührte sich nicht, kein bisschen. Das schockierte sie sichtlich. Auf ihrem Sessel sitzend stupste sie ihn bald sachte mit der Fußspitze an. Er reagierte nicht, gab kein Lebenszeichen von sich. Dumm gelaufen und leider nicht mehr zu ändern, sagte ich mir. Was hätte sie in ihrer bedrängten Lage anderes tun können, als sich ihrer Haut zu erwehren? Gute Worte helfen nicht weiter, wenn jemand handgreiflich wird und über einen herfällt. Insofern hatte sie aus reiner Notwehr gehandelt. Bis hierhin war alles klar und eindeutig. Der ungebetene Gast war zudringlich geworden und sie hatte sich mit den ihr zur Verfügung stehenden Mitteln gewehrt - erfolgreich gewehrt, wie man sah.

Ich fand, sie könnte jetzt jemanden rufen, der ihr bei Wolfs Abtransport half, nachdem klar war, dass er es selbst nicht mehr über die Türschwelle schaffte. Zu meiner Verblüffung rührte sich Imogen nicht von der Stelle. Wie festgewachsen hockte sie auf ihrem Sessel und fixierte die nackte Leiche mit irrem Blick. Nach einer Weile erhob sie sich wie in Trance und entschwand in den oberen Stock, um kurz darauf mit einem bunten Bettbezug zurückzukommen. Mit undurchsichtiger Miene warf sie das große Tuch über den Leichnam, legte seine Anziehsachen und seine Sportschuhe dazu, rollte ihn mit einiger Anstrengung hin und her und erreichte so nach längerem Schieben und Ziehen, dass er vollständig in das Bettzeug eingewickelt war. Danach zerrte sie die Rolle über die Terrasse und das kurze Rasenstück in den Gartenschuppen, den sie anschließend überaus gewissenhaft abschloss. Sie kehrte auf halbem Weg zum Haus sogar noch einmal zurück, um sich zu vergewissern, dass die Tür tatsächlich zu war. Dann braute sie sich in der Küche eine Tasse Espresso. Ich hätte ihr in dieser Situation eher das für Menschen beruhigende Baldrian empfohlen, doch da sie anscheinend nicht ganz bei sich war, sondern wie ein ferngesteuerter Roboter agierte, machte sie sich Kaffee. Zumindest dieses Verhalten war normal. Sie ist von jeher eine leidenschaftliche Espressotrinkerin, ja, regelrecht süchtig nach dem Zeug. Ich habe es aufgegeben, ihre tagtäglichen Koffeineinheiten zu zählen, wozu auch? Ihr Gesicht war durch die ungewohnte Anstrengung stark gerötet, von daher wirkte sie besser und nicht mehr so bleich wie zuvor. Allerdings bewegte sie sich vor der Küchenanrichte wie in Hypnose befindlich, sehr langsam und leicht wankend, als ob sie nicht Herrin über ihren eigenen Körper wäre. Es war schwer zu erraten, was gerade in ihrem Kopf vorging. Jedenfalls machte sie keinerlei Anstalten, Hilfe zu holen und sich zu ihrer Tat zu bekennen.

Zu Beginn war die Rede vom perfekten Mord. Ob ihr so etwas vorschwebte? Wollte sie Wolf verschwinden lassen und das Geschehene vertuschen, also dem Vergessen anheimgeben? Dabei hatte Imogen genau genommen gar keinen Mord begangen, sie hatte sich nur gewehrt, als der Kerl zudringlich wurde. Das war sicher nicht als Mord zu bewerten. Vermutlich würde Imogen in einem etwaigen Prozess freigesprochen. Aber wie würde sie beweisen können, dass sie in reiner Notwehr gehandelt hatte? Außer mir gab es keinen Zeugen. Zwar lag die Beweislast nicht bei ihr, vor deutschen Gerichten gilt schließlich die Unschuldsvermutung. Ist jemand verdächtig, eine Tat begangen zu haben, ist ihm das schuldhafte Handeln stichhaltig nachzuweisen, sonst muss der Verdächtige freigesprochen werden. Menschliche Gerichte urteilen jedoch manchmal völlig unerwartet. Das hatte ich letztens noch in einem dieser merkwürdigen Programme im Fernsehen miterlebt. Vielleicht wollte Imogen einer öffentlichen, vor allem einer möglichen falschen Beurteilung ihrer Tat vorbeugen, indem sie Wolf vor etwaigen neugierigen Blicken abschirmte und ihn kurz entschlossen im Gartenschuppen wegschloss. Oder sie wollte erst einmal zur Ruhe kommen und dann entscheiden, was zu tun war. Ich bezweifle allerdings, dass sie in ihrem Zustand zu derart komplizierten Erwägungen und entsprechend rational motivierten Handlungen imstande war. Sie wirkte völlig neben der Spur, irgendwie apathisch. Nachdem sie mit glasigem Blick ihren Espresso heruntergekippt hatte, wankte sie ins Wohnzimmer und sackte auf der Couch förmlich in sich zusammen. Einen Moment dachte ich, sie hätte keinen Knochen im Leib, so sanft und wie schwerelos glitt sie in die Polster. Daraufhin fiel sie in einen tiefen mehrstündigen Schlaf. Oder war sie ohnmächtig? Während ihres Deliriums wich ich keine Minute von ihrer Seite und lauschte besorgt den langen, gleichmäßigen Atemzügen, die ihren erschöpften Körper langsam hoben und senkten. Das ging so bis zum späten Nachmittag.

Normalerweise ist sie nicht schnell aus der Fassung zu bringen. Sie ist Mitte 40, schlank, hat blonde, schulterlange Haare, wunderbare dunkelblaue Augen und ist von ruhigem, heiterem und optimistischem Naturell. Für einen Menschen bewegt sie sich erstaunlich elegant. Sie hat wohlgeformte Arme, nicht zu dick, nicht zu dünn und lange, schlanke Beine, ebenfalls nicht zu dick oder zu dünn. Die Schönheit liegt im Auge des Betrachters, würde Shakespeare sicher sagen. Aber Imogen ist tatsächlich schön, ich mag sie sehr, eigentlich von jeher, genauer gesagt besonders, seitdem meine frühere Herrin vor fünf Jahren verstorben ist. Sie war die Schwester von Imogens Mutter, also Imogens Tante. Tante Johanna, übrigens eine Seele von Mensch, verstarb ohne Mann und Kinder zu hinterlassen. Sie war zu ihren Lebzeiten eine überaus erfolgreiche Investmentbankerin und hinterließ Imogen und ihrer Schwester Felicitas leider kein Vermögen, nicht einmal ein kleines. Zwar hatte die Tante gut verdient, war hingegen mit einem großen Herzen ausgestattet, nicht nur was sie selbst betraf, sondern auch andere. Sie pflegte einen aufwendigen Lebensstil, reiste viel, aß gerne gut und sparte selbst bei den kleinen Annehmlichkeiten des Lebens nicht. Zugleich spendete sie großzügig für so manches Sozialprojekt und andere gute Zwecke. Dennoch bewies sie posthum, dass sie für ihre beiden Nichten einiges übrig hatte. Immerhin vermachte sie Imogens Schwester Felicitas ein paar Tausend Euro, die diese in den Ausbau ihrer Werbeagentur steckte, und Imogen als Lieblingsnichte und Patenkind hatte Johannas Wohnhaus bekommen, ein wunderschönes, aber leider, leider komplett sanierungsbedürftiges Jugendstilhaus im Herzen der Stadt Bergisch Gladbach.

Geld ist für die Menschen ein wichtiges Thema, das hatte ich oft aus ihren Unterhaltungen herausgehört. Für uns Katzen spielt das keine Rolle, wir brauchen lediglich ein Dach über dem Kopf und gutes Essen. Menschen dagegen meinen, ständig neue Dinge kaufen zu müssen, um glücklich zu sein. Deshalb ist alles, was damit zusammenhängt, eminent bedeutsam. War für Tante Johanna das alte Haus gerade richtig - ihr Geld gab sie für alles, nur nicht für seine Instandhaltung aus -, muss es für Imogen und ihren Mann modern und neu und schick sein. So verschieden sind die Menschen.

Meine Leutchen reißen sich ganz schön die Beine aus für den schnöden Mammon. Sie haben sich zum Ziel gesetzt, Johannas alte Bruchbude in neuem Glanz erstrahlen zu lassen, und ich muss sagen, sie bemühen sich redlich um das nötige Kleingeld hierfür. Von Hause aus freie Journalistin arbeitet Imogen als zusätzliche Geldbeschaffungsmaßnahme seit einigen Wochen bei einer ortsansässigen Immobilienmaklerin, für die sie auf Provisionsbasis Häuser, Wohnungen und Gewerbeobjekte vermietet. Imogen hatte noch Kapazitäten frei, wie sie es gegenüber ihrer Mutter letztens am Telefon ausdrückte. Sie ist ein überaus aktiver Mensch, meine Imogen, und flexibel dazu. Sie will, nein, sie muss etwas tun, und am besten ab und zu etwas grundlegend Neues, damit es nicht langweilig wird, so ist sie eben. Richard, ihr Mann, ist Finanzbeamter in Köln, genauer gesagt ist er Jurist bei der Oberfinanzdirektion Köln, ein Beamter also in gesicherter Stellung. Die beiden sind grundverschieden, aber sehr glücklich miteinander. Abgesehen davon, dass sie sich mitunter Farbeimer und neue Heizkörper vom Munde absparen. Doch ist sie nicht kleinlich oder gar geizig, meine Imogen.

Richtig schlecht ging es ihr übrigens nie, sie weiß nicht, wie sich so etwas anfühlt. Sie stammt aus einem gutbürgerlichen Elternhaus, ihr Vater ist mittlerweile im Ruhestand, er war Lehrer für Mathematik und Physik, ihre Mutter ist Hausfrau. In ihrer Freizeit züchtet sie Britisch-Kurzhaar-Katzen und war immer für die beiden Töchter da. Seit frühester Kindheit war Imogen eingetrichtert worden, dass es wichtiger sei, ein erfülltes Leben zu führen mit einer Tätigkeit, die Freude bereitet, als viele Reichtümer anzuhäufen. Mit einem entsprechenden Idealismus und einer unverbrüchlichen Zuversicht ausgestattet, hatte Imogen zu Wohlstand eine gesunde Distanz, als sie mit Anfang 40 das alte Gemäuer erbte. Erst seit Kurzem, seit sie in ihrem ersten Winter im Haus feststellte, dass undichte Fenster und eine ständig kollabierende alte Zentralheizung das gute Lebensgefühl nicht wenig beeinträchtigen und dass es von Vorteil ist, über die nötigen Mittel zu verfügen, um derartige Missstände zu beseitigen, ist Geld neuerdings durchaus ein Thema für Imogen, einfach weil es in letzter Zeit an allen Ecken und Enden fehlt. Für mich, die sie ja irgendwie geerbt hat, gelten da glücklicherweise andere Regeln. Sie kennt mich von klein auf, und als Johanna krank wurde, stand für Imogen außer Frage, dass sie für mich sorgt. Sehr gut sorgt. Seitdem sind wir unzertrennlich. Übrigens sagt Richard, der von Berufs wegen von Schuldnern und Steuerhinterziehern nur so umzingelt ist, dass wir gar nicht so schlecht dran sind. Trotz der alten Ruine, die sie Stück für Stück in aufwendiger Kleinarbeit renovieren.

Richard ist übrigens ein ›von und zu‹, mit anderen Worten: ein Blaublütiger. Er heißt von Stetten, tatsächlich ist seiner Familie außer dem ›von‹ nichts vom alten Adel geblieben, ich meine rein pekuniär gesprochen. Nun kommt er nicht aus einer armen Familie, sein Vater war ein angesehener Anwalt für Familienrecht, seine Mutter Erzieherin, und das sind durchaus ehrbare bürgerliche Berufe. Irgendwie muss das ›von‹ in ihrem Nachnamen allerdings dazu geführt haben, dass sie ziemlich standesbewusst sind. Adel verpflichtet. Sie sind konservativ. Für mich als Katze ist das Attribut ›konservativ‹ durchweg positiv besetzt, es gibt nichts Schöneres, als gute, verlässliche, uralte und entsprechend erprobte Rituale. Doch Imogen war der konservative Geist, der das Denken ihrer zukünftigen Schwiegereltern durchwehte, anfangs suspekt. Und ganz fix stellte sich das erste Problem ein. Als Richard seinen Eltern von ihren Heiratsplänen berichtete, zeigten sie keinerlei Verständnis, dass Imogen nach der Heirat ihren eigenen Namen behalten wollte. Ja, sie waren dermaßen pikiert, als sie hörten, sie wolle seinen Namen nicht annehmen, dass sie prompt - dünnhäutig, wie sie in dieser Sache nun einmal sind - glaubten, dass sie ihr nicht gut genug wären. Weil ihr das ganze Hin und Her wegen des Namens und das endlose Diskutieren, was überdies zu nichts zu führen schien, schließlich albern vorkam, entschied sie sich für den monströsen Nachnamen ›Schweiger-von Stetten‹. Dieses Entgegenkommen ihrerseits war sehr typisch für die hinsichtlich der Durchsetzung ihrer eigenen Vorstellungen sportlich-kämpferisch eingestellte, aber grundsätzlich durchaus kompromissbereite Imogen. Sogar das ›von‹ ließ sie sich gefallen. Was macht man nicht alles. Jedenfalls waren die Wogen damit geglättet. Richard ist übrigens nicht so verbissen wie seine Eltern. Imogen und er sind glücklich zusammen, obwohl oder vielleicht gerade weil die beiden sehr verschieden sind.

Wie ich sie da auf der Couch liegen sehe, wird mir ganz warm ums Herz. Und zugleich beschleicht mich das ungute Gefühl, dass es, abgesehen von der zeitweiligen Geldknappheit, mit Imogens sorgenfreiem Leben nun vorbei sein könnte. Der Grund hierfür liegt im Garten, genauer gesagt im Geräteschuppen, und ich hoffe inständig, dass sie, sobald sie aufwacht und ausgeruht und mit klarem Verstand ihre Lage überdenkt, ganz schnell vernünftig wird und den toten Wolf mit einer entsprechenden Erklärung der Polizei übergibt. Sicher hat sie beschlossen, damit auf Richard zu warten. Er ist der besonnene Typ und in seiner ganzen Art ein gutes Gegengewicht zur bisweilen recht sprunghaften und impulsiven Imogen. Wenn er nicht gerade auf Dienstreisen ist, kommt Richard mit schöner Regelmäßigkeit montags bis freitags gegen fünf aus Köln vom Finanzamt nach Hause. Bis dahin soll sie ruhig ein wenig ausruhen. Der Tag war bisher schließlich aufregend genug. Ich bewache derweil ihren Schlaf. Vielleicht genehmige ich mir auch ein kleines Nickerchen gleich hier neben ihr auf der Couch.

Draußen ist es bereits dunkel, es ist Winter, und nach meinem Empfinden müsste es schon lange nach fünf Uhr sein. Imogen liegt unverändert zusammengekrümmt wie ein Embryo neben mir, sie schläft einen tiefen, anscheinend traumlosen Schlaf. Richard ist noch nicht da. Ich horche aufmerksam in die Stille, die von Imogens regelmäßigen Atemzügen unterlegt ist. Das vertraute abendliche Schlüsselklingen, wenn er von draußen hereinkommt und die Haustür von innen abschließt, bleibt allerdings aus. Ob er heute wieder auf Seminarreise ist, ausgerechnet heute? Er kommt immer sehr pünktlich abends, ich glaube, er legt auf solche Sachen großen Wert. Sicher liegt das an seinem Beruf als Finanzmensch und ausgewiesenem Fachmann im Bereich der Steuerfahndung. Da muss man genau sein, um nicht zu sagen pingelig. Seine Kenntnisse sind übrigens deutschlandweit gefragt, und deshalb hält er oft quer durch die Republik Vorträge in Steuerseminaren. Da kommt es bisweilen vor, dass er über Nacht wegbleibt, je nachdem, wo das Seminar stattfindet.

Wie ich die friedlich schlummernde Imogen betrachte, hoffe ich inständig, dass er gleich auftaucht. Jede Minute länger, die er nicht erscheint, spricht dafür, dass er heute nicht mehr kommt. Diese Aussicht macht mich außerordentlich kribbelig.

Richard mit seinem kühlen Kopf und dem abwägenden Verstand wäre genau der richtige Ratgeber für Imogen in ihrer verfahrenen Situation. Es wäre wohltuend, wenn er da wäre, auch für mich. Leider kann eine Katze nur sehr bedingt helfen, wenn Menschen in Notlagen sind. Wir können beruhigend schnurren und uns zum Streicheln zur Verfügung stellen, was für manche Menschen bereits großen seelischen Beistand bedeutet, aber tatkräftig unterstützen können wir die Menschen nicht. Dafür sind wir zu klein, ich meine natürlich die Körpergröße. Beispielsweise können wir keine schweren Gegenstände tragen. Und es steht zu befürchten, dass Imogen genau diese Form der Hilfe dringend benötigt, sobald sie aus ihrem bleiernen Schlaf erwacht. Irgendwie muss Wolf schließlich aus dem Geräteschuppen in Imogens Auto verbracht werden, um ihn zur Polizei oder auf den Friedhof zu schaffen. Wie ich sie kenne, wird sie nicht einfach die Polizei rufen, die für den Abtransport sorgen könnte.

Imogen ist eine Frau der Tat, die ihre Probleme für gewöhnlich gerne selbst aus der Welt schafft.

Soeben war ich auf Stippvisite bei meinem Futternapf und habe festgestellt, dass er leer ist. Gegen Mittag, kurz bevor der unsägliche Wolf hier hereinschneite und alles aus dem Tritt brachte, hatte ich die letzten Brocken Leberpastete vertilgt, und da Imogen seitdem deutlich anders gelagerte Probleme hat, ist im Napf nach wie vor Ebbe angesagt. Gähnende Leere herrscht dort, wo einem prächtigen Kater wie mir, beständig ein üppiges Menu kredenzt sein sollte. Als ich meine Herrin in einer absoluten Tiefschlafphase wähnte, habe ich in der Küche erneut den unverändert trostlosen Zustand des Napfes in Augenschein genommen. Jetzt könnte Imogen wirklich aufwachen. Zu viel Schlaf ist nicht bekömmlich ... Ich nähere mich ihrem Gesicht bis auf ein paar Zentimeter und schaue sie intensiv an. Ihre Augen sind immer noch fest geschlossen, sie atmet regelmäßig. Da, gerade zuckt ihr rechtes Lid ein wenig. Möglicherweise habe ich mit einem meiner Schnurrhaare ihre Nasenspitze touchiert, als ich ihre Augenschlitze von Nahem beäugte. Endlich regt sie sich, öffnet blinzelnd die Augen und erschreckt ein wenig, als sie mein Gesicht dicht vor ihrem sieht. Dann lacht sie und rekelt sich.

»Ach, Dagobert.« Sie streichelt mir zärtlich über den Kopf.

Wir sind einander schon lange innig zugetan. Tatsächlich lieben wir den Austausch von Zärtlichkeiten. An Regennachmittagen, oder wenn es kalt ist im Winter, verbringen wir oft Stunden Wange an Wange schlummernd miteinander auf der Couch. Ich liege dann auf ihrem Brustkorb und sie umfängt mich mit einem Arm. Das sind unsere gemeinsamen Sternstunden in diesem Haushalt. Doch an so etwas ist jetzt nicht einmal zu denken. Nicht nur, dass sie allmählich ausgeschlafen haben sollte, schließlich liegt sie hier bereits seit Stunden und ich stehe obendrein an der Schwelle zum Hungertod. Sie erinnert sich anscheinend an die Vorkommnisse des Mittags, ihre Lachfältchen verflüchtigen sich schlagartig, so schnell sie gekommen sind. Hektisch und mit blassem, sorgenvollem Gesicht springt sie hoch. Die Hände in die Hüften gestemmt gibt sie murmelnd unverständliches Zeug von sich. Im Flur klingelt das Telefon. Einmal, zweimal, dreimal, sie reagiert nicht, sondern lässt es ungerührt weiterklingeln, während sie zur Garderobe läuft und sich eine Jacke überwirft. Ihr Gesichtsausdruck ist undefinierbar, irgendwie wild entschlossen, beunruhigend wild entschlossen. Wie ich befürchtet hatte, schreitet sie selbst zur Lösung ihres Problems vom Mittag.

In warmer Gartenjacke und Gummistiefeln verlässt sie das Haus durch die Hintertür und geht geradewegs zum Geräteschuppen. Draußen ist es nass, kalt und dunkel. Unser Garten ist recht groß und nur an einigen wenigen Stellen von den Nachbarhäusern her einsehbar. Tante Johanna legte großen Wert auf einen schönen Garten, sie baute sogar, wenn es ihre begrenzte Zeit zuließ, selbst Gemüse an und erntete von den knorrigen alten Obstbäumen Äpfel, Birnen und Pfirsiche. Mit ihren Sauerkirschkonfitüren hat sie zeitweise ganze Brigaden von Freunden und Bekannten an der Frankfurter Börse verwöhnt. Von den Beerensträuchern, die von Jahr zu Jahr üppiger wuchern und den Garten umgeben, fertigte sie Marmeladen und Gelees jeder Couleur. Es war eine Freude, sie dabei zu beobachten. Imogen hat das Ernteprogramm ein wenig heruntergefahren, aber das große Gemüsebeet ihrer Tante hegt und pflegt sie nach wie vor. Auch sie ist eine begeisterte Hobbygärtnerin. Jetzt im Spätherbst ruhen die Gartenaktivitäten allerdings. Das liegt in der Natur der Sache. Kartoffeln, Salat, Möhren, Lauch, und was Imogen im Frühling und Sommer dort sonst noch alles angebaut hatte, ist mittlerweile abgeerntet. Auf dem Beet wuchert nun üppig das Unkraut. Damit nimmt Imogen es nicht so genau, wie mit Ordnung grundsätzlich nicht. Sie hat viel zu viel um die Ohren, um sich mit derartigen Kinkerlitzchen aufzuhalten.

Gerade zerrt sie die Schubkarre aus dem hinteren Teil

des Schuppens. Dabei ist sie unbeobachtet, wenn man von meiner Person einmal absieht. Auf dem penibel gepflegten Grundstück rechterhand wohnt ein älteres Ehepaar. Er ist pensionierter Diplomat und reist mit seiner Frau viel durch die Weltgeschichte. Das berufsbedingte lebenslängliche Unterwegssein in allen möglichen Ländern rund um den Erdball hat seine Spuren hinterlassen. Selbst im Ruhestand brauchen sie stete Ortswechsel, permanente Rastlosigkeit. Für mich wäre das nichts. Nun gut, jeder so, wie er mag. Ihr Haus steht oft monatelang leer und verlassen da, mit der Pflege ihres Gartens dagegen haben sie einen unausstehlichen Gärtner beauftragt. Er ist besonders dann zu Arbeiten dort abkommandiert, wenn das Ehepaar Müller unterwegs ist und hat die unschöne Angewohnheit, mit Steinen auf mich zu zielen, wenn ich seinen heiligen Büschen und Beeten zu nahe komme. Wenn er klar geradeaus blicken könnte, wäre das Ganze kein Problem. Aber da er furchtbar schielt, weiß ich nie, wohin er gerade blickt, was seine Unart mit den Steinen für mich ziemlich gefährlich macht. In den kalten Monaten halten sich die Müllers in ihrem Haus an der Côte d'Azur auf, nur ab und zu kommt einer der beiden zwischendurch vorbei, um nebenan nach dem Rechten zu sehen. Ich habe keine Ahnung, ob sie heute dort sind, meine allerdings, vormittags Geräusche aus dem Haus gehört zu haben. Im Grunde spielt es keine Rolle, denn wenn sie zu Hause sind, liegen sie meist stundenlang vor dem Fernseher. Nichts läge ihnen ferner, als bei nasskalter Witterung durch den Garten zu laufen.

Im Haus auf der linken Seite von unserem wohnt ein junger Vater, Rudolf Petersen, mit seinen beiden Kindern. Die Mutter ist vor ein paar Monaten gestorben, sie war sehr krank, Krebs, glaube ich. Seitdem hat Rudi mit der kleinen Lilly und dem Sohn Jan alle Hände voll zu tun. Es ist gut, dass er als Architekt viel von zu Hause aus arbeiten kann. Ab und zu, wenn er Termine hat, kommen die Kinder zu Imogen und Richard. Sie verstehen sich glänzend mit Rudi und seinen Kindern. Schon weil Rudi mit seinen Kindern und seinem Beruf im Dauerstress ist, würde es ihm nicht einfallen, das Geschehen in den Nachbargärten zu beobachten. Denn erstens ist Rudi nicht neugierig - er hat anderes im Sinn, als Leute zu beobachten - und dann tut sich in dieser dunklen, oft nassen und unfreundlichen Jahreszeit in den Gärten sowieso nichts.

Bei dieser durchweg diskreten Nachbarschaft handelt Imogen im Schutze der Dunkelheit ruhig und entschlossen. Sie fühlt sich unbeobachtet und ist es wohl auch. Ich gucke ihr aus einem Sicherheitsabstand von ein paar Metern zu. Es ist ein wenig gespenstisch, wie sie ständig die Betttuchrolle mit dem toten Wolf über- und umsteigt, während sie diverse Gartengeräte zusammensucht. Bald hantiert sie mit einem Spaten, einer Schaufel und einer Hacke und unterzieht diese einer kritischen Begutachtung. Anschließend trägt sie alle drei nach hinten und legt sie auf den dunklen, feuchten Boden des Gemüsebeets. Hektisch beginnt sie, eine Grube auszuheben. Mit dem Spaten sticht sie ein Rechteck ab und häufelt die ausgehobene Erde sorgfältig neben dem Loch an, das allmählich immer tiefer wird. Da das Beet schon seit Jahren gehegt und gepflegt wird, braucht sie nur selten die Hacke, um festen Grund aufzuhacken. Der Mutterboden ist sehr locker, das erleichtert das Geschäft.

Als Imogen nach einer ganzen Weile mehr als knietief im Loch steht, hält sie einen Moment inne, wischt sich mit dem Handrücken über die Stirn und nimmt zufrieden nickend ihr Werk in Augenschein. Was sie vorhat, steht nunmehr außer Frage, und mir schaudert bei dem Gedanken ganz entsetzlich. Die Sache an sich ist unheimlich genug, aber was die Angelegenheit für mich noch viel entsetzlicher macht, das ist, dass ich Imogen, meine Imogen, nicht wiedererkenne. Sie scheint so gar nicht sie selbst, arbeitet wie automatisch, fast wie programmiert, und wirkt entsetzlich teilnahmslos. Anscheinend bemerkt sie nicht, was sie da Schreckliches tut. Davon bin ich mittlerweile felsenfest überzeugt: Sie ist von einem einzigen Gedanken beseelt, den toten Wolf auf Nimmerwiedersehen im Gemüsebeet verschwinden zu lassen.

Als sie die Grube für tief genug erachtet, läuft sie mit schnellen Schritten zum Geräteschuppen zurück und hievt mit unsäglicher Anstrengung die Betttuchrolle mit dem toten, starr wirkenden Körper auf die Schubkarre. In der Dunkelheit leuchtet ihr gerötetes Gesicht ab und an im trüben Schein des matt leuchtenden Halbmondes auf. Ihre Mundwinkel sind vor Anstrengung zusammengekniffen. Die mit einer Schnur umwickelte Rolle ist länger als die Schubkarre, doch nach einigem Gezerre platziert sie das längliche Etwas so auf der Karre, dass es beim Transport nicht herunterrutscht. Sehr behutsam und mit sichtlicher Mühe schiebt Imogen die sperrige Last vor sich durch die Dunkelheit. Ihre Arme zittern vor Anstrengung, während sie sich ganz allmählich ihrem Ziel nähert. Was kann ich tun, um sie von ihrem Vorhaben abzubringen? Ich bin sicher, dass sie einen Fehler, und zwar einen riesigen Fehler macht. War es ihre Schuld, dass der Kerl plötzlich bei ihr auftauchte und dann über sie hergefallen ist? Mein Katzenverstand, der mich selten trügt, sagt eindeutig NEIN. Warum veranstaltet sie also den ganzen Spuk? Für nichts und wieder nichts. Mir läuft ein Kälteschauer über den Rücken, was so widernatürlich ist wie die ganze Situation. Normalerweise friere ich draußen nie, nicht einmal bei Minustemperaturen im Winter. Ratlos laufe ich hinter Imogen her. Ich kann immer noch nicht glauben, welch finsteren Plan meine sonst so heitere und optimistische Herrin da in dunkler, feuchter Herbstwitterung verfolgt. Meine armen Nerven.

Mir geht es körperlich richtig schlecht, total miserabel, regelrecht flau ist mir zumute. Dieses Gefühl stellt sich automatisch ein, wenn ich weiß, dass ich verhindern muss, was ich nicht verhindern kann. Es ist - ich gebe es ungern zu, weil es zu einer eigenständigen Katze wie mir nicht recht passt - ein Gefühl der Ohnmacht. Gerade, in dieser schier ausweglosen Situation, ist es stark ausgeprägt. Ich liebe sie und kann sie nicht daran hindern, sehenden Auges in ihr Unglück zu schlittern. Mit jedem Schritt sehe ich sie förmlich auf den Abgrund zuschreiten, während sie die Schubkarre mit der fatalen Last mühsam vor sich her balanciert. Ich meine das natürlich bildlich, also den Abgrund. Ja, ich bin davon überzeugt, dass sie dabei ist, den Fehler ihres Lebens zu machen, wenn sie den Kerl tatsächlich hinten im Garten verscharrt. Nicht auszudenken, wenn sie demnächst Kartoffeln und Möhren über dem toten Wolf erntet. Ob er geschmacklich einen Unterschied bringt? Und dann kann sie ihn nicht einfach wieder ausbuddeln, nachdem er dort bereits Wochen und Monate liegt. Ich meine zur Gewissensberuhigung, weil dann die Sache ja praktisch vergessen ist. Für mich steht fest: Aus der Nummer kommt sie nicht problemlos heraus.

Laut klagend maunze ich, bringe ich sie so zur Vernunft? Imogen beachtet mich nicht. Als wir am Gemüsebeet ankommen, setzt sie die Schubkarre vorsichtig ab. Sie positioniert sie seitlich ganz dicht an die ausgehobene Grube, stellt sich neben die Schubkarre, geht leicht in die Hocke, kippt sie unter einiger Kraftanstrengung von der Seite an und lässt die Rolle in das Loch gleiten. Die Grube ist zwar tief, aber nicht lang genug. Schaudernd sehe ich Wolfs Füße oder den Kopf, so genau ist das wegen des Tuchs nicht zu erkennen, aus dem Loch ragen. Imogen atmet einmal tief durch, dann springt sie in die Grube und mit den Beinen links und rechts neben der Rolle stehend schaufelt sie sie am Fußende tiefer. Sie ächzt und stöhnt dabei vor Anstrengung. Ab und zu tropft Schweiß von ihrem Gesicht in das finstere Grab.

Schließlich ist es geschafft. Das bunt gemusterte Betttuch liegt der Länge nach im Erdboden. Einen Augenblick hält Imogen inne und starrt in die Tiefe, dann schaufelt sie hastig den losen Aushub zurück und bedeckt zu guter Letzt die dunkle Erde mit ein paar Unkrautsoden, die sie anfangs vorsichtig ausgestochen und am Rand des Beetes gelagert hatte. Als sie fertig ist, begutachtet sie ihr Werk mit eigentümlich zufriedenem Gesichtsausdruck. Tatsächlich ist in der Dunkelheit kaum erkennbar, wo vorher das Loch war. Selbst ich mit meinen guten Augen kann es allenfalls erahnen. Bis hierhin hat Imogen alle verräterischen Spuren gut verwischt. Einen kurzen Moment verweile ich, meinen düsteren Gedanken nachhängend, am Gemüsebeet. Noch riecht es kein bisschen vergammelt. Was Imogen wohl anstellt, wenn sich das in ein paar Tagen ändert?

Als ich zum Geräteschuppen zurückkomme, ist seine Tür bereits verschlossen. Doch statt sich von der körperlichen Anstrengung zu erholen, bleibt meine Herrin rastlos. Sie macht sich an Wolfs Rennrad zu schaffen, das er mittags hinter unserem Haus abgestellt hatte. Sie packt das Rad am Lenker und begutachtet es eingehend. Danach läuft sie ins Haus und kommt kurze Zeit später mit Halbschuhen und ihrer normalen Ausgehjacke heraus. Nicht ohne vorher angeboten zu haben, mich ins Haus zu lassen, schließt sie die Hintertür ab. Natürlich will ich nicht hinein, schließlich muss ich auf sie aufpassen. Was führt sie nun wieder im Schilde?

Kurz darauf schwingt sie sich auf das Fahrrad. Sie schwankt, hat Mühe, ihr Gleichgewicht zu finden, fängt sich aber schnell und radelt mit versteinerter Miene unsere Hauseinfahrt entlang Richtung Straße. Ich laufe hinter ihr her und kann gerade noch sehen, wie sie unten an der Kreuzung rechts abbiegt, Richtung Stadtzentrum. Imogen lässt nichts anbrennen. So ungeheuerlich die Ereignisse des heutigen Tages bisher waren, so hoch konzentriert wickelt sie ihr Programm zur Spurenbeseitigung ab. Diese Geistesgegenwart ist beachtlich. Ich hatte das Fahrrad ganz vergessen. Wenn sie nicht will, dass ihr jemand wegen Wolf auf die Schliche kommt, muss sie selbstverständlich auch sein Rennrad verschwinden lassen. Ich vermute, dass sie es irgendwo im Stadtzentrum abstellt, vielleicht am S-Bahnhof, wo sowieso Tag und Nacht viele Fahrräder stehen und eines mehr oder weniger nicht auffällt. Das wird ihr Plan sein.

Während ich vor der Hautür auf Imogens Rückkehr warte, klingelt drinnen mehrere Male ziemlich ausdauernd das Telefon. Bestimmt ist das Richard, der sich nach Imogens Befinden erkundigen und überdies melden will, dass er wohlbehalten an seinem Bestimmungsort angekommen ist. Das macht er immer, wenn er über Nacht wegbleibt.

Wie recht ich mit meiner Vermutung von wegen der verräterischen Wolf-Spuren hatte, stelle ich fest, als Imogen eine gute Weile später zu Fuß, ohne Fahrrad, nach Hause kommt. Es ist nun tiefdunkle Nacht und sicher bereits sehr spät. Wir gehen ins Haus. Ich freue mich auf das warme Bett. Wenn Imogen allein ist, also nachts ohne Richard, dann darf ich bei ihr im Bett schlafen. Obwohl das Bett beileibe genug Platz für drei bieten würde, duldet Richard mich dort nicht. Angeblich verliere ich zu viele Haare, und er meint, Katzenhaare seien Gift für seine Lunge. Imogen, meine Imogen, sieht das nicht so eng. Mit ihr darf ich im Bett sein, weil sie mich wirklich liebt. Richard mag mich durchaus, aber nicht so bedingungslos wie Imogen. Er kann einige meiner Eigenarten nicht ausstehen, toleriert sie nur, weil er weiß, dass Imogen ohne mich nicht leben kann. Das Bett, es wartet, wie ich finde. Dunkel und spät genug ist es ja. Doch Imogen, die heute schon so viel hinter sich hat und eigentlich hundemüde sein müsste, ist anscheinend noch nicht durch mit ihrem Programm. Sie rennt im Erdgeschoss von Zimmer zu Zimmer auf der Suche nach etwas. Als sie an mir vorbeikommt, fragt sie, ob ich ihr Handy gesehen habe. Schließlich findet sie es auf der Küchenanrichte neben dem Brotkorb. Sie drückt eine Nummer in die Tasten und lässt mich Zeuge sein, wie sie nach den Aufregungen des Tages imstande ist, Coolness zu demonstrieren. Mit ganz ruhiger Stimme, vielleicht ein bisschen zu ruhig und abgeklärt für ihre Verhältnisse, erzählt sie Richard, dass sie seine Anrufe nicht entgegennehmen konnte, da sie zu dem Zeitpunkt eine Runde um den Block gegangen war. Ja, der Tag sei soweit ganz gut gewesen. Nein, die eine Maisonettewohnung im Stadtzentrum habe sie nicht vermieten können, sie wäre den Interessenten zu teuer gewesen. Und ja, sie freue sich auch, wenn er morgen wiederkomme. Das Gespräch ist dann bald zu Ende.

Wenn ich nicht wüsste, dass Imogen keine Massenmörderin ist und die Beseitigung einer unliebsamen Leiche gewöhnlich nicht zu ihren tagtäglichen Routinen gehört, ich würde sie aufgrund ihrer Gesprächsführung - immerhin mit ihrem vertrauten Ehemann - für durch und durch abgebrüht halten. Ihrer Stimme war keinerlei Aufregung anzumerken. Kein bisschen. Richard hat garantiert nicht herausgehört, dass für Imogen heute ein besonderer Tag war. Ein ganz besonders furchtbarer.

So, jetzt können wir zur Tat schreiten. Ich jedenfalls bin zum Umfallen müde. Doch Imogen ist anscheinend wild entschlossen, diesen außergewöhnlichen Tag ungewöhnlich enden zu lassen. Sie macht etwas, was sie sonst nie tut. Sie geht ins Wohnzimmer und dreht die Stereoanlage auf volle Lautstärke und tanzt. Ja, sie tanzt völlig hemmungslos, unter höchstem körperlichem Einsatz, zum Gesang irgendeines fremdsprachigen Mannes. Das macht sie eine ganze Weile. Ich denke, sie steht komplett neben sich, nun bereits seit mittags. Sie wirkt, als ob sie jeden Moment vor Erschöpfung zusammenbricht und ist ganz außer Atem. Trotzdem macht sie weiter. Weil ich das nicht mehr mit ansehen kann und zudem meine empfindlichen Ohren vor diesem wahnsinnigen Lärm schützen muss, warte ich im Obergeschoss vor der Schlafzimmertür auf sie.

Nach einer Ewigkeit erscheint sie müde lächelnd und geht wortlos mit mir ins Schlafzimmer. Dort verbringe ich nach den aufregenden Ereignissen des Tages eine aufreibende, leider völlig unentspannte Nacht. Jedes Knarren der alten Holzvertäfelung im Flur stört mich aus einem leichten, traumlosen Schlaf auf. Was ich sonst als den Gipfel der Gemütlichkeit empfinde, an Imogen geschmiegt in ihrem Bett zu liegen und den nächtlichen Geräuschen des alten Hauses zu lauschen, wird heute zum wahren Horrortrip. Obwohl ich total erschöpft bin, finde ich keinen Schlaf. Ich wälze mich hin und her, und dass Imogen wie eine Tote neben mir schläft und meine Unruhe nicht mitbekommt, regt mich nur noch mehr auf. Unter normalen Umständen wäre sie von meinem hektischen Hin und Her schon lange aufgewacht und hätte mich tadelnd vor das Bett gesetzt, um ihre Ruhe zu haben. Anscheinend ist seit einigen Stunden nichts mehr, wie es war. Imogen schläft wie ein Stein und um meinen sonst so unbeschwerten bleiernen Schlaf ist es ein für alle Mal geschehen.

2. Kapitel

Wenn man eine Nacht über ein Problem geschlafen hat, sieht die Welt am nächsten Morgen ganz anders aus. Nun, auf den Haushalt Schweiger-von Stetten trifft dies nicht zu, zumindest am nächsten Morgen nicht, an dem der Himmel genauso wolkenverhangen wie am Vortag ist und eine fast winterlich kühle Witterung herrscht. Auch die Stimmung im Haus ist unvermindert trübe. Der ohrenbetäubende Lärm, zu dem Imogen in der Nacht zuvor wild tanzte, hat daran nichts geändert. Die Musik hat die haarsträubenden Geschehnisse nicht mit ihren Klängen ausgelöscht, mochte sie noch so laut und gewaltsam daherkommen.

Meine Herrin sieht heute mitgenommen aus, sehr blass. Die blonden Haare hängen strähnig und glanzlos auf ihre Schultern herab, ihr Blick streift ziellos über die Tee- und Kaffeedosen auf der Küchenanrichte, während sie im Schrank mit ausgestrecktem Arm blind nach ihrer Lieblingstasse angelt. Sie trägt eine weite, ausgewaschene Bluejeans und einen bunten Wollstrickpullover. Die Klamotten hängen schlaff an ihrem Körper herab und kaschieren die sportlich schlanken Konturen ihrer Gestalt. Alles an ihr wirkt heute freudlos, sogar ihre Schultern hängen kraftlos nach unten. Was nicht verwundert, wahrhaftig nicht. Schließlich hat Imogen Einschneidendes erlebt, mit dem Ergebnis, dass sie nun nicht die berühmte Leiche im Keller hat, sondern eine Leiche im Garten. Das vergrößert zwar die räumliche Distanz zwischen Täterin und Opfer, macht jedoch, was die Sache an sich und das Denken betrifft, sicher keinen eklatanten Unterschied. Imogen spricht nicht darüber, aber die Geschehnisse haben eindeutige Spuren hinterlassen. Nicht nur ihre nachlässige Kleidung spricht hierüber Bände. Die könnte man darauf zurückführen, dass sie heute Vormittag nicht in die Maklerfirma geht, ein Aufhübschen für die Arbeit folglich überflüssig ist. Imogens Freizeitkleidung kann bisweilen durchaus lässig sein, vernachlässigt wirkt sie allerdings nie. Was man heute nicht von ihr behaupten kann. Für gewöhnlich lässt sie sich nicht gehen, was ihr äußeres Erscheinungsbild betrifft. An diesem Morgen ist hingegen alles anders. Die Ereignisse des Vortages haben nicht nur auf Imogens Kleidung ihre Wirkung hinterlassen, die ganze Person wirkt verändert, um Jahre gealtert. Wer Imogen besser kennt, weiß, dass sie Blicke meidet, wenn es ihr nicht gut geht. Sie schaut dann nach unten, um niemandem Rechenschaft ablegen zu müssen, vielleicht auch ein wenig nach innen. Sie befasst sich sozusagen ausschließlich mit sich selbst, bis sie sich wieder erholt hat, mit sich im Reinen ist und bereit, der Welt, anderen Menschen zu begegnen, also offen in die Augen zu blicken. Doch so weit ist sie an diesem Morgen noch nicht. Sie schleppt sich mühsam durch die Küche und schiebt ihren Körper in einem unverändert tranceähnlichen Zustand wie mechanisch vor der Anrichte hin und her, während sie ihr allmorgendliches Müsli und eine Tasse Kaffee zubereitet.

Abgesehen davon, dass ihr Anblick besorgniserregend ist, hat er trotz allem etwas Beruhigendes im Vergleich zum gestrigen Tag. Gestern wirkte sie unnatürlich distanziert und neben sich stehend, während sie ihr unheimliches Programm der Spurenbeseitigung betrieb. Sie schien von ihrem Tun nichts mitzubekommen, agierte wie eine Marionette. Insofern und besonders, weil ihre Aktivitäten eine so ungeheuerliche, bislang ungekannte Tat betrafen, war das schockierend. Ihr Zustand einen Morgen nach dem Ungeheuerlichen ist zwar bedenklich, jedoch erinnern ihre Verhaltensmuster an Tage nach durchzechten Nächten oder wenn es ihr aus anderen Gründen nicht gut ging.

Allmählich drängt sich die Katastrophe vom Vortag nun endlich in Imogens Bewusstsein. Ob sie die ganze Tragweite der Geschehnisse bereits erkennt, bleibt ein Geheimnis. Jedenfalls wirkt sie erschöpft und ernüchtert, woraus ich messerscharf schließe, dass ihr das Fatale ihrer Tat langsam dämmert. Noch ist es bestimmt nicht zu spät, zur Polizei zu gehen und dort die Wahrheit zu erzählen, die ganze Geschichte. Obwohl es schon einiger Erklärungen bedürfte, zu erläutern, warum der Radfahrer, ihr alter, aber sehr entfernter und flüchtiger Bekannter, mit eingeschlagenem Schädel, eingewickelt in ein Betttuch, im hinteren Teil des Gartens verscharrt im Gemüsebeet liegt. Und dass sein Rennrad irgendwo in der Stadt abgestellt ist. Imogen wäre sicher imstande, diese merkwürdigen Angelegenheiten plausibel zu machen. Sie ist nicht auf den Mund gefallen und kann überaus charmant sein, diese beiden Eigenschaften rüsten sie bestens aus für die Berufe der Journalistin und der Immobilienmaklerin. Sie kann reden, und das müsste sie ausgiebig und mit viel Bedacht tun, um die Polizei von ihrer Version der Ereignisse und ihrer Unschuld zu überzeugen.

Leider, leider macht sie keinerlei Anstalten, das Haus zu verlassen. Stattdessen verbringt sie Stunden damit, phlegmatisch aufzuräumen, das Bett zu machen, Blumen zu gießen, ein Paar Schuhe zu putzen und die Gegenstände auf ihrem Schreibtisch zu ordnen. Als sie gegen Mittag wieder einmal anscheinend ziellos durch das Treppenhaus läuft, wirft sie sich, als sie an der Garderobe vorbeikommt, ihre Jacke über, geht zur Hintertür und von dort schnurstracks nach hinten in den Garten. Dabei schaut sie sich aufmerksam um und setzt jeden Schritt überaus bewusst, fast so, als ob sie komplettes Neuland betreten würde und nicht bereits x-mal dort langgelaufen wäre. Sie blickt links und rechts ihres Weges und mitunter sehr konzentriert auf den Boden, der im hinteren Teil des Gartens nicht mehr mit Pflastersteinen versehen ist. Hier geht man direkt über die grüne Wiese. Bei genauerem Hinsehen ist die Reifenspur einer Schubkarre auszumachen, die sich je nach Bodenbeschaffenheit mal stärker, mal schwächer auf dem feuchten, bisweilen matschigen Untergrund abzeichnet.

Imogen ist so konzentriert bei der Sache, dass sie zunächst nicht bemerkt, wie Rudi Petersen im Nachbarhaus das Fenster öffnet und ihren Namen ruft. Er wünscht ihr einen Guten Morgen, was sie, als sie endlich den Kopf in seine Richtung wendet, geistesabwesend nickend und mit einer fahrigen Armbewegung erwidert. Danach setzt sie ihren Inspektionsgang fort, ohne ihn eines weiteren Blickes zu würdigen. Rudis Mitteilungsbedürfnis hält sich an diesem Morgen zum Glück ebenfalls in Grenzen, auch ist er für eine Unterhaltung zu weit entfernt. Um ausgiebig zu reden, kommt er Imogen meist persönlich besuchen oder sie treffen sich am Zaun an der Grundstücksgrenze. Doch dazu kommt es heute nicht, vermutlich ist er wie üblich im Stress, eines der Kinder ist krank oder er muss zu einem dringenden Kundentermin. Jedenfalls schließt er mit zufriedener Miene das Fenster und zieht sich in den dahinter liegenden Raum zurück.

Wie nicht anders zu erwarten war, macht Imogen am brachliegenden Gemüsebeet halt. Zuerst blickt sie sehr kritisch, sieht dann aber überaus zufrieden drein. Tatsächlich ist kaum zu erkennen, was sich hier am Abend zuvor Dramatisches ereignet hatte. Die lose Erde, die, das liegt in der Natur der Sache, nach der Beisetzung zu viel war, hatte sie sporadisch über das Beet verteilt und der kräftige Regen in der Nacht hatte geholfen, die frische Erde weitgehend unter das vorhandene üppig wuchernde Unkraut zu schwemmen. Nichts erscheint hier wesentlich anders als vor Wolfs Beisetzung. Selbst die von ihr mit Bedacht ausgestochenen und am Ende auf das Grab drapierten Unkrautsoden scheinen durch die ergiebigen Regengüsse ein Amalgam mit dem Untergrund eingegangen zu sein. Ein leicht modriger Geruch ist wahrnehmbar, allerdings nur für sehr feine Nasen, und der kann auf alles Mögliche zurückzuführen sein, nicht zuletzt auf das morsche Holz des vor sich hingammelnden alten Apfelbaumes neben dem Beet, der während des Sommers eingegangen ist. Über Imogens Gesicht huscht für einen kurzen Moment der Anflug eines Lächelns, das sich schnell verflüchtigt. Überhaupt wirkt ihre Miene heute ungewohnt versteinert.

Normalerweise ist Imogen eine heitere Person, sie lacht gerne, hat viel Humor. Wenn ihr nicht gerade einmal wieder eine völlig überhöhte Handwerkerrechnung ins Haus flattert. Doch wenn man etwas verscharrt, es sozusagen eine Etage unter die Erdoberfläche befördert, bedeutet das nicht automatisch, dass man es einfach vergessen kann. Das Sprichwort ›Aus den Augen, aus dem Sinn‹ funktioniert nicht immer. Imogen ist dafür der lebende Beweis. Sie hat Furchtbares hinter sich und ist längst nicht darüber hinweg. Sie weiß, dass ihr Opfer noch da ist und ihre Schuld, wenn es überhaupt eine gab außer der, den Gang der Ereignisse nicht unverzüglich bei der Polizei zu melden, nicht gesühnt ist.

Eine Sache beschäftigt mich bereits seit Stunden. Ich hatte einmal ein Gespräch zwischen Imogen und Richard mitbekommen, in dem sie ihm von Albträumen berichtete. Sie wird, solange sie denken kann, ab und zu im Schlaf von einer Szene verfolgt: Eine dunkle, gesichtslose Gestalt schleift einen leblosen Körper aus einer Wohnung über eine Wiese. Angeblich hat sie keine Ahnung, was das bedeutet. Nach einem solchen Albtraum wacht sie jedes Mal schweißgebadet und mit Herzklopfen auf. Abgesehen davon, dass unklar ist, wer in diesem Traum der Tote und wer der Entsorger ist, frage ich mich, ob im menschlichen Bewusstsein vielleicht latent ein Aktionsplan für künftige Ereignisse angelegt ist. Imogen wird seit Jahrzehnten von dem Traum heimgesucht und nun hat sie selbst einen Toten abtransportiert. Hatte sie vielleicht gar keine Wahl, als sie so handelte, eben weil sie von ihrem Unterbewusstsein ferngesteuert war? Der Gedanke ist unheimlich. Wir Katzen glauben an das Übersinnliche, und wer weiß, zu welchen Taten Imogen durch möglicherweise latent vorhandene Aktionsspeicherdaten in ihrem Hirn in Zukunft noch getrieben wird. Ob sie die unheimliche Verbindung der gestrigen Ereignisse mit ihrem oft wiederkehrenden Traum bereits gezogen hat, vermag ich nicht zu sagen. Vielleicht ist die Tat zu frisch und für tief greifende Denk- und Überlegungsprozesse gibt es in ihrem Kopf momentan keinen Raum.

Nach wie vor ist nicht erkennbar, inwieweit sie sich über die Geschehnisse tatsächlich im Klaren ist. Der Schreck sitzt ihr unvermindert in den Knochen, wirkt nach und hat quasi die Persönlichkeit ändernde Folgen, die hoffentlich nicht von Dauer sind. Eine Weile starrt sie regungslos auf das Beet, plötzlich bückt sie sich nach ein paar Unkräutern und rupft diese mit bloßen Händen aus dem regenweichen Boden. Anschließend schleudert sie das Grünzeug mit einer fahrigen, weit ausholenden Bewegung auf Wolfs Grabstätte. Sie wiederholt den Vorgang einige Mal und streut umsichtig frische Unkrautbüschel auf den Rest des Beetes. Imogen pflegt, wie unschwer zu erkennen ist, genau in allem zu sein, was sie tut. Das gilt nicht nur für ihre Arbeit. Böse Zungen könnten behaupten, sie sei pingelig, ja übergenau, fast kleinlich sogar in Dingen, die nicht unbedingt von höchster Wichtigkeit sind. Doch mit dieser barschen Abkanzelung dieses Charakterzuges würde man ihr kaum gerecht. Tatsächlich ist sie genau und demonstriert damit, dass ihr etwas wichtig ist. Auch die kleinen Dinge sind für sie von Bedeutung, sie bemüht sich um sie. Und um die Menschen um sie herum. Das ist ein guter Zug, möchte man meinen, allerdings birgt er zugleich manches Risiko. Für die die Exaktheit so überaus schätzende Imogen besteht fortlaufend die Gefahr, dass sie sich verrennt, zu viel will, schlicht, weil man nicht alles gleich gut oder gar exzellent erledigen kann. Daraus folgt zwangsläufig, dass sie in ihrem angestrengten Bemühen, stets allem und jedem gerecht zu werden, manchmal ziemlich überfordert ist. Sie kann nicht Nein sagen.

Ihrem Naturell entsprechend macht sie ihre Sache am Beet sehr genau. Ein kritischer Beobachter könnte hinterfragen, warum sie eine geschlagene Stunde dort steht und Unkraut jätet, um es sogleich wieder auf das Beet zu schleudern. Das hat etwas Irrationales. Zumal der Frühling eine Weile auf sich warten lassen wird, Weihnachten und Silvester sind gerade vorbei, an eine Aussaat ist frühestens im April zu denken. Ob sie diese überhaupt in Erwägung zieht, steht in den Sternen. Besser wäre es, allein aus Gründen der Pietät, auf dem Gemüsebeet fortan Blumen zu pflanzen oder es in Wiese umzuwandeln, also einfach Gras über die Sache wachsen zu lassen. So emotional versteinert, wie Imogen heute im Nachklang der schlimmen Ereignisse noch wirkt, wäre ihr sogar zuzutrauen, dass sie dort weiterhin ihre Möhren und Kartoffeln anbaut. Aber das ist zum gegenwärtigen Zeitpunkt völlig offen, zudem unerheblich, da sich die Frage aufgrund der Witterungsverhältnisse in den nächsten Monaten nicht stellt. Und wer weiß, was dann ist. Wer kann schon in die Zukunft schauen?

Nachdem Imogen zurück im Haus ein belangloses Telefongespräch mit Richard geführt hat - belanglos, weil sie ihn bisher nicht in die Geschehnisse des gestrigen Tages eingeweiht hat, sondern sich stattdessen über irgendwelche Wohnungen auslässt, die angeblich kurz vor der Vermietung stehen -, geht alles ganz schnell. Sie rennt ins Schlafzimmer und kommt kurze Zeit später im schicken anthrazitfarbenen Hosenanzug die Treppe herunter. Unter dem Arm klemmt der blaue Aktenordner mit Unterlagen von Mietobjekten, Wohnungen oder Häusern, den sie regelmäßig bei sich hat, wenn sie ins Immobilienbüro fährt oder Kunden trifft. Sie schlüpft in ihre hochhackigen schwarzen Lederstiefel und knallt kurz darauf mit der Jacke über dem Arm die Haustür hinter sich zu. Sie ist nun ganz geschäftsmäßig, und wer ihre Angewohnheiten und das dazugehörige Mienenspiel kennt, der weiß, dass sie sich eben nicht anders verhielt, als an den Tagen zuvor, an denen alles noch in schöner Ordnung war, also ohne geheimen Todesfall im Garten. Da sie seit einigen Monaten in der Immobilienfirma arbeitet, hat sie bereits Routine gesammelt und feste Angewohnheiten entwickelt. Anscheinend hat sie gerade - um in der Computersprache zu sprechen - dieses Routineprogramm aufgerufen und spult es nun automatisch ab.

Derweil ist im Nachbarhaus Leben eingekehrt. Ex-Diplomat Dr. Ingo Müller und seine Frau sind augenscheinlich von der Côte d'Azur eingetroffen und machen einigen Lärm. Man sollte meinen, dass die Leute mit dem Alter ruhiger werden. Bei Katzen ist das so. Menschen - nicht alle, allerdings manche - sind da irgendwie anders. Die Eltern von Imogen, zum Beispiel, sind ganz ruhige Zeitgenossen. Sie erzählen gerne viel, sind immer freundlich und haben nur ab und zu Meinungsverschiedenheiten. Äußerst selten schreien sie sich an. Sie lieben ihren Garten und Imogens Mutter züchtet, wie ich schon erwähnte, ihre Britenkatzen. Was man von Rassekatzen oder Züchtern hält, sei dahingestellt, wichtig ist, dass Imogens Eltern Katzen mögen. Sie sind ruhige, nette Menschen. Der Schein kann natürlich trügen, denn dass sie bester Laune sind, wenn sie ihre Tochter besuchen, ist logisch.

Richards Eltern sind von einem anderen Kaliber. Sie geben sich sehr kultiviert, aber seine Mutter, Frau von Stetten, kann bisweilen schnippisch und überkandidelt sein. Dann quält sie Richards Vater, der eigentlich ganz friedliebend ist und meistens mit der Tageszeitung in irgendeinem abseitigen

Sessel sitzt und liest, mit den abstrusesten Vorwürfen und Unterstellungen. Jedes Wort legt diese Frau auf die Goldwaage und so wundert es nicht, dass Richards Vater mit den Jahren schweigsamer geworden ist. Kommt es in seltenen Fällen doch zu lautstarken Streitereien, gebärdet sich speziell Frau von Stetten richtiggehend zickig. Ihre Stimme erreicht bei diesen Gelegenheiten ungeahnte Höhen. Dass sie bei Sohn und Schwiegertochter zu Besuch sind, ändert daran nichts. Zum Glück gehen solche Szenen schnell vorbei, sie kriegt sich normalerweise rasch wieder in den Griff.

Ein ganz anderes Kaliber ist dagegen das Ehepaar Müller nebenan. Sobald sie von ihren Reisen zu Hause eintreffen, wird es mitunter richtig laut. Vor allem Frau Müller brüllt ihren Mann an, und da der es als ehemaliger Diplomat gewöhnt ist, viel zu reden, ergibt ein Wort das andere. Von ausgleichender Diplomatie oder Beschwichtigungstaktiken kann da kaum die Rede sein. Auch bei Menschen ist vieles eine Frage des Temperaments. Ob Herr Müller ein guter Diplomat war, keine Ahnung. Gegenüber seiner Frau ist er jedenfalls äußerst direkt. Er lässt sich von ihr nicht alles gefallen, eigentlich gar nichts, und kann sehr barsch sein. Dass er darüber hinaus andere Seiten hat und sehr liebenswürdig und formvollendet höflich sein kann, zeigt er nur gegenüber Fremden. Bei seiner Frau brennt ihm regelmäßig die Sicherung durch, und da sie ebenfalls nicht von der zurückhaltenden Art ist, scheppert es nebenan ziemlich oft ziemlich laut. Das ist wörtlich zu nehmen, vor allem sie wirft bisweilen mit Porzellan nach ihm, wenn sie vor Wut nicht mehr weiß, was tun und Worte nicht mehr helfen. Ob sie noch genügend Teller haben, um Gäste zu bewirten? Jedenfalls könnte der unvoreingenommene Augenzeuge den Eindruck haben, dass das Streiten der Müllers mit den Jahren geräuschvoller geworden ist, ihre Konflikte werden immer heftiger. Und seit sie nicht mehr berufsbedingt durch die Welt reisen und mit dem internationalen Jetset verkehren, sie also mehr oder weniger nur einander haben, ist der Zustand nebenan fast unerträglich geworden. Wer weiß, was diese beiden trotz allem zusammenschweißt.

Doch genug, eigentlich ist bereits zu viel von den Müllers die Rede gewesen. Die beiden sind mir ohnehin nicht sonderlich sympathisch. Wo käme man da hin, wenn jeder Geheimnisträger alles überall herumquatscht. Und dann gehen solche privaten Dinge nur die direkt Betroffenen etwas an. Außenstehende, die für so etwas ein gesteigertes Interesse entwickeln, sind meist rechte Kleingeister.

Als Imogen am frühen Abend zurückkehrt, sitzt Richard in seinem Zimmer am Tisch neben der Stereoanlage über eine Kladde gebeugt. Er schreibt Tagebuch und hört dabei Musik. Das ist eine seiner Angewohnheiten, möglichst jeden Abend schriftlich den Tag Revue passieren zu lassen. So kann er das Erlebte besser verarbeiten. Darüber reden ist gut, sagt er, aber manche Dinge muss man mit sich selbst ausmachen und man hat wesentlich mehr Muße, mit sich ins Reine zu kommen, wenn man Gedanken niederschreibt. Schreiben dauert bekanntlich länger, als jemandem mal eben etwas zu erzählen. Das allabendliche Tagebuchschreiben gehört zu einem von Richards unzähligen Ritualen und sagt viel über sein Naturell aus - viel, indes nicht alles. Er ist der nachdenkliche, ruhige Typ, was ihn allerdings nicht hindert, beim Schreiben bis an den Anschlag aufgedreht Heavy Metal Musik zu hören. Übrigens ist er ein echter Kenner dieser Musikrichtung, und wenn er nicht gerade da sitzt und schreibt oder sich mit Imogen oder Freunden unterhält, unternimmt er allein lange, einsame Radtouren durch das Bergische Land. Er sammelt australische Briefmarken und ist aktiv als Jugendbetreuer in der hiesigen katholischen Pfarrgemeinde. Mit seinen Anfang 50 ist er ein bereits in die Jahre gekommener Jugendbetreuer, aber seit seiner Zeit als Messdiener hat er sich von der Kirche nicht wirklich lösen können, und dann freut sich die Kirche über eifrige ehrenamtliche Mitarbeiter, speziell die katholische. Ihr laufen in letzter Zeit die Gläubigen in Scharen weg wegen zahlreicher ans Tageslicht gekommener unerfreulicher Tatbestände des Amtsmissbrauchs von Geistlichen gegenüber Kindern und Jugendlichen. Nun gut, das ist ein anderes Thema und gehört nicht hierhin. Er fühlt sich noch jung, er ist groß, schlank gewachsen, hat dunkles, volles Haar und braune Augen, und er ist gerne mit Jugendlichen zusammen, am Puls der Zeit, wie er oft sagt. Und da er ein wenig konservativ ist, zudem von jung auf als Messdiener mit der Kirche verbunden, wird er wohl bis ans Ende seiner Tage in irgendeiner Form der Kirche dienen. Das hat nichts Frömmlerisches, sondern stellt für ihn eine von vielen Kontinuitäten in seinem Leben dar. Richard ist ein Gewohnheitsmensch, er schätzt bewährte Angewohnheiten und Rituale. Imogen teilt die meisten seiner Freizeitaktivitäten nicht. Sie geht lieber spazieren, als Fahrrad zu fahren, ist begeisterte Kinogängerin oder trifft Freunde. Statt Jugendgruppen zu betreuen, rekelt sie lieber mit einem Buch auf der Couch. Das tut freilich nichts zur Sache. Die beiden lieben sich trotz, vielleicht sogar wegen ihrer komplett anders gelagerten Interessen. Gegensätze ziehen sich bekanntlich an, und dann haben sie bei aller Verschiedenheit einiges gemeinsam. Allein die Sanierung des alten Hauses wird sie bis ans Ende ihrer Tage zusammenschweißen. Das ist etwas, was beide mit ungebrochener Begeisterung und Elan verfolgen. Doch ich schweife ab.

Imogen ist wie ausgewechselt, als sie nach Hause kommt. Sie ist bestens gelaunt. Richard fällt das kaum auf, denn seine Frau neigt bisweilen zu Temperamentsausbrüchen. Stimmungen, mögen sie noch so extrem sein, lebt sie auf der Stelle aus. Man sieht ihr förmlich an, ob es ihr gut oder schlecht geht. Gerade geht es ihr blendend, sie strahlt übers ganze Gesicht. Sie hat, wie sie stolz berichtet, sehr gute Arbeit geleistet und obendrein das erforderliche Quäntchen Glück gehabt. Endlich hat sie das problematische, an einer belebten Verkehrsstraße gelegene Einfamilienhaus im Ortsteil Schildgen an eine vierköpfige Familie vermittelt, für die der Lärm keine Rolle spielt - wichtig war vielmehr, dass der Schulbus in fünf Minuten zu Fuß erreichbar ist. Das Haus war Imogen seit Wochen nachgelaufen, kein Kunde hatte es mieten wollen. Weil der Vorvertrag bereits geschlossen ist, winkt Imogen eine fette Provision, was ihre Laune sichtlich hebt. Richard hat nicht miterlebt, durch welche Hölle sie seit zwei Tagen geht, und es ist für sie nicht ungewöhnlich, dass sie nach getaner Arbeit guter Dinge ist, zumal wenn sie erfolgreich war. Insofern schöpft er keinen Verdacht.

In letzter Zeit schießen im Stadtgebiet neue Immobilienfirmen wie Pilze aus dem Boden, das erhöht den Konkurrenzdruck. Wenn Imogen nicht wenigstens zwei oder drei Objekte im Monat vermittelt, wird der Job schnell zum Null-Summenspiel. Für Erika Staufenbiel, ihre Chefin, arbeiten ihre makelnden Mitarbeiter in Vermietung und Verkauf rein auf Erfolgsbasis, sie bekommen also nur im Falle einer Vermietung oder eines Verkaufs einen Anteil an der Provision. Selbst wenn erst im letzten Moment eine Vermietung nicht zustande kommen sollte, erhalten die Mitarbeiter keine Aufwandsentschädigung. Oder Kilometergeld für mit dem eigenen Pkw beruflich zurückgelegte Fahrten. Das ist seit Jahrzehnten das Erfolgsrezept der Staufenbiel GmbH, eines, über das sich trefflich streiten lässt. Denn sie wechselt ihre Mitarbeiter wie andere die Unterwäsche. Gut, vielleicht ist das ein bisschen übertrieben, aber grundsätzlich trifft es den Kern. In Frau Staufenbiels Maklerfirma, die sie immerhin bereits seit 30 Jahren leitet, hat es kein Mitarbeiter bisher länger als fünf Jahre ausgehalten. Grund ist nicht nur die unsichere Bezahlung. Sogar ihre derzeit einzige fest angestellte Kraft, Hanna Büschel, arbeitet erst seit vier Jahren für sie und kann nur ihre Miete zahlen, da sie mit ihrem Freund zusammenlebt und die beiden in allem halbe-halbe machen. Frau Staufenbiel ist zudem sehr launisch, sie traut keinem über den Weg und wittert überall Intrigen. Nur von Provisionen zu leben, das schafft keiner ihrer Mitarbeiter, und so hat jeder den einen oder anderen Job nebenher. Folglich setzt sich keiner, Hanna Büschel ausgenommen, mit ganzer Kraft für die Belange der Staufenbiel GmbH ein. Die Zeiten, in denen die Vermittlung von Wohnimmobilien richtig Geld einbrachte, sind leider vorbei und Frau Staufenbiel ist ein schwieriger Mensch. Imogen arbeitet für sie, weil sie gerne mit Menschen zusammentrifft und eine Schwäche für Immobilien hat. Sie hat ein Händchen fürs Geschäft und von jeher eine gewisse Risikobereitschaft. Arbeiten für Frau Staufenbiel ist ein bisschen wie ein Glücksspiel. Man kann die Vermittlung einer Immobilie noch so geschickt einfädeln, sie im Internet und in der Zeitung noch so vorteilhaft mit Fotos und Text darstellen und gekonnt mit Kunden verhandeln. Wenn Imogen Pech hat, zerplatzt im letzten Moment der von langer Hand vorbereitete Mietvertrag, die Interessenten treten von der Anmietung zurück oder der Vermieter findet selbst einen guten Mieter, und dann hat sie womöglich Wochen umsonst gearbeitet. Das ist frustrierend. Aber genauso kann es passieren, dass sie eine Wohnung nur ein Mal präsentiert und der erste Kunde möchte sofort mieten. Das Vermietungsgeschäft ist ein schnelles Geschäft. Anders als beim Verkauf von Immobilien, bei dem es um sehr hohe Summen geht, die Leute ausgiebig suchen und lange überlegen, allein weil sie sich meist durch den Kauf auf viele Jahre hin verschulden. Imogen liebt die Bewegung, die schnellen Geschäfte, die stete Veränderung, die bei der Vermittlung von Mietobjekten an der Tagesordnung sind. Und man muss ein bisschen Glück haben bei der Sache, eben wie im Spiel. Gerechterweise muss man sagen, dass sie ja zusätzlich für die Redaktion des Bergischen Boten regelmäßig Artikel schreibt. Das verringert das Risiko eines totalen Verdienstausfalls. Insofern kann sie, was die Immobilien betrifft, relativ unbeschwert zocken, sofern nicht gerade eine größere Investition am Haus ansteht. Hinzu kommt, dass sie den

Arbeitsbereich mag. Es wird einfach nie langweilig und die Kollegen sind bis auf wenige Ausnahmen sehr nett. Natürlich sind die Arbeitszeiten nicht optimal. Wer will denn arbeiten, wenn andere frei haben? Aber das ist es auch schon. Über Frau Staufenbiels unmöglichen Führungsstil, ihr Misstrauen und die miserablen Arbeitsbedingungen sieht Imogen, seitdem sie für die Staufenbiel Immobilien GmbH arbeitet, großzügig hinweg. Bis jetzt überwiegen für sie die Vorteile. Im Büro kriselt es allerdings beständig. Dort sind die Kollegen unmittelbar den Launen der Chefin ausgesetzt, wenn bewährte Mitarbeiter auf oft unschöne Weise gekündigt und permanent neue eingearbeitet werden müssen. Imogen geht nur ab und zu ins Büro, meist wenn sie Mietverträge vorbereitet und abschließt. Ansonsten kann sie von zu Hause aus arbeiten. Die Gewitterstimmungen im Büro, das dort herrschende Chaos durch ständig neue Gesichter und die daraus resultierende Überlastung des noch vorhandenen alten Kaders bekommt sie allenfalls am Rande mit.

Nachdem Imogen begeistert über ihren aktuellen Erfolg erzählt und Richard kurz über sein Seminar berichtet hat, widmet er sich weiter dem Tagebuch. Schließlich gibt es einiges zu schreiben. Am Vorabend ist er am Seminarort nicht dazu gekommen, weil die Teilnehmer unbedingt gemeinsam essen gehen wollten. Anschließend klang der Abend feuchtfröhlich aus und als er wieder im Hotelzimmer ankam, war es spät gewesen und er zu müde.

Imogen hat sich schnell umgezogen und sich zur Belohnung einen Espresso gemacht. Diesen balanciert sie gerade auf einer kleinen Untertasse die alte, bei jedem Schritt knarzende Eichenholztreppe hoch in ihr Arbeitszimmer. Auch ein vermittlungstechnisch erfolgreich verlaufener Tag bringt Nachbereitung mit sich und nie sind dabei die laufenden Objekte zu vernachlässigen. Sie wirkt ganz bei sich, wie sie die kleine Tasse konzentriert die Treppe hoch befördert, ihre Hand ist ruhig, kein Tropfen des von ihr so geschätzten

Gebräus geht verloren. Bis hierhin ist alles gewohntes Szenario. Gewissenhaft, wie Imogen ist, schließt sie zeitnah nach ihrem Erfolg die bürokratische Abwicklung des vermaledeiten, endlich vermittelten Einfamilienhauses ab und trifft Vorbereitungen für die Projekte, die am nächsten Tag anstehen. So sollte es sein, nur an diesem Abend funktioniert sie nicht wie sonst.

Sie stellt das Radio an. Das ist absolut ungewöhnlich, beim Arbeiten ist Imogen hoch konzentriert, sie hört dabei nie Radio. Dann stellt sie per Sendersuchlauf den lokalen Radiosender ein. Das ist noch ungewöhnlicher, denn Imogen hört stets eine ganz bestimmte, überregional sendende Kölner Rundfunkanstalt. Sie hat nie freiwillig Lokalfunk gehört. Würde Richard das mitbekommen, fände er das sicher bemerkenswert. Aber Richard sitzt in seinem Zimmer und hat die Tür fest geschlossen, um Imogen von seinen schrillen Musikklängen weitgehend zu verschonen. Imogen ihrerseits kann im Arbeitszimmer folglich fast unbeobachtet - fast, da nur von mir beobachtet, der ich auf ihrem Schreibtisch kauere - in aller Ruhe ein paar Dinge erledigen. Sie greift nicht nach dem blauen Aktenordner, sondern surft anscheinend ziellos durchs Internet. Immer, wenn die Musik aus dem Radio verstummt und die Stimme des Moderators ertönt, hält sie inne. Glaubt sie, dass Wolfs Verschwinden im Radio gemeldet wird? Die Männerstimme lässt jedenfalls nichts Derartiges verlauten, derweil Imogens Suchen eindeutigere Richtungen annimmt. Sie durchstöbert die aktuellen Online-Ausgaben der lokalen Zeitungen und Anzeigenblätter nach Vermisstenmeldungen. Nirgendwo wird ein Mann Ende 50 als vermisst gemeldet. Wartet etwa niemand auf Wolf? War er so allein, dass sein Verschwinden keinem auffällt? Verwundern würde es nicht, zumal wenn sein fragwürdiges Verhalten gegenüber Imogen kein einmaliger Ausrutscher war, sondern Teil eines perfiden Systems der Frauen-eroberung oder Zeichen seines grundsätzlich miesen Charakters. Keiner scheint Wolf zu vermissen. Den bösen Wolf.

Mit zufriedener Miene klickt Imogen weiter. Sie macht das ganz ruhig, ihre Hände zittern nicht einmal, wie sie mit geübtem Zehnfingersystem die Tastatur ihres Rechners bearbeitet. Sie ist jetzt ganz bei sich, wirkt zum ersten Mal seit zwei Tagen, als ob ihr völlig klar ist, was sie getan hat. Genauso klar ist ihr anscheinend, dass sie für ihr weiteres erfolgreiches Vorgehen bei der Vertuschung ihrer Tat ein paar Dinge in Erfahrung bringen muss. Die erste Frage hat sie zumindest für den Augenblick beantwortet. Wird Wolf vermisst und sucht jemand nach ihm? Nein, offensichtlich nicht, beziehungsweise noch nicht. Auch im Lokalfunk ist sein Verschwinden kein Thema.

Bei Google gibt es für Wolf mehr als zwanzigtausend Einträge. Der Mann war Sportjournalist für eine Online-Redaktion - wer viel schreibt und recherchiert, vor allem im Internet, hinterlässt dort logischerweise seine Spuren. Imogen klickt die Seite der Redaktion an, für die er zuletzt gearbeitet hat. Als sie den Verweis ›Wolfs Welt‹ anklickt, zuckt sie beim Anblick seines Konterfeis zusammen - auf dem Foto schaut er mit seinen vorstehenden Biberzähnen und stark gebräunter, ledrig-faltiger Gesichtshaut irgendwie gequält in den Äther. Ob er in seinem Job nicht so erfolgreich und glücklich war, wie er erzählt hatte? Imogen drückt schnell die Seite weg und befindet sich wieder bei Google. Sie tippt ein paar Begriffe ein und keine Sekunde später ist der Bildschirm gefüllt mit Verweisen zum Thema Verwesung von menschlichen Leichen. Es ist bemerkenswert, mit welch abgeklärter Folgerichtigkeit sie mögliche, in der Zukunft auftretende Probleme abhandelt. Sie geht sehr besonnen vor. Das muss man ihr lassen. Richtig glücklich sieht sie nicht aus, während sie diverse Berichte über das Tempo im menschlichen Verwesungsprozess liest. Auf ihrer Stirn zeichnen sich unzählige Fältchen ab. Was sie da erfährt, kann sie anscheinend nicht von ihren Sorgen und Zweifeln befreien. Selbst nach Jahren und Jahrzehnten, liest sie da, löst sich eine menschliche Leiche nicht vollständig auf. Stets bleiben

Reste übrig, und wie schnell der Verwesungsprozess vonstatten geht, hängt von Faktoren wie Bodenbeschaffenheit, Feuchtigkeit, dem jeweiligen Zustand des Leichnams, also auch davon ab, wie der Tote begraben wurde. Einbalsamierte halten sich bekanntlich ziemlich lange unversehrt. Außerdem macht es natürlich einen Unterschied, ob der Tote in einer Kiste, sprich Sarg, beigesetzt wurde, oder, wie in Wolfs Fall, lediglich von Stoff umhüllt ist. Was für Organismen sind in der Erde, welche Tiere möglicherweise in der Nähe, die den Verwesungsprozess beschleunigen, oder gar Knochen des Skeletts ausgraben und verschleppen könnten?

Gerade geht Imogen vermutlich die Einsicht auf, dass der Tote im Garten ihre ganze restliche Lebenszeit dort hinten liegen wird, er immer da sein und sie dauernd an ihn denken wird. Theoretisch kann er jederzeit gefunden werden, oder das, was von ihm übrig ist. Am problematischsten erscheint ihr sicher die Tatsache, dass aufgrund von Bodenproben und kleinster Knochenteile selbst nach Jahren und Jahrzehnten noch festgestellt werden kann, wer der Tote war und wie lange er dort liegt. Und ausnahmslos würde der Verdacht auf Imogen fallen, zumindest würde sie in einem merkwürdigen Licht erscheinen, selbst wenn man ihr nicht nachweisen könnte, dass sie in irgendeiner Form an Wolfs Ableben beteiligt war. Wer hat schon eine Leiche in seinem Garten?

Als sich Imogen die Augen reibt und einmal tief durchatmet, öffnet sich die Tür. Richard streckt seinen Kopf herein und fragt, ob sie Lust auf einen kleinen Absacker im Wohnzimmer habe. Imogen zuckt merklich zusammen, was Richard zwar sieht, aber auf das unerwartete Geräusch der Tür zurückführt. Sie nickt, klickt unangenehm ertappt das Internet weg und klappt den Laptop zu. Kurz darauf folgen wir Richard ins Wohnzimmer. Er hat bereits eine Flasche Rotwein und Gläser auf den Tisch gestellt.

Richard hat keine Mühen gescheut und sogar das Feuer im Kamin angezündet. Heimelig flackern die Flammen, es ist wohlig warm im Raum. Einzig der intensive Rauchgeruch im Zimmer trübt die gemütliche Atmosphäre etwas. Der alte Kamin zieht nicht richtig, er ist feucht und dringend sanierungsbedürftig. Die beiden sollten ihn gar nicht benutzen, wenn es nach dem Schornsteinfeger geht. Doch ist die Versuchung zu groß und bis das nötige Edelstahlrohr in den Kamin eingezogen ist, nehmen sie den gesundheitsschädlichen Qualm in Kauf. Ein offener Kamin ist eine schöne Sache. Imogen sitzt auf Tante Johannas altem Schaukelstuhl, er ihr gegenüber auf der Dreisitzercouch mit dem dunkelgrünen Stoff. Jetzt könnte sie ihrem Mann eigentlich erzählen, was sie bedrückt. Dass sie etwas belastet, fällt nun sogar Richard auf, der in dieser Hinsicht nicht unbedingt der Schnellste ist.

»Du siehst blass aus«, sagt er und schaut besorgt zu ihr.

Sie macht eine wegwerfende Handbewegung. »Nicht der Rede wert«, meint sie achselzuckend. »Ich bin heilfroh, dass ich das Haus endlich los bin. Übrigens hatte ich Glück, dass ich die Mietinteressenten überhaupt noch antraf. Das Büro hatte mit ihnen den Termin für 15 Uhr vereinbart, mir hatten sie stattdessen halb vier gesagt. Ich war früher hingefahren, weil ich die Rollläden hochziehen wollte, um die Räume in einem möglichst vorteilhaften Licht erscheinen zu lassen. Bei hoffnungslosen Objekten ist das ein guter Trick, hilft manchmal, aber nicht immer. Die Kunden warteten vor der Tür, als ich kam, sie waren drauf und dran gewesen, zu gehen, weil sie dachten, ich komme nicht mehr.«

Richard schüttelt erbost den Kopf. »So eine Schlamperei!«, schimpft er. »Wieso gibt Frau Sorg die Termine nicht korrekt an dich weiter? Das kann doch nicht so schwer sein.«

»Es ist nicht Brittas Schuld«, erwidert Imogen zähneknirschend. »Im Büro sind alle hoffnungslos überlastet. Frau Staufenbiel ist an die Riviera gefahren und hat gestern von dort Heike Steffens auf der Stelle fristlos gekündigt. In zwei Tagen endet ihre Probezeit. Heike war für Akquise und Bildbearbeitung zuständig. Angeblich hat sie nicht gewissenhaft genug gearbeitet. Das fällt ihr eben mal so ganz spontan im Urlaub ein, vermutlich auf dem Weg zwischen Liegestuhl und ihrer Segeljacht. Heike hatte keine Ahnung, dass Frau Staufenbiel unzufrieden mit ihr war und fiel bei der Nachricht aus allen Wolken. Sie braucht das Geld dringend, seit ihr Mann arbeitslos ist. Nun müssen die anderen ihre Arbeit mit erledigen. Dadurch kommt es zu manchem Chaos.« Imogen blickt ratlos zu Richard hinüber. »Auch in der Terminvereinbarung für die Außendienstler.«

»Ein Saftladen ist das! Was ist das für eine Art, in Urlaub zu fahren und von dort über Dritte einer Mitarbeiterin zu kündigen. Kann sie der Frau nicht in die Augen blicken, bei so einer einschneidenden Sache?«, schnauft er. »Indiskutabel! Lass den Job sausen!«, fügt er hinzu. »In so einem Chaos kann kein Mensch vernünftige Leistung bringen. So nötig hast du den schließlich nicht.«

»Doch. Wir brauchen das Geld fürs Haus. Ich will nicht ewig auf einer Baustelle wohnen. Außerdem«, meint Imogen, »solange mir die Arbeit Spaß macht, ist es völlig in Ordnung. Und dann bin ich schon zehn Monate dort und noch nicht in Ungnade gefallen. Das ist fast ein Rekord, auf den ich mächtig stolz sein könnte.« Sie prostet Richard betont heiter zu. Der schüttelt den Kopf.

»Das wundert mich keineswegs«, sagt er jetzt. »Du kostest die Frau keinen müden Cent, sie kann nur an dir verdienen, zumal du ein gutes Händchen für die Arbeit hast und viele Abschlüsse. Frau Staufenbiel wäre schön blöd, wenn sie dir kündigen würde.«

Imogen lächelt ein wenig verkrampft. Sie weiß, dass er recht hat. Dieses Gespräch haben sie zigmal geführt. »Die Frau verhält sich unmöglich«, räumt sie ein.

Als ob das nun eine Neuigkeit wäre. Dass Erika Staufenbiel eine furchtbare Chefin ist, wissen wir bereits seit Monaten. Man kann sich nur wundern, dass Richard und Imogen, vor allem natürlich Imogen, das Thema auch heute erneut in dieser Ausführlichkeit besprechen. Schließlich stehen Kündigungen bei Frau Staufenbiel an der Tagesordnung, und dass es dabei mehr oder weniger unfair zugeht, ist ebenfalls allseits bekannt. Anscheinend ist Imogen froh, ein unverfängliches Thema gefunden zu haben, das zudem eine plausible Erklärung für ihr arg mitgenommenes Aussehen bietet. Obwohl sie behauptet, dass sie gerne in der Immobilienvermittlung arbeitet, ist klar, dass sie es nicht gerne für Erika Staufenbiel tut. Das Chaos im Büro, ständig neue Kollegen und der daraus resultierende erhöhte Arbeitsaufwand, der Stress für alle Beteiligten und eine mitunter vergiftete Atmosphäre - das alles geht nicht spurlos an Imogen vorüber, es stört sie sogar immens. Sie kann ihre Chefin nicht ausstehen, trotzdem hängt sie an dem Job.

Ihre euphorische Stimmung beim Nachhausekommen hat sich übrigens komplett verflüchtigt, seit sie am Computer besagte Google-Recherchen durchgeführt hat. Gerade steht Richard auf und geht zu ihr. Er streicht ihr übers Haar und gibt ihr einen Kuss auf den Mund. Sie lächelt, als er sie in den Arm nimmt. Er ist ein sehr liebevoller Mann, Imogen hat bei ihrer Wahl vor knapp fünfzehn Jahren ein gutes Händchen bewiesen. Er ist treu und ihr sehr zugetan, und er würde sie sicher auf Händen tragen, wenn sie das zuließe. Es bleibt ein Rätsel, warum sie ihm nicht erzählt, was sie mit Wolf gemacht hat, beziehungsweise er mit ihr. Imogen und Richard haben sich immer vertraut. Ist ihre Ehe nicht in Ordnung oder will sie ihn schützen, indem sie ihn nicht mit dem Wissen um ihre furchtbare Tat belastet? Schließlich ist er Beamter, darüber hinaus ein sehr gewissenhafter. Er würde sicher komisch dastehen, wenn bekannt würde, dass seine Frau klammheimlich Leute im Garten verscharrt. Je mehr Zeit verstreicht, desto schwieriger wird es, Außenstehenden die Tat auch nur annähernd plausibel zu machen. Imogen schweigt sich hartnäckig zu diesem Thema aus, sie wird ihre Gründe haben. Bald gehen die beiden zu Bett. Es ist spät und der Tag war anstrengend. Sie haben bereits überall im Erdgeschoss das Licht ausgeschaltet, da fällt Imogen wie aus heiterem Himmel etwas ein.

»Mist, ich habe ganz vergessen, meine Stiefel von draußen reinzuholen!«, flucht sie und verzieht das Gesicht zu einer gequälten Grimasse. Richard steht schon auf der Treppe nach oben.

»Soll ich?«, bietet er bereitwillig an.

»Ach was, lass mal«, sagt sie eilig. »Das mache ich selbst. Geh ruhig hoch, ich bin gleich da.«

Einen kurzen Moment blickt sie Richard nach, der die Treppe hochsteigt. Fast wirkt es, als ob sie sichergehen wollte, dass er tatsächlich nach oben geht. Dann wirft sie sich ihre Jacke über und eilt zur Hintertür. Um Ausreden war sie noch nie verlegen, natürlich stehen ihre Stiefel nicht mehr auf der Terrasse. Gleich nachdem sie mittags aus dem Garten gekommen war, hatte Imogen die Schuhe wie üblich im Schuhschrank deponiert. Sie hastet durch die Dunkelheit. Würde sie den Untergrund mit seinen Unebenheiten nicht in- und auswendig kennen, wäre es ein Ding der Unmöglichkeit, ohne zu stürzen bis in den hinteren Teil des Gartens zu gelangen, zumal bei ihrem Tempo. Am Gemüsebeet hält Imogen inne. Es ist still, unnatürlich still, und sehr finster. Irgendwo bellt ein Hund. Imogen starrt angestrengt in die Dunkelheit. Versucht sie, Veränderungen am Beet auszukundschaften? So schnell wird Wolfs Grab nicht einfallen, oder glaubt sie, ein irgendwie auf das Grundstück gelangter Nachbarhund könnte Wolf, oder Teile von ihm, freigescharrt haben? Schließlich nickt sie zufrieden, alles wirkt unverändert. Als sie gerade gehen will, fällt ihr Blick auf eine Erhebung im Beet, genau dorthin, wo der Fahrradfahrer liegt. Irgendetwas stört sie. War dort, wo jetzt die Erderhebung ist, nicht vorher eher eine Delle? Sie stiert konzentriert und wie gebannt auf das Beet. Das kann nicht sein! Oder etwa doch? Sie zögert, atmet ein paar Mal tief durch. Möglicherweise riecht es hier anders, als am Mittag oder am Tag zuvor. Sicher ist das alles nur eine Sinnestäuschung. Dinge sehen im Dunkeln anders aus als bei Tageslicht, und sicher riecht man auch besser, oder zumindest anders, wenn weite Teile der Wahrnehmung, zum Beispiel das detailgenaue Sehen, durch Dunkelheit ausgeschaltet sind. Imogen kehrt zaudernd zum Haus zurück. Ihr Gang ist nun schleppend, man sieht ihr die bedrückende Last, die Unruhe, die ihr der erneute Inspektionsgang zum Gemüsebeet bereitet hat, förmlich an. Im Haus sind alle Räume hell erleuchtet. Als Imogen die Hintertür erreicht, wird diese von einem aufgeregten Richard aufgerissen.

»Wo bist du gewesen?«, ruft er. »Ich habe das ganze Haus nach dir abgesucht, selbst auf der Terrasse warst du nicht.« Er blickt sie vorwurfsvoll an. »Ich dachte, du holst nur die Stiefel rein.«

»Bin einfach eine Runde durch den Garten gegangen«, murmelt Imogen schuldbewusst. »Musste ein bisschen den Kopf durchlüften.«

»Warum sagst du keinen Ton? Ich wäre gerne mitgekommen«, merkt er an und gibt ihr einen Kuss. »Ich dachte schon wer weiß was.« Die beiden schließen die Hintertür ab und löschen überall das Licht. Das wäre nun eine weitere Gelegenheit gewesen, Richard in ihr Geheimnis einzuweihen. Vielleicht die letzte überhaupt, bevor alles zu spät ist. Doch Imogen lässt auch diese ungenutzt verstreichen.

Richard kann einem leidtun. Er sorgt sich um seine Frau und hat keinen Schimmer, warum sich diese so eigenartig verhält. Er liebt sie abgöttisch und sie hat Geheimnisse vor ihm. Vermutlich aus Liebe, aber Richard kann man in diesem Augenblick sogar mehr bedauern als Imogen. Sie weiht ihn nicht ein und er ist komplett arglos. Das hat er nicht verdient, sie hat ihm immer trauen, ihm alles erzählen können. Wenn Imogen die Geschichte mit dem Toten im Garten für sich behält, kann Richard ihr nicht helfen. Sie weiß Bescheid und er versteht sie nicht mehr, seine Imogen, meine Imogen.

Was traurig ist, wenn man bedenkt, was für ein schönes, harmonisches Paar die beiden sind. Zumindest bisher gewesen sind.

Erneut öffnet sich die Schlafzimmertür. Imogen tastet nach dem Lichtschalter und tappt müde auf bleichen, nackten Füßen zur Toilette. Zum ich weiß nicht wie vielten Mal in dieser Nacht betätigt sie kurz darauf die Toilettenspülung. Dann kehrt sie ins Schlafzimmer zurück. Eine Minute später taucht Richard auf dem Flur auf, er ist durch das leise Schließen der Tür aufgewacht. Natürlich wollte sie ihn nicht wecken, hat sich mucksmäuschenstill aus dem Raum und wieder hineingeschlichen, doch Richard hat von jeher einen leichten Schlaf, ihm entgeht nachts selten das kleinste Geräusch, sogar im Tiefschlaf. Kurz darauf kehrt er von der Toilette ins Schlafzimmer zurück. Ich blinzele ihm aus meinem Korb zu, den sie mir draußen vor ihre Schlafzimmertür gestellt haben. Als er noch nicht dort stand, pflegte ich auf dem kalten Holzboden vor der Tür zu schlummern. Wer will schon jede Nacht alleine sein. Auf diese Weise konnte ich wenigstens ihr Atmen durch die Tür hören. Dass ich auf dem kalten Boden schlief, war besonders Imogen nun gar nicht recht. Deshalb bekam ich bald den Korb, der mit einer kuscheligen Wolldecke ausgelegt ist.

In dieser Nacht herrscht eine entsetzliche Unruhe, man kommt sich vor wie auf einem Durchgangsbahnhof. Ständig rennen die beiden abwechselnd aufs Klo. So viel hatten sie doch gar nicht getrunken und gegessen. Aus dem Schlafzimmer ist Richards gleichmäßiges Atmen zu vernehmen. Sowie er im Bett lag, ist er augenblicklich eingeschlafen. Imogen wälzt sich von einer Seite auf die andere. Ist sie in den Tagen zuvor durch einen unnatürlich tiefen Schlaf aufgefallen, so kommt sie in dieser Nacht gar nicht zur Ruhe. Liegt das daran, dass ihr nun endlich die ganze, möglicherweise fatale Tragweite ihrer Tat bewusst geworden ist, oder an ihrem letzten nächtlichen Gang zum Gemüsebeet, wo ihr eine Veränderung aufgefallen war? Zumindest meinte sie, etwas sei anders gewesen. An ihrem unruhigen, flackernden Blick habe ich das sofort bemerkt. Jedenfalls ist für sie in dieser Nacht an Schlaf nicht zu denken. Sie wälzt sich hin und her, kommt einfach nicht zur Ruhe. Aufstehen und etwas ganz anderes tun, kann sie nicht, das würde Richard auf der Stelle mitbekommen und dann kein Auge mehr zutun. Es spricht für das gute bisherige Funktionieren dieser Ehe, dass nicht einmal im Schlaf der eine ohne den anderen sein kann. Wenn einer von beiden im gemeinsamen Ehebett fehlt, schläft der Verbliebene stets schlecht, auf jeden Fall aber unterbrochen und unruhig. Imogen will nicht riskieren, dass Richard erneut aufwacht, und deshalb bleibt sie trotz anhaltender Schlaflosigkeit neben ihm liegen und bemüht sich nach Kräften, sich so wenig wie möglich zu rühren. Ganz bekommt sie ihre Unruhe nicht unter Kontrolle. Wieder und wieder knarrt das Bett, und zum x-ten Mal läuft sie an mir vorbei zur Toilette.

Irgendwie kann ich sie sogar verstehen, ihre spätabendliche Entdeckung am Gemüsebeet lässt ihr keine Ruhe. Auch ich fand übrigens, dass hinten an Wolfs Grab etwas verändert war. Die Unkrautbüschel, die Imogen gleichmäßig über das ganze Beet verstreut hatte, lagen irgendwie anders dort. Und vielleicht befanden sich einige Erdhügel an Stellen, wo vorher keine waren. Ich kann das mit ziemlicher Sicherheit sagen, schließlich sehen wir Katzen im Dunkeln sehr viel besser als Menschen. Was für Imogen eine unbestimmte Ahnung war, ist für mich absolute Gewissheit. Etwas ist geschehen, doch was passiert und wer der Urheber war, weiß ich nicht. Wahrscheinlich haben bloß ein Hund oder eine Katze, die bei uns nichts verloren haben, im Beet gescharrt. Oder ein Marder hat auf der Suche nach Fressbarem ein wenig gebuddelt und aufgegeben, bevor er fündig wurde. Zudem roch es dort anders als am Mittag. Was viele Ursachen haben kann. Es ist ein Jammer, dass Imogen es überhaupt so weit hat kommen lassen. Mit unserem friedlichen Leben ist es nun vorbei. Der eindeutige Beweis hierfür ist die endlose Karawane, die besonders Imogen vor lauter Unruhe zwischen Bett und Toilette vollführt. Warum tut sie sich das an, warum tut sie es dem ahnungslosen Richard an und warum mir? Hätte sie von Anfang an mit offenen Karten gespielt, ihr und uns würden sicher eine Menge unliebsamer Dinge erspart bleiben. Ich bin entsetzlich erschöpft. Dies ist nun die zweite Nacht in Folge, in der meine Ruhe empfindlich gestört ist. Manchmal wünsche ich mir einen endlosen Schlaf, einen tiefen, friedlichen, traumlosen Schlaf, der mich davor bewahrt, beim Aufwachen mit den gleichen Dingen konfrontiert zu werden, die schon vor dem Einschlafen auf meiner Seele lasteten und die ich nicht ändern kann.

3. Kapitel

Früh am Morgen verließ sie mit ihrem blauen Aktenordner unter dem Arm das Haus, und ihr forscher Gang verriet, dass sie guter Dinge und voller Optimismus war. Von der ängstlich durchwachten Nacht war ihr nichts anzumerken. Sie hatte ihre blonden Haare elegant hochgesteckt. Die Wimpern um ihre blauen Augen herum waren schwarz getuscht und ganz entgegen ihrer Gewohnheit hatte sie sogar ein wenig Make-up aufgelegt. Nach einer schnellen Tasse Kaffee und einem trockenen Brötchen im Stehen vor der Küchenanrichte warf sie schwungvoll den weiten Mantel über ihren schwarzen Hosenanzug und war zur Haustür hinausgerauscht. Die ganze Zeit über umspielte ein verschmitztes Lächeln ihren Mund. Allem Anschein nach erwartete sie von diesem Tag nur das Beste.

Als sie vorhin zurückkehrte, war sie dermaßen bombastischer Stimmung, dass sie mir ein Stück frische Leber vorsetzte, ohne dass ich wie sonst, wenn mir der Sinn nach etwas Besonderem steht, den Kühlschrank mit fordernden Blicken traktieren musste. Sie wollte ihr Glück mit mir teilen. Ich sollte ebenfalls in Festtagsstimmung versetzt werden.

Richard telefoniert sie kurze Zeit später ihren beruflichen Erfolg durch. Nicht nur hat der Chefredakteur des ›Bergischen Boten‹ ihre Reportage zu aktuellen Missständen in der städtischen Müllentsorgung ohne Änderungen angenommen, auch ist ihr an diesem Morgen ein Doppelstreich bei der Wohnungsvermittlung gelungen. Sie hat gleich zwei Wohnungen im Stadtteil Bensberg beim ersten Besichtigungstermin losbekommen. Eine Frau um die dreißig und ihre Mutter hatten sich zur Anmietung entschlossen, wobei die spontane Entscheidung dadurch begünstigt wurde, dass sich die Wohnungen im selben Haus befinden. Die beiden wollten wohnungstechnisch betrachtet nahe beieinander, jedoch nicht in derselben Wohnung leben. Insofern waren sie regelrecht heiß darauf, auf der Stelle verbindliche Vorverträge abzuschließen, damit ihnen bloß keiner die Wohnungen vor der Nase wegschnappt. Imogens anschließende Gespräche mit dem Vermieter verliefen gut. Er akzeptierte die Leute, war anscheinend sehr angetan von Imogens schneller Weitervermietung und von den künftigen Mietern. Ein Beamtenjob und eine sichere Rente sind Balsam für die Vermieterseele.

Imogen ist an diesem Mittag Feuer und Flamme für ihre Arbeit, und Richard am anderen Ende der Leitung freut sich eindeutig mit ihr. Sie strahlt über das ganze Gesicht. Alle Gewissensqualen der vergangenen Tage sind wie weggewischt. Das Leben ist schön, es hält bislang an diesem Tag nur gute Dinge für sie bereit. Gerade lehnt sie entspannt gegen die Küchenanrichte und belohnt sich mit einem starken doppelten Espresso. Von dem Schälchen mit den belgischen Pralinen nimmt sie eine und lässt sie genießerisch auf der Zunge zergehen. Dann kippt sie den restlichen Espresso in einem Zug hinunter.

Für eine genussfreudige Katze ist es ein Glück, in einem solchen Haushalt zu leben. Wenn Menschen Gutes zu schätzen wissen, sind sie viel eher bereit, ihren Tieren leibliche Leckerbissen zu gönnen. Imogen ist in dieser Hinsicht sehr großzügig. Nie geizt sie für andere und sich mit kleinen Leckereien nebenbei. Nach ihren Erfolgen und der anschließenden bittersüßen Belohnung in Form von Kaffee und Praline könnte sie jetzt eigentlich ein Nickerchen halten. Drei Mietobjekte innerhalb von nur 24 Stunden zu vermitteln, das schaffen die meisten ihrer Kollegen nicht einmal in einem ganzen Monat, und wenn man ehrlich ist, gelingt das auch Imogen nur gelegentlich. Um genau zu sein, ist das heute eine Uraufführung gewesen. Wie drückte sie es am Telefon doch so schön aus: Es ist, als ob Weihnachten und Ostern auf einen Tag fällt. Da das nie passiert, wird dieser Erfolg wohl einmalig bleiben. Sollte man nicht aufhören, wenn es am schönsten ist? Besser kann es ja kaum noch werden. Richard würde da sicher zustimmen. Als Beamter ist er unkündbar mit gutem Gehalt. Er hat leicht reden. Würde man die Frau, für deren Firma Imogen arbeitet, nicht bestens kennen, könnte man erwarten, dass gleich das Telefon klingelt und Frau Staufenbiel ihrer besten Mitarbeiterin im Bereich Vermietung aufgrund der hervorragenden Arbeit eine Prämie in Aussicht stellt oder ihr zumindest ein dickes Lob ausspricht. Frau Staufenbiel hingegen lobt äußerst selten, um genau zu sein, nie, und das Wort Prämie ist in der Staufenbiel Immobilien GmbH ein Fremdwort. Dort ist man schon froh, wenn die Chefin einem innerhalb von 8 Wochen nach einem Vermittlungserfolg die Provision überweist. Das Telefon bleibt still, was Imogen nicht weiter erschüttert. Im Gegenteil, sie ist unverändert guter Laune.

Nachdem sie ihre Bürokleidung gegen alltagstaugliche Jeans und einen Pullover gewechselt hat, wirft sie ihre Gartenjacke über und marschiert geradewegs zur Hintertür hinaus. Ich wische mit Mühe und Not hinterher. So energiegeladen ist sie, dass sie mir die Tür fast vor der Nase zugeworfen hätte. Einen Moment wirkt ihr Gesicht wie versteinert, als sie den ersten Fuß auf die Pflastersteine setzt. Doch das bemerkt nur der aufmerksame Beobachter mit sehr feinen Antennen. Aus dem Geräteschuppen holt sie einen Eimer und eine Harke und läuft damit zum Gemüsebeet.

Die Sonne scheint kraftlos am blässlichen blauen Himmel und das von Imogen sonst eher als lästig empfundene Unkrautjäten ist an diesem Tag die körperliche Herausforderung schlechthin, nach der ihr gerade der Sinn steht. Fraglos ist Gartenarbeit und die mit ihr einhergehende stressfreie Bewegung im Grünen eine sehr erbauliche Betätigung und ein guter Ausgleich für Leute, die beruflich viel sitzen oder unter Dauerdruck stehen. Es gibt bekanntlich guten Stress, der mit Hochgefühlen positiver Art einhergeht und die betreffende Person zu Höchstleistungen anspornt, und bösen Stress, der zu nichts anderem führt als Resignation und den Körper entsprechend negativ beeinträchtigt. Beruflicher Erfolg ist nicht einfach so zu haben, und selbst der gute Stress bedeutet Anspannung. Eine Anspannung, die Imogen nun offensichtlich erfolgreich am Gemüsebeet abreagieren will. Vielleicht muss sie sich auch noch wegen anderer Dinge abreagieren, doch lassen wir das Thema, Schwamm drüber.

Bevor sie loslegt mit Unkrautjäten, hat sie das Beet sehr genau in Augenschein genommen. Sie wirkt seltsam ruhig, wie sie ihren Blick schweifen lässt. Anscheinend war ihre Nervosität letzte Nacht völlig unbegründet. Möglicherweise liegen ein paar der von ihr ausgerupften Unkräuter etwas anders da als zuvor. Aber das kann viele Gründe haben, nicht zuletzt wehte gestern ein rauer Wind und es hatte wie aus Kübeln gegossen.

Sie beginnt, systematisch Unkraut zu jäten. Dabei spart sie Wolfs Grab weiträumig aus. Es ist völlig unmöglich, heute das ganze Beet zu schaffen. Dafür wuchert zu viel Grünzeug auf dem fetten Mutterboden. Imogen arbeitet mit hohem Kräfteeinsatz, als ob es kein Heute und kein Morgen gäbe.

Als sie sich einmal mit Harke und Eimer der Grabstelle gefährlich nähert, hält sie inne und stiert auf die losen Unkrautsoden, mit denen sie Wolfs Grab gepflastert hatte. Nimmt sie die leichte Delle wahr, die sich am Fußende des Grabes befindet? Keine Frage, sie hat sie gesehen und holt im nächsten Augenblick mit der Harke aus und befördert einen Schwung feuchter Erde in die Vertiefung. Kurze Zeit später ist die Delle verschwunden und Imogen fährt mit verbissener Miene mit Jäten fort. Da sie keine Anstalten macht, aufzuhören, beschließe ich, mir im Garten ein wenig die Füße zu vertreten.

Die wie besessen jätende Imogen einstweilen ihrem Schicksal zu überlassen, war eine gute Entscheidung. Das stelle ich fest, als ich von ferne an unserem Haus ein schmuddelig wirkendes Wesen mit langen, weißlichen Haaren erblicke. Es kauert vor unserer Hintertür, und als ich erbost näher komme - erbost, weil dort niemand außer Imogen, Richard und mir etwas verloren hat -, erkenne ich, dass es sich um eine ziemlich heruntergekommene weibliche Katze handelt. Sie hat ein sehr plattes Gesicht mit einer noch platteren Nase und blauen Augen. Ihr Fell ist dreckig und zerzaust. Ihrem ganzen Erscheinungsbild nach wirkt sie wie eine vernachlässigte Rassekatze, die seit Wochen keine Bürste mehr gesehen hat. Man mag zu diesen Viechern stehen, wie man will. Grundsätzlich finde ich es schlimm, ja, es macht sie zu bedauernswerten Kreaturen und lässt sie ganz und gar unkätzisch erscheinen, dass sie nicht ohne menschliche Hilfe auskommen, um einigermaßen passabel auszusehen.

Als sie mich erblickt, weicht sie ängstlich ein paar Schritte zurück. Recht so! Anscheinend erkennt sie, wer hier der Boss ist. Ihre Vorsicht währt nur wenige Augenblicke. Sobald sie merkt, dass ich eigentlich ein ganz netter Zeitgenosse bin, weil ich sie nicht sofort verjage, jammert sie mir mit ihrer unsäglich hohen piepsigen Stimme die Ohren voll. Ich brauche sie gar nicht zur Rede zu stellen, alles, was mich interessieren könnte, sprudelt unaufgefordert aus ihrem rosigen

Mäulchen. Derweil bewahrheiten sich meine schlimmsten Befürchtungen. Sie ist eine von diesen überkandidelten Rassekatzen aus einer jener mehr als merkwürdigen Zuchten, und einen entsprechend penetranten Namen haben sie ihr auch verpasst. Sie sei Rosalinda von Hohenburg, Perserin blauen Blutes über mehr als acht Generationen und, was sie so gar nicht gewohnt sei, seit mehreren Tagen auf der Straße unterwegs. Ihr alter Herr sei nicht nach Hause gekommen, morgens sei er gegangen und sie habe lange Stunden auf ihn gewartet. Hungernd, durstend habe sie in ihrer Wohnung ausgeharrt, doch entgegen seiner Gewohnheit sei er nicht zurückgekommen.

Nach schier endloser Warterei, die sie zwischen Hoffnung und schlimmsten Befürchtungen verbracht habe, sei sie durch das offen stehende Küchenfenster gesprungen und habe sich auf die Suche nach einem neuen Zuhause gemacht. Anfangs hätte sie noch versucht, seinen Spuren zu folgen, aber leider, leider sei sie sehr ungeübt in diesen Dingen. Sie habe bald seine Fährte verloren und sei dann mehr oder weniger aufs Geratewohl weitergelaufen, stets auf der Hut vor allgegenwärtig lauernden, ihr völlig fremden Gefahren. Auf meine Frage, warum sie ausgerechnet vor unserer Hintertür steht und was ihr einfällt, sich dort unbefugterweise aufzuhalten, antwortet sie piepsend, dass es ihr irgendwie hier sympathisch sei. Sie zieht ein spitzes rosiges Schnütchen, wie sie das sagt, was bei ihrer überaus platten Nase sehr eigentümlich wirkt. Augenscheinlich ist sie eines von diesen überzüchteten Katzenwesen, die sich nur durch Anbiederei zu helfen wissen. Die wenigen Rassekatzen, die ich bislang getroffen habe, waren alle mehr oder weniger wie sie, verzärtelt, hilfsbedürftig, eitel und hoffnungslos abhängig. Solche Katzen sind eine Schande für unsere Art, es ist peinlich, wie fremdbestimmt sie sind, und sie schämen sich nicht einmal dafür. Obgleich ich eine gewisse Achtung empfinde, dass sie es bis zu uns geschafft hat und sie mir in ihrer absoluten Hilflosigkeit und Heruntergekommenheit ein kleines bisschen leidtut, beschließe ich, dass es besser ist, sie einfach links liegen zu lassen. Sie hat in meinem Garten nichts verloren, und ich bin nicht mehr in dem Alter, in dem man auf amouröse Abenteuer scharf ist. Ich gehe zurück zu Imogen und fauche wütend, als ich merke, dass Rosalinda mir folgt. Dünnhäutig wie sie ist, kehrt sie brav um und ich hoffe, dass sie sich eine andere Bleibe sucht. Bei uns ist kein Platz für solche wie sie. Das Letzte, was ich von ihr sehe, ist ihre zittrige Schwanzspitze, die hinter den kahlen Ästen unseres Rotahorns verschwindet.

Imogen ist auf dem Beet inzwischen ins Schwitzen gekommen. Sie streicht sich eine Haarsträhne aus dem Gesicht, als sie mich sieht.

»Gleich fertig, Dag«, sagt sie betont heiter. »Dann können wir Anfang April sofort mit der Aussaat beginnen.«

Sie lächelt. Wenn sie eine Sache erfolgreich erledigt hat, schaut sie oft so. Ich traue meinen Ohren nicht, sie kann nicht ernsthaft vorhaben, über dem toten Fahrradfahrer ihre Bohnen und Radieschen zu ernten. Anscheinend ist sie nicht ganz bei sich, wahrscheinlich hat sie von der ungewohnten Betätigung an der frischen Luft mitten im nasskalten Winter einen Sauerstoffschock erlitten. Sonst wirkt sie aber ganz normal. Das Beet sieht nun richtiggehend aufgeräumt aus. Nirgendwo ist mehr ein Spierchen Grün zu sehen, überall hat sie den dunklen, fetten Mutterboden freigelegt. Es ist von jeher ein Fehler, Imogen zu unterschätzen. Man sollte ihre Absichten grundsätzlich ernst nehmen, das lehrt mich diese Szene erneut. Nie im Traum hätte ich geglaubt, dass sie das Beet innerhalb von nur wenigen Stunden vollständig von Unkraut befreien kann.

Als wir nach getaner Arbeit zum Haus kommen, sitzt der lebende Wischmob tatsächlich vor der Tür. Mir schwant Schlimmes. Rosalinda hockt in ihrer abstoßenden Schmuddeligkeit nicht nur vor unserer Hintertür, nein, sie veranstaltet dort mit hoher weinerlicher Stimme maunzend eine Art Sitzblockade. Dabei wirkt sie dermaßen jämmerlich, dass Imogen auf der Stelle weich wird und sie mit ins Haus lässt, nicht ohne die arme, arme Katze aufrichtig und mit wärmsten Worten zu bedauern. Sie beugt sich herunter und streichelt sie. Imogen hat ein viel zu gutes Herz. Von jeher schon. Widerstrebend folge ich den beiden. Also gut. Soll sie sich ruhig ein wenig bei uns erholen, es ist sonnenklar, dass Rosalindas Aufenthalt bei uns nicht lange währt, dafür ist gesorgt. Imogen hat öfter solche Anwandlungen und nimmt streunende Katzen bei uns auf. Zum Glück hat es bisher keine länger als ein paar Tage ausgehalten, trotz allem leiblichen Wohlergehen. Der Spuk war so schnell vergangen, wie er gekommen war. Kein anständiger Kater, der etwas auf sich hält, duldet auf Dauer einen Konkurrenten neben sich. Doch Rosalinda ist nicht gerade ein Konkurrent, sie ist eine Katze, noch dazu recht jung, sicher keine zwei Jahre alt, und sie wirkt entsetzlich abgewirtschaftet. Man muss Mitleid mit ihr bekommen, insofern kann ich Imogen sogar ein wenig verstehen. Wenn sie erst gewaschen und gebürstet ist, kann sie sich bestimmt trotz ihres platten Gesichts sehen lassen.

Grundsätzlich sind Katzen, die keine Ahnung vom wahren Leben haben und nie mit einem Regentropfen in Berührung gekommen sind, abzulehnen. Bei Rassekatzen ist das meistens der Fall, auch wenn sie daran selbst keine Schuld tragen. Die Menschen sperren sie ein und so manche von ihnen kommt lebenslänglich nicht in den Genuss einer fangfrischen Maus oder des wohligen Rekelns auf einer grünen Frühlingswiese im Sonnenschein. Insofern sind sie arm dran. Sie kennen das wahre Leben nicht, weder seine Schatten- noch die Sonnenseiten. Die meisten ahnen nicht einmal, was ihnen entgeht. Als logische Konsequenz sind viele von ihnen intellektuell und körperlich ziemlich degeneriert. Tagein, tagaus ein Leben zwischen Sofa und Küchenherd zu verbringen - da muss man ja abstumpfen. Obwohl Rosalinda wie der Prototyp der dämlichen Rassekatze schlechthin aussieht, ist sie augenscheinlich nicht auf den Kopf gefallen. Das zumindest muss man ihr lassen. Imogen hat sie mit ihrem jämmerlichen Gequäke und den unterernährten Blicken aus wässrig blauen Augen spielend um den Finger gewickelt.

Als die Fremde unsere Küche betritt, tut sie, als ob sie bei uns zu Hause wäre und fällt mit Heißhunger über meine üppig gefüllten Näpfe her. Anscheinend bildet sie sich ein, dass sie ein Recht darauf hat, überhaupt, dass es ihr gutes Recht ist, in diesem Haushalt aufgenommen zu werden. Da sie nasenbetäubend stinkt, stellt Imogen sie kurzerhand in die Badewanne und shampooniert ihr Fell. Dass die Perserin diese einer Katze gänzlich unwürdige Prozedur ohne mit der Wimper zu zucken über sich ergehen lässt, zeigt, wie degeneriert sie ist. Der dem Duschkopf entströmende üppige Wasserstrahl beeindruckt Rosalinda kein bisschen, im Gegenteil, sie wirkt regelrecht dankbar, dass Imogen sie von ihrem dreckigen Pelz erlöst und leckt während des Waschens freudig erregt die Hand meiner Herrin. Einen neuen Namen hat sie auch schon. Imogen nennt sie Muschi, was, wie ich finde, ein angemessener Name für eine eingebildete Perserin ist. Als die Blaublütige, die nach überstandenem Bad und Trockenfönen tatsächlich sehr edel aussieht, zum ersten Mal ihren neuen Namen hört, zuckt sie eingeschnappt zusammen und zieht eine kleine Schnute. Aber sie kriegt sich schnell wieder ein. Demütigen lässt sie sich nicht so leicht, ihre Schmerzgrenze ist verhältnismäßig hoch. Von den Geschehnissen reichlich echauffiert, sinkt sie bald auf Tante Johannas Schaukelstuhl nieder, wo sie in einen bleiernen, Stunden währenden Schlaf fällt.

Am frühen Nachmittag klingelt es an der Haustür. Es ist Patrick, Imogens Studienfreund aus der Zeit, als sie an der Universität von Reading in England ein Auslandsjahr absolvierte. Als Imogen ihren besten Freund erblickt, strahlt sie übers ganze Gesicht, die beiden umarmen sich herzlich. Patrick, der ein gutes Stück größer ist als sie, beugt sein längliches mit einem braunen Vollbart halb verdecktes Gesicht zu ihr herunter. Die Halbglatze an seinem Hinterkopf ist in der letzten Zeit größer geworden, seine glatten braunen Haare ein wenig grauer. Doch wirkt er unverändert athletisch, er ist schlank, passionierter Marathonläufer mit einem unverbrüchlichen Optimismus und einem wundervollen schwarzen britischen Humor.

Patrick kommt herein und wirft seine Jacke lässig über die Garderobe. Hand in Hand schlendern Imogen und er ins Wohnzimmer. Sie können kaum voneinander lassen, so erfreut sind sie, sich zu sehen. Er ist oft bei uns, fühlt sich fast wie zu Hause, was Richard bisweilen zu viel wird. Eifersucht ist ein gutes Indiz für eine funktionierende Beziehung. Zu viel Eifersucht kann krankhaft sein.

Imogen und Patrick haben damals in Reading eine Freundschaft fürs Leben geschlossen, und auch wenn sie nie ein Paar waren, so sind sie seitdem beste Freunde. Es dauerte gar nicht lange, da folgte Patrick ihr nach Deutschland. Die Sehnsucht war offenbar zu groß. Er bewarb sich an der Universität Köln um eine Stelle, wo er seit mehreren Jahren englische Literaturwissenschaften lehrt. Sein Spezialgebiet ist der englische Roman des 19. und 20. Jahrhunderts. Imogen und Patrick sind sozusagen unzertrennlich, ungeachtet der Tatsache, dass Imogen mit Richard zusammen ist und Patrick bereits vor dem Studium mit seiner jetzigen Frau Veronica ein Paar war. Veronica, die die enge Freundschaft der beiden stets ein wenig misstrauisch beäugt, war mit nach Deutschland gekommen, musste ihren Job als Physiotherapeutin allerdings zunächst ruhen lassen, da ihre Deutschkenntnisse nicht ausreichten. Die Patienten verstanden sie nicht, was eine schlechte Voraussetzung ist, wenn man jemandem helfen will. Bald kam das erste Kind, vor einem halben Jahr kamen Zwillinge hinzu. Nun ist sie Vollzeitmutter, eine Arbeit außerhalb des Hauses kommt zurzeit nicht für sie infrage. Sie hat die Kinder nicht bekommen, um sie dann wegzuorganisieren, erklärt sie gerne, wenn jemand sie darauf anspricht. Patrick findet es gut, dass sie so denkt. Haushalt und Kinderversorgung sind sein Ding nicht. Schließlich ist er Wissenschaftler, und wenn er nicht gerade an der Universität lehrt und forscht, verbringt er viel Zeit mit Studien, also Lektüre, und, wie man heute wieder sieht, der Pflege von privaten Kontakten.

»Die neueste Errungenschaft?«, fragt er und deutet auf das weiße Fellbündel, als er sich auf den Sessel gegenüber dem Schaukelstuhl fallen lässt.

»Ein vorübergehendes Pflegekind. Sie saß ziemlich abgebrannt auf unserer Hintertreppe«, sagt Imogen achselzuckend. »Ich will sie aufpäppeln und danach ein neues Zuhause für sie suchen. Leider ist sie nicht tätowiert und einen Chip konnte ich nicht ertasten. Vielleicht setzt ja jemand eine Suchanzeige in die Zeitung. Was verschafft mir die unerwartete Ehre deines Besuchs?«, wechselt sie unvermittelt das Thema.

Imogen ist in die Küche gegangen, um Wasser aufzusetzen. So lange kennen die beiden sich, dass sie gar nicht zu fragen braucht, was Patrick trinken will. Er trinkt zu jeder Tages- und Nachtzeit Tee. So gehört es sich für einen Engländer, jedenfalls für einen, der etwas auf sich hält. Dieses Klischee erfüllt er gerne.

»Die Sache ist die«, murmelt Patrick. Er ist Imogen in die Küche gefolgt und streicht verlegen mit den Fingern über seinen Vollbart.

»Eine Katastrophe?«, fragt Imogen und mustert besorgt sein Gesicht. An und für sich sieht er aus wie immer. Ein wenig blasser vielleicht, die Falten auf seiner hohen Stirn wirken tiefer als sonst.

»Möglich, nein, eigentlich ist es nicht ganz so schlimm«, nickt Patrick. »Veronica und ich haben uns getrennt. Vorübergehend«, ergänzt er, als Imogen ihn erschrocken ansieht.

»Oje, warum das denn?« Sie zieht sich einen Küchenstuhl heran und setzt sich verdattert hin. »Ihr wart so glücklich, besonders seitdem ihr die Zwillinge habt.«

»Wie wahr, doch die haben alles geändert«, meint Patrick und runzelt nachdenklich seine Stirn. »Wen Gott bestrafen will, dem erfüllt er alle seine Wünsche«, fügt er philosophisch hinzu und starrt ins Leere, irgendwo vor sich zwischen Küchenboden und Fußleiste.

»Verstehe ich nicht.« Imogen ist fassungslos. »Was ist passiert?« Sie wärmt gerade die Teekanne mit heißem Wasser vor. In England und nicht zuletzt von Patrick hat sie gelernt, dass Tee zu seiner vollen geschmacklichen Entfaltung kommt, wenn er in einer vorgewärmten Kanne zieht.

»Seit die Zwillinge da sind, liegen wir uns nur in den Haaren. Veronica ist total gestresst, wenn Amy endlich schläft, schreit Norman und umgekehrt. Sie kommt zu nichts anderem mehr. Mit 40 Jahren ist sie keine junge Mutter, nervlich entsprechend weniger belastbar und manchmal schnell erschöpft. Mich gibt es in ihrem Leben überhaupt nicht mehr. Sie nimmt mich lediglich als Kindsvater und Handlanger wahr. Ich soll mehr zum Haushalt beitragen, findet sie. Dabei helfe ich ihr, wo ich kann, aber ich muss doch auch zur Uni, arbeiten, Geld für uns verdienen. Das muss sie schließlich einsehen. Diese Arbeitsteilung hat bisher fantastisch funktioniert.« Patrick blickt ratlos zu Imogen herüber. »Jetzt nicht mehr.«

»Wenn das alles ist, bin ich beruhigt«, winkt sie erleichtert ab. »Ihr habt Stress, weil die beiden Kleinen mehr Arbeit und Zeitaufwand bedeuten. Das wächst sich aus, du wirst schon sehen. Je älter die Kinder werden, umso pflegeleichter sind sie. Und schneller, als dir lieb ist, sind sie aus dem Haus, und dann wundert ihr euch, dass ihr euch jemals solche Probleme gemacht habt.«

»Sei froh, dass Richard und dir solche Belastungsproben erspart bleiben«, murmelt Patrick wenig überzeugt und nippt mit spitzen Lippen an der heißen Teetasse, die Imogen vor ihn hingestellt hat.

»Ich hätte das gerne in Kauf genommen, aber es hat bei uns eben nicht funktioniert«, räumt sie bedauernd ein. »Leider.«

»Du weißt gar nicht, wie ich euch beneide.« Patrick sagt das im Brustton der Überzeugung. Imogen sieht ihn ungläubig an. Anscheinend meint er das tatsächlich ernst.

»Und jetzt?«, fragt sie. »Wie soll es weitergehen?«

»Wir machen eine Beziehungspause.«

»Aha.«

»Wir haben uns für eine Weile getrennt, um dann wieder zusammenzukommen.«

»Sie sorgt für die Kinder und das Haus, wie gehabt«, schlussfolgert Imogen. »Und du bist erst mal weg. Wie wollt ihr euch da zusammenraufen? Und wer bestimmt den richtigen Zeitpunkt?«

»Eine Atem- und Denkpause ist manchmal überaus hilfreich«, doziert Patrick mit hochgestrecktem Zeigefinger. »Durch den vorübergehenden Verlust hat man erst die Chance zu bemerken, was einem fehlt. Das ist ungefähr so, wie wenn das Wetter immer schön wäre. Man wüsste es gar nicht zu schätzen.«

»Na, wenn das mal hinhaut.« Imogen ist nicht überzeugt. »Meinst du nicht, dass man durch die größere Distanz zueinander auf einen ganz anderen Geschmack kommen könnte und am Ende feststellt, dass es genauso gut ohne den anderen geht? Die Gefahr besteht doch, oder?«

»Das kann passieren, muss aber nicht«, sagt Patrick schlau.

»Ah ja. Na, dann drücke ich die Daumen, dass euer Plan aufgeht.«

»Danke.« Er zieht eine undefinierbare Grimasse. »Ich brauche deine Hilfe, Imogen.«

»Was kann ich tun?«

»Ich bin ja nun vorübergehend heimatlos.« Er druckst

ein wenig herum. »Meinst du, also, wäre es wohl möglich, für ein paar Tage bei euch unterzuschlüpfen? Nur für ein paar Tage. Veronica und ich einigen uns bestimmt schnell.«

»Grundsätzlich ist das kein Problem«, räumt Imogen ein. »Du könntest das Gästezimmer unter dem Dach haben, da bist du ungestört. Das zweite Bad neben dem Gästezimmer ist leider außer Betrieb. Einige Leitungen sind undicht und müssen repariert werden«, fügt sie bedauernd hinzu. »Du müsstest unser Badezimmer mitbenutzen. Für ein paar Tage geht das sicherlich«, überlegt sie laut. »Ich kann das allerdings nicht alleine entscheiden, ich muss Richard fragen, ob er einverstanden ist.«

»Natürlich«, nickt Patrick verständnisvoll. »Das verstehe ich.«

»Wann willst du kommen?« Imogen hat ihren alten Freund nicht aus den Augen gelassen, sie kennt ihn in- und auswendig und merkt ihm an, dass die ganze Wahrheit noch nicht auf dem Tisch ist.

»Nun«, er windet sich ein wenig, »eigentlich ...«, sagt er zögerlich, »sind meine Sachen im Auto. Ich könnte sofort bleiben.«

»Du bist von der schnellen Truppe«, stellt Imogen lachend fest. »Lange gefackelt hast du ja nie, wenn Entscheidungen anstanden. Nun gut, verstehe. Trotzdem muss ich mit Richard sprechen. Ich rufe ihn an, das ist zwar nicht optimal, aber geht wohl nicht anders. Wir brauchen seine Meinung sofort. Du kannst ja inzwischen mit Muschi spielen, vielleicht frisst du einen Narren an ihr, dann kann sie gleich mit umziehen, wenn du zu Veronica zurückgehst.«

Imogen verlässt den Raum, um ungestört in ihrem Arbeitszimmer zu telefonieren. Sie weiß, dass sie Richard durch das Telefonat praktisch das Messer auf die Brust setzt. Er wird ihr kaum Patricks Bitte abschlagen, schließlich ist er ihr langjähriger Freund. Guten Freunden verweigert man ungern die Hilfe. Vor allem, wenn sie in einer solchen Klemme stecken wie Patrick. Sicher ist es für künftige Zusammentreffen Veronicas und Patricks viel angenehmer, wenn sie in vertrautem Umfeld in Imogens und Richards Haus stattfinden, als in irgendeinem fremden, anonymen Hotel.

Erwartungsgemäß stimmt Richard dem spontanen Einzug Patricks zu. Zwar grummelt er weitgehend Unverständliches in den Hörer, als Imogen ihm ihre Bitte vorträgt, was sich anhört wie »Hoffentlich weiß er mittlerweile, wie ein Spültuch aussieht« und »Darf ich davon ausgehen, dass er weiß, wozu eine Waschmaschine gut ist?«. Richard schätzt Patrick zwar als Freund, aber er hält ihn für ziemlich abgehoben, was die praktischen Dinge des Lebens betrifft. Nie wird Imogen vergessen, wie die beiden Männer während eines Ferienaufenthaltes in einem gemeinsam gemieteten Ferienhaus vor ein paar Jahren in Dänemark aneinandergeraten waren. Patrick hatte sein gebrauchtes Geschirr stets dreckig auf der Küchenanrichte stehen lassen. Er dachte gar nicht daran abzuspülen und überließ die Arbeit immer den anderen. Seine schmutzigen Unterhosen hatte er notdürftig in der Küchenspüle mit der Hand gewaschen und anschließend auf den Stuhllehnen im Wohnzimmer getrocknet. Das hatte Richard damals zur Raserei gebracht. Richard ist im Haushalt äußerst umtriebig, er spült ab, wäscht, bügelt, putzt Fenster. Häusliche Unordnung und Dreck kann er nicht ausstehen. Imogen lacht erleichtert. »In einem Haushalt mit drei kleinen Kindern wird er einiges gelernt haben«, erwidert sie heiter. »Dann bist du also einverstanden, fein.«

»Nur, wenn er in absehbarer Zeit wieder abschiebt«, ergänzt Richard. »Ich habe keine Lust, meine Frau dauerhaft zu teilen.«

Imogen lacht daraufhin. Sie findet es schmeichelhaft, dass Richard nach all den gemeinsamen Jahren immer noch eifersüchtig ist. Natürlich weiß er, dass zwischen ihr und Patrick nie etwas war und zumindest von ihrer Seite her nie etwas sein wird. Sie verstehen sich prächtig, sexuell anziehend hat sie ihn jedoch nie gefunden, von Anfang an nicht.

Als sie ins Wohnzimmer zurückkommt, ist Patrick spurlos verschwunden. Sie hört die Haustür ins Schloss fallen. Patrick kommt ins Haus. Dabei hat er drei riesige Reisetaschen und einen gigantischen bunten Blumenstrauß, den er Imogen mit einer kleinen Verbeugung überreicht.

»Hast du gelauscht?«, fragt sie überrascht und nimmt die Blumen entgegen. »Danke schön. Wie ich sehe, hast du dich gut präpariert. Willst du dir mit den Blumen die Gunst der Gastgeberin erschleichen?«

»Das ist meine Eintrittskarte zum Paradies«, tönt Patrick fröhlich. »Weit und breit kein schreiendes Kind, keine stinkenden Windeln. Mir war klar, dass Richard einen alten Kumpel nicht hängen lässt.« Patrick grinst. »So was macht er nicht.«

»Stimmt. Du darfst bleiben. Nur nicht zu lange«, fügt Imogen hinzu. »Und du musst dich an die Hausordnung halten, sonst fliegst du.«

Patrick findet den Gedanken anscheinend äußerst amüsant. »Kein Thema.« Er nickt und macht sich ächzend daran, seine drei Taschen nach oben zu tragen.

»Ihr werdet nicht merken, dass es mich hier überhaupt gibt!«, ruft er übermütig. Dann hört man nur sein Ächzen und seine schweren Schritte. Anschließend herrscht Stille.

Für Imogen ist es gut, dass er da ist. Gerade jetzt. Nun ist Leben im Haus. Patrick mit seiner unbeschwerten Art wird sie, ohne sich dessen bewusst zu sein, von den düsteren Geschehnissen der vergangenen Tage ablenken. Selbst wenn er morgens nach Köln muss, um Kurse und Vorlesungen abzuhalten, wird er die meiste Zeit des Tages zu Hause, also bei uns, verbringen. Seine Ehekrise bietet zusätzlichen Gesprächsstoff und beschäftigt Imogen sicher sehr. Obgleich sie von jeher mehr Patricks Freundin war, so empfindet sie für Veronica durchaus Sympathie. Auch die beiden kennen sich sehr lange. Veronica und Imogen sind zwar grundverschieden, sie leben in anderen Welten, was an ihren freundschaftlichen Gefühlen füreinander jedoch nichts ändert. Imogen ist es bestimmt nicht egal, was aus Veronica und den Kindern wird. Der unliebsame Tote im Garten wird durch all das in Vergessenheit geraten. Das ist absehbar. Schon die gewohnt launige Gesprächsführung zwischen Imogen und Patrick hat meine Herrin in eine heitere, beschwingte Stimmung versetzt. Nun ist sie ganz die Alte. Richard weiß nichts vom unseligen Fahrradfahrer, Patrick ist genauso ahnungslos, was eine gute Voraussetzung dafür ist, dass ihr die unsäglichen Geschehnisse der letzten Tage zunehmend irrealer erscheinen. Sie war in der Vergangenheit durchaus imstande, unangenehme, belastende Dinge einfach zu verdrängen. Wenn nun Neues, Aufregendes passiert, gelingt es ihr gewiss spielend, Wolf einfach zu vergessen. Irgendwann hält sie seinen Unfalltod für einen bösen Traum. Das ist nur eine Frage der Zeit. In Träumen dieser Art hat sie ja bereits Übung.

Patrick kennt Imogen und Richard so lange, dass er sich bei uns nicht wie zu Hause fühlen muss. Imogen würde es im Traum nicht einfallen, ihrem besten Freund so etwas zum Empfang zu sagen und sie hat es vorhin auch nicht getan. Denn Patrick ist hier zu Hause. Das zeigt schon die Selbstverständlichkeit, mit der er sich im Gästezimmer einrichtet. Er stellt seinen Laptop auf den Tisch vor dem Fenster und gruppiert alle möglichen Aktenordner, Papiere und Stifte darum herum. Die vorhandenen Bücher räumt er aus dem Bücherregal und verstaut sie auf dem Boden in der Ecke zwischen Kleiderschrank und Wand. Dann öffnet er die erste seiner Reisetaschen und sortiert die darin befindlichen Bücher in das nunmehr leere Regal. Tatsächlich hat er eine ganze Tasche voller Bücher dabei. Kein Wunder, dass er entsetzlich ächzte, während er sich mit seinem Gepäck die Treppe zum Zimmer im zweiten Stock hochkämpfte. Die Anziehsachen aus der zweiten Tasche sind schnell im Kleiderschrank einsortiert. Seine Straßenschuhe hatte er im Erdgeschoss ausgezogen und nun schlüpft er in ein Paar gemütliche, großväterlich aussehende Filzpantoffeln, die er als Letztes der Kleidertasche entnimmt. Aus Tasche Nummer drei zaubert er so dies und das, Utensilien und kleine Accessoires, die charakteristisch für ihn sind. Einen schicken Wecker, eine digitale Personenwaage, einen kleinen Kalender, in dem er täglich sein aktuelles Gewicht vor dem Frühstück notiert. Im Badezimmer deponiert er auf der Fensterbank seinen überaus schicken Toilettenbeutel, in dem sich ein Rasierapparat mit Barttrimmer, Spezialseife für trockene Haut, ein Aftershave und ein Eau de Toilette - beides von Calvin Klein -, eine Gesichtscreme für den reifen Mann, sowie eine Zahnbürste mit sehr feinen Borsten und Zahnpasta für empfindliche Zähne befinden. Ein mehrteiliges Set für die Nagelpflege legt er separat auf die Fensterbank neben die Toilettentasche, die dermaßen übervoll ist, dass das Set keinen Platz mehr darin hat. Man beachte die beigefarbenen perlmutternen Griffe der Garnitur. Zurück im Gästezimmer, stellt er sein Pfeifenset auf die Kaminablage. Als leidenschaftlicher Pfeifenraucher verfügt er über ein ansehnliches Sortiment an Pfeifen, sogar exotische, die er stets bei sich hat, selbst wenn er nur ein paar Tage verreist. Am Schluss zaubert er aus jener Tasche mit Accessoires noch eine ganze Reihe von gerahmten Bildern. Er hat sogar an Hammer und Nägel gedacht, mit denen er nun Bilder verschiedener Couleur an den Wänden aufhängt, im Wesentlichen handelt es sich um farbige Drucke von Turner, Picasso, Klimt, Dalí und Renoir. Übrigens hat er, bevor er seine Bilder anbringt, die im Gästezimmer vorhandenen Bilder abgehängt und hinter den Kleiderschrank gestellt, zumindest die, die nicht seinem Geschmack entsprechen, also nahezu alle bis auf eines. Den Wandkalender hat er ebenfalls hängen lassen, dort trägt er sofort an einigen Tagen des aktuellen Monats seine anstehenden Termine ein. Patrick ist bekannt für sein schlechtes Gedächtnis und grundsätzlich dankbar für jede Hilfestellung im Kampf gegen die Vergesslichkeit. Wie die gegenwärtige Szene unschwer zeigt, ist er trotz seines mangelhaften

Erinnerungsvermögens imstande, bemerkenswert generalstabsmäßig vorzugehen. Es ist beachtlich, mit wie viel Überlegung und Weitsicht er beim Taschepacken vorgegangen war. Von einem überstürzten Auszug aus Veronicas und seinem Haus kann sicher nicht die Rede gewesen sein. Er hat jedenfalls nichts ausgelassen, an wirklich alles gedacht, damit seinem persönlichen Wohlgefühl im Hause Schweiger-von Stetten nichts im Wege steht.

So gewissenhaft, wie er den Raum mit seinen Mitbringseln einrichtet, könnte man den Eindruck bekommen, dass er nicht für ein paar Tage, sondern für Wochen, vielleicht sogar für immer bleiben will. Nach getaner Arbeit nimmt er zufrieden sein Werk in Augenschein und reibt sich die Hände. »Excellent«, sagt er in seiner Muttersprache und lächelt versonnen. Für den Bruchteil einer Sekunde zeichnen sich Sorgenfalten auf seiner Stirn ab, doch seine Miene hellt sich auf, als er den großen Korb mit Kamin- und Anfeuerholz erblickt. Umständlich macht er sich am Kamin zu schaffen. Dieser war seit Monaten nicht im Gebrauch und Patrick wird seine liebe Mühe haben, ihn in Gang zu bringen. Das wird ihn eine ganze Weile beschäftigen. Sehr wahrscheinlich gibt es eine ansehnliche Qualmentwicklung und den unvermeidlichen Gestank dazu. Zumal der Kamin feucht ist, was gerade im Gästezimmer an den bräunlichen Ausblühungen auf der weißen Raufasertapete erkennbar ist. Ich überlasse unseren Gast dort einstweilen seinem Schicksal. Außerdem klingelt es an der Haustür.

Durch die offene Tür dringt ein Höllenlärm ins Haus. Draußen in der Einfahrt rangiert mit aufheulendem Motor ein riesiger Umzugswagen, vor dem Nachbar Ingo Müller aufgeregt herumspringt. Imogen und Rudi Petersen, der ihr soeben freundschaftlich die Hand schüttelt, beobachten das Spektakel kopfschüttelnd. Anscheinend hat der Fahrer des Wagens die Einfahrt verwechselt und wird nun von Herrn Müller nach nebenan gelotst.

»Sie zieht aus«, sagt Rudi. »An die Côte d'Azur, in ihr Ferienhaus.«

»Die trennen sich?«, fragt Imogen erstaunt. »Die waren doch sicher …«

»… fast ein ganzes Leben lang verheiratet«, beendet Rudi den Satz. »Ja. Er hat es mir eben erzählt. Sie verstehen sich nicht mehr, streiten nur noch. Deshalb bleibt er hier und sie zieht ganz nach Frankreich. Herr Müller hat angedeutet, dass sie dort einen Freund hat. Wahrscheinlich ist es besser für die beiden.«

Eine echte Überraschung ist das nicht, zumindest nicht für mich. Als vor ein paar Tagen eine wort- und gestenreiche Auseinandersetzung der Müllers darin mündete, dass sie ihm wutentbrannt die zinnerne Dröppelminna vor die Füße schmetterte, hätte mir klar sein können, dass es nun aus ist mit den Gemeinsamkeiten nebenan. Wie oft während seines Berufslebens hatten die zwei die Besuche von Diplomatenfreunden genutzt, um mit ihnen die traditionelle Bergische Kaffeetafel zu zelebrieren mit Waffeln, heißen Kirschen und Sahne, Brot, Leberwurst und Schinken, Zimtreis und Rodonkuchen. Und über allem thronte bei diesen Gelegenheiten die sogenannte Dröppelminna, ein Gefäß aus Zinn, in dem mithilfe eines Stövchens der Kaffee warm gehalten wurde. Drehte man an einem Hahn an der Minna, dann tröpfelte der Kaffee in die Tassen, daher auch der Name. Nun ja. Obwohl nicht in Bergisch Gladbach beheimatet, fühlten sie sich, kosmopolitisch, wie sie sind, hier wie überall zu Hause und wurden nicht müde, das Außenstehenden bei jeder sich bietenden Gelegenheit zu zeigen. Johanna, die im Bergischen geboren wurde, habe ich übrigens nie bei der Veranstaltung einer Bergischen Kaffeetafel gesehen. Und was war sie für eine bodenständige Frau. Sie hat nicht einmal eine Dröppelminna besessen. In dem Moment, als Frau Müller ihrem Mann die Minna vor die Füße schleuderte, war es, als ob der ganze Lebensentwurf der beiden zertrümmerte. Die Dröppelminna lag zerbeult am Boden, der Hahn war abgesprungen, als ich, vom ersten Schreck erholt, wieder auf die Außenfensterbank der müllerschen Küche sprang, um das Geschehen weiterzuverfolgen. Doch es tat sich anschließend nichts mehr. Aus war er, der Traum vom gemeinsamen Rentnerdasein im idyllischen Bergischen Land.

»Traurig ist es trotzdem.« Imogen nickt nachdenklich. »Alle Welt trennt sich, das gefällt mir gar nicht.«

»Man muss ja nicht alles nachmachen«, lächelt Rudi. »Aber deshalb bin ich nicht gekommen. Die Abteilung Klatsch und Tratsch kommt später. Es gibt schlechte Neuigkeiten, Imogen.«

Die beiden sind in die Küche gegangen. Rudi setzt sich an den Küchentisch, während sich Imogen an der Kaffeemaschine zu schaffen macht. »Was gibt's?«, fragt sie besorgt.

»Ich habe dich gestern beobachtet, als du das Beet hinten gejätet hast.«

»Ja, und?« Imogen schaut Rudi unsicher an, einen Moment flackert ihr Blick, dann hat sie sich im Griff und schaut ihm direkt in die Augen.

»Abgesehen davon, dass deine Aktion reichlich überflüssig war, denn du kannst davon ausgehen, dass das Unkraut bis März wieder fröhlich sprießt und du noch mal ranmusst, hättest du dir die Mühe insgesamt sparen können.« Er macht eine wegwerfende Handbewegung. »Alles umsonst, für die Katz. Entschuldigung«, er nickt beschwichtigend zu mir herüber.

»Verstehe ich nicht«, sagt Imogen und schüttelt den Kopf. Wer genau hinsieht, bemerkt, dass ihre Finger ein wenig zittern, als sie die Kaffeetasse zu ihrem Mund führt. Doch Rudi fällt das nicht auf.

»Stell dir das mal vor. Ich war gestern am Spätnachmittag im Rathaus, um Baupläne einzusehen für das Grundstück für das, na, total egal wofür, jedenfalls habe ich mitbekommen, dass dort ein Ausschuss tagte, und rate mal, zu welchem Thema?« Seine Stimme hat beträchtliche Lautstärke angenommen, Rudi ist vor Wut ganz rot im Gesicht. Imogen zuckt ratlos mit den Schultern.

»Die wollen uns enteignen!«, donnert Rudi los. »So ganz klammheimlich und hintenherum!«

»Was?« Imogen starrt ihren Nachbarn an. »Wen?«

»Na, dich, mich, die Müllers, alle Grundstücke, die an das Krankenhaus grenzen. Seit Jahren kämpfen sie dort für einen Erweiterungsbau, sie wollen unbedingt eine Abteilung für Psychiatrie einrichten und dafür brauchen sie unsere Grundstücke!«, echauffiert sich Rudi. »Bisher stand die Finanzierung nicht, aber plötzlich ist Geld da und nun wollen sie bauen. In diesem Jahr! Auf unserem Land! Noch dazu zu einem Schnäppchenpreis! Wenn ich vorher gewusst hätte, dass sich in absehbarer Zeit Irre in meinem Garten tummeln, hätten wir das Haus nie im Leben gekauft. Vor zwei Jahren war das leider nicht absehbar und du hast davon anscheinend ebenfalls nichts gewusst. Herr Müller übrigens auch nicht.«

»Das glaube ich nicht!« Imogen ist blass geworden, der Schreck hat ihr die Sprache verschlagen.

»Wenn ich es dir sage!« Rudi holt tief Luft. »Die Pläne für den Bau sind schon fertig, die habe ich gestern zufällig im Bauamt hängen sehen. Alles paletti, so weit. Nur die Grundstücke fehlen. Wenn du bis heute keine Post bekommen hast, dann hast du es spätestens morgen schriftlich. Sie benötigen ungefähr die Hälfte unseres Gartenlandes und schlagen es dem Krankenhausareal zu. Den gesamten hinteren Teil deines Gartens, meines Gartens und den von Müllers kannst du vergessen. Wenn wir Glück haben, zahlen sie uns ein paar Euro pro Quadratmeter, aber eine Wahl haben wir nicht. Der Bau liegt im sogenannten allgemeinen Interesse. Aus die Maus.«

»Das können sie nicht machen«, murmelt Imogen entsetzt. »Dagegen muss man sich doch wehren können.«

»Eben nicht.« Rudi verschränkt die Arme vor seiner Brust. »Ich habe heute den ganzen Tag auf Ämtern verbracht. Wir können definitiv nichts machen. Nächste Woche kommen Geologen und nehmen Bodenproben. Die lassen nichts anbrennen. Der Bau soll noch in diesem Jahr über die Bühne gehen.« Er hält kurz inne, weil ihm auffällt, wie regungslos Imogen ihm gegenübersitzt. Sie sagt nichts und fixiert wie vom Donner gerührt den Kaffee in ihrer Tasse. Fast wirkt es, als ob die katastrophale Neuigkeit nicht zu ihr durchgedrungen wäre.

»Deshalb meinte ich, dass du das Beet umsonst gejätet hast«, fügt Rudi in gedämpfterer Lautstärke hinzu. »Ab Herbst gehen dort die Gestörten spazieren.«

»Jetzt mach mal einen Punkt!«, faucht Imogen plötzlich. Sie hat sich vom ersten Schreck erholt und ist langsam etwas mehr sie selbst. »Du hast es genau wie wir praktisch gefunden, dass das Krankenhaus so nah ist. Für alle Fälle. Man weiß schließlich nie, was einem passiert. Das war zumindest sehr beruhigend.«

»Ja, und?« Rudi verschränkt seine Arme erneut und schaut irritiert zu Imogen herüber. »Muss ich es deshalb toll finden, wenn sie uns die Hälfte unserer Gärten abnehmen?«

»Nein, aber psychisch Kranke sind keine Irren. Zudem werden die Leute sicher stationär untergebracht. Sie lassen niemand nach draußen, der irgendwie gefährlich werden könnte. Außerdem glaube ich, dass viele, die in der Psychiatrie sitzen, normaler sind, als so mancher hier draußen. Viele werden eingeliefert, und dort wieder herauszukommen, muss ziemlich schwierig sein. Letztens habe ich im Fernsehen einen Bericht dazu gesehen. Und dann kann jeder durchdrehen, wenn das, was dir zustößt, extrem genug ist. Von jetzt auf gleich, einfach so.« Sie schnipst mit den Fingern. »Du übrigens genauso, wenn du so weitermachst.«

»Willst du mir etwa drohen?« Rudi ist an diesem Tag absolut humorlos.

»Blödsinn«, wiegelt Imogen ab. »Ich meine nur, dass wir versuchen müssen, uns dagegen zu wehren. Auch wenn es noch so aussichtslos erscheint.«

»Das ist ein Kampf gegen Windmühlenflügel«, winkt Rudi kopfschüttelnd ab. »Ich bin auf jeden Fall dabei. Vielleicht hat dein Mann ja eine Idee. Als Verwaltungsmensch ist er Insider und findet möglicherweise die eine oder andere Lücke.« Richtig überzeugt sieht Rudi nicht aus, wie er das sagt. Schließlich ist er als Architekt vom Fach, eigentlich viel mehr als Richard in seinem Finanzamt.

»Ich sprech mal mit ihm.« Imogen trinkt ihren Kaffee aus, was Rudi prompt in Aufbruchsstimmung versetzt. Er schaut auf die Uhr.

»Himmel, schon fünf Uhr! Ich habe ganz vergessen, dass ich die Kinder vom Sport abholen muss. Wenn ich mich spute, schaffe ich es rechtzeitig. Sag bitte Bescheid, wenn euch etwas einfällt.« Er umarmt sie flüchtig zum Abschied.

»Natürlich.« Imogen bringt ihn zur Haustür, dann geht sie in die Küche zurück. Sie hatte sich vorgenommen, ein Begrüßungsessen für Patrick zu kochen, nach Rudis Hiobsbotschaft steht ihr allerdings danach nicht mehr der Sinn. Sie schließt die Augen, grübelt und genehmigt sich zwischendurch eine Tasse Kaffee. Baldrian wäre sicher besser in ihrer Situation. Aber leider hat Imogen keine Gewohnheit mit Beruhigungsmitteln. Eine scheinbar endlose Ewigkeit starrt sie wie paralysiert in die Kaffeetasse vor sich und steht erst von ihrem Stuhl auf, als sie das helle Klingeln von Richards Schlüsseln hört.

»Du siehst abgespannt aus«, bemerkt er und schaut besorgt zu Imogen, als sie zu dritt am qualmenden Kamin sitzen. Sie können es einfach nicht lassen. Als ob dieses Haus keine Zentralheizung hätte. Sie haben jeder ein Glas Wein vor sich, auf dem Tisch stehen die Reste der Pizza vom Pizzaservice. »Hat er dich so genervt, er ist doch erst ein paar Stunden hier?«, fragt er und blickt grinsend zu Patrick, der mehr in seinem Sessel liegt als sitzt, mit halb geschlossenen Augen genussvoll seine Pfeife schmaucht und wohlig in die Flammen lächelt. Anscheinend fühlt er sich nicht angesprochen.

»Es ist wegen der Gartensache«, murmelt Imogen. »Das wäre ganz und gar nicht in Tante Johannas Sinn gewesen, dass der hintere Teil des Gartens weggeht.«

»Ich weiß.« Richard nickt. »Aber wir sollten uns da keine Hoffnungen machen. Wenn der geplante Bau ein Zweckbau ist, und dabei handelt es sich bei einem Krankenhaus, hast du schlechte Karten, wenn du dich dagegen wehren willst, sobald ein öffentliches Interesse besteht. In der Rechtsprechung wimmelt es von solchen Fällen. Und dann werden sie argumentieren, dass der uns verbleibende Teil des Gartens fast 1.500 Quadratmeter groß ist, also kein Pappenstiel. Ich persönlich fand den Garten ohnehin überdimensioniert. Wenn ich nur daran denke, wie viele Stunden ich immer brauche, um den Rasen zu mähen. Was ich in der Zeit alles hätte tun können. Vielleicht zahlen sie ja einen anständigen Preis.«

»Darum geht es gar nicht«, erwidert Imogen ungeduldig und mit eigentümlich zittriger Stimme. »Das Geld spielt überhaupt keine Rolle, auch wenn das sicher schwer in deinen Kopf geht. Für mich spielt es keine Rolle, es ist für mich nicht von Belang, wenn es um den Garten geht«, wiederholt sie mit Nachdruck. »Mir gefällt der Garten so, wie er ist. Und ich finde es unmöglich, dass man als privater Mensch so einfach entrechtet werden kann.«

»Sofern es im öffentlichen Interesse ist«, fügt Richard geduldig hinzu. »Wir drehen uns im Kreis, wenn ich mir die Bemerkung gestatten darf.«

Imogen wirft ihm einen eisigen Blick zu. »Ihr Juristen habt doch manchmal echt einen Knall«, giftet sie bitterböse. »Also, schön. Sehen wir einmal von meinem Fall ab. Was würdest du sagen, wenn du dir ein Haus mit einem großen Grundstück für richtig teures Geld gekauft hättest. Das stürzt dich - logisch, so ist das bei den meisten Leuten - über Jahre und Jahrzehnte in Schulden. Die du abstotterst, gerne abstotterst, denn du hast viel Freude an Haus und Garten. Und plötzlich kommt die öffentliche Hand - das ist jetzt ganz wörtlich zu sehen - und nimmt dir - wohlgemerkt aus irgendeinem öffentlichen Interesse - einen großen Teil deines Grundstückes sozusagen für einen Apfel und ein Ei ab. Wie fändest du das? Und nennst du das etwa gerecht?« Imogen bedenkt Richard mit einem extra zornigen Blick, da schaltet sich Patrick, der die ganze Zeit über geschwiegen hat, in das Gespräch ein.

»Sagt mal, ist das bei euch abends immer so?«, fragt er kopfschüttelnd. »Richtig entspannend geht anders.«

»Ist dir etwa entgangen, dass wir ein unlösbares Problem haben?«, grummelt Richard gereizt.

»Ja, dann.« Patrick wedelt mit den Armen wie ein Magier, der soeben das berühmte Kaninchen aus dem Hut gezaubert hat. »Was regt ihr euch darüber auf? Nur Idioten regen sich über Dinge auf, die sie nicht ändern können.«

»So, mir reicht's, ich gehe ins Bett.« Richard erhebt sich missgestimmt. Er schiebt Muschi sanft von seinem Schoß. Sie hat den Abend betörend schnurrend auf seinen Beinen verdöst, während sie ihm ab und zu mit ihren tiefblauen Puppenaugen schmachtende Blicke zuwarf. Sie hat sich anscheinend in ihn verliebt, was Richard jedoch gerade nicht zu besänftigen vermag. Er ist sichtbar verärgert über den Streit mit seiner Frau und ihre augenscheinliche Ignoranz sowie die Taktlosigkeit ihres Gasts. In solchen für Patrick typischen Situationen kann er nicht verstehen, warum Imogen diesen Kerl zu ihrem besten Freund auserkoren hat. Patrick hat bisweilen ein Gemüt wie ein rostiges Ofenrohr. Richard ist fast zur Tür hinaus, da dreht er sich auf der Türschwelle um. »Es gibt übrigens in diesem Haus einen Schuhschrank«, erwähnt er grimmig und zeigt mit dem Finger auf Patricks Schuhe, die im Flur an derselben Stelle stehen, an der er sie bei seiner Ankunft ausgezogen hatte. Dann entschwindet der vor Wut immer noch ganz aufgebrachte Richard in sein Zimmer im ersten Stock, um sich bei Tagebuch und Heavy Metal Musik auf seine normale Betriebstemperatur herunterzukochen.

Eine knappe Stunde später lässt Imogen Patrick alleine am Kamin zurück, der, wie er sagt, ein wenig über die derzeitige Konfusion in seinem Leben sinnieren will. Im Schlafzimmer ist es schon dunkel, Richard ist bereits im Bett. Sie bemüht sich, keinen Lärm zu machen, ihn nicht zu wecken und schlüpft neben ihn. Sein Arm legt sich über sie, er rückt an sie heran. »Alles wieder gut?«, fragt er leise, als sie sich an ihn schmiegt.

»Nein, gut nicht«, lenkt sie ein, »aber ich habe verstanden, was du mir sagen wolltest.«

Er gibt ihr einen Kuss. »Das Ganze tut mir leid. Ich kann dich verstehen.«

Eine schöne Szene ist das und man möchte meinen, dass die beiden, wie sie da eng umschlungen liegen, eine geruhsame Nacht verbringen werden. Richard ist bestimmt froh, dass ihre Aussöhnung nach dem Krach im Wohnzimmer so selbstverständlich und wie natürlich verlief. Sie haben es sich zur Angewohnheit gemacht, nie im Streit ins Bett zu gehen. Wenn man am nächsten Morgen aufwacht, sollten alle Unstimmigkeiten bereinigt sein, damit der neue Tag unbelastet mit einem guten Gefühl begonnen werden kann. So lange sie einander kennen, haben sie sich stets an diesen Grundsatz gehalten. Richard schlummert demzufolge bald zufrieden und mit sich und der Welt im Reinen ein. Doch Imogen - wen mag das verwundern - kämpft auch in dieser Nacht mit Schlaflosigkeit. Sie liegt reglos neben ihrem Mann, atmet leise und bewusst gleichmäßig, während ihr Herz laut und beängstigend unregelmäßig in ihren Ohren pocht. Still liegt sie da, horcht ängstlich auf das laute Pochen, als ob jeder Schlag der letzte sein könnte und starrt mit offenen Augen in die Dunkelheit. Erst gegen Morgen fällt sie in einen tiefen, traumlosen Schlaf.

4. Kapitel

Am wolkenlosen Himmel verblassen die letzten Sterne. Das Gras ist nass und kalt an diesem Morgen. Bald glitzern die hellen Strahlen der Sonne auf den Grashalmen und den nebelfeuchten Blättern der Büsche und Bäume. Die Luft ist wunderbar frisch und klar, nur von ferne hört man das Rauschen des morgendlichen Berufsverkehrs im Stadtzentrum. Irgendwo zwitschert eine einsame Amsel ihr vielleicht letztes Lied. Es ist eine Wonne, zu dieser frühen Morgenstunde, wenn der Tag noch jung und unverbraucht ist, draußen zu sein. Leider komme ich selten in diesen Genuss. Richard hat morgens keine Augen für mich, vermutlich kommt ihm gar nicht in den Sinn, dass es mir draußen gefallen und er mich hinaus in den Garten lassen könnte. Er trinkt geistesabwesend eine Tasse Kaffee und überfliegt währenddessen die Schlagzeilen in der Tageszeitung. Ein paar Minuten später ist er aus dem Haus. Imogen ist ein Nachtmensch, sie bleibt gerne lange auf, woraus logisch folgt, dass sie morgens die schönste Stunde des Tages, die des Sonnenaufgangs, in der Regel verschläft. Sie braucht viel Schlaf und Ruhe, eigentlich von jeher, besonders allerdings in diesen Tagen, die mit so viel Unvorhergesehenem und Schrecklichem aufwarten. Umso verblüffender ist es, sie heute früh im Garten anzutreffen.

Wieder hat sie eine unruhige Nacht hinter sich. Ausgerechnet in den letzten Tagen wird sie der für sie so notwendigen Erholung beraubt. Der strapaziöse Lebenswandel hinterlässt seine unerbittlichen Spuren in Form von glanzlosen Augen und deutlichen Fältchen auf ihrer Stirn. Die kühle Luft steht beim Atmen in weißen Schwaden vor ihrem Gesicht, ihre Wangen sind gerötet. Sie sieht ein bisschen verfroren aus in ihrem dicken Wollpullover, der locker über der Hose ihres Jogginganzugs hängt. Mit großen Schritten eilt sie die Grundstücksgrenze entlang. Wozu sie das macht, bleibt ihr

Geheimnis. Dem Gemüsebeet stattet sie einen Besuch ab. Doch sie bleibt dort nicht lange, jedenfalls nicht so ausgiebig wie an den Tagen zuvor. Kurze Zeit später läuft sie zum Haus zurück.

Als sie vor der Hintertür steht, öffnet sich diese wie von selbst. Patrick strahlt übers ganze Gesicht und wünscht ihr einen Guten Morgen. Dies ist nun bereits der zweite Tag, an dem er so unerwartet früh in der Küche erscheint.

»Und fast bin ich um die Ecke, schön, dass ich dich vorher sehe«, lächelt er. Er trägt einen dunkelblauen Jogginganzug und helle Laufschuhe. »Wenn ich gewusst hätte, dass du morgens durch den Garten rennst, hätten wir uns verabreden können. Warst du gestern Morgen nicht auch draußen? Ist mir völlig neu, dass du läufst.« Er blickt auf Imogens Jogginghose. »Wie sieht es aus, kommst du eine Runde mit? Der Garten ist mir allerdings ein bisschen klein für meine vier bis fünf Kilometer.«

Imogen lacht verlegen, sie wirkt wie unangenehm ertappt. Sie hat nicht damit gerechnet, Patrick so früh in der Küche anzutreffen, obwohl es ihr nach seinem Frühstart am Vortag hätte klar sein müssen. Patrick mag so träge und bequem wirken, wie er will, seinen morgendlichen Jogginglauf zieht er durch, so lange sie ihn kennt, da kann der Abend zuvor lang gewesen und das Wetter am darauffolgenden Morgen noch so miserabel sein.

»Um Himmels willen, nein!«, wehrt sie entsetzt ab und zieht eine Grimasse. »Bloß nicht! Du weißt doch, dass ich total unsportlich bin. Ich hatte letzte Nacht keine Ruhe, weil die Tür vom Gartenschuppen offen steht. Das Schloss klemmte. Da wollte ich als Erstes nur schnell gucken, ob ich das ohne Schlosser wieder hinbekomme. Bevor mir tausend andere Sachen dazwischenkommen.«

»Schade.« Patrick zuckt bedauernd mit den Schultern. »Gesund wär's aber. Also ich bin dann um den Block, mal sehen, wohin es mich treibt. Hat's denn eigentlich funktioniert?« Die Klinke der Haustür bereits in der Hand schaut er zu Imogen.

»Was hat funktioniert?«, fragt sie verdattert.

»Na, das mit dem Schloss.« Er lacht. »Du bist gar nicht richtig bei dir, meine Schöne. Mach dir einen starken Kaffee, und gleich sieht die Welt anders aus.«

»Ach, das Schloss. Ja, kein Problem. Das ging schon.«

Imogen beginnt umständlich an der Kaffeemaschine zu hantieren. Patrick ist mittlerweile zur Tür hinaus und läuft im zügigen Tempo die Ausfahrt lang. Danach biegt er links ab Richtung Ortsteil Heidkamp. Vielleicht tragen ihn seine Beine ja bis zum Schlosshotel Lerbach, wo ein deutschlandweit berühmter Sternekoch sein Restaurant hat. Dort gibt es einen schönen Park mit alten Bäumen und den angrenzenden Lerbacher Wald, in dem Patrick während des Joggens hoffentlich nicht verloren geht. Es wäre ein Jammer um diesen netten Gast.

Ja, man höre und staune, wir haben in Bergisch Gladbach einen Sternekoch, nein, nicht nur einen, sogar zwei in zwei verschiedenen Schlössern. Der eine wirkt, wie gesagt, in Schloss Lerbach, der andere im Ortsteil Bensberg im Schlosshotel Bensberg. Zumindest kulinarisch betrachtet gibt es hier für Leute mit dem nötigen Kleingeld manches zu erleben. Imogen und Richard, denen allein schon wegen ihrer ehrgeizigen Haussanierungspläne im Leben nicht einfallen würde, jene Gourmettempel aufzusuchen, führen dagegen ein ziemlich ruhiges, beschauliches Leben in dieser schönen Stadt. Mit meist selbst zubereiteter Kost von recht durchschnittlicher Qualität. Böse Zungen behaupten, Bergisch Gladbach sei wie ein Vorort von Köln, an Eingemeindungsversuchen vonseiten der Stadt am Rhein hat es in der Vergangenheit nicht gemangelt, die aber erfolglos blieben. Ob das nun gut ist oder schlecht, sei dahingestellt. Aus Imogens Erzählungen weiß ich, dass es fast an so etwas wie ein Wunder grenzt, dass sie mit Richard hier Wurzeln geschlagen hat. Als Hamburgerin, die in Köln studierte, ist sie durch und durch Großstadtkind, das Gleiche gilt für Richard, der aus München stammt und in Köln Jura studiert hat. In erster Linie ist es wohl ihr Familiensinn und Johannas Erbe, das sie im Städtchen Bergisch Gladbach hält. Ich freue mich natürlich, dass dem so ist. Ein Leben in einer Dreizimmerwohnung ohne Ausgang ins Grüne wäre nichts für mich, eindeutig nicht. Doch ich will nicht ungerecht sein und Imogen ist es sicher ebenfalls nicht. Lästermäuler beteuern, das Beste an Bergisch Gladbach sei seine Nähe zu Köln - nur zwanzig Auto- oder Bahnminuten dauert die Flucht von Bergisch Gladbach-Zentrum, bis man vor dem Kölner Dom steht, wenn es gar zu schlimm wird. Nun, ganz so arg darf man das nicht stehen lassen. Ein beschaulich-ruhiges Leben im Dunstkreis der Großstadt Köln ist beileibe nicht das Einzige, was unsere Stadt seinen Einwohnern zu bieten hat. Von den zwei Spitzen-Gourmetrestaurants war bereits die Rede. Als Stadt am Flüsschen Strunde blickt sie zudem auf eine reiche Geschichte in der Papierproduktion zurück. Es gibt folglich ein Papiermuseum, außerdem eines für Bergbau. Ein Freilichtmuseum ist nicht weit entfernt. Freunde mediterraner und orientalischer Lebensgenüsse suchen in der riesigen Wellness-Oase ›Mediterrana‹ ihr Heil, die idyllisch gelegen ist an der Saaler Mühle, einem ehemaligen großzügigen Teich, der seinen Namen einer Zeit verdankt, als noch Mühlen betrieben wurden. Als das sogenannte ›Tor zum Bergischen Land‹ bildet die Stadt für Ausflügler und Einheimische einen Ausgangspunkt für wunderbare Wanderungen durch das pittoreske Bergische Land. Von der alten Tradition der Bergischen Kaffeetafel war bereits die Rede. In Bergisch Gladbach standen die Wiegen einiger prominenter Menschen. Turner, Models und Fußballtorwarte starteten von hier ihre Karrieren. Selbst ein Bestatter mit für moderne Zeiten teils ungewöhnlichen Bestattungsmethoden ist hier zu Hause. Er hat sich zum Ziel gesetzt, den Tod wieder näher ans Leben zu rücken und ist damit sehr erfolgreich. Beispielsweise dürfen Tote in ihrem Zuhause bleiben, gerne auch tagelang bis wenige Minuten vor ihrer Beisetzung. Er hält obendrein Trauerseminare ab. Wie man sieht, ist sogar posthum alles bestens geregelt in dieser Stadt. Vielleicht kann Imogen ja in ihrer Not auf die Hilfe jenes rührigen Bestatters zurückgreifen, der die letzten Dinge so betont unverkrampft handhabt. Möglicherweise könnte er sie von dem Stress und der Hektik befreien, die sie seit Wolfs Tod ständig und oft geradezu panikartig befallen. Andererseits hat sie ihn nicht im Garten verscharrt, damit jener Bestatter Wolf wieder in ihr Gedächtnis redet. Sie bemüht sich schließlich nach Kräften, ihren Toten zu vergessen. Lassen wir also den Bestatter lieber in seinem Bestattungsinstitut. Auch ohne sein Zutun hat Imogen alle Hände voll zu tun, zur Ruhe zu kommen, sich abzulenken und eben nicht fortwährend an Wolf im Garten zu denken. Sie mimt nach Kräften Normalität, doch sie ist eine schlechte Schauspielerin. Dass sie unter Hochspannung steht, ist sonnenklar. Zumindest für mich. Ihr Bemühen, das zu vertuschen, in allen Ehren. Und wie sie sich bemüht.

Imogen setzt sich mit ihrem Müsli und einer Tasse Kaffee an den Küchentisch und überfliegt den Regionalteil der Zeitung. Es ist ärgerlich, dass das Seminar so lange zurückliegt. Sie kann sich an keinen einzigen Namen der damaligen Teilnehmer erinnern. Sonst könnte sie bei einigen von ihnen unverfänglich nachfragen, wie es Wolf geht und ob sie etwas von ihm gehört haben. Obwohl sie auf diese Weise völlig unnötig die Aufmerksamkeit auf sich ziehen würde. Wahrscheinlich ist es besser, dass sie sich an niemand mehr erinnert. So kommt sie wenigstens nicht in Versuchung. Wolf war der Einzige, mit dem sie damals privaten Kontakt gehabt hatte, doch nach ein paar spontanen Besuchen seinerseits hatten sie sich aus den Augen verloren, was Imogen im Grunde ganz recht war. Bereits damals hatte er die Gabe, zu völlig unpassenden Zeiten hereinzuplatzen. Mag der liebe Himmel wissen, was ihn vor ein paar Tagen dazu veranlasst hatte, bei ihr aufzutauchen. In der Tageszeitung steht nach wie vor keine Verlustmeldung, und im lokalen Radiosender, dessen Musik während des Frühstücks durch die Küche dudelt, ist keine Rede von ihm. Der Moderator arbeitet sich lediglich an den neuen Erhöhungen der Grundbesitzabgaben ab, die Eigenheimbesitzer und Mieter von Immobilien gleichermaßen ab diesem Jahr treffen werden. Gerade mokiert er sich darüber, dass die Nebenkosten in vielen Mietverhältnissen mittlerweile die Höhe einer zweiten Miete erreicht haben, alles, aber auch alles werde teurer. Anschließend erklingt wieder Musik. Beruhigt lehnt sich Imogen auf ihrem Stuhl zurück und wirft Muschi einen undefinierbaren Blick zu. Die sitzt wohlerzogen auf dem Stuhl gegenüber und beobachtet aufmerksam jede Körperregung ihrer neuen Herrin. Bald darauf springt Imogen auf und rennt die Treppe hoch, um kurze Zeit später ausgehfertig im Erdgeschoss an der Garderobe zu erscheinen. Sie hat sich schön gemacht, ein bisschen Lippenstift aufgelegt, die Wimpern getuscht. Sie sieht alltagstauglich schick aus, nicht so elegant geschäftsmäßig, wie wenn sie zur Arbeit geht. Ganz offensichtlich steht heute Morgen etwas anderes auf ihrer Agenda. Nach ihren letzten beruflichen Erfolgen hat sie sich eine kleine Verschnaufpause allemal verdient. Nun zieht sie die Haustür hinter sich zu und schließt von außen ab.

Es ist bemerkenswert, wie wenig meine Herrin in diesen Tagen von ihrer Umgebung mitbekommt. Sie ist dermaßen beschäftigt mit sich und ihrem Opfer im Garten, dass ihr wesentliche Veränderungen gar nicht auffallen. In unserem Haushalt hat sich nämlich seit Patricks Eintreffen manches grundlegend geändert. Imogen sieht das nicht, oder sie will es nicht sehen. Vielleicht spielt es keine Rolle. Man könnte auch sagen, es gibt Wichtigeres für sie. Als sie vorhin in die Küche kam, hat sie das benutzte Geschirr auf der Küchenspüle nicht beachtet. Sie würdigte es keines Blickes. Normalerweise hasst sie Unordnung, und es sollte, selbst für Patrick, kein Problem sein, das Frühstücksgeschirr nach Gebrauch in die Spülmaschine zu räumen. Aus irgendeinem Grund macht er das nicht. Ähnlich wie Imogen hat er seinen Kopf überall, nur nicht bei Dingen, die den Haushalt betreffen. Drei Paar seiner Schuhe liegen chaotisch verstreut im Eingangsbereich des Flurs. Richards bissiger Hinweis auf den Schuhschrank vor zwei Tagen hat keinerlei Wirkung gezeigt. Patrick schlüpft beim Kommen direkt aus seinen Schuhen in die Filzpantoffeln, und beim Gehen erfolgt das ganze Prozedere umgekehrt. Man darf gespannt sein, was für ein Donnerwetter Richard veranstaltet, wenn er das sieht. Richard, der überkorrekte Ordnungsmensch. Dass Patrick beim morgendlichen Kaffeetrinken eine zittrige Hand hatte, dokumentieren die Kaffeelachen, die auf der Holzplatte des Tisches allmählich eintrocknen. In den meisten Fällen beseitigt Imogen seit Patricks Ankunft die von ihm im Haushalt geschaffenen Baustellen kommentarlos, das heißt, sofern sie ihre Gedanken nicht ganz woanders hat. Sie hält sich nicht mit Nebensächlichkeiten auf in diesen Tagen und bevor sie lange mit ihm diskutiert, hat sie die Dinge schnell selbst in Ordnung gebracht. Imogen hasst Grundsatzdiskussionen und sie weiß, dass solche Diskussionen mit Patrick nichts bewirken. Außerdem hat sie ihn zu gern, als dass sie sich über derartige Kinkerlitzchen mit ihm streiten wollte.

Für eine Katze ist es ausgesprochen spannend, wenn ihre Leute viel herumstehen lassen und nicht so wahnsinnig aufgeräumt sind. Muschi war ganz hingerissen von dem Kirschjoghurt, der angebrochen auf dem Tisch stand. Sie leckte gierig den Becher aus, ein klares Indiz dafür, dass sie eindeutig aus der Art geschlagen ist. Keine Katze, die etwas auf sich hält, frisst derart begeistert überzuckerten Joghurt, noch dazu mit Kirschgeschmack. Besagter Joghurt ist Imogens Lieblingsjoghurt. Wenn sie tagsüber zwischendurch der Heißhunger überkommt, genehmigt sie sich gerne einen Becher davon. Zumindest was den Joghurt betrifft, sind

Imogen und Muschi sich einig. Ansonsten führt die Neue hier mehr oder weniger ein Schattendasein. Sie wird kaum beachtet, was ich, seit Wolfs Auftauchen hier, von meiner Person leider ebenso sagen muss. Wenigstens denkt Imogen daran, unsere Näpfe regelmäßig aufzufüllen.

Am frühen Nachmittag kommt endlich Leben ins Haus, als Patrick mit einer großen braunen Aktentasche zur Haustür hereinkommt, vermutlich direkt von der Universität. Gut gelaunt pfeift er vor sich hin, während er seine Jacke lässig über einen Kleiderbügel wirft, die Schuhe abstreift und in seine Filzpantoffel schlüpft. Anscheinend hat er für heute genug gearbeitet, oder etwa nicht? Er wird nie müde, zu betonen, dass seine Arbeit im Grunde nie endet. Auch zu Hause sei er fleißig, mitunter sogar, wenn er im Urlaub am Strand liege. Er geht mit der Aktentasche hoch in sein Zimmer und wirft sie auf das Bett, wo Bettdecke und Kissen seit dem Morgen zusammengeknautscht liegen. Auf dem Rost im Kamin glimmen ein paar Braunkohlebriketts vor sich hin. Patrick legt fröstelnd die letzten Scheite aus dem Holzkorb nach. Dann nimmt er ein Buch zur Hand und setzt sich auf den Sessel neben den Kamin, wo er selbstvergessen über Stunden der Lektüre frönt. Zwischendurch vertritt er sich ein wenig die Füße, geht im Zimmer auf und ab oder genehmigt sich ein Pfeifchen. Gegen Abend stellt er fest, dass er friert. Sein vorwurfsvoller Blick zum Kamin hilft da wenig. Es ist kein Holz mehr da, außerdem hat er den Eindruck, dass der Kamin bei Weitem nicht mehr so gut zieht wie gestern. Überdies qualmt der kleine Rest Holz so stark, dass selbst er als Raucher diesen Zustand als störend empfindet. Er hüstelt, nimmt kurz entschlossen sein Buch und verlagert seinen Standort ins Wohnzimmer. Dort brennt bereits ein kleines Feuer im Kamin. Er legt ein paar Holzscheite nach, setzt sich in den Schaukelstuhl und vertieft sich erneut in seine Lektüre. Eine gute Weile später erscheint Imogen im Mantel, die Gummistiefel in der Hand.

»Bist du schon wieder im Garten gewesen? Habe gar nicht gemerkt, wann du nach Hause gekommen bist.« Patrick sieht verblüfft von seinem Buch auf. Sie nickt. »Was bin ich froh, dass wir zu Hause nur ein kleines Rasenstück haben. So ein Garten scheint ein Fulltime-Job zu sein. Immer, wenn du nicht gerade arbeitest, bist du da draußen zugange.«

»Ich bin gerne draußen«, erklärt Imogen. »Und ich finde es schade, dass sie uns bald die Hälfte des Gartens wegnehmen. Ich habe heute alle erdenklichen Behörden abgegrast, um herauszufinden, ob ich dagegen etwas unternehmen kann.« Sie schüttelt den Kopf. »Fehlanzeige. Und schriftlich habe ich das seit vorhin auch. Die Stadt und die Krankenhausverwaltung haben geschrieben, der Bau ist beschlossene Sache. Im Laufe der nächsten Woche kommen Geologen für die Bodenproben und im Frühling, spätestens im Frühsommer, soll es losgehen mit dem Bauen.« Sie schaut Patrick unglücklich an.

»Hör mal, du siehst gar nicht gut aus«, bemerkt der, steht auf, und legt einen Arm um ihre Schulter. »Sei doch froh, so hast du weniger Arbeit draußen.«

»Du verstehst das nicht.« Ihr Tonfall ist ungewohnt unwirsch für ihre Verhältnisse. »Ich hänge an dem Garten, an jedem Quadratzentimeter.« Ihre Stimme zittert ein wenig. »Und dann muss ich das Gemüsebeet verlagern, wenn ich den Anbau weiter betreiben will. Der gesamte Mutterboden muss ausgehoben und in den vorderen Teil des Gartens gekarrt werden, wenn ich überhaupt in den kommenden Jahren etwas ernten will. Das ist ein riesiger Aufwand. Und meine schönen alten Obstbäume, die sie fällen werden. Ich darf gar nicht darüber nachdenken.« Tränen stehen ihr in den Augen, als sie sich Patricks Umarmung widerwillig entwindet.

»Verstehe«, sagt der zerknirscht und setzt sich zurück in den Schaukelstuhl. »Wenn du Hilfe brauchst, ich bin da. So ein bisschen Mutterboden hin und her zu schaffen, kann ja nicht so dramatisch sein.«

»Danke«, murmelt Imogen, ehe sie zur Tür hinausgeht und Patrick sich selbst überlässt. »Hattest du einen guten Tag?«, ruft sie durch die geschlossene Tür.

»Ja. Alles gut«, antwortet Patrick lautstark hinter Imogen her. »Nur der Kamin oben streikt, deshalb habe ich mich nach hier unten verpflanzt.«

»Wieso streikt er?« Imogen steckt ihren Kopf durch die Tür.

»Er zieht nicht richtig, außerdem ist kein Brennholz mehr da.« Ist da ein gewisser vorwurfsvoller Unterton in seiner Stimme?

»Dir ist hoffentlich klar, dass du den Kamin ab und zu reinigen musst?«, fragt Imogen. »Und Brennholz findest du unten im Keller, zweite Tür auf der linken Seite. Er ist nicht in Ordnung. Eigentlich dürfen wir erst wieder Feuer machen, wenn ein Edelstahlrohr eingezogen ist. Wegen der Feuchtigkeit.«

»Du meinst, ich muss ihn ausfegen?«

»Mindestens«, grinst Imogen. »Und die Asche kannst du draußen im Garten auf dem Kompost entsorgen. Wenn dir das zu umständlich ist, hilft gegen Kälte, einfach den Heizkörper aufzudrehen. Gesünder ist das wegen der übermäßigen Rauchentwicklung allemal.« Sie ist fast aus dem Raum, da fällt ihr noch etwas ein. »Sag mal, hast du den Kirschjoghurt genommen?«

»Ja, heute Morgen.«

»Das ist mein Lieblingsjoghurt. Hat er dir geschmeckt?«

»War ganz okay.«

»Das war der letzte Becher.«

»Ja, alles hat ein Ende.«

»Wäre schön, wenn du morgen neuen besorgst, du hast doch sicher schon eine Einkaufsliste begonnen. Den kannst du dazuschreiben, wenn du ihn gerne magst. Sagen wir zehn Becher für den Anfang, zwanzig, wenn er auch dein Favorit ist.«

»Wird gemacht.« Patrick nickt bereitwillig. Ein schwieriger Erziehungsprozess hat seinen Anfang genommen.

Obwohl Patrick jeden Tag einige Stunden in der Universität ist und im Haus oft Stunden lesend und, wie er sagt forschend, in seinem Zimmer verbringt, verbreitet seine Anwesenheit eine gewisse Unruhe. Für Imogen ist das einerseits eine ganz gute Sache, denn durch Patrick wird sie zumindest zeitweise abgelenkt von Wolf im Garten und den unliebsamen Bebauungsplänen der Krankenhausverwaltung. Auf der anderen Seite stellt Patricks Dauerbelagerung eine erhebliche Belastung für sie dar. Nicht nur produziert er viel zusätzliche Hausarbeit, sondern er kann, rein theoretisch und praktisch, jeden Moment im Haus und im Garten auftauchen. Nie fühlt sich Imogen ganz ungestört. Auch ohne einen entrückten, weltfremden Literaturprofessor zu beherbergen, hat sie es schwer genug und allmählich macht Patricks unbeholfene Art sie zusätzlich kribbelig. Selbstverständlich will sie ihren besten Freund nicht auf die Straße setzen, aber sicher hofft sie nicht nur für Patrick und Veronica, dass die beiden binnen Kurzem wieder zueinanderfinden. Bereits nach zwei Tagen empfindet Imogen Patricks Anwesenheit als dermaßen belastend, dass sie Richard nicht einmal widerspricht, als der am Abend seiner Wut über die nonchalante Art des Freundes freien Lauf lässt. Patrick in seinem Zimmer studiert derweil die Tageszeitung, er hat sicher keine Ahnung von dem unter ihm stattfindenden Donnerwetter. Ganz entgegen seinem sonst so ausgeglichenen Naturell ist Richard gerade regelrecht in Fahrt.

»Überall lässt er seine Klamotten herumliegen«, beschwert er sich. »Und dann hat er den ganzen Wäschekorb mit seiner Schmutzwäsche vollgestopft. Hast du ihm gesagt, er soll seine Wäsche einfach zu unserer werfen?«

»Nein.« Imogen schüttelt den Kopf.

»Erwartet er etwa, dass einer von uns klaglos seine Wäsche in Ordnung bringt?« Richard ist vor Wut ganz rot im Gesicht. »Wir sind doch kein Hotel! Gut, man kann über alles sprechen. Aber thematisieren sollte er das wenigstens. Er denkt wohl nicht ernsthaft, dass wir seinen Kram wie selbstverständlich mit erledigen. Demnächst stehe ich noch da und bügle seine Hemden, oder was?«

Imogen, die arme Imogen, nickt stumm. Patricks Verhalten ist indiskutabel, sie weiß das, allerdings hat sie zurzeit andere, dringendere Probleme, genauer gesagt: exakt eines. Sie muss, das ist sonnenklar, Wolfs Leiche aus dem Gemüsebeet an einen sicheren Ort schaffen. Wenn die Geologen nächste Woche, so es der Zufall will, ihre Bodenprobe ausgerechnet an der falschen Stelle nehmen und den Toten fänden, wäre das fatal. Und sie muss, wie auch immer und wohin auch immer, Wolfs Leichnam loswerden und darf dabei von keiner Menschenseele beobachtet werden. Bei der Unruhe, die neuerdings im Haus herrscht, erscheint dieses Ansinnen nahezu als ein Ding der Unmöglichkeit. Patrick ist praktisch ständig präsent, Richards nächstes Seminar findet erst in zwei Monaten statt, und nicht zuletzt rückt die Nachbarschaft aufgrund der aktuellen Entwicklungen näher zusammen. Rudi Petersen schaut öfter bei Imogen vorbei, und Ingo Müller scheint aufgeschlossener und zusehends kommunikativer, seitdem seine Frau ihn verlassen hat. Laufend steht er am Gartenzaun und verstrickt Imogen in Gespräche, eines belangloser als das andere. Trotz allem muss Wolf in den nächsten Tagen verschwinden, spurlos, möglichst für alle Zeiten. Patricks schmutzige Wäsche ist dagegen belanglos, mehr ein schlechter Witz als wirklich ernst zu nehmen, ein Ärgernis, das sich bestimmt leicht aus der Welt schaffen lässt. Richards Wut ist ganz frisch, er tobt sich gerade nach allen Regeln der Kunst aus. Er macht seinem Zorn Luft, was medizinisch betrachtet eine gesunde Sache ist.

»Der muss doch erst mal erwachsen werden!«, fährt er aufgebracht fort. »Ich habe mich oft gefragt, warum Veronica ihm alles abnimmt. Patrick ist komplett unselbstständig, total rücksichtslos. Er hinterlässt Chaos, wo er geht und steht, und das bekommt er nicht einmal mit«, schnaubt Richard empört. »Ich wette, dass sich die beiden nicht im Einvernehmen getrennt haben. Sie hat ihn vor die Tür gesetzt, hundert

Prozent. Seit sie die Zwillinge haben, streikt sie, er wird ihr zu viel. Kein Wunder, wer will schon drei Babys gleichzeitig versorgen?« In dieser Tonart ereifert sich Richard noch eine Weile. Obwohl er über ihren besten Freund herzieht, kann sich Imogen ein Lächeln nicht verkneifen. Richard hat in allen Punkten seiner Anklage recht. Sie nimmt sich vor, Patrick zur Seite zu nehmen und in Ruhe mit ihm zu sprechen. Genauso fest wie dieses geplante Gespräch steht, dass sie Patrick nicht vor den Kopf stoßen und auf die Straße setzen wird. Niemals würde sie ihre langjährige Freundschaft wegen derartiger Lappalien aufs Spiel setzen. Dafür sind gute Freunde viel zu rar gesät und Patrick, bei all seinen Macken und Eigenarten, ist ihr bisher stets ein guter, vertrauenswürdiger Freund gewesen.

Nachdem sich die förmlich greifbare elektrische Hochspannung in der Luft entladen hat, sitzen die drei am Abend wieder gemeinsam im Wohnzimmer. Imogen hat gegenüber Patrick manches angesprochen, der sich grundsätzlich einsichtig zeigte. Er gelobte Besserung. Während ihrer Unterhaltung in der Küche hatte der Sprecher im Lokalfunk die so lang erwartete Suchmeldung verlesen. Wolf gilt nun offiziell als vermisst. Seitdem er vor drei Tagen sein Haus verlassen hat, ist er unauffindbar. Der Radiomoderator hatte eine ziemlich genaue Beschreibung von Wolf gegeben. Angeblich bemerkte seine Exfrau seine ungewöhnlich lange Abwesenheit, als sie zufällig bei ihm vorbeischaute. Da Wolf zurzeit Urlaub habe, sei eine spontane Reise seinerseits zwar nicht völlig auszuschließen, aber unwahrscheinlich, da er keinerlei entsprechende Gegenstände aus seinem Haus mitgenommen habe. Sachdienliche Hinweise würden an die örtliche Polizei erbeten. Imogen hat die Meldung zwar lange erwartet, dennoch trifft sie sie überraschend hart. Als der Sprecher verstummt und wieder Musik spielt, ist sie bleich, sie schwankt einen Moment, fast hätte sie das Gleichgewicht verloren, wenn Patrick nicht blitzschnell reagiert und sie am Arm gepackt und zum Küchenstuhl geführt hätte. So ist es nur logisch, dass Wolfs Verschwinden erstes Thema des Abends ist. Die drei am Kamin unterhalten sich ausgiebig über den vermissten Fahrradfahrer. Imogen wirkt recht angegriffen. Ihrer nach wie vor beunruhigenden Blässe versuchen Richard und Patrick mit der reichlichen Gabe von Cognac entgegenzuwirken.

»Du hast ihn doch kaum gekannt«, beschwichtigt Richard sie gerade. Er kann nicht nachvollziehen, warum sich Imogen über alle Maßen aufregt.

»Trotzdem ist es schrecklich, wenn jemand einfach plötzlich verschwindet«, stammelt sie fassungslos. »Er ist einerseits ein Fremder für mich, andererseits auch nicht.« Sie starrt mit glasigem Blick in die Flammen. »Ich habe ihn einmal gekannt.«

»Du solltest dich nicht so aufregen«, meint Patrick und nimmt einen großen Schluck aus seinem Cognacglas. »Menschen sterben und manche Leute verschwinden halt, das ist der Lauf der Dinge«, fügt er lapidar hinzu.

»Sehr einfühlsam«, murmelt Richard mit halblauter Stimme und rollt die Augen.

»Du meinst, er ist tot?«, fragt Imogen entsetzt.

Wer die ganze Wahrheit kennt, könnte nun ihre schauspielerischen Qualitäten bewundern. Imogen stellt die Frage dermaßen überzeugend schockiert, dass kein Außenstehender ahnen könnte, sie kenne die Umstände von Wolfs Verschwinden. Oder hat sie ihn so weit verdrängt, dass sie sein Verschwinden gar nicht mehr mit sich in Verbindung bringt? Nein, so kalt und abgebrüht ist sie nicht. Sie spielt zwar ihr Spiel, doch ihre Körpersprache lügt nicht. Richard und Patrick sind allerdings zu benebelt, um das zu erkennen. Der qualmende Kamin und der Alkohol leisten ganze Arbeit.

»Keine Ahnung.« Patrick zuckt mit den Schultern. »Jedenfalls muss er ziemlich einsam gewesen sein, wenn erst nach Tagen entdeckt wird, dass er weg ist, noch dazu von seiner geschiedenen Frau. Der Mann hatte nicht viele soziale Kontakte.«

»Bestimmt hat er sich das insgeheim auch überlegt, war frustriert und da hat er sich an einen anderen Ort zurückgezogen. Wenn zu Hause niemand auf ihn wartete, ist der Gedanke gar nicht so abwegig«, findet Richard und blickt betont heiter zu Imogen herüber. »Ich glaube nicht, dass er tot ist. Der hat sich auf und davon gemacht, weil ihn zu Hause nichts und niemand mehr hielt.«

»Irgendwo ganz neu anfangen, das ist es!« Patrick hat plötzlich ein merkwürdig versonnenes Glänzen in den Augen. »Die Karten werden neu gemischt und das Leben beginnt ganz von vorn.«

»Da mach dir mal keine Illusionen«, spöttelt Richard. »Wenn man drei kleine Kinder und eine Frau zu Hause hat, sollte man sich derartige Fantasien verkneifen, so funktioniert das nicht, mein Lieber.«

»Ich mein ja nur so«, begehrt Patrick pikiert auf. »Für mich wäre das sowieso nichts. Ich bin viel zu bodenständig, um einfach abzuhauen.«

»Hört, hört«, murmelt Richard grinsend. »Vielleicht hat jemand diesen Wolf um die Ecke gebracht. Du hast doch immer behauptet, er hätte so eine nervige Art.« Imogen nickt teilnahmslos und starrt mit glasigen Augen zu Richard.

»Interessant«, findet Patrick und setzt sich in seinem Sessel auf. »Wie würdet ihr das anstellen, wenn ihr jemand auf Nimmerwiedersehen verschwinden lassen müsstet? Rein hypothetisch, versteht sich.«

»Ein Loch in den Kellerboden hacken und ihn dort einzementieren«, merkt Imogen mit tonloser Stimme an. »Wenn das Haus nicht zu Lebzeiten des Mörders verkauft wird, entdeckt das kein Mensch. Und auch später ist das unwahrscheinlich. Wer hackt schon den Kellerboden auf?«

Richard und Patrick nicken. »Also ich würde ihn komplett in die Papiermülltonne stecken«, sagt Patrick grinsend. »Ihr habt hier in Bergisch Gladbach ja so riesige Dinger,

Papier und Pappe lose drauf auf den Kerl, und bei der nächsten Entleerung ab damit zum Recyceln.«

»Viel zu riskant«, meint Richard. »Stell dir nur vor, der Müllmann wühlt vor dem Entleeren in der Tonne, weil die ihm ungewöhnlich schwer vorkommt. Dann ist es sofort aus. Ich würde ihn mit Gewichten am Körper hinten in unserem Gartenteich versenken. Selbst wenn die Teichfolie irgendwann ein Leck hat, wäre die Leiche im Schlamm komplett verschwunden. Anschließend Erde drauf und fertig.«

»Genau, und wenn die Bagger in ein paar Monaten kommen, um das Bauloch für die Psychiatrie auszuheben, wird deine Moorleiche vermutlich bestens konserviert ans Tageslicht befördert«, entgegnet Imogen mit lauter, höhnender Stimme, die Richard überrascht aufblicken lässt. Ihre Hände zittern. »Ihr spinnt doch total«, fügt sie mit rauer Stimme hinzu und beißt sich auf die Lippen. »Mir reicht es jetzt! Was für ein geschmackloses Thema.«

»Ja, ich bin völlig deiner Meinung«, findet Richard. Eine Weile schweigen die drei und hängen ihren Gedanken nach. Der CD-Player spielt gerade ›Yesterday‹ von den Beatles. Da sie unverwandt in die Flammen schaut, bleiben Imogens Tränen unbemerkt.

In ihrem Kopf arbeitet es ohne Unterlass, das ist spätestens seit der Unterhaltung eben glasklar. Natürlich war es kein Zufall, dass ihr Plan, wie man eine Leiche spurlos verschwinden lässt, der beste war. Das ist fraglos ihr Thema in diesen Tagen. Richard und Patrick ahnen das nicht einmal, als sie ihren Vorschlag neidlos zu dem besten erklärten. Für sie hat Imogen ganz spontan den richtigen Einfall gehabt, möglicherweise hat der Cognac ihrer Findigkeit ein bisschen auf die Sprünge geholfen, wie Patrick später mutmaßt. Tatsächlich ist Imogens Genialität kein Zufallsprodukt, auch nicht das Resultat übermäßigen Alkoholkonsums. Nein, sie hat ein handfestes Interesse in dieser Angelegenheit und, man muss es so formulieren, bereits Übung im Beseitigen zumindest einer unliebsamen Leiche. Insofern hat sie Richard und Patrick etwas voraus, die ihre jeweiligen Theorien spontan ins Blaue hinein vorbrachten, ohne mögliche schwerwiegende Konsequenzen zu bedenken. Für die beiden Männer war es nur ein Gedankenspiel, für Imogen hingegen bitterer Ernst. Den beiden entging komplett, wie verbissen sie bei der Sache war. Erwägt sie tatsächlich, Wolf in den Kellerboden einzuzementieren? Das ist viel besser als mein Einfall, den Toten in einer von Imogens schwer vermittelbaren Immobilien im Keller abzulegen. Da mir sofort aufging, dass die Leiche dort wie auf dem Präsentierteller liegen und der Verdacht sicher zuallererst auf die Maklerin fallen würde, die ja den Schlüssel zum Gebäude hat, verwarf ich den Gedanken fast so schnell, wie er gekommen war.

Muschi schaute mich bloß verständnislos an, als ich sie zugegebenermaßen überstürzt in meine Überlegungen miteinbezog. Egozentrisch wie sie ist, wunderte sie sich vielleicht, dass ich mir die Gedanken meiner Menschen machte. Doch eigentlich wirkte sie eher, als ob sie mir nicht ganz folgen konnte - leider, leider, hat sie nicht viel Grips hinter ihrer platten Visage. Das - plus ihre permanente Anwesenheit - fällt mir mittlerweile ganz gehörig auf die Nerven. Überdies belagert sie ständig Richard. Sie versucht, ihn mit ihren weiblichen Reizen um den Finger zu wickeln, und wenn es ans Essen geht, bildet sie sich tatsächlich ein, zuerst, also vor mir, an meine Näpfe zu dürfen. Als Imogen morgens für mich die Hintertür öffnete, überwand sich Muschi nach tagelanger Stubenhockerei und kam mit in den Garten. Dort benahm sie sich wie die erste Katze überhaupt. Nach zwei Schritten war mir bereits klar, dass sie keinen Schimmer von der Natur hat, schon das einfache Erklettern eines Obstbaumes stellte für sie eine unlösbare Aufgabe dar. Sie stand unten am Stamm, blickte verzweifelt nach oben und jammerte mir mit ihrer hohen Piepsstimme in einem fort die Ohren voll. Dermaßen begriffsstutzig und überängstlich war sie, dass ich sie bald zum hoffnungslosen Fall erklärte.

Alles, sogar die geringsten Selbstverständlichkeiten, musste ich ihr klarmachen, wobei sie einfachsten Anweisungen oft nicht zu folgen imstande war, unkonzentriert und zappelig, wie sie ihre Aufgaben anging. So wird sie nie einen Baum bezwingen. Nachdem sie sich schließlich damit abgefunden hatte, dass der Baum eine unüberwindbare Hürde für sie bleiben wird, folgte sie mir nach hinten in den Garten und saß schließlich endlos auf dem Gemüsebeet, genau an der Stelle, wo Wolf liegt. Eine halbe Ewigkeit kauerte sie dort, war von dem Beet gar nicht mehr wegzukriegen. Dabei roch es dort nicht einmal interessant. Irgendwelche kätzischen Urinstinkte ließen sie dennoch auf Wolfs Grab verweilen. Als sie endlich am Haus auftauchte und wir von Patrick hereingelassen wurden, zog sich Muschi sofort auf den Schaukelstuhl zurück, um in einen ihrer berühmt-berüchtigten Dauerschlummer zu fallen. Anscheinend hat der kurze Aufenthalt im Garten sie dermaßen strapaziert, dass sie anschließend ewig entspannen musste. Dieser Katze steht förmlich ins Gesicht geschrieben, dass sie ihr bisheriges Leben ausschließlich in einer Wohnung gefristet hat. Bei ihrer Verzärteltheit ist es erstaunlich, dass sie ihr mehrtätiges Abenteuer auf der Straße überhaupt meistern konnte. Übrigens würde mich ein solcher Ausflug in unbekannte Gefilde durchaus einmal reizen. Bisher haben häusliche Pflichten mich leider an derlei Vergnügungen gehindert. Es ist mir ein Gräuel, Imogen Sorgen zu bereiten. Sie würde vor Kummer umkommen, wenn ich zwei, drei Tage einfach wegbleiben würde. Aus reiner Abenteuerlust ohne zwingenden Grund, also aus reinem Übermut. Besonders in diesen Tagen ist nicht einmal daran zu denken, sie allein zu lassen. Wer weiß, was ihr dann noch alles in den Sinn käme.

Am Kaminfeuer hat sich das Gespräch mittlerweile heitereren Themen zugewendet, wenn man denn Erika Staufenbiels Machenschaften in der Immobilienfirma mit dem Adjektiv ›heiter‹ charakterisieren möchte. Kurzweiliger und weniger schaurig als Gespräche über Leichenbeseitigung sind Frau Staufenbiels Anwandlungen jedoch allemal. Trotzdem sieht Imogen nicht gerade beglückt aus, als sie von den aktuellen Ereignissen berichtet. Heute hat jemand aus dem Büro angerufen und erzählt, dass Frau Staufenbiel ihre letzte und einzige fest angestellte Bürokraft fristlos gekündigt hat. Hanna Büschel war so etwas wie das Mädchen für alles. Sie war eigentlich immer da, arbeitete noch, wenn alle anderen längst den Feierabend genossen. Samstags sorgte sie dafür, dass das Büro bis nachmittags besetzt war, sogar an Feiertagen zeigte sie Einsatz, ohne je einen Cent für ihre Überstunden zu bekommen. Hanna Büschel ist aus dem Büro gar nicht wegzudenken, berichtet Imogen erschüttert. Sie ist sogar häufiger dort als Frau Staufenbiel. Angeblich, so die Staufenbiel, soll Hanna Geld unterschlagen haben. Was ganz unmöglich ist, wie Imogen meint. Frau Staufenbiel habe nur einen Vorwand gesucht, Hanna loszuwerden. Es ist bekannt, dass Leute, die mehr wissen als Erika Staufenbiel, dieser nicht geheuer sind und über kurz oder lang gegangen werden. Imogen befürchtet, dass dort nun vollends das Chaos ausbricht. Hanna war die letzte Person mit Plan und Überblick, wie Imogen sagt. Nun geben sich dort die 400-Euro-Kräfte und eine Handvoll lose assoziierter, selbstständiger Makler die Klinke in die Hand.

»Erstaunlich, dass es den Laden schon so lange gibt, bei dem Geschäftsgebaren«, wundert sich Patrick. »Wie lange ist deine Chefin im Geschäft, was sagtest du, 30 Jahre?«

Imogen nickt. »Ja. Und mit den Jahren ist sie immer starrsinniger geworden. Mit Anfang 60 könnte sie eigentlich aufhören, zumal es in letzter Zeit nicht mehr sonderlich gut läuft. Nicht nur wegen der unmöglichen Behandlung ihrer Mitarbeiter, auch weil andere Immobilienmakler wie Pilze aus dem Erdboden schießen. Jeder, der gerade keinen Job hat, meint, mit Immobilien wäre das große Geld zu machen. Die Zeiten sind leider vorbei und zumindest ein wenig Ahnung sollte man natürlich haben von dem Geschäft. Die

Staufenbiel hat zweifellos dafür das Gespür, sie ist eine ausgewiesene Fachfrau und hatte gute Zeiten, in denen sie sich finanziell fett gemacht hat. Nun meint sie, keine Alternative zu haben, sie lebt für den Laden, hat sonst nichts, keine Hobbys, keine Interessen. Von ihrem Exmann lebt sie seit zig Jahren getrennt. Der hat angeblich das ewige Hin und Her nicht verkraftet. Jemand, der jede Nacht maximal drei Stunden Schlaf bekommt, muss auf Dauer unerträglich sein. Sie ist hoffnungslos besessen und zunehmend überfordert. Allein den Überblick über die technischen Möglichkeiten und die sich ständig verbessernden PC-Programme zu behalten, ist schwierig. Kein Mensch kann alle diese Dinge allein im Griff haben. Hanna hätte gerne unter Frau Staufenbiels kommissarischer Leitung die Geschäftsführung übernommen. Aber die wollte sich nie in die Karten gucken lassen, wollte möglichst alles allein in der Hand haben. Mit Mitte 40 hätte Hanna das ideale Alter gehabt. Leider ist die Chance nun vertan. Sie wusste zu viel und musste gehen.«

Richard zieht genervt die Stirn in Falten. »Wie lange willst du das Spiel dort noch mitmachen? Bis sie dich ebenfalls feuert?«

Imogen lacht. »Ich glaube, das hat sie schon lange vor, aber aufgrund ihrer altersbedingten Vergesslichkeit bin ich wahrscheinlich durch ihr Raster gefallen. Meine Kollegen meinen ja, sie hat Alzheimer im Frühstadium. Nein, ganz im Ernst, die Stimmung im Büro ist schlecht. Alle ziehen über die Frau her und der Laden entgleitet ihr zunehmend. Sie ist komplett überfordert und merkt das nicht einmal. Das anzusehen hat etwas Tragisches. So eklig sie ist, kann sie einem trotz allem ein wenig leidtun. Mal schauen, was wird.«

»Du hast es gut, du kannst jederzeit aussteigen«, meint Patrick neidvoll. »Aber ich schätze, dass auch in dem Bereich die Jobs nicht auf der Straße liegen.«

»Bist du etwa nicht ausgestiegen?«, bemerkt Richard provozierend. »Du hast deine Frau mit zwei Säuglingen sitzen lassen.«

»Das trifft nicht ganz zu.« Patrick verzieht beleidigt die Mundwinkel. »Sie war es, die eine zeitweilige Trennung wollte. Sie meinte, ich wäre nicht kooperativ genug. Und verkennt dabei die Tatsache, dass ich ja nun einmal jeden Tag zur Arbeit muss, um unser Geld zu verdienen.«

»Veronica wirbelt rund um die Uhr und versorgt eure gemeinsamen Kinder«, wendet Richard ein. »Die Kleinen halten sich bestimmt an keine festen Zeiten. Wenn die Hunger haben, schreien sie. Und wenn das eine still ist, meldet sich das andere. Zwillinge sind versorgungstechnisch betrachtet ein absoluter Härtefall für die Eltern, habe ich mal irgendwo gelesen. Du musst Veronica mehr helfen, sie kann das nicht alleine schaffen.«

Patrick starrt betreten in die glimmenden Holzscheite im Kamin und saugt nachdenklich an seiner Pfeife. »Wie oft ich diese Berufswahl schon bereut habe«, nuschelt er mit glasigem Blick. »Alle Welt meint, wenn ich drei Stunden in der Uni war, ist mein Arbeitstag vorbei. Dabei fängt dann die Maloche erst richtig an, ich meine die Studentenbetreuung, meine Forschungsarbeit, und so weiter. Das ist alles wahnsinnig zeitraubend.«

»Mir kommen die Tränen, man könnte Mitleid bekommen.« Richard schaut missmutig zu Patrick. »Wenn es mich nicht gleichzeitig so wahnsinnig wütend machen würde. Du kannst Veronica in dieser Situation unmöglich hängen lassen. Das kannst du nicht machen.« Er macht eine weit ausholende Armbewegung und wischt dabei aus Versehen die Streichholzschachtel vom Tisch. Umständlich hangelt er mit dem ausgestreckten Arm nach ihr. Da er sie nicht zu fassen bekommt, setzt er Muschi von seinem Schoß neben sich ab und geht auf dem Boden in die Hocke, um die Schachtel aufzuheben. Da fällt sein Blick unter die Couch.

»Nanu, was ist das?«, fragt er perplex und zieht ein gelbes Etwas unter der Couch hervor. Als Imogen Wolfs Fahrradhelm erblickt, ist sie einen Moment starr vor Schreck.

»Mist, jetzt ist die Überraschung verdorben!«, reagiert

sie blitzschnell und fixiert den Helm mit starrem Blick. »Den wollte ich dir zum Geburtstag schenken.« Sie langt nach dem Helm, doch Richard entwindet sich ihrem Zugriff und untersucht sein Fundstück aufmerksam mit stoischer Ruhe.

»Schon eingefahren, das Teil«, bemerkt er schließlich mit säuerlicher Miene und weist auf die deutlichen Gebrauchsspuren an der rechten Seite des Helms. Dort sind dunkle Kratzer zu sehen. »Immerhin, die Größe scheint ja ungefähr zu stimmen.« Er macht Anstalten, sich den Fahrradhelm aufzusetzen, da springt Imogen zu ihm und nimmt ihm das Teil hastig aus der Hand.

»Sonst ist es doch keine Überraschung mehr«, mahnt sie. Sie legt den Helm scheinbar achtlos neben ihren Sessel auf den Fußboden und lässt sich wieder vor dem Kamin nieder. Ihre Hände zittern ein wenig, auf ihrer Stirn haben sich kleine Schweißperlen gebildet. Während Richard misstrauisch Richtung Fahrradhelm äugt, starrt Imogen wie hypnotisiert in die Flammen.

»Stimmt, du fährst ja so gerne Fahrrad«, bemerkt Patrick. »Wir können ja am Wochenende zusammen ein Tourchen machen, was meinst du?«

»Gerne, wenn du dann noch hier bist«, stichelt Richard.

Der Fahrradhelm ist in der Runde keiner Erwähnung mehr wert, wie es scheint. Für Muschi dagegen stellt er eine echte Attraktion dar. Statt auf Richards Schoß zurückzukehren, springt sie neben Imogens Sessel und beschnuppert den Helm ausgiebig. Schließlich rollt sie sich laut schnurrend in dem gelben Ungetüm zusammen und schlummert dort behaglich für den Rest des Abends. Imogen starrt kommentarlos zu Muschi, nippt an ihrem Cognac und lächelt Richard bemüht heiter zu. Der ist mit seinen Gedanken mittlerweile ganz woanders. Er lächelt versonnen in sich hinein und beachtet Imogen nicht weiter. Dass das angebliche Geschenk für ihn gebraucht ist und überdies in einem sehr eigentümlichen Versteck aufbewahrt wurde, bereitet ihm anscheinend keinerlei Kopfzerbrechen.

In letzter Zeit wirkt er öfter zerstreut. Imogen hat den Verdacht, dass er eventuell ein Verhältnis mit Jana Rosenthal, seiner Sekretärin, hat. Letztens hat Imogen gegenüber Veronica eine Bemerkung in dieser Richtung gemacht. Nicht, dass sie ihm das zutrauen würde, aber Frau Rosenthal ist geschieden, eine attraktive Mittdreißigerin mit langem blondem Haar und einer Traumfigur. Sie himmelt Richard förmlich an und umsorgt ihn im Büro auf fast mütterliche Weise. Nun ist Richard nicht der Typ, der umsorgt werden will, und Imogen kann sich nicht vorstellen, dass er sie tatsächlich betrügt. Wer weiß, vielleicht höhlt der stete Tropfen den Stein und er ist irgendwann ihren Reizen erlegen. Männer sollen da ja eine weitaus niedrigere Reizschwelle haben als Frauen.

Wenn Imogen genau darüber nachdenkt, verhält er sich ihr gegenüber in letzter Zeit viel gleichgültiger als früher. Als er von seiner letzten Seminarreise zurückkam, hatten sie sich nicht einmal wie sonst, wenn er länger weg war, ausführlich über ihre jeweiligen Erlebnisse unterhalten. Eine halbe Ewigkeit hatte er über seinem Tagebuch gesessen. Er merkte gar nicht, dass mit ihr etwas nicht stimmte. Früher wäre er aufmerksamer gewesen. Darüber hinaus ist es komisch, dass seine Sekretärin in letzter Zeit öfter außerhalb der Arbeitszeiten auf seinem Handy anruft. Er murmelt dann, wenn Imogen zufällig gerade bei ihm ist, es sei etwas Dienstliches, und verlässt schnell den Raum, um in Ruhe sprechen zu können. Irgendetwas ist da im Busch. Zwar hört er ihr unvermindert aufmerksam zu und gibt nach wie vor seine Kommentare ab, doch wirkt er dabei zerstreut, geistig abwesend, ja, er erkundigt sich nicht mehr eingehend nach ihr und ihrem Leben. Er nimmt alles wie selbstverständlich wahr. Sogar dass sie ihm einen Fahrradhelm schenken will, hinterfragt er nicht weiter. Dabei hat er sich in der Vergangenheit stets standhaft geweigert, so ein Teil anzuschaffen, geschweige denn, es aufzusetzen. Er sei schließlich kein Clown und wolle keiner werden, niemals, allen Sicherheitserwägungen zum Trotz. Und jetzt nimmt er den Helm einfach so hin. Kann es sein, dass seine Gefühle zu Imogen in ihrer nunmehr fast 15 Jahre währenden Ehe erkaltet sind? Imogen starrt ratlos in die kleiner werdenden Flammen im Kamin. Keiner von ihnen hat sich aufgerafft und neues Brennholz aus dem Keller geholt, um nachzufeuern. Es ist spät, ohnehin höchste Zeit ins Bett zu gehen.

Imogens Schlaf ist auch in dieser Nacht nicht der tiefste. Die ich-weiß-nicht-wie-vielte Nacht in Folge wälzt sie sich unruhig von einer Seite auf die andere. Durch das unerwartete Auftauchen des Fahrradhelms ist die schreckliche Geschichte mit Wolf unvermittelt in ihr Bewusstsein getreten. Die Ereignisse des Abends haben sie unvorbereitet brutal daran erinnert, dass hinten im Garten ein Problem harrt, das unbedingt und umgehend gelöst werden muss. Als ob sie nicht auch ohne gelben Helm ständig daran denken würde.

Wenigstens eine freut sich über das Auftauchen des Helms: Muschi. Es ist erstaunlich, dass sie ihn Richards Schoß vorzieht. Seit geraumer Zeit schlummert sie friedlich schnurrend darin. Plötzlich fällt es mir wie Schuppen von den Augen, man braucht nur eins und eins zusammenzuzählen, was wahrlich kein Kunststück ist. Es war komisch, dass sich Rosalinda von Hohenburg in den letzten Tagen, wenn sie wach war, oft neben der Couch aufgehalten hatte, also neben dem unter der Couch verborgenen Helm. Imogen war das gar nicht aufgefallen. Sie hatte den Kopf voll mit anderen Dingen. Leider, denn sonst hätte sie das Teil vorsorglich verschwinden lassen und die grässliche Szene, als Richard den Helm fand, verhindern können. Auf dem Gemüsebeet hockte Muschi schier endlos auf Wolfs Grab. Das und ihr merkwürdiges Verhalten an diesem Abend können kein Zufall sein. Erzählte sie nicht, dass ihr Herr nicht mehr nach Hause gekommen und sie ganz verzweifelt war, weil das sonst nicht seine Art ist? Der Tag seines Verschwindens ist identisch mit dem Auftauchen Wolfs bei uns. Natürlich ist das nur eine Theorie, die aber einiges für sich hat. Ich werde Muschi in dieser Angelegenheit zur Rede stellen und gegebenenfalls diskret zur Ordnung rufen. Ich muss zugeben, bei aller Verzärteltheit funktionieren ihre Instinkte perfekt. Imogen hat irgendwann einmal erzählt, Wolf lebe im 12 Kilometer entfernten Odenthal. Und Muschi hat ihn über diese weite Strecke gefunden, was einerseits schön für sie ist, andererseits nicht. Was bringt ihr ein toter Wolf? Nichts! Allenfalls die endgültige Gewissheit, dass er nicht mehr zurückkommt. Das heißt, falls sie die richtigen Schlüsse gezogen hat. Vielleicht ist sie ja nicht so unterbelichtet, wie sie aussieht. Gesagt hat sie jedenfalls nichts, nichts über das Beet, nichts über den Helm, nichts. Vielleicht wäre es besser, sie loszuwerden. Eine Mitwisserin, die unter Umständen im falschen Moment losquatscht oder sich auffällig verhält, können wir auf keinen Fall gebrauchen. Grundsätzlich nicht und erst recht nicht in unserer prekären Lage.

Mitten in der Nacht - bis auf das übliche Knarren der Holzvertäfelung ist absolute Stille im Haus eingekehrt - verschwindet der gelbe Fahrradhelm auf Nimmerwiedersehen aus dem Wohnzimmer. Imogen hat sich nach der feuchtfröhlichen Trinkrunde, während Richard und Patrick schon lange in ihren Betten schlummern, noch einmal nach unten geschlichen und das Faktotum sozusagen ›aus den Augen, aus dem Sinn‹ verfrachtet. Als sie anschließend barfuß die Kellertreppe hoch huscht, fällt ihr Blick durch die offen stehende Wohnzimmertür. Dort betrauert Muschi in den höchsten Jammertönen fassungslos ihren neuerlichen Verlust.

5. Kapitel

Patrick steht in der offenen Haustür und redet mit einem Fremden in Lederjacke und Bluejeans. Der Mann ist um die vierzig und hat ein längliches, für die Jahreszeit unnatürlich gebräuntes Gesicht. Seine blonden Haare sind zu einem Pferdeschwanz zusammengebunden. Imogen parkt ihren Wagen vor der Garage.

»Ich kann Ihnen da nicht weiterhelfen. Wir haben gestern Abend im Radio davon erfahren. Ob Frau Schweiger Ihnen mehr sagen kann, wage ich zu bezweifeln.« Patrick zuckt bedauernd mit den Schultern. Als sie die Autotür öffnet, deutet er in ihre Richtung. »Da ist sie. Sie haben Glück.«

Imogen klemmt ihren blauen Aktenordner unter den Arm, nickt Patrick zu und schaut fragend zu dem Fremden.

»Hi Imogen«, begrüßt Patrick sie und knufft sie mit der rechten Faust locker gegen den Oberarm. »Das ist Herr Sauer, er fahndet nach Wolf Spohrmann. Du erinnerst dich doch, gestern kam die Vermisstenmeldung im Radio.«

Imogen sieht einen Moment überrascht aus, dann nickt sie dem blonden Mann zu. »Sind Sie von der Polizei?«, fragt sie.

»Nein, ich bin Privatermittler«, antwortet Herr Sauer und verbeugt sich ein wenig. »Die Polizei hält sich bei vermissten Personen mit der Suche zurück, solange kein Gewaltverbrechen vorliegt oder vermutet wird. Hätten Sie etwas dagegen, wenn ich Ihnen ein paar Fragen stelle zu Herrn Spohrmanns Verbleib?« Er macht einen Schritt auf die Haustür zu. Imogen steht neben Patrick in der offenen Tür und macht eine abwehrende Handbewegung.

»Wir können uns gerne hier draußen unterhalten«, bestimmt sie. »Auch wenn ich nicht weiß, wie Ihnen helfen kann. Ich habe Wolf Spohrmann seit Ewigkeiten nicht gesehen. Gestern im Radio hörte ich, dass er mittlerweile geschieden ist?«

»Das stimmt nicht ganz«, erläutert Sauer. »Er ist so gut

wie geschieden. Deshalb hat seine Frau mich beauftragt, nach ihm zu suchen. Sollte ihm etwas zugestoßen sein, wäre sie die alleinige Erbin, und ein Haus, das leer dasteht, wird nicht gerade besser, wenn Sie verstehen, was ich meine.« Der Privatermittler verzieht sein Gesicht zu einer drolligen Fratze.

»Wie gesagt, ich weiß nicht, wie ich Ihnen weiterhelfen kann«, blockt Imogen ab und mustert kühl das sonnengebräunte Gesicht des Privatermittlers. »Wie kommen Sie überhaupt auf mich?«

»Tja, ganz einfach«, lässt Sauer nicht locker. »Aber könnten wir nicht doch reingehen? Es ist ein bisschen frisch hier draußen«, und reibt sich demonstrativ die Hände.

»Nein, ich bin in Eile«, lehnt Imogen ab und deutet geschäftig auf ihr Handy, das sie aus ihrer Manteltasche zieht. »Machen Sie es bitte kurz.«

»Wir haben Ihren Namen mit Adresse in seinem Notizbuch gefunden. Da er sein Haus mit dem Fahrrad verlassen hat, gehen wir davon aus, dass er im Umkreis von maximal 50 Kilometern von seinem Zuhause unterwegs war. Sie zählen demnach zum Kreis der Leute, die er besucht haben könnte.« Sauer nickt eifrig. »Deshalb stehe ich hier.«

»Aha.« Imogen nickt desinteressiert. »Das wundert mich schon, dass mein Name in seinem Adressbuch steht«, staunt sie. »Es ist Jahre her, dass wir zusammen ein Seminar für Führungskräfte besucht haben. Wir kannten uns damals allenfalls flüchtig. Was macht Herr Spohrmann mittlerweile eigentlich beruflich? Er war Sportjournalist.«

»Ist er immer noch.« Sauer schaut Imogen tief in die Augen. »Sagen Sie, ist eines Ihrer Augen heller als das andere? Das ist ja absolut außergewöhnlich.«

»Gut beobachtet, Herr Sauer«, räumt Imogen mit säuerlicher Miene ein. Tatsächlich ist das Blau ihres linken Auges einen Tick heller als das des rechten. Sie schüttelt ungeduldig den Kopf. Will der Privatermittler ihr auf plumpe Weise schmeicheln, um ins warme Haus gelassen zu werden, oder meint er, ihr beweisen zu müssen, was für ein grandioser Beobachter und fähiger Ermittler er ist? »Kommen Sie bitte zum Punkt.«

»Wie, ach so, ja natürlich, Entschuldigung«, murmelt Sauer resigniert. Er knöpft mit bleichen Händen den obersten Knopf seiner Lederjacke zu und sieht nun nicht mehr annähernd so lässig aus wie davor. Ihm fröstelt sichtbar. »Herr Spohrmann ist Sportjournalist beim Online-Sportkanal ›Sportsfreunde.de‹. Er schreibt dort für die wöchentliche Kolumne ›Wolfis Universum‹. Ich schließe aus Ihrer Frage, dass Sie nicht sportbegeistert sind. Sonst würden Sie das sicher wissen.«

»Richtig. Könntest du uns einen Tee aufsetzen?«, bittet Imogen Patrick. »Ich muss gleich weg und möchte vorher etwas Heißes trinken.«

»Klar.« Patrick nickt dem Privatermittler zu und verschwindet im Haus.

Imogen wendet sich an den Mann mit dem Pferdeschwanz. »Ich habe von Sport tatsächlich keine Ahnung und muss jetzt wirklich weitermachen. Tut mir leid, dass ich Ihnen nicht helfen kann.« Imogen hat die Klinke in der Hand und will gerade die Haustür schließen, da stellt der Privatermittler einen Fuß in die Tür.

»Sorry, wenn ich Sie nerve«, entschuldigt er sich achselzuckend. »Aber in dem Kalender standen leider nicht viele Leute, die ich fragen kann. Vermisst wird übrigens auch Herr Spohrmanns Katze. Sie sieht so ähnlich aus wie die da.« Er zeigt mit dem Finger auf Muschi. Eine kurze Schrecksekunde lang dachte ich, er meinte mich. Muschi und ich sitzen im Flur und verfolgen das Geschehen seit Patrick die Haustür geöffnet hatte.

»Er hatte eine Katze?« Imogen sieht einen Moment überrascht aus. »Ich hätte ihm gar nicht zugetraut, dass er Tiere mag. Meinen Sie den Grauen?«, fragt sie, und schaut in meine Richtung.

»Nein, die weiße daneben«, stellt Herr Sauer richtig und starrt intensiv zu Muschi.

»Ja, diese weißen Katzen gibt es wie Sand am Meer.« Imogen macht erneut Anstalten, die Tür zu schließen. »Wie gesagt, tut mir leid, dass ich nicht helfen kann. Ich hoffe natürlich, dass Herr Spohrmann schnell wieder auftaucht.« Sie blickt auf den Fuß des Privatermittlers zwischen Tür und Türrahmen. »Und jetzt nehmen Sie den Fuß weg, sonst rufe ich die Polizei.« Sie zieht ihr Handy hervor, doch der Privatermittler hat verstanden. Mit einem betreten gemurmelten »Danke für Ihre Unterstützung« macht er auf dem Absatz kehrt und stapft unverrichteter Dinge die Treppe hinunter. Imogen schließt die Tür. Sie beobachtet hinter dem Fenster neben der Haustür, wie Privatermittler Sauer die Einfahrt des Hauses entlanggeht. Er zieht den Kragen seiner Jacke fröstelnd mit einer Hand bis über sein Kinn hoch. Die nasskalte bergische Winterwitterung setzt ihm anscheinend zu. Imogen will sich vergewissern, dass er tatsächlich weg ist, sich also nicht in Hausnähe auf die Lauer legt. Vorsicht ist die Mutter der Porzellankiste. Auf dem Weg in die Küche, wo Patrick bereits geschäftig mit den Teetassen hantiert, fällt ihr Blick auf Muschi. Es ist ein langer, nachdenklicher, irgendwie erleuchteter Blick. Imogen hat eben schlagartig begriffen, wen wir da seit Tagen bei uns beherbergen. Endlich!

Womit wir nun zwei sind, die Muschi durchschaut haben. Heute in der Frühe, als alles noch ganz still war, hatte ich sie mir vorgeknöpft. Zunächst stellte sie sich dumm, tat, als ob sie von nichts wüsste. Als ich ihr damit drohte, sie, sobald sich die Hintertür öffnet, auf der Stelle aus diesem Paradies zu vertreiben, wurde sie gesprächiger. Sie komme aus Odenthal und ihr Herr sei leidenschaftlicher Rennradfahrer gewesen. An dem Morgen des Tages, an dem er nicht nach Hause zurückgekommen sei, wäre er mit seinem Fahrrad weggefahren. Sie sei dann nach endlosem Warten losgerannt. Die Geschichte, die Muschi zum Besten gibt, kenne ich bereits mehr oder weniger. Natürlich konnte ich sie schlecht fragen, ob sie ihren Herrn im Gemüsebeet gerochen hat und ob sie weiß, dass der gelbe Fahrradhelm seiner ist. Das würde ihren Verdacht ja direkt auf einen unserer Hausbewohner lenken. Dass Muschis mehrtätiges Abenteuer sie zu uns und keinen Schritt weiter geführt hat, ist ein klares Indiz, dass Wolfs Fährte bei uns endet. Muschi, wäre sie nicht so hoffnungslos verblendet, könnte sicher einige unbequeme Fragen stellen und daraus ihre Schlüsse ziehen. Beispielsweise warum seine Fährte sie bis hierher und nicht weiter geführt hat, und weshalb sein Helm, aber nicht Wolf hier ist. Sie schöpft anscheinend keinen Verdacht und hat vermutlich allenfalls ein vages Gefühl der Zugehörigkeit am Gemüsebeet, bestimmt ohne zu ahnen, was sie dermaßen ausdauernd dort hielt.

Muschi ist keine große Hilfe und auch wenn sie bisweilen ziemlich geschwätzig ist, sagt sie meistens nicht wirklich etwas. Sie redet viel, allerdings nichts, was von Belang erscheint. Das macht sie schwer durchschaubar. Ich erwähnte das bereits. Seit der Privatermittler bei uns aufgetaucht ist, weiß sie, dass Wolf vermisst wird. Und wenn sie imstande wäre, logische Schlussfolgerungen zu ziehen, hätte sie uns in der Hand. Dann könnte sie uns erpressen, wie immer sie das anstellen würde. Was keine gute Perspektive ist. Der Verdacht liegt nahe, dass sie viel mehr weiß, als sie zugibt. So verblendet kann selbst Muschi nicht sein, dass sie hier nicht Lunte riecht. Aber sie schweigt hartnäckig. Vielleicht stellt sie sich hinsichtlich des toten Wolfs im Gemüsebeet dumm, um ihre sichere Bleibe bei uns nicht zu gefährden. Wo sollte sie schon hin? Menschen nehmen am liebsten die kleinen Katzen auf, insofern hat Muschi großes Glück gehabt, als sie ausgerechnet Imogen um Asyl anging. Sollte Muschi mehr wissen, als sie zugibt, ist sie für Imogen so etwas wie eine scharfe Handgranate, die jederzeit alles um sich herum in die Luft fliegen lassen kann. Doch selbst eine komplett ahnungslose Muschikatze könnte für uns zum Problem werden. Sie braucht in ihrer geistig minderbemittelten Art nicht einmal eine Pfote zu rühren oder das platte Mäulchen aufzumachen. Durch ihre bloße Anwesenheit kann sie uns zum Verhängnis werden. Der braun gebrannte Schönling vorhin könnte bereits kurz davor gewesen sein, seine Schlüsse zu ziehen, als er Muschi erblickte - fatale Schlüsse für Imogen. Egal, wie man es dreht und wendet, eine Muschi, die sich bei uns im Haus aufhält, lässt Rückschlüsse zu auf eine Verbindung zwischen uns und dem toten Wolf. Muschi ist Wolfs Katze, und wenn Muschi bei uns ist, kann Wolf nicht weit sein. So oder ähnlich könnte jemand, der sie kennt, schlussfolgern.

Seitdem ihr der Privatermittler die Augen geöffnet hat, irritiert der weiße Wischmob Imogen sichtlich. Zweifellos denkt sie nun jedes Mal an den Toten im Garten, wenn sie Rosalinda von Hohenburg sieht. Bestimmt setzt sie Muschi nur deshalb nicht auf der Stelle vor die Tür, weil sie ein schlechtes Gewissen hat, dass sie die Katze herren- und damit heimatlos gemacht hat. Man darf gespannt sein, wie lange sie die permanente, überaus penetrante Anwesenheit der ewig quengelnden, überkandidelten Perserin erträgt. Eines steht jedenfalls nunmehr fest wie in Stein gemeißelt: Nicht nur muss Imogen Wolf innerhalb der nächsten Tage spurlos verschwinden lassen, auch Muschi stellt für sie eine latente Gefahr dar. Ja, Muschi sollte ebenfalls möglichst auf Nimmerwiedersehen verschwinden.

Wir könnten sie fürs Erste bei Herrn Müller nebenan unterbringen, um sie ein bisschen von der Pelle zu bekommen. Seitdem seine Frau ausgezogen ist, fühlt der sich nämlich furchtbar einsam. Um überhaupt Leute zu sehen, jätet er oft stundenlang vor dem Haus Unkraut. Sobald sich nur ein Grashalm ans Tageslicht wagt, zupft Herr Müller das unerwünschte Grün mit spitzen Fingern aus. Zwischendurch guckt er immer wieder hoch und hält nach Gesprächspartnern Ausschau. Manchmal steht er einfach so auf dem Bürgersteig und fängt Passanten ab, mit denen er ein Gespräch vom Zaun bricht. Rudi Petersen hat er angeboten, öfter auf seine Kinder aufzupassen, wenn der beruflich unterwegs ist. Obwohl er früher nie etwas für Kinder übrig hatte, im Gegenteil. Neulich erzählte Imogen Richard noch, wie der Nachbar sich früher über den Lärm beklagte, wenn sie und ihre Schwester bei der Tante zu Besuch waren und sonntags auf der Wiese Federball spielten. Herr Müller nebenan ist eindeutig einsam. Bei ihm wäre eine anspruchsvolle, nervige Katze sicher gut aufgehoben, zumal er durch sie ideal von seinem Elend abgelenkt würde. Herr und Frau Müller stritten oft und lautstark, aber irgendwie wird man das Gefühl nicht los, dass er sie doch gemocht hat. Jetzt, wo sie nicht mehr da ist, sieht er kreuzunglücklich aus. Muschi könnte fantastisch in die im Nachbarhaus entstandene Lücke schlüpfen, sie würde sie vermutlich perfekt füllen. Zumal ein Diplomatenhaushalt sicher viel eher den gehobenen Ansprüchen einer Rassekatze genügt, als unsere schnöde, heruntergekommene Makler-Journalisten-Beamten-Wohnruine. Sobald der gemeingefährliche Steine werfende Gärtner am Nachmittag seine Arbeit beendet hat, nehme ich Muschi mit hinüber und führe sie bei Herrn Müller ein. Vielleicht frisst er einen Narren an ihr. Die Hauptvoraussetzung dafür erfüllt sie spielend. Er hat von jeher eine Vorliebe für exzentrische Frauen. Sonst hätte er es kaum so lange mit seiner ausgehalten.

Wenn der Plan aufgeht, sind wir Muschi auf die elegante Tour los. Das würde Imogen die ständige Konfrontation mit Wolfs Katze ersparen und sie nervlich ein bisschen entlasten. Auch der von Muschi dauerbelagerte Richard hätte endlich wieder seine Ruhe. Von meiner Wenigkeit will ich gar nicht sprechen.

Am frühen Nachmittag klingelt es kurz hintereinander mehrere Male an der Haustür. Immer, wenn Imogen drauf und dran ist, nach unten zu laufen, ruft Patrick von unten, dass er schon geht. Es ist Freitag, und freitags hat Patrick frei in der Universität und arbeitet zu Hause. Da er seit geraumer Zeit in der Küche sitzt und Zeitung liest, ist er natürlich näher an der Tür als Imogen oben in ihrem Arbeitszimmer. Sie hat bisher keinen guten Tag gehabt. Das Erscheinen des Privatdetektivs hat sie irritiert, ja beunruhigt. Darüber hinaus ärgerte sie der Anruf des Vermieters der 4-Zimmer-Wohnung in Köln-Brück, der seine Wohnung nun selbst an einen Bekannten vermietet hat. So bekommt Imogen keinen müden Cent für die seit Wochen stattfindenden unzähligen Besichtigungstermine und Telefonate. Aber das kann vorkommen. So sind die Regeln bei Frau Staufenbiel.

Viel schwerer und belastender an diesem kalten Januarmorgen wiegt für Imogen, dass bei ihrer Ankunft im Büro eine ihr völlig unbekannte Frau auf ihrem Platz saß. Nun ist es nicht so, dass jeder Mitarbeiter der Staufenbiel Immobilien GmbH einen eigenen Schreibtisch hätte. Frau Staufenbiels Räumlichkeiten sind viel zu eng für all die freien Mitarbeiter und 400-Euro-Kräfte. Außer der Chefin hat niemand einen festen Arbeitsplatz. Bislang hatte Imogen an dem PC für den Bereich Vermietung zumindest Mittwoch- und Freitagvormittag freie Bahn. Das war ungeschriebenes Gesetz. Nun saß dort eine neue 400-Euro-Kraft, die sich ihr nicht einmal vorstellte und überdies keinerlei Anstalten machte, den Platz zu räumen. Da auch alle anderen Computerplätze besetzt waren, musste Imogen unverrichteter Dinge wieder gehen. Erika Staufenbiel kam in dem Augenblick zufällig aus dem Besprechungsraum und äußerte ihr Bedauern über den Platzmangel, sie könne Imogen gerade keinen freien Computer anbieten. Man habe heute nicht mit ihr gerechnet. Frau Hagenbeck sei die neue Akquisekraft und brauche den PC für ihre Arbeit. Wenn möglich, solle Imogen ausnahmsweise von zu Hause aus arbeiten. Der letzte Satz hatte Imogen regelrecht in Rage versetzt. Als ob sie zu Hause nicht sowieso ständig für die Immobilienvermittlung arbeitet. Die Staufenbiel war nicht nur ungerecht, sondern zugleich ganz schön ausgekocht. Die Telefonate, die Imogen zu Hause führt, kosten die Staufenbiel Immobilien GmbH schließlich keinen müden Cent. Abgesehen davon fühlte sich Imogen in dem Moment, als sie mit Aktenordner unter ihrem Arm neben ihrem Arbeitsplatz stand und im ganzen Büro kein Platz für sie war, ziemlich ausgegrenzt, irgendwie nicht mehr dazugehörend. War das nun der Anfang vom Ende? Bereitete Erika Staufenbiel auf diese Weise nicht einmal sonderlich subtil Imogens Abgang vor? Frustriert und wütend war Imogen nach Hause gekommen und bearbeitet nun, nachdem sie Detektiv Sauer an der Haustür abgefertigt hat, trotz allem pflichtbewusst in ihrem Arbeitszimmer die noch zu vermittelnden Wohnungen und führt ein Kundengespräch nach dem anderen.

Nachdem die letzten Tage so überaus erfolgreich waren, verbleiben nur fünf unvermittelte Wohnungen, und so hofft Imogen, dass die neue Kraft für Akquise wenigstens gute Arbeit leistet und ihr attraktive Vermietungsobjekte besorgt, wenn sie sich schon auf ihrem Platz breitmacht. Imogen ist ganz vertieft in ihre Unterlagen und Kundengespräche, und so hinterfragt sie das mehrfache Haustürklingeln nicht. Im Gegenteil, sie ist froh, dass Patrick ihr den Rücken freihält und etwaige Zeitschriftenwerber, Staubsaugervertreter und Hausierer unten abfertigt, zumal sie mit höchster Konzentration arbeiten und schnell zum Ende kommen muss. Ihre Schwiegereltern sind auf der Beerdigung eines ehemaligen Kollegen von Richards Vater in Köln und haben ihren Besuch angekündigt. Am Spätnachmittag wollten sie eintreffen.

Da Patrick zurzeit das Gästezimmer in Beschlag genommen hat, muss es für die eine Nacht ihres Aufenthalts die Schlafcouch im Zimmer neben Patrick tun. Der Raum wird normalerweise nur fürs Bügeln und für Näharbeiten genutzt, also im Grunde nie. Tante Johannas alte Nähmaschine steht seit Monaten unberührt auf dem Tisch am Fenster, Imogen kommt nur sehr selten zum Nähen. Ab und zu setzt sie sich, meistens in Eile, lustlos an die Maschine, um notdürftig ein Kleidungsstück zu flicken, in dem eine Naht aufgeplatzt ist.

Ihre Handarbeitskünste halten sich von jeher in Grenzen, wahrscheinlich ist sie zu ungeduldig. Was wohl in der Familie liegt. Auch Tante Johanna, immerhin im Besitz einer Nähmaschine, ließ lieber nähen, als dass sie selber Hand anlegte. Sie hatte eine Haushälterin, die ihr praktisch alles abnahm. Wegen des unwohnlichen Charakters des Zimmers hat Imogen einige Mühe darauf verwendet, es für ihre Schwiegereltern freundlich herzurichten. Auf dem Nachhauseweg brachte sie aus der Gärtnerei einen bunten Blumenstrauß mit, den sie zum Empfang auf die kleine Kommode neben der Tür gestellt hat. Die Schlafcouch ist hergerichtet, Plumeaus und Kissen sind frisch bezogen. Imogen weiß, dass das Zimmer den gehobenen Ansprüchen ihrer Schwiegereltern nicht genügen wird. Da kann sie sich noch so anstrengen. Der pensionierte Rechtsanwalt adliger Herkunft und seine Frau sind eindeutig Besseres gewöhnt. Doch der gute Wille ist sichtbar und sie sind kein Grandhotel. Patrick hat die älteren Rechte, es wäre nicht fair, ihn für eine Nacht aus seinem Zimmer auszuquartieren, damit Richards Eltern es bequemer haben. Schließlich haben sie ihren Besuch erst vor drei Tagen angemeldet. Die meisten Menschen sterben nicht mit langer Vorankündigung.

Als Imogen endlich den Laptop zuklappt und den blauen Aktenordner ins Regal stellt, klingelt es an der Haustür erneut. Da es unten ruhig bleibt, läuft Imogen die Treppe herunter zur Tür. Aus dem Wohnzimmer erklingt ein Stimmengewirr. Anscheinend läuft der Fernseher. Vor der Haustür stehen, viel früher als angekündigt, Richards Eltern. Elisabeth von Stetten trägt einen schwarzen Pelzmantel, der sehr teuer aussieht und sich farblich eindrucksvoll von ihrem blonden Pagenkopf abhebt. Einen langen Moment mustert sie Imogen in ihrer Jeanshose und dem Wollpullover kritisch mit ihren hellblauen Augen, dann gibt sie ihr die Hand und drückt ihr ein flüchtiges Küsschen auf die Wange.

»Herzlich willkommen.« Imogen zwingt sich mit Mühe

ein freundliches Lächeln ab und kann ihre Überraschung kaum verbergen. Die Schwiegereltern sind mehr als drei Stunden zu früh.

»Gut siehst du aus, Liebes«, stellt Elisabeth von Stetten fest und tritt ein. »Vielleicht ein bisschen blass. Und deine Haare werden kontinuierlich grauer.«

Richards Vater, ganz in Schwarz gekleidet, nickt Imogen freundlich zu. Seine kleinen dunklen Augen blinzeln vergnügt, während er seine Schwiegertochter umarmt. Dann nimmt er die beiden Reisetaschen und trägt sie ins Haus.

»Tut mir leid, dass wir euch nicht das Gästezimmer geben können. Aber unser Freund Patrick wohnt zurzeit bei uns. Hab ich dir ja schon am Telefon erklärt«, meint Imogen bedauernd zu ihrer Schwiegermutter.

»Ist gar kein Problem, Imogen«, erwidert Thomas von Stetten. »Ist ja nur für eine Nacht.«

»Wir konnten schließlich nicht nach Köln kommen, ohne euch zu besuchen«, sagt Elisabeth von Stetten ein wenig pikiert.

»Auf gar keinen Fall«, wehrt Imogen entsetzt ab und macht eine wegwerfende Handbewegung. »Das hätten wir euch nie verziehen. Gehen wir erst einmal ins Wohnzimmer, die Sachen können wir ja später nach oben bringen. Richard kommt freitags gegen fünf. Ich dachte, wir könnten heute Abend irgendwo nett essen gehen.«

»Eine gute Idee«, lächelt Richards Vater. Imogen hängt die Mäntel der beiden in die Garderobe.

»Kocht ihr immer noch nicht selbst?«, moniert Elisabeth von Stetten. »Ihr kommt langsam in die Jahre, wo ihr an eure Gesundheit denken müsst.«

»Die beiden gehen sicher nicht ständig zu McDonald's«, wendet Richards Vater begütigend ein und erntet dafür einen dankbaren Blick seiner Schwiegertochter. Die öffnet gerade schwungvoll die Tür zum Wohnzimmer, doch ihr »Tretet ein und nehmt Platz« erstirbt ihr förmlich auf den Lippen. Vor dem Kamin sitzen fünf ihr gänzlich fremde junge Leute im Halbkreis auf dem Boden. Sie haben jeweils einen Schreibblock auf den Knien und einen Stift in der Hand und schauen aufmerksam zu Patrick, der aus einem Buch vorliest. Sechs überraschte Augenpaare lasten auf Imogen und ihren Schwiegereltern, die perplex in der offenen Wohnzimmertür stehen.

»Ah, Imogen«, sagt Patrick und springt von seinem Sessel auf. Er legt einen Arm vertraulich um ihre Schultern, mit dem anderen deutet er auf die jungen Leute. »Wir wollten dich nicht beim Arbeiten stören. Das ist mein Oberseminar, alles Doktoranden. Ich dachte, da Richard und du tagsüber sowieso nicht den Raum nutzt, könnten wir hierhin ausweichen.«

Imogen hat sich nach dem ersten Schreck gefangen. Sie blickt ungläubig in fünf sie neugierig musternde Gesichter. Wer weiß, was Patrick ihnen alles über sie erzählt hat.

»Aber ja, klar doch«, bringt sie mechanisch hervor und lächelt bemüht. »Machen Sie es sich nur bei uns bequem. Dann gehen wir eben in die Küche.« Sie dreht sich zu ihren Schwiegereltern um. »Ist ja auch gemütlich und außerdem näher an der Kaffeemaschine.« Sie nickt verlegen.

In der Küche schüttelt Richards Mutter befremdet den Kopf. »Euer Freund fühlt sich ja hier wie zu Hause.«

»Ja«, antwortet Imogen. »Setzt euch bitte. Ich mache uns eine Tasse Kaffee.«

»Wusstest du nicht, dass er im Wohnzimmer sitzt? Und mit Doktoranden?« Richards Vater lacht amüsiert. »Was sind das für Leute? Angehende Ärzte?«

»Nein, Patrick ist Professor für Literatur, englische Literatur. Er lehrt an der Kölner Uni.« Ihre Hände zittern leicht, als sie die Kaffeetassen aus dem Schrank nimmt. Sie bietet ihre ganze Kraft auf, um ruhig zu bleiben und sich ihren Unmut nicht anmerken zu lassen.

»Herrscht dort mittlerweile so ein Platzmangel, dass sie für Seminare in Privathaushalte ausweichen müssen?«, fragt

Elisabeth von Stetten entsetzt. »Dann ist dieser Patrick ein Freund von dir?«

»Ja, er ist mein bester und ältester Freund«, bestätigt Imogen. »Wir haben uns während meines Auslandssemesters damals in England kennengelernt. Er und seine Frau haben sich eine Beziehungsauszeit genommen. So lange wohnt er bei uns.«

»Er ist Engländer«, stellt Thomas von Stetten fest. »Er spricht Deutsch kaum mit Akzent. Das ist ungewöhnlich.«

»Ja, er ist ziemlich sprachbegabt«, sagt Imogen und stellt zwei Tassen Kaffee vor ihre Schwiegereltern. »Zucker, Milch?«, fragt sie und holt beides aus dem Regal. »Patrick arbeitet viel zu Hause. Seine Doktoranden sind seine Lieblinge, mit denen verbringt er gerne schon mal Zeit außerhalb der Universität im privaten Rahmen.«

»In eurem Wohnzimmer«, moniert Elisabeth von Stetten mit säuerlicher Miene. »Ohne, dass ihr etwas davon wisst. Oder wusstest du, dass sie dort sind?«

»Patrick ist hier wie zu Hause«, wiederholt Imogen mit Nachdruck, bemüht, sich ihre Verärgerung nicht anmerken zu lassen. Natürlich hätte Patrick fragen müssen, bevor er sich mit seinen Studenten im Wohnzimmer breitmacht. Aber Elisabeths Sache ist das weiß Gott nicht. »So lange er von seiner Frau getrennt ist, hat er bei uns die gleichen Rechte und Pflichten wie wir. Selbstverständlich kann er das Wohnzimmer benutzen, wenn wir es nicht brauchen.«

»Ist das Richard denn recht?« Elisabeth von Stettens blauäugiger Blick bohrt sich förmlich in das Gesicht ihrer Schwiegertochter. Imogens Stimme zittert leider ein wenig, die impertinent insistierende Art ihrer Schwiegermutter geht ihr bis heute an die Nieren, daran hat sich auch nach Jahren nichts geändert. Es fällt ihr schwer, die Contenance zu wahren.

»Das fragst du ihn am besten nachher selbst«, entgegnet sie, den Blick unverwandt auf die Tasse vor sich gerichtet. Sie kippt ihren Kaffee in einem Zug herunter. »Am besten zeige ich euch jetzt euer Zimmer. Sicher wollt ihr euch ein wenig frisch machen und ein bisschen ausruhen. Richard ist spätestens in zwei Stunden hier.« Sie nickt ihrem Schwiegervater zu, der sich bereits vom Küchenstuhl erhoben hat.

»Habt ihr jetzt etwa zwei Katzen?«, fragt Richards Mutter und starrt entsetzt zu Muschi, die eben maunzend in die Küche gekommen ist und an den Beinen Frau von Stettens lang streicht. Mit ihrer platten rosigen Nase beschnuppert sie neugierig den tiefschwarzen Cashmere-Wollrock. »Dass ihr die Katze deiner Tante behalten habt, verstehe ich ja noch, aber jetzt eine zweite?« Sie schüttelt verständnislos den Kopf und wirft ihrem Mann einen bedeutungsvollen Blick zu.

»Die ist uns zugelaufen«, erläutert Imogen achselzuckend. Richards Vater beugt sich zu Muschi herunter und tätschelt sie ein wenig, was Muschi ihrerseits mit verliebten Blicken und sofortigem lautem Schnurren quittiert. Ganz offensichtlich ist sie eine Männerkatze. Bei Imogen schnurrt sie nie.

»Ist das eine Perserkatze?«, fragt er und fährt begeistert mit seinen Streicheleinheiten fort.

Imogen nickt. »Sie ist eine Streunerin und saß vor ein paar Tagen vor unserer Hintertür.«

»Ihr nehmt hier wohl jeden auf, wie mir scheint«, befindet Elisabeth von Stetten naserümpfend. »Was sagt Richard denn dazu? Katzen sind ja so gar nicht seine Sache.«

»Das ist mir zwar neu, aber auch das fragst du ihn am besten nachher selbst«, murmelt Imogen, und steigt mit gequälter Miene die Treppe hoch. »Wir müssen in den zweiten Stock. Schaffst du das alleine mit dem Gepäck, Thomas?«

Richards Eltern sind mitunter anstrengend. Er ist an und für sich sehr nett, sehr geduldig, ein Gemütsmensch. Richards Mutter dagegen kann eine richtige Nervensäge sein. Bereits bei ihrem ersten Zusammentreffen damals, als sie Imogen und Richard besuchten, hatte Imogen beständig das Gefühl, dass sie nach Ansicht Elisabeth von Stettens nicht gut genug sei für ihren Sohn. Bis heute fragt sie unentwegt, ob dies und jenes Richard recht sei. Als ob Imogen ihren Mann permanent unterdrücken und ihm ihren Willen aufzwingen würde. Selbst nach vierzehn Ehejahren Imogens und Richards kann sich seine Mutter nicht an den Gedanken gewöhnen, dass es tatsächlich eine Frau auf diesem Planeten gibt, die den hohen Ansprüchen ihres Sohnes genügt. Ständig beäugt sie ihre Schwiegertochter, ewig nörgelt und krittelt sie an ihr herum. Als ob immer alles so geschehen müsste, wie es Richard gerade optimal in dem Kram passt, und als ob Imogen stets alles so richten würde, wie es ihr am besten gefällt, ohne Rücksicht auf Richard. Die stummen, teils direkten, dreisten Unterstellungen ihrer Schwiegermutter haben Imogen seit eh und je geärgert. An diesem Tag nimmt sie sie einfach als gegeben hin. Ändern wird sich Elisabeth von Stetten ohnehin nicht mehr und Imogen hat zurzeit andere Probleme. Dieser eine Tag geht auch vorüber.

Die Schwiegereltern haben sich in ihrem Zimmer für eine Stunde hingelegt. Die Beerdigung war strapaziös, sie hat besonders Richards Vater mitgenommen, der mit dem Toten einen langjährigen Kollegen und zugleich einen guten Freund verloren hat. Als Imogen die Treppe herunterkommt, verabschiedet Patrick gerade seine Studenten an der Haustür. Es ist unglaublich, was für ein Auftrieb neuerdings in diesem Haus herrscht. Wenn das so weitergeht, hänge ich bald ein Schild nach draußen ›Wegen Überfüllung geschlossen‹. Ständig wird Imogens Aufmerksamkeit von neuen Dingen und Besuchern in Beschlag genommen. Die Szene vorhin im Wohnzimmer ist ihr gründlich gegen den Strich gegangen. Selbstverständlich will sie wissen, wer sich in ihrem Haus aufhält, und Patrick sollte fragen, bevor er Fremde einlädt. Selbst wenn er ihr bester Freund ist, ist er hier nicht zu Hause, obwohl er sich so aufführt.

Er hat Glück. Normalerweise würde sie ihn zur Rede stellen. Doch Imogen steht der Kopf nicht nach Auseinandersetzungen. Sie muss schleunigst eine Lösung für Wolf finden. In der Post vorhin lag die Nachricht vom Bauamt, dass am kommenden Montagnachmittag eine geologische Bodenprobe in ihrem Garten genommen wird. Das bedeutet, dass sie genau zweieinhalb Tage Zeit hat, Wolf aus dem Beet zu entfernen. Samstagmittag fahren Richards Eltern wieder. Bis dahin ist im Haus zu viel los, um ungestört zu arbeiten. Unter den kritischen Blicken ihrer Schwiegermutter kann Imogen normalerweise keinen klaren Gedanken fassen, wie soll sie da unbeobachtet eine Leiche beseitigen? Sobald die beiden weg sind, muss sie sich freie Bahn verschaffen. Vielleicht kann sie Richard und Patrick unter einem Vorwand für ein paar Stunden irgendwohin schicken, am besten für das ganze Wochenende.

Nach dem Reinigen meiner Katzentoiletten im Keller wirft sie nebenbei ein paar inspizierende Blicke in die diversen Räume. Es hat sich dort unten im Laufe der Jahre erschreckend viel angesammelt, ein wahres Katzenparadies ist das mit alten Sesseln, Regalen mit tausend Kleinigkeiten, Garderobenständern, alter Kleidung und ausgemusterten Decken. Viele der Dinge gehörten Tante Johanna. Imogen hat sich oft vorgenommen, den Keller zu entrümpeln, und jedes Mal hat sie es verschoben. Im hintersten Raum hält sie sich ziemlich lange auf und starrt angestrengt auf den Boden. Hat sie dort etwas verloren? Sie nimmt ein Stemmeisen vom Werkzeugregal, setzt es auf einer Stelle im Kellerboden an, die ein wenig rissig und porös wirkt, und schlägt mit einem Hammer darauf. Tatsächlich bröckelt ein größeres Stück Zement aus dem Boden, der gerade in diesem Raum an einigen Stellen etwas angegriffen ist, also keine durchgängig ebene und geschlossene Fläche bildet. Schon bald lässt Imogen die Sache auf sich beruhen und beendet ihr kleines Experiment, oder wie auch immer man ihr Tun bezeichnen will. Ihr metallisches Klopfen auf den Hammer war allenfalls gedämpft im Erdgeschoss zu hören, sicher will sie vermeiden, dass Patrick misstrauisch wird oder ihre Schwiegereltern von ihrem Nachmittagsschlaf hochschrecken.

Oben an der Kellertreppe erwartet Patrick sie mit sehr schuldbewusstem Gesicht. »Tut mir echt leid, das eben im Wohnzimmer«, leistet er mit gesenktem Blick Abbitte. »Aber ich wollte dich nicht bei der Arbeit stören.«

»Du hättest wenigstens einen Ton sagen können«, murrt Imogen vorwurfsvoll und runzelt genervt die Stirn. »Du wusstest sicher nicht erst seit heute, dass deine Studenten kommen.«

»Stimmt, sorry, kommt nicht wieder vor. Ich hab einfach verschwitzt, dich zu fragen.«

»Ist schon gut.« Imogen nickt geistesabwesend. »Vergiss es.«

»Was hast du denn im Keller gemacht?«, fragt Patrick. »Da war eben so ein Klopfen. Kann ich dir irgendwie helfen? Warum hast du nichts gesagt?«

»Nein, nein, alles okay«, winkt Imogen ab. »Ich habe nur ein paar Sachen umgestellt.«

Im Hause Schweiger-von Stetten ist nun so etwas wie nachmittäglicher Friede eingekehrt. Richards Eltern ruhen sich auf ihrer Besuchercouch im zweiten Stock von den morgendlichen Strapazen auf dem kalten Kölner Melatenfriedhof aus. Patrick und Imogen sitzen am Küchentisch. Sie trinken Tee und essen die Reste der Kuchenteilchen, die einer der Studenten mitgebracht hatte.

»Sie sind schon in Ordnung«, beteuert Imogen gerade und lässt sich genüsslich den Pudding ihres Puddingteilchens auf der Zunge zergehen. »Außerdem kommen sie nicht oft, was das Ganze noch viel erträglicher macht. Es könnte also schlimmer sein.«

»Wie so manches«, bemerkt Patrick lächelnd. Die beiden unterhalten sich mit gedämpften Stimmen über Richards Eltern. Seine Mutter war Patrick auf Anhieb unsympathisch. »Sie schaut einen an und sofort wird man das Gefühl nicht los, dass ihr irgendwas total gegen den Strich geht. Mit ihrer unglaublich spitzen Nase spießt sie einen förmlich auf.«

»Stimmt.« Imogen grinst. »Lass sie sein, wie sie will. Richard ist ihr absoluter Augenstern. Sie weiß, dass sie ihn verliert, wenn sie zu offensiv gegen mich vorgeht. Deshalb hält sie sich mir gegenüber mit Anfeindungen zurück. Was ihr schwerfällt, aber sie schafft es sogar weitgehend, bis auf kleinere Ausfälle ab und zu.«

»Er wirkt nett«, meint Patrick. »Ich vermute, dass sie ihn ziemlich unterbuttert. Das ist bei Ehemännern oft so. That's life.«

»Da sprichst du aus eigener Erfahrung.« Imogen schaut stirnrunzelnd zu Patrick, der sich nachdenklich über den Vollbart streicht.

»Eigentlich nicht«, erwidert er tonlos.

»Sag mal, es geht mich ja nichts an, wie lange wollt ihr das durchziehen mit eurer Trennung auf Zeit? Hast du zwischendurch mal mit Veronica gesprochen?«

»Nein, aber die Kinder fehlen mir. Sie auch, natürlich.«

Imogen nickt verständnisvoll. »Ruf sie doch mal an. Vielleicht trefft ihr euch irgendwo und sprecht euch aus. Einen Versuch ist es wert. Ich passe währenddessen auf die Kinder auf.«

»Ja, das sollte ich wohl tun, du hast recht.« Patrick legt dankbar seine Hand auf ihre. »Danke für alles, Imogen. Du bist eine gute Freundin. Immer schon gewesen.« Patrick und Imogen sehen sich einen Moment sehr intensiv an. Seine Hand ruht weiterhin auf ihrer. Derartige Gesten der Zuneigung sind bei den beiden keine Seltenheit. Sie mögen sich und haben keine Scheu, das offen zu zeigen.

»Ich weiß.« Imogen strahlt.

»Wir hätten sicher auch ein nettes Paar abgegeben.« Patrick wirft Imogen einen überaus verliebten Blick zu.

»Es wäre nicht halb so schön gewesen, wie es jetzt ist«, entgegnet Imogen im Brustton der Überzeugung. »Nie ein

Paar gewesen zu sein, und keins zu werden, ist eine gute Basis für eine Freundschaft.«

»Vielleicht, schön wär's trotzdem.« Patrick greift nach Imogens anderer Hand, die beiden sitzen, ihre Hände haltend, einander am Tisch gegenüber und schauen sich fast ein wenig verliebt an.

»Wie geht es dir eigentlich?«, fragt Patrick. »Du siehst in letzter Zeit irgendwie blass aus, bist du dünner geworden?«

»Mir geht's gut«, weicht Imogen aus und vermeidet es, ihn direkt anzusehen. »Ich habe viel Arbeit im Büro, Frau Staufenbiel wirft reihenweise die alten, eingearbeiteten Leute raus und ersetzt sie durch neue preiswertere, und last but not least: Die Stadt enteignet uns und bringt mich um meinen heiß geliebten Garten.«

»Hm.« Patrick nickt verständnisvoll. Er tätschelt Imogens Hand. »Trotz allem wirst du jeden Tag schöner, meine Schöne.«

Imogen lacht schallend los, auch Patrick freut sich über den gelungenen Stimmungsschlenker und strahlt übers ganze Gesicht. Was hier vor sich geht, ist seit Jahren eingespielte Gesprächsroutine zwischen ihnen. Wenn sie über ernste Dinge gesprochen haben, lassen sie ihre Gespräche heiter ausklingen, sie schmeicheln einander, sagen etwas Nettes, sodass die mitunter besprochenen Dinge nicht mehr ganz so ernst und ausweglos erscheinen. Patricks Schmeichelei eben war so ein Ernste-Stimmung-Entschärfer und hätte sicher keinerlei Folgen gehabt, wenn nicht Frau von Stetten vor der Tür heimlich dem Geplänkel der beiden gelauscht hätte. Sie ist früher aufgewacht und hat ihrer Schwiegertochter Gesellschaft leisten wollen. Jetzt schleicht sie auf Zehenspitzen wieder die Treppe hoch. Anscheinend hat sie Übung in solchen Dingen, denn sie schafft es, die alte Holztreppe lautlos wie eine Wildkatze zu erklimmen. Die beiden in der Küche ahnen nicht einmal, dass sie eine überaus aufmerksame Zuhörerin hatten.

Später wird sie das Gespräch zwischen Imogen und Patrick als Anlass zu einer ernsten Unterhaltung mit ihrem Sohn nehmen. Sie wird ihm ihr Unbehagen und ihr Unverständnis ausdrücken, dass er Imogen so viele Stunden am Tag mit ihrem Freund allein im Haus lässt. Zwar kann Elisabeth von Stetten aufgrund dessen, was sie gehört und durch den Türspalt gesehen hat, nicht automatisch schließen, dass Imogen ein Verhältnis mit dem Literaturprofessor hat, aber Gelegenheit macht Diebe, wird sie dem armen Richard erklären und den völlig überflüssigerweise beunruhigen. Obwohl Richard grundsätzlich weiß, dass Imogen ihn niemals mit Patrick betrügen würde. Sie liebt ihn schließlich. Zudem kennt er die Gesprächsrituale und Umgangsformen der beiden. Patrick stellt für ihn keine Gefahr dar. Richard weiß das, nur seine Mutter, die vom Naturell her nicht so vertrauensselig ist wie ihr Sohn, zudem aus einer anderen Generation stammt, kann nicht anders, als das Verhalten Imogens und Patricks als äußerst verdächtig einzustufen. Ihr Gespräch mit Richard in dieser Angelegenheit wird noch vor dem gemeinsamen Abendessen im Restaurant stattfinden, und obgleich ihr Sohn bemüht sein wird, ihr den Wind aus den Segeln zu nehmen, beobachtet sie das Miteinander ihrer Schwiegertochter mit Herrn Jones, wie sie ihn anzureden pflegt, fortan sehr argwöhnisch.

Am frühen Abend verlassen Imogen und Richard mit ihren Gästen das Haus. Sie wollen Richards Eltern und Patrick zu ihrem Lieblingsitaliener einladen, der in einem kleinen Ausflugsort im Oberbergischen Land sein Ristorante führt. Imogen hat dort einen Tisch bestellt. Wenn sie und Richard dorthin fahren, dauert es Stunden, bis sie wieder zurückkommen. Für Muschi und mich bedeutet das schier endloses Warten draußen auf der Terrasse. Kurz bevor die anderen das Haus verließen, hat sie furchtbar gejammert, weil sie unbedingt nach draußen wollte. Und da mir auch nach einem Rundgang durch den Garten und ein wenig frischer Luft zumute war, stob ich hinter der Perserin in die Dunkelheit hinaus, sobald Imogen die Hintertür für uns öffnete.

Es dauert nicht lange, da bereue ich meinen spontanen Entschluss. Die nasse Kälte ist unbehaglich, zudem setzt ein leichter Schneeregen ein. Zu meiner Überraschung bleibt Muschi bei mir, wahrscheinlich hat sie bei dem ungemütlichen Wetter keine Lust, ihrem Herrn im hinteren Teil des Gartens einen Besuch abzustatten.

Im Haus von Rudi Petersen ist alles dunkel. Ab und zu besuche ich dort die beiden Kinder. Doch dieser Programmpunkt fällt heute aus. Rudis Haus liegt seit dem frühen Morgen ganz still da. Manchmal fahren die drei übers Wochenende zu seiner Schwester nach Bonn. Sie hat ein Haus direkt am Rhein, wo Lilly und Jan für ihr Leben gerne Steine über das Wasser springen lassen. Rudis Schwester züchtet Bordercollies, was Besuche bei ihr zu einer unwiderstehlichen Attraktion für die Kinder macht. Immer, wenn die Hündin Welpen hat, ist Familie Petersen dort nicht wegzukriegen. Rudis Haushalt fällt also als Zufluchtsstätte für uns weg.

Bei Ingo Müller hingegen ist Licht im Wohnzimmer. Diese Gelegenheit nutze ich, um endlich meinen Plan umzusetzen. Mit Muschi im Schlepptau springe ich über den Nachbarzaun. Bald kauern wir vor dem hell erleuchteten Wohnzimmerfenster. Erwartungsgemäß liegt Herr Müller in seinem Fernsehsessel und verfolgt auf dem Bildschirm irgendeine Nachrichtensendung. Ich fixiere ihn durch die Scheibe mit eindringlichen Blicken und maunze in den höchsten durchdringenden Tönen. Er hört mich nicht. Ich maunze noch einmal - keine Reaktion. Erst als ich Muschi animiere, es mir gleichzutun, horcht Herr Müller auf und hebt überrascht seinen Kopf. Er schaut zuerst zum falschen Fenster, dann erblickt er uns. Er lächelt und steht auf, um uns hereinzulassen.

»Dagobert, wen bringst du mir denn da mit?«, fragt er und streichelt Muschi zärtlich übers Fell.

Ihre Einführung ist schon einmal gelungen. Herr Müller

reibt sich die Hände und beobachtet belustigt, wie Muschi auf seinen Fernsehsessel springt und es sich dort bequem macht. Ich bleibe vor seinen Füßen sitzen und blicke eindringlich zu ihm, dann in Richtung Küche, wieder zu ihm, danach zur Küche. Wie lange er wohl braucht, um zu verstehen?

»Na, schauen wir mal, was ich für euch habe«, reagiert er endlich und geht an den Kühlschrank.

Ingo Müller ist tatsächlich ein Schnellmerker, wer hätte das gedacht? Er holt einen Teller mit frischem rosigem Lachs aus dem Schrank, bei dessen Anblick mir auf der Stelle das Wasser im Mund zusammenläuft. Muschi springt vom Fernsehsessel herunter und kommt gierig in die Küche gelaufen. Herr Müller, stelle ich gerade genüsslich am Lachs schnuppernd fest, ist nicht nur ein Schnellmerker, er ist auch ausgesprochen großzügig. Statt uns mit einer oder zwei Scheiben des köstlich duftenden Lachses abzufertigen, hat er den ganzen Teller vor uns auf den Boden gestellt. Er weiß, was eine Katze braucht.

»Guten Appetit, die Herrschaften«, wünscht er und beobachtet vergnügt, wie wir mit Heißhunger über den Fisch herfallen. Imogen hatte uns zwar vorhin noch die Näpfe gefüllt, aber für etwas Gutes, also etwas richtig Gutes ist immer noch Platz. Nach unserem üppigen Mahl springt Muschi auf den Schoß von Herrn Müller, der vor dem Fernseher Platz genommen hat. Bald schläft sie dort wohlig schnurrend ein, während er sie mit versonnenem Blick überaus zugetan streichelt. Eine gute Weile und ein Nickerchen später - meine Leute sind vielleicht inzwischen zu Hause -, maunze ich und kratze ungeduldig an der Fensterscheibe. Herr Müller versteht sofort, er legt Muschi auf dem Sessel ab und lässt mich nach draußen.

»Sieht aus, als ob deine Freundin hierbleiben möchte«, sagt er zu mir. Tatsächlich blinzelt Muschi bei meinem Abgang nur müde und macht keinerlei Anstalten, mir zu folgen. Ich springe in die Dunkelheit in den müllerschen Garten.

Mein Plan ist aufgegangen. Herr Müller hat Muschi mit offenen Armen empfangen, und wenn sie tatsächlich bei ihm bleibt, braucht keiner ein schlechtes Gewissen zu haben. Er wird sie nach aller Regel der Kunst verwöhnen. Wenn er ihr allerdings jeden Tag Lachs und ähnliche Köstlichkeiten kredenzt, wird sie binnen kürzester Zeit kugelrund werden. Man sollte ein Auge darauf halten, notfalls springe ich ein und genehmige mir die eine oder andere Köstlichkeit aus dem müllerschen Kühlschrank, denn obwohl sie bisweilen eine rechte Nervensäge ist, wäre es jammerschade, wenn Muschi durch übermäßige Völlerei ihr frühes Ende finden würde.

Zu Hause ist tatsächlich jemand. Offensichtlich ist mir in Herrn Müllers Schlaraffenland vorübergehend das Zeitgefühl abhandengekommen. Bei Patrick oben ist Licht, auch das Bügelzimmer daneben ist hell erleuchtet. Gerade geht die Hintertür auf, Imogen tritt heraus und ruft meinen Namen. Ich renne zu ihr.

»Da bist du ja«, sagt sie froh, als sie mich sieht, und streicht mir über den Kopf. »Wo steckt Muschi?« Sie schaut in die Dunkelheit und wartet ein bisschen, ehe sie achselzuckend die Tür schließt. Eine Weile später kommt sie im Schlafanzug nach unten, öffnet noch einmal die Tür, um nach Muschi zu rufen. Aber Muschi bleibt verschwunden. Bald liegt tiefe Stille über dem Haus.

Mitten in der Nacht öffnet sich die Schlafzimmertür. Imogen ist vollständig bekleidet. Sie trägt eine blaue Latzhose und einen dicken Wollpullover, beides hat sie seit Jahren nicht mehr angehabt. Auf Socken schleicht sie über den Flur und tappt im Dunkeln die Treppe hinunter. Im Erdgeschoss öffnet sie die Kellertür, verschwindet dahinter und zieht die Tür lautlos zu. Sie bleibt eine halbe Ewigkeit im Keller, während der man von unten mal ein metallisches, dann wieder ein dumpfes Pochen hören kann. Während die Geräusche im

Erdgeschoss klar zu vernehmen und eindeutig zu lokalisieren sind, ist im ersten Obergeschoss nichts davon zu hören, geschweige denn in der Besucheretage ein Stockwerk höher. Ich springe mit gezieltem Satz auf die Klinke der Kellertür und laufe zu ihr nach unten. Glücklicherweise hat sie nicht den Schlüssel herumgedreht. Obwohl sie vom Wein beim Italiener sicher hundemüde sein und der volle Magen sie niederdrücken müsste, arbeitet Imogen mit verbissener Miene. Dort, wo sie am Nachmittag zaghaft ein paar Probelöcher in den Boden geschlagen hat, geht sie jetzt überaus resolut zu Werke. Sie hackt ein längliches Loch in den Boden und füllt die anfallenden losen Zementbrocken und das Geröll in Müllsäcke. Nach einer Weile sind ihr Gesicht und ihre Hände verstaubt, zwischendurch niest sie überaus heftig und wenn sie sich die Nase putzt, ist das Taschentuch schwarz von Dreck. Doch das lässt sie völlig kalt. Sie ist hoch konzentriert und emsig bei der Sache. Auch in dieser Nacht hat sie offenkundig keine Ruhe finden können, und statt sich von einer Seite auf die andere zu wälzen, ist sie wild entschlossen, ihre Rastlosigkeit in produktive Energie umzuwandeln. Die nächtliche Stunde erscheint ihr offenbar als die optimale Zeit, ungestört an ihrer Problembeseitigung zu arbeiten. Bald befindet sich im Kellerboden ein ziemlich großzügig angelegtes Loch von ansehnlicher Tiefe. Nach Stunden intensiven Hämmerns und Grabens taucht sie verstaubt und erschöpft im Erdgeschoss auf. Gerade als sie die Kellertür leise hinter sich zumacht, packt sie jemand von hinten an der Schulter. Imogen zuckt zusammen, ihr Herz setzt vor Schreck ein paar Schläge aus.

»Was machst du hier, um diese Uhrzeit?« Richard steht vor ihr und starrt sie entgeistert von oben bis unten an.

»Du bist's.« Erleichtert keucht Imogen auf und legt ihm ihre Arme um den Hals. »Ich hab mich vielleicht erschreckt.« Sie atmet ein paar Mal tief durch.

»Du siehst furchtbar aus.« Richard schüttelt angewidert den Kopf.

»Ich hab im Keller was aufgeräumt«, sagt Imogen. Sie vermeidet es, ihm in die Augen zu blicken. Stattdessen schaut sie, immer noch aufgewühlt von Richards unerwartetem Erscheinen, interessiert an sich herunter.

»Mitten in der Nacht?«, fragt der fassungslos.

»Ich konnte nicht schlafen, da dachte ich, jetzt oder nie.«

»Unfassbar!«, ereifert sich Richard. »Das darf ich wirklich keinem erzählen, sonst sperren sie dich direkt weg. Ich bin aufgewacht und habe gemerkt, dass du nicht neben mir liegst. Nach einer Weile dachte ich, ich schau mal, was los ist. Ich habe mir Sorgen gemacht. Wo hast du denn aufgeräumt?«

»Im Holzkeller. Da liegen die Holzstücke so chaotisch durcheinander. Das hat mich einfach gestört.« Imogen zuckt mit den Schultern.

»Und tagsüber kommst du nicht dazu, oder wie?«

»Richtig.«

»Wir können so etwas auch zusammen machen.« Er sieht sie vorwurfsvoll an.

»Jetzt?«

»Nein, natürlich nicht jetzt. Du brauchst deinen Schlaf.«

»Ich konnte mit meinem vollen Magen nicht schlafen und da hat es mich halt gepackt.« Imogen drückt sich ein zwanghaftes Lächeln ab. »Jetzt muss ich aber schnell duschen und dann ab in die Koje«, murmelt sie. Sie schleicht auf Strümpfen die Treppe hoch. Immer noch kopfschüttelnd folgt Richard ihr nach oben.

6. Kapitel

Der Frühstückstisch ist abgedeckt, Richard unternimmt mit seinen Eltern einen Streifzug durch das Haus. Die beiden sind längere Zeit nicht bei ihnen gewesen, und so präsentiert er ihnen stolz die neue Hintertür, das vor ein paar Monaten im Wohnzimmer eingebaute Panoramafenster mit Blick in den Garten und die Natursteintreppe an der Haustür. Unter anerkennenden Blicken bewundern Herr und Frau von Stetten die Fortschritte. Patrick ist an diesem Morgen bislang nicht aufgetaucht. Allem Anschein nach ist er nach dem gestrigen strapaziösen häuslichen Oberseminar und der abendlichen Schlemmerei extrem erholungsbedürftig. Kein Laut dringt aus seinem Zimmer. Imogen sitzt Espresso trinkend am Küchentisch und genießt ein paar ruhige Momente. Dabei überfliegt sie die Tageszeitung. Als Richard mit seinen Eltern im Schlepptau in die Küche kommt, schaut sie lächelnd hoch. Er wirkt an diesem Morgen sehr frisch, sehr aufgeräumt, der Besuch seiner Eltern bereitet ihm sichtlich Freude. Anscheinend hat er Imogens unsäglichen nächtlichen Auftritt, als sie völlig verstaubt aus dem Keller auftauchte, vergessen, oder erfolgreich verdrängt. Er sieht weder müde noch besorgt aus. Heute Vormittag zweifelt er offenbar nicht mehr an ihrem Geisteszustand. Er strahlt, als er sich mit seinen Eltern zu ihr an den Küchentisch setzt. Auch ihre Schwiegereltern lächeln überaus wohlwollend.

»Wie sind die Pläne?«, fragt Imogen.

»Erst einmal leisten wir dir Gesellschaft«, entscheidet Richards Mutter. Ihr Mann greift dankbar nach der Zeitung und vertieft sich in die Wirtschaftsnachrichten. »Richard hat erzählt, dass du so viel gearbeitet hast in letzter Zeit. Und so erfolgreich.«

Imogen nickt. »Ja, ich bin sehr zufrieden.« Thomas von Stetten blickt hinter seiner Zeitung hervor und wirft Imogen einen anerkennenden Blick zu. Danach vertieft er sich wieder in den Text. »Wir hoffen, dass wir dieses Jahr den Kamin sanieren können. Meine Immobilienprovisionen helfen da schon.«

»Wenn das so ist, könntet ihr euch eigentlich eine Kraft leisten, die das Haus putzt«, folgert Frau von Stetten und schaut sich aufmerksam um.

»Ist es dir bei uns nicht sauber genug?« Imogens Stimme hat einen scharfen Unterton, sie schaut ihre Schwiegermutter vielleicht einen Tick zu angriffslustig an für die beschauliche Küchenatmosphäre und lässt sie nicht aus den Augen. Geradezu zwanghaft ist die immer auf der Suche nach neuen Sachen, an denen sie herumnörgeln kann. Elisabeth von Stetten schüttelt pikiert den Kopf und schlägt begütigend die Hände vor ihrer Brust zusammen.

»Um Himmels willen, nein, Kind, Imogen, das wollte ich damit nicht andeuten. Nur, wenn du so eingespannt bist, dann kannst du doch nicht alles bewältigen. Die Katzen machen ja auch viel Dreck. Es ist keine Schande, sich helfen zu lassen. Eine nette, ehrliche Frau, die hier ordnend Hand anlegt, könnte sicher nicht schaden.« Sie lächelt dünn. »Der Flur zum Beispiel könnte sicher öfter einmal gewischt werden. Liegt das an den Katzen, oder haben wir derart viel Schmutz gemacht? Der Boden ist ganz verstaubt.« Verständnislos schaut Frau von Stetten Richtung Flur. Richard wirft Imogen einen undefinierbaren Blick zu.

»Aber, Mutter, wie kannst du so was sagen?«, meint er beleidigt. »Wir haben hier schon alles im Griff. Unseren Dreck können wir durchaus selbst beseitigen.« Er blickt besorgt zu Imogen. Die schweigt, kippt ihren Espresso in einem Zug herunter und erhebt sich. Fast wirkt es, als hätte sie die Kritteleien ihrer Schwiegermutter nicht gehört, tatsächlich ignoriert sie sie, um ein riesiges Donnerwetter zu vermeiden. Imogen ist so. Normalerweise scheut sie Auseinandersetzungen nicht, aber wenn sie sie vermeiden kann, ist ihr das auch recht, zumal wenn ihre Schwiegermutter den Gegenpart innehat.

Gerade ist Imogen allerdings kurz davor, zu explodieren. Es fehlt nicht mehr viel, noch eine provokante Bemerkung Elisabeth von Stettens, dann ist es so weit. Ihre Miene verfinstert sich, womöglich ziehen vor ihrem inneren Auge zugleich die düsteren Bilder der letzten Nacht auf. Ein riesiges Grab in den Kellerboden zu hacken, geht nicht spurlos an einem Menschen vorüber. Ebenso wenig an Imogen. Sie fühlt sich körperlich erschöpft an diesem Morgen und ihr Kopf ist eigentümlich schwer. Während sie Zeitung las, ruhte er auf ihren aufgestützten Armen. Dabei steht ihr der größte und heikelste Teil ihres Vorhabens noch bevor. Eine subversiv nörgelnde Schwiegermutter, die garantiert in jeder Suppe ein Haar findet, verkraftet sie an diesem Morgen nur schwer. Natürlich war bei der nächtlichen Aktion viel Staub und Schmutz an ihren Kleidern haften geblieben. Doch dass der Flur so schmutzig sein soll, überrascht sie. Es musste passiert sein, als Richard sie an der Kellertreppe abfing und zur Rede stellte.

»Was gedenkt ihr mit dem angebrochenen Vormittag zu tun?« Imogen schaut Richard fragend an. Der zuckt ratlos mit den Schultern.

»Habt ihr Lust auf einen Spaziergang durch die Stadt? Wenn es zu kalt wird, können wir ja irgendwo eine Tasse Kaffee trinken.« Richard nickt seinen Eltern aufmunternd zu.

»Also ich bin hier sehr zufrieden mit meiner Zeitung«, murmelt Richards Vater. »Außerdem ist es draußen kalt, um den Gefrierpunkt würde ich sagen.«

»Ich finde, das ist eine fantastische Idee!«, ruft Imogen begeistert. »Heute ist in der Stadtmitte der samstägliche Wochenmarkt. Den kennt ihr sicher noch nicht, und dann haben wir ein neues Einkaufszentrum, die Rhein-Berg-Galerie. Die ist wirklich klasse, mit vielen Geschäften und Restaurants unter einem Dach. Da ist für jeden Geschmack etwas dabei.«

»Gehst du denn nicht mit?« Überrascht und leicht gekränkt blickt Elisabeth von Stetten zu Imogen.

»Ich muss einiges vorbereiten für die nächste Woche«, entschuldigt sich Imogen. »Leider! Aber geht ihr nur. Das ist das Los der Selbstständigen.«

Wie auf Stichwort nickt Richards Vater verständnisvoll. Er legt die Zeitung weg. »Nun gut. Ein wenig frische Luft wird uns nicht schaden«, findet er und geht zur Tür.

»Und du bleibst hier, und oben schläft euer Freund?« Elisabeth von Stetten sagt das zwar in ganz neutralem Tonfall, aber in diesem Moment spürt Imogen etwas in ihrem Kopf, oder ist es ihr Magen oder doch eher ihr Hals? Mit einem Schlag verfärbt sich ihr Gesicht knallrot.

»Ganz genau«, nickt sie heftig. »Und sobald ihr zur Tür hinaus seid, falle ich auf der Stelle über den schlafenden Patrick her. So stellst du dir das garantiert vor, oder?« Sie stiert zornig zu ihrer Schwiegermutter.

»Himmel, Kind«, stammelt die entsetzt, »so meinte ich das überhaupt nicht!«

»Wie dann?«, donnert Imogen wutschnaubend. Sie ist sehr nah zu ihrer Schwiegermutter getreten und blickt ihr direkt in die Augen. Diese weicht erschreckt einen Schritt zurück. »Wie meintest du es dann? Sag es mir! Sofort!«

»Ich glaube, wir gehen jetzt erst einmal«, beschwichtigt Richard und schiebt seine Mutter sanft an der Schulter vor sich her zur Tür hinaus. Sichtbar verstört verlässt Elisabeth von Stetten den Raum.

»Sie meint es nicht so«, murmelt Thomas von Stetten und folgt seiner Frau aus dem Raum.

»Ach was!«, giftet Imogen. Richard nickt ihr besänftigend zu.

Während im Flur Aufbruchsstimmung herrscht, kommt Patrick mit ziemlich verschlafenem Gesicht die Treppe herunter. »Guten Morgen alle miteinander«, grüßt er höflich in die Runde. »Ich verabschiede mich bis heute Abend.« Er schlüpft in seine Winterschuhe und geht zur Haustür.

»Willst du denn nichts frühstücken?«, fragt Imogen verdattert.

»Bin noch total abgefüllt von gestern Abend. Es war fantastisch, aber viel zu viel.« Patrick grinst. »Da passt nicht einmal eine Tasse Kaffee dazu. Ich komme irgendwann gegen Abend zurück. Muss ein paar Dinge erledigen und am Spätnachmittag treffe ich Veronica. Das war eine gute Idee von dir, Imogen. Drückt mir die Daumen.« Er lächelt zuversichtlich. »Und Ihnen wünsche ich alles Gute.« Er gibt Richards Eltern die Hand.

»Das wünschen wir Ihnen auch, Herr Jones.« Elisabeth von Stetten schenkt Patrick zum Abschied ein verkniffenes Lächeln, immerhin lächelt sie. Das fällt ihr sicherlich höllisch schwer.

Als alle zur Tür hinaus sind, atmet Imogen auf. Es klappt besser, als erwartet. Zumindest Patrick wird vor dem Abend nicht zurückkommen. Vielleicht verläuft sein Gespräch mit Veronica ja so gut, dass er seine Sachen abholt und sofort zu ihr und den Kindern zurückkehrt. Richard bleibt ein Problem. Im Kalender ist für heute kein Termin eingetragen, nicht einmal ein Jugendtreffen in der Pfarrgemeinde. Er wird einigermaßen erschöpft sein, wenn seine Eltern weg sind. Vielleicht braucht er da einen körperlichen Ausgleich. Draußen ist es nasskalt, doch wenn Imogen Glück hat, fährt er trotzdem mit dem Fahrrad los, um sich abzureagieren. Zum Tagebuchschreiben ist er gestern auch nicht gekommen. Da besteht sicher Nachholbedarf, es gibt einiges aufzuarbeiten. Besuche seiner Eltern sind für Richard ebenfalls anstrengend. Er liebt sie, obgleich seine Mutter bisweilen eine unmögliche Umgangsform hat, die es nicht nur Imogen schwer macht, sie ohne Wenn und Aber zu mögen. Richard sitzt bei diesen Gelegenheiten immer sehr ungemütlich zwischen den Stühlen. Das ist nicht schön für ihn und überaus strapaziös. Imogen weiß das. Mitunter tut er ihr ziemlich leid. Situationen wie die vorhin dürften gar nicht vorkommen, das ist ihr klar. Aber Elisabeth von Stetten hat eine Art, ihr Dinge zu unterstellen - völlig ungerechtfertigt zu unterstellen -, dass Imogen ab und zu unweigerlich der Kragen platzt. Dann muss der angestaute Ärger einfach heraus.

Leider kann sie im Augenblick im Keller nicht weitermachen, denn es ist offen, wann Richard mit seinen Eltern zurückkommt. Lange bleiben sie bestimmt nicht in der Stadt. Es ist sehr ungemütlich draußen und im Wetterbericht haben sie für den Nachmittag Schneeregen vorhergesagt. Sicher wollen die beiden nichts riskieren und frühzeitig nach München losfahren. Thomas fährt ungern bei Dunkelheit und bei Schnee lässt er den Wagen meist, wenn irgend möglich, in der Garage.

Imogen inspiziert ihr Werk von letzter Nacht. Sie hat einen alten Teppich über ihre Grabungsstätte gelegt und eine Couch davor geschoben, damit niemand, der zufälligerweise einen Blick in den Raum wirft, die Veränderung bemerkt. Zufrieden nimmt sie das Loch in Augenschein. Sehr viel tiefer wird sie vermutlich gar nicht mehr graben müssen, um ganz sicher zu gehen, allenfalls ein paar Zentimeter. Der Abtransport des Gerölls ist ein Problem. Hinter dem Loch stehen drei Müllsäcke voll mit Schutt, die sie mit alten Vorhängen zugedeckt hat. Sie wird die Säcke nach und nach über den Restmüll entsorgen. So ist der Plan. Zement braucht sie auch noch, und nicht zu knapp. Schließlich muss der Boden nach der Beisetzung eine ebene, glatte Fläche bilden. Optisch soll alles unverändert wirken. Imogen deckt das Loch wieder mit dem Teppich zu und schiebt die Couch an ihre alte Stelle zurück. Dabei wirkt sie sehr nüchtern, ihr Handeln planvoll, fast wie ferngesteuert. Anscheinend verschwendet sie zu diesem Zeitpunkt nicht einen Gedanken daran, wie sie fortan mit dem Wissen leben wird, eine Leiche im Keller zu haben. Tatsächlich haben praktische Aspekte der Problembeseitigung für sie zurzeit oberste Priorität. Gewissensbisse und moralische Bedenken sind ein Luxus, den sie sich nicht leisten kann.

Einige Zeit später, es ist fast schon Mittag, kommt Imogen zur Haustür herein. Sie trägt ächzend mehrere große braune Papiersäcke mit schwarzer Aufschrift hintereinander die Kellertreppe hinunter. Nach getaner Arbeit hängt sie ihren an der Vorderseite leicht angestaubten Mantel an die Garderobe, zieht die Winterstiefel aus und macht sich in der Küche einen Espresso. Den hat sie sich eindeutig verdient. Die Säcke waren schwer wie Blei, das merkte man jedes Mal, wenn Imogen einen von ihnen vor der Couch im hinteren Kellerraum auf den Boden plumpsen ließ. Sie lässt nichts anbrennen, wie es scheint, hat klare Vorstellungen und trifft entsprechende Vorkehrungen. Dass das, was sie vorhat - sozusagen ihr großer Plan -, eine ziemlich schaurige Veranstaltung werden wird, scheint sie nicht zu belasten. Zumindest im Augenblick nicht. Von der anstrengenden Tätigkeit, zumal bei der kalten, frischen Luft draußen, sind ihre Wangen gerötet. Sie sieht eigentlich recht gut aus, obwohl ihr der Tag bisher so viel familiären Stress und körperliche Anstrengung gebracht hat. Vielleicht ist da der Anflug eines müden Zugs um ihre Augen herum, schließlich war nicht nur der Vormittag aufreibend, sie hat die halbe Nacht im Keller mit Stemm- und Erdarbeiten zugebracht, Tätigkeiten, die normalerweise nicht zu ihren alltäglichen Verrichtungen gehören. Doch Imogen ist hart im Nehmen. Immer schon hat sie Dinge durchgezogen, die sie sich vorgenommen hat.

Sie lehnt an der Küchenanrichte und nippt mit spitzen Lippen und genießerisch geschlossenen Augen am Espresso. Zumindest dieser Moment der Ruhe ist ihr gegönnt. Bereits wenige Sekunden später ertönt die Haustürklingel. Zu ihrer Überraschung stehen dort Rudi Petersen und Ingo Müller. Herr Müller hat noch jemand dabei. Auf dem Arm trägt er ein weißes Fellbündel, das sich fast vollständig in seine Jacke kuschelt.

»Hereinspaziert«, sagt Imogen erfreut und führt die Nachbarn in die Küche. »Ich mache uns einen Kaffee.« Ihr Blick streift Muschi, die gerade ihren Kopf hebt und ein dünnes Miauen von sich gibt. »Wen haben wir denn da?«

Rudi Petersen und Ingo Müller setzen sich an den Küchentisch und hängen ihre Jacken hinter sich über die Stuhllehnen.

»Frau Schweiger-von Stetten«, hebt Ingo Müller mit verliebtem Blick auf Muschi an, »diese Katze ist gestern Abend zusammen mit Ihrem Kater zu mir gekommen. Ist das Ihre?« Er schaut fast ein wenig ängstlich.

»Nein.« Imogen setzt sich zu den beiden an den Tisch. »Der Kaffee ist gleich fertig«, informiert sie Rudi. »Sie gehört mir nicht. Sie saß vor ein paar Tagen ziemlich abgerissen vor unserer Hintertür, da habe ich sie beherbergt, gewaschen, gefüttert, was so dazugehört.«

»Dann wissen Sie also nicht, wem sie gehört?« Ingo Müller lächelt zaghaft.

Imogen schüttelt den Kopf. »Nein. Wenn Sie möchten, können Sie sie gerne haben. Wir haben ja unseren Kater, und müssen nicht unbedingt zwei Katzen halten. Ob die beiden mittlerweile Freunde sind, weiß ich nicht. Und selbst wenn, sie können sich ja draußen im Garten treffen.«

»Das ist sehr freundlich von Ihnen«, strahlt Ingo Müller jetzt. »Ich behalte sie gerne. Sie ist so ein nettes Kätzchen.«

»Sie wird es gut bei Ihnen haben, da bin ich sicher«, erwidert Imogen und lächelt wohlwollend. »Haben Sie eigentlich auch einen Bescheid bekommen, dass am Montag Bodenproben genommen werden in Ihrem Garten?«

Jetzt schaltet sich Rudi in das Gespräch ein. »Genau deshalb bin ich gekommen«, sagt er. »Herr Müller und ich haben uns draußen in der Einfahrt zufällig getroffen.«

»Da kann man wohl nichts mehr machen«, meint Imogen und zuckt frustriert mit den Schultern. »Ich meine, was den Bau der Psychiatrie angeht.« Sie gießt Kaffee in die Becher.

»Es wirkt so, allerdings tagt nächste Woche der städtische Bauausschuss exakt zu unserem Thema.« Rudi lächelt grimmig. »Da bin ich auf jeden Fall dabei. Ganz habe ich unsere Gärten noch nicht aufgegeben.«

»Jammerschade ist es«, klagt Imogen. »Wenn du Unterstützung brauchst, komme ich selbstverständlich mit.«

»Ich tue mich schwerer.« Ingo Müller trinkt einen Schluck Kaffee. »Ich hoffe, Sie nehmen mir das nicht übel. Ich bin nämlich gar nicht so unglücklich, wenn mein Garten durch den Krankenhausbau etwas kleiner wird. Schließlich bin ich nun allein und nicht mehr der Jüngste. Der Einzige, der bei uns traurig sein wird, ist mein Gärtner, dem ich jeden Monat ansehnliche Beträge für die Gartenpflege überweise.« Herr Müller schaut betreten in seine Kaffeetasse.

»Klar.« Rudi nickt. »Das kann ich verstehen. Aber nehmen Sie uns nicht krumm, wenn wir das Unmögliche wahr machen und den Bau verhindern. Für mich war der große Garten vor zwei Jahren ein wichtiges Kaufargument. Damals kannte ich die nette Nachbarschaft noch nicht.« Er lächelt Imogen charmant zu, die seinen Blick geschmeichelt lächelnd erwidert.

»Wie es kommt, ist es gut.« Ingo Müller nickt verständnisvoll. Sein Blick fällt auf Muschi, die friedlich auf seinem Schoß schlummert. »Ich weiß es zu schätzen, dass Sie mir die Katze überlassen, Frau Schweiger-von Stetten.« Er ist aufgestanden, hat sich seine Jacke angezogen, Muschi auf den Arm genommen und verbeugt sich leicht vor Imogen.

»Es ist mir ein Vergnügen«, beteuert sie. »Sie ist über eine Woche bei uns gewesen und keiner scheint sie zu vermissen. Ich schätze, Sie können sie behalten.«

»Ja, und Ihnen beiden wünsche ich viel Glück im Bauausschuss.« Ingo Müller wendet sich zum Gehen, dann dreht er sich wieder um. »Ach, da fällt mir noch was ein. Wie heißt sie denn eigentlich?«

»Wer?«, fragt Rudi perplex.

»Na, meine Katze«, sagt Ingo Müller und deutet auf Muschi.

»Wir haben sie Muschi genannt«, erzählt Imogen grinsend. »Das ist sicher nicht ihr richtiger Name, denn sie hört nicht auf ihn. Sie können sie nennen, wie Sie wollen.«

»Das ist schön«, freut sich Herr Müller. »Da kann ich es ja bei ›Jolina‹ belassen.« Er strahlt übers ganze Gesicht, als er mit Muschi auf dem Arm die Einfahrt entlanggeht.

»Jolina, die Schöne«, murmelt Rudi versonnen. »Die schöne Jolina, ›joli‹ heißt doch ›hübsch‹ auf Französisch.«

»Hm, glaub schon«, bestätigt Imogen.

»Da haben sich zwei gefunden. Wie einfach es ist, jemanden glücklich zu machen«, wundert sich Rudi. »Herr Müller ist ein anderer Mensch, seit er die Katze hat. Früher war er mir nicht sonderlich sympathisch. Er war oft so mürrisch.«

Imogen nickt. »Ich fand ihn auch seltsam«, gibt sie zu. »Wenn das immer so einfach wäre mit dem Glück«, fügt sie nachdenklich hinzu und lehnt sich mit zufriedener Miene auf ihrem Küchenstuhl zurück.

Dieser Coup ist geglückt, Problem Nummer eins beseitigt. Muschi wird uns wohl nicht mehr gefährlich werden. Weniger beruhigend ist das erneute Erscheinen des Privatschnüfflers Sauer am frühen Nachmittag. Richards Eltern sind nach einem schnellen Mittagessen Richtung München aufgebrochen. Ich vermute, nicht nur die unsichere Wetterlage führte zu ihrem hastigen, geradezu überstürzten Aufbruch. Sonderlich schwer fiel der Abschied keinem der Beteiligten. Die Angst vor dem nächsten großen Donnerwetter war übergroß und so trennten sie sich mit geheucheltem Bedauern, die Zeit sei viel zu schnell vergangen und eifrigen Beteuerungen, sich möglichst bald wieder sehen zu wollen. Im Grunde war nur zu offensichtlich, dass alle Seiten heilfroh und sichtbar erleichtert waren über den unvorhergesehenen frühen Abschied. Ich muss mich sehr täuschen, wenn der Privatdetektiv nicht bereits während der nicht übermäßig herzzerreißenden Abschiedsszene mit Richards Eltern auf dem Bürgersteig vorbeilief. Ich sah ihn von Weitem. Vermutlich wollte er nicht in die Gruppe platzen und verschob sein Kommen auf später. Viel spricht dafür, denn kurz darauf klingelte es an der Haustür und draußen stand dieser Sauer. Er verpasste Richard knapp, der kurz entschlossen zum Fahrradfahren aufgebrochen war. Er bräuchte Sauerstoff, hatte er gemurmelt und sich auf sein Fahrrad geschwungen. Der Mann, ich meine Sauer, ist aufdringlich, anscheinend jedoch kein schlechter Ermittler. Sein nochmaliges Erscheinen spricht dafür. Möglicherweise spürt er, dass Imogen bei Wolf Spohrmanns Verschwinden eine Rolle spielt. Jedenfalls steht er erneut da draußen, in weiser Voraussicht deutlich winterlicher gekleidet als bei seinem ersten Kommen.

»Sie schon wieder!«, sagt Imogen genervt, als sie die Tür öffnet und ihn draußen stehen sieht. »Ist Herr Spohrmann immer noch nicht aufgetaucht?«

»Nein, es tut mir leid, dass ich Sie erneut stören muss.« Sauer lächelt unsicher. »Lassen Sie mich dieses Mal herein?«

Imogen schüttelt den Kopf. »Warum sollte ich? Fassen Sie sich kurz. Ich habe zu tun, bin gerade dabei, den Speicher zu entrümpeln.« Sie deutet fahrig auf ihre verstaubte Latzhose. Tatsächlich sieht sie sehr unternehmungslustig aus, geradezu als ob sie beim Aufräumen empfindlich gestört worden wäre. Dabei war sie erst kurz davor, mit ihrer Arbeit zu beginnen, nicht auf dem Dachboden, sondern ein paar Etagen tiefer, aber das geht den Privatermittler nun wirklich nichts an. Wenige Minuten später hätte niemand mehr auf sein Klingeln reagiert.

»Gut.« Sauer beäugt Imogen aufmerksam aus schmalen Augenschlitzen. »Es gibt einen Augenzeugen, der Herrn Spohrmann an jenem besagten Tag seines Verschwindens morgens in Bergisch Gladbach Stadtmitte gesehen hat.«

Imogen stutzt und schaut Sauer neugierig an. »Schön. Und was habe ich damit zu tun?«

»Sie wohnen hier nur zehn Minuten Fußweg vom Zentrum entfernt«, informiert er sie mit wissendem Augenaufschlag.

»Das ist richtig«, gibt Imogen zu. »Kommen Sie nun bitte endlich zur Sache. Was kann ich für Sie tun?«

»Er war an jenem Morgen im Immobilienbüro der Staufenbiel GmbH in der Stadtmitte und hat sich nach Ihnen erkundigt. Er hatte Ihr Foto im Schaufenster gesehen. Die dortige Mitarbeiterin hat nun Herrn Spohrmanns Bild in der Suchanzeige im Regionalanzeiger erkannt und sich bei der Polizei gemeldet. Die wiederum hat mich informiert, weil sie wissen, dass ich ermittle.«

»Gut, dann haben Sie ja wenigstens eine Spur«, meint

Imogen. Ihr hat es von Anfang an nicht gefallen, dass Frau Staufenbiel die Fotos sämtlicher Mitarbeiter ins Schaufenster hängt. Als Aushängeschild für deren maroden Laden herzuhalten, missfällt ihr zunehmend. Außerdem ist das Präsentieren der Mitarbeiter ein zweischneidiges Schwert. Dem aufmerksamen Beobachter wird kaum entgehen, dass ständig Fotos neuer Gesichter dort hängen, was nicht gerade für ein gesundes Geschäftsklima spricht. Imogens Foto ist im Schaufenster mittlerweile eines der ältesten, es vergilbt sogar schon leicht, und das, obgleich sie erst seit zehn Monaten dort arbeitet.

»Sie bleiben also dabei, dass er nicht bei Ihnen war an jenem Vormittag?« Sauer lässt Imogen nicht aus den Augen.

Die schüttelt den Kopf. »Sie sollten sich damit abfinden, dass Sie hier nicht weiterkommen«, beharrt sie und deutet ungeduldig auf ihre Armbanduhr. »Aber ich wünsche Ihnen nach wie vor viel Glück und Erfolg.«

»Was haben Sie eigentlich an dem Tag gemacht?«

»Wie bitte?«

»Am Mittwoch vor zwei Wochen, was haben Sie da gemacht?«

»Da müsste ich in meinen Kalender schauen. Wissen Sie aus dem Stegreif, was Sie zum Beispiel am Montag vor einer Woche getan haben?« Imogen blickt triumphierend zu Sauer. »Außerdem«, fährt sie entrüstet fort, »Sie fragen mich tatsächlich nach meinem Alibi? Stellen Sie sich vor, ich brauche gar keins! Und dann geht es Sie überhaupt nichts an, was ich wann gemacht habe!«

»Sie wissen, dass Sie sich damit verdächtig machen, Frau von Stetten?« Sauer macht ein wichtiges Gesicht.

»Soll ich Ihnen mal was sagen?« Imogen verliert gerade ihre Geduld, die heute ohnehin harten Proben unterstellt war. »Wenn Sie jetzt nicht sofort gehen, verklage ich Sie wegen Hausfriedensbruchs.«

Der Privatermittler weicht erschrocken einen Schritt zurück. »Wo ist eigentlich Ihre weiße Katze heute? Letztens hatte die graue doch noch Gesellschaft.«

»Die vertritt sich im Garten die Füße. Sie brauchte frische Luft, um wieder klar im Kopf zu werden. Ein bisschen Sauerstoff könnte Ihnen auch nicht schaden, wie mir scheint«, schnaubt Imogen wütend und wirft geräuschvoll die Haustür ins Schloss. »Unverschämter Kerl!«, murmelt sie kopfschüttelnd, als sie den Schlüssel zweimal im Schloss dreht. Dann macht sie sich an die Arbeit.

Sie hat ihn ganz gut abgewimmelt, diesen aufdringlichen Kerl. Aber knapp ist es schon gewesen. Tatsächlich führt nun eine Spur direkt zu ihr. Die redselige Kollegin im Immobilienbüro musste sich anscheinend wichtig machen vor der Polizei. Es ist ja in Ordnung, dass sie sich meldet, wenn sie einen Vermissten wiedererkennt, aber musste sie unbedingt Imogens Namen ins Spiel bringen? Hat sie im Büro etwa eine Feindin? Wahrscheinlich hat eine von den neuen 400-Euro-Kräften sich gar nichts Besonderes dabei gedacht, als sie Wolf und Imogen in einem Atemzug nannte. Und dass Wolf nach ihr gefragt hat, beweist gar nichts. Eng könnte es für sie allenfalls werden, wenn Sauer sich in der Nachbarschaft umhört und der dumme Zufall es will, dass sich jemand direkt an Wolf erinnert. Und das wäre ein wirklich dummer Zufall, denn die Straße vor dem Haus ist durch die Nähe zum Krankenhaus dermaßen stark frequentiert, dass die Anwohner seit Langem nicht mehr darauf achten, wer dort alles vorbeigeht oder entlangfährt.

Sauer ist kaum gegangen, da beobachte ich vom Flurfenster im zweiten Stock, wie er auf der Straße anscheinend aufs Geratewohl Leute anspricht. Er gibt nicht auf. Zuerst quatscht er Frau Hauschild von gegenüber an, die gerade die Fenster zur Straßenfront hin putzt. Sie schüttelt bald bedauernd den Kopf. Rudi, der mit Lilly und Jan den Berg hochkommt und bei Ingo Müller, der den Bürgersteig fegt, stehen bleibt, wird von Sauer ebenfalls nicht verschont. Leider ist nicht zu erkennen, was sie reden. Nach einer Weile nickt Sauer zufrieden und zieht winkend von dannen. Als ich Ingo Müller auf dem Bürgersteig sah, stockte mir zugegebenermaßen für einen Moment der Atem. Nicht auszudenken, wenn Muschi in der Nähe war, Sauers Verdacht weckte und Herr Müller auf Nachfragen des Privatermittlers ein paar ungemütliche Details über seine Katze zum Besten geben würde. Von Muschi war glücklicherweise weit und breit keine Spur und so bleibt zu hoffen, dass Sauer nun endlich seine Ermittlungen bei uns, da wenig Erfolg versprechend, ad acta legt.

Aus dem Keller ertönen dumpf scharrende Geräusche. Die Tür des hintersten Kellerraums ist geschlossen, und auch wenn ich nichts sehe, kann ich mir bildhaft vorstellen, was dort vor sich geht. Imogen ächzt mitunter laut hörbar, zwischendurch klingt es mal metallisch, wie wenn Eisen auf Stein schlägt, dann höre ich, wie loses Geröll anscheinend in knisternde Plastiksäcke geschaufelt wird. Imogen veranstaltet dort drinnen eine Tiefengrabung und entsorgt den Aushub direkt in blaue Müllsäcke. So wird es sein. Sie hatte sich, bevor sie nach unten ging, vorsorglich zwei neue Säcke mit in den Keller genommen. Offensichtlich ist mehr Schutt angefallen, als sie anfangs dachte. Man muss sich fragen, wie lange sie dort noch weiterarbeiten will. Patrick hat seine Rückkehr für den frühen Abend angekündigt. Mit ihm ist zurzeit nicht zu rechnen. Doch Richard wird seine Fahrradtour bei dem schlechten Wetter bestimmt nicht über die Maßen ausdehnen. Er kann praktisch jede Minute erscheinen. Überhaupt ist es verwunderlich, dass er losgeradelt ist. Ich kann ihm unrecht tun, trotzdem habe ich in letzter Zeit manchmal das Gefühl, dass er ganz andere Dinge macht, als er Imogen gegenüber vorgibt, zu tun. Dass er beispielsweise jetzt so lange Fahrrad fährt, kommt mir komisch vor. Mittlerweile ist er eine halbe Ewigkeit weg. Imogen im Keller wird das zupasskommen, aber ist das noch normal? Vor ein paar Tagen habe ich gehört, wie er von seinem Handy aus mit seiner Sekretärin sprach. Was er mit der schönen Jana Rosenthal beredete, konnte ich den Gesprächsfetzen, die durch die Tür auf den Flur drangen, leider nicht eindeutig entnehmen. Richard saß auf der Toilette und wähnte sich, wie das jener Ort so mit sich bringt, allein und ungestört. Ein paar Minuten später lief er zur Haustür und rannte die Einfahrt hinunter. Auf der Straße hielt in dem Moment ein Auto und ich könnte darauf wetten, dass in jenem Auto Jana Rosenthal saß. Sie fuhr verdächtigerweise nicht in unsere Einfahrt, sondern hielt lediglich an, um Richard etwas in die Hand zu drücken. Es wirkte klein und glänzte metallisch. Leider sehe ich auf die Entfernung nicht besonders gut, ich meine, sie übergab ihm Schlüssel. Nicht auszudenken, wenn Richard mit seiner Sekretärin anbandelt, in einer Zeit, in der seine Frau wahrhaftig seine gesamte Aufmerksamkeit bräuchte. Die wiederum ist Meisterin der Verstellung in diesen Tagen. Richard ahnt nichts vom wahren Grund für Imogens Seelenqualen. Zwar bemerkt er gelegentlich, dass sie unter enormem Druck steht und kommentiert ihr mitgenommenes Aussehen. Doch im Grunde verwundert es ihn nicht weiter, logischerweise, denn auch ohne das Wolf-Problem hat Imogen in diesen Tagen genügend Gründe, fix und fertig zu sein. Sie bekam übrigens von der leidigen Sache mit dem Schlüssel nichts mit, da sie in ihrem Arbeitszimmer konzentriert an einem Artikel für den ›Bergischen Boten‹ arbeitete.

An der Haustür ist Patricks Stimme zu hören, dann folgt ein Schlüsselklimpern.

»... unüberbrückbare Gegensätze«, sagt Patrick gerade. »Sie kommt ohne mich besser klar, behauptet sie.« Er und Richard hängen ihre Jacken an die Garderobe. »Sie will es sich überlegen, vielleicht schaut sie morgen bei uns vorbei. Viel Hoffnung habe ich nicht.«

»Veronica ohne dich, das kann ich mir auf Dauer einfach nicht vorstellen«, erwidert Richard und knufft Patrick aufmunternd mit der Faust gegen die Schulter. »Das wird schon, warte es nur ab.« Er wirft einen Blick in die Küche, danach ins Wohnzimmer. »Wo steckt Imogen?« Er läuft die Treppe hoch, während Patrick umständlich an einem Knoten in seinem Schnürsenkel hantiert. »Hier ist sie nicht«, meldet Richard von oben. Er hat alle Türen aufgerissen und ruft nun laut nach ihr.

»Vielleicht ist sie eine Runde um den Block gegangen«, mutmaßt Patrick. Er gähnt. »Mensch, was bin ich geschafft. Ich glaube, ich lege mich gleich eine Runde aufs Ohr. War ein bisschen viel für einen alten Mann wie mich.«

»Du bist gut, was soll ich denn sagen?«, meint Richard abschätzig. Er ist immerhin vier Jahre älter als Patrick. »Sag mal, hörst du das auch?«

»Was denn?« Patrick richtet seinen Blick verblüfft in die Luft oder irgendwo an die Decke auf einen nicht näher definierbaren Punkt.

»Na, hör doch mal genau hin. Wo kommt das her?« Richard lauscht angestrengt, dann kneift er die Augen zusammen. »Das ist es. Sie ist im Keller. Kommst du mit?« Patrick folgt ihm widerstrebend. Gemeinsam steigen sie die Treppe hinunter. Das Licht im alten Gewölbekeller des Hauses ist dumpf, die Luft riecht nach kaltem, feuchtem Stein.

»Da!« Richard deutet mit dem Kopf auf den hinteren Kellerraum. Schon hat er die Klinke in der Hand und stößt die Tür mit einem Schwung auf. Zunächst sehen die beiden trübes Licht, schließlich, zu ihrer Überraschung, Imogen, die knietief im Kellerboden steht und mit einer Spitzhacke feste Teile des Untergrunds lose hackt. Sie trägt ihre mittlerweile ziemlich verdreckte Latzhose und den alten, ehemals blauen, nun grauen Wollpullover und ist von einer riesigen Staubwolke umgeben. Um den Kopf hat sie sich eine alte Grubenlampe geschnallt. Weil sie höchst verbissen den Untergrund bearbeitet, bemerkt sie die Männer nicht. Verblüfft und starr vor Staunen stieren Richard und Patrick in der offenen Tür auf die surreale Szene.

»Was wird das?« Es ist Richard, der zuerst die Sprache wiederfindet. Er macht einen Schritt in den Raum und blickt zuerst Imogen verständnislos an, dann das Loch, in dem sie steht. Erst jetzt fällt ihr auf, dass jemand im Raum ist. Sie zuckt furchtbar zusammen, ihr ganzer Körper wird förmlich durchgeschüttelt, als sie die beiden sieht, und fasst sich mit einer Hand in die Herzgegend. Es dauert eine Weile, bis sie sich beruhigt. Es soll vorgekommen sein, dass Leute sich dermaßen erschreckt haben, dass sie auf der Stelle vom Schlag getroffen tot umgefallen sind. In selteneren Fällen hat ein Albtraum zum gleichen Ergebnis geführt. Imogen hat sich zwar eben furchtbar erschreckt, doch sie kommt langsam wieder zu sich. Noch atmet sie schwer. Richard schaut sie fragend an, während Patrick es vorzieht, im Hintergrund zu bleiben. Er steht dort mit offenem Mund und kann sich vor Staunen kaum fassen.

»Warum um alles in der Welt machst du das?« Richard macht einen weiteren Schritt auf Imogens Ausgrabungsstätte zu und starrt verständnislos in das riesige Loch im Boden. »Wofür ist das?«

»Ich ...«, stammelt Imogen, weiter kommt sie nicht. Der Schreck hat ihr die Sprache verschlagen.

»Ist es das, wonach es aussieht?«, fragt Patrick, der sich anscheinend gefasst hat.

»Was?« Imogen blickt mit weit aufgerissenen Augen zu ihm.

»Willst du darin jemanden verscharren? Die Größe kommt zumindest hin.« Patrick sagt das in einem dermaßen ironischen Ton, dass Imogen plötzlich laut loslacht. Ihr Lachen klingt unnatürlich schrill, irgendwie irre, jedenfalls nicht normal, was nicht weiter verwundert. Die ganze Situation ist absurd, irreal.

»Genau.« Sie lacht erneut.

»Jetzt reicht es mir langsam!« Richard sieht ungehalten von Imogen zu Patrick und zurück zu Imogen. »Was ist hier los? Wusstest du, was sie da treibt?« Er guckt Patrick bitterböse an.

»Nein, nicht die Spur.« Patrick weicht erschreckt zurück und macht eine abwehrende Handbewegung.

»Was wird das, Imogen?« Richard fixiert sie wütend. In dem Moment, als sie es endlich wagt, ihm offen ins Gesicht zu schauen, steigen ihr Tränen in die Augen. Plötzlich bricht es aus ihr hervor und sie schluchzt hemmungslos. Richard springt zu ihr in das Loch und nimmt sie in die Arme. »Jetzt beruhige dich erst einmal«, sagt er konsterniert. »Komm, wir gehen nach oben.«

Imogen nickt ergeben. »Zuerst duschst du, und anschließend erzählst du uns, was das Ganze soll«, kommandiert er in einem Ton, der keinen Widerspruch duldet.

»Einverstanden.« Widerstandslos lässt sich Imogen von Richard die Treppe hochführen.

»Ich ziehe mich am besten zurück«, murmelt Patrick.

»Auf gar keinen Fall«, erwidert Richard im Befehlston. »Ich möchte, dass du gleich dabei bist. Ich bringe Imogen eben zum Duschen, danach kommen wir runter und reden. Zu dritt. Vielleicht kannst du uns einen Kamillentee oder so was machen?«

»Jawohl.« Patrick deutet mit der Hand zu seiner Stirn und steht einen Moment ganz stramm da. Dann macht er auf dem Absatz kehrt und stapft die Kellertreppe hoch.

Aus unerfindlichen Gründen qualmt der Kamin heute besonders stark. Das Feuer darin spendet allenfalls ein dürftiges Licht. Im Wohnzimmer herrscht bedrückende Dämmerstimmung. So fassungslos hat Imogens Geschichte die beiden Männer gemacht, dass sie alles um sich herum vergessen haben. Keiner hat bisher daran gedacht, das Licht anzuschalten. Weil Richard nicht glauben kann, was seine Frau nunmehr seit Tagen vor ihm geheim hält, fragt er sie ständig das Gleiche und sie antwortet ihm fast gebetsmühlenartig immer im gleichen monotonen Tonfall, mit den gleichen

Worten. Von Imogen, die nun endlich Richard und, wie es der Zufall will, auch Patrick ihre Nöte erzählt, fällt viel Druck ab. All das Belastende, was sie in den vergangenen Tagen alleine tragen musste, weicht nun allmählich von ihr. Die Frage ist nur, wie Richard und Patrick auf das Gehörte reagieren. Können sie Imogen verstehen, werden sie sie gut beraten, was das weitere Vorgehen betrifft, und vor allem, sind sie bereit, ihre Last zu teilen? Gespannt verfolge ich das Gespräch.

Was Richard betrifft, ist er im Augenblick völlig perplex. Er gewöhnt sich gerade Häppchen für Häppchen an die Wahrheit, indem er dauernd die gleichen entgeisterten Fragen stellt. Patrick sitzt stumm in seinem Sessel, bisher hat er sich zu Imogens Bericht nicht geäußert. Zwischendurch nickt er ernst, anscheinend geht ihm während der Unterhaltung das eine oder andere Licht auf. Imogen liefert mit ihrer Beichte die Erklärung für manches, was ihm in den letzten Tagen an ihrem Verhalten befremdlich vorkam. Er lauscht fasziniert, Imogens Erzählung hat beinahe literarisch-dramatische Qualitäten. Patrick fühlt sich wie im Krimi, nur ist Imogens Geschichte von Wolf im Garten ungewohnt real, fast erwartet er, jeden Moment aus seinem Traum geweckt zu werden. Dann wäre alles nur Fiktion und hätte etwas Normales. Das würde ihm jedenfalls wahrscheinlicher vorkommen, als alles, was Imogen soeben erzählt. Im wirklichen Leben passieren solche Dinge nur im Krimi. Höchstens andere Leute erleben derart haarsträubende Sachen. Und genau das ist Patricks Problem, er ist fasziniert von dem Vorfall und muss gleichzeitig feststellen, dass die bisher für ihn ungekannte Unmittelbarkeit ihn überfordert. Zwar hat er den Gang der Ereignisse begriffen, jedoch ist er längst nicht so weit wie Richard, dem allmählich aufgeht, welche fatalen Konsequenzen der Tote im Garten für ihr weiteres Leben haben kann. Ähnlich wie Patrick will auch er Imogens Geschichte nicht wahrhaben, oder besser ausgedrückt, er kann sie nicht wahrhaben, da sie alles, was er bislang erlebt hat, in den Schatten stellt. Sie übersteigt ganz einfach seine Vorstellungskraft. Er kennt Imogen zu gut, um sie als bloßes Hirngespinst abzutun. Sie hat durchaus Sinn für Humor, aber eine solche Begebenheit würde sie nie erfinden. Sie kennt die Grenzen des guten Geschmacks und hält sich für gewöhnlich daran. Und dann ist das Loch im Keller viel zu real. Imogen würde es mit ihren Scherzen niemals so weit treiben.

Mit unbewegter Miene steht Imogen Richard Rede und Antwort. Sie erzählt schnörkellos, ohne Ausflüchte, ohne nach Entschuldigungen zu suchen. Sie weiß, dass sie einen riesigen Fehler gemacht hat. Wenn ihre erste Unterlassungssünde, den Tod Wolfs nicht sofort der Polizei zu melden, noch mit einem Schock entschuldigt werden kann, so hat sie sämtliche darauf folgende Taten bei vollem Bewusstsein geplant und begangen, das Entsorgen des Fahrrads im Stadtzentrum, das Verscharren Wolfs im Gartenbeet, die Lüge hinsichtlich der Herkunft des Fahrradhelms, das Ausschachten des Grabes im Keller. Imogen schaut ängstlich zu Richard hinüber. Er muss wahnsinnig enttäuscht von ihr sein, dass sie ihn nicht in ihre Sorgen und Nöte eingeweiht hat. Tatsächlich handelte es sich für sie nicht in erster Linie um eine Frage des Vertrauens. Sie hatte gemeint, ihn schützen zu können, indem sie ihm den Vorfall verschwieg. Nun ist die Wahrheit auf dem Tisch und er hat allen Grund, verbittert zu sein. Imogen blickt reuig und zugleich ein wenig trotzig zu Richard. Ihr Gesicht spricht Bände. Soll er mit ihr verfahren, wie er will. Was immer er in ihrer unsäglichen Situation beschließt, sie hat es verdient.

»Gut«, sagt Richard in einem bemüht nüchternen Tonfall. »Sehen wir die Dinge, wie sie sind.«

Imogen schaut ein wenig ängstlich zu Richard, Patrick dagegen ist anscheinend gerade aus einer Art Lethargie erwacht, er setzt sich in seinem Sessel auf. Seine Pfeife, die schon vor geraumer Zeit ausgegangen ist, hält er immer noch in der Hand, und schaut erwartungsvoll zu Richard.

»Um zur Polizei zu gehen, ist es zu spät«, befindet der,

während er aufmerksam seine Hände mustert. »Wir können ihnen die Notwehrsituation unmöglich plausibel machen. Wenn man sich im Affekt wehrt und das augenblicklich meldet, schön, dann hat man die Beweislast auf seiner Seite. Wenn man glaubwürdig ist, bestehen gute Chancen, heile aus der Sache herauszukommen. Aber hier und jetzt, nach allem, was passiert ist und was du getan hast, Imogen, ich muss es leider sagen, bei vollem Bewusstsein und sehr planvoll getan hast, glaubt uns die Notwehrgeschichte kein Mensch. Im Gegenteil, ich fürchte, sie würden vermutlich deinen Geisteszustand hinterfragen und dich am Ende in eine geschlossene Anstalt einweisen.« Er blickt kopfschüttelnd zu Imogen, die betreten ins Feuer starrt. »Das können wir nicht riskieren.«

»Also?«, fragt sie mit dünner Stimme. »Ich stelle mich, ich kann dir nicht zumuten, mit so jemandem wie mir weiter unter einem Dach zu leben. Du bist schließlich Beamter und ich offensichtlich eine Kriminelle.«

Richard schüttelt den Kopf. »Blödsinn«, sagt er nur.

Auch Patrick findet endlich wieder Worte. »Wenn du mich fragst, befindest du dich in einer klassischen tragischen Situation, die in deinem Fall nicht ausweglos ist. Du bist, vermutlich aus Panik oder unter Schock stehend, nicht zur Polizei gegangen. Was dann alle folgenden Handlungen deinerseits logisch bedingte. Was dich vom tragischen Held im Drama unterscheidet, ist, dass er am Ende scheitern muss, weil es keinen Ausweg für ihn gibt. Du dagegen hast dich bisher, wenn man vom anfänglichen Kardinalfehler einmal absieht, völlig folgerichtig und damit Erfolg versprechend verhalten. Der Detektiv kann dir nichts beweisen, niemand hat Wolf hier gesehen. Es gibt keine polizeilichen Ermittlungen. Soweit richtig?« Er schaut fragend zu Imogen, danach zu Richard. Imogen nickt achselzuckend. »Was wollen wir denn mehr?« Patrick lächelt zufrieden, woraufhin Richard ärgerlich von seiner Couch hochspringt.

»So einfach ist es nicht!«, regt er sich auf. »Die Geschichte ist ein Hammer. Wir haben einen Toten da draußen im Garten. Selbst wenn wir ihn dort einfach liegen lassen könnten, so etwas belastet doch wahnsinnig. Auch wenn der Kerl ein Schwein war. Wir müssen bis an unser Lebensende mit dem Wissen leben, dass hier jemand illegal verscharrt liegt.« Imogen nickt schuldbewusst und beißt sich auf die Lippen. »Trotzdem«, fährt Richard fast in dozierendem Tonfall fort, während er nun vor dem Bücherregal auf und ab schreitet, »haben wir keine Wahl. Es fällt mir zwar schwer, das zu sagen, aber wir müssen da jetzt durch.« Er hält einige Augenblicke inne und schaut von Imogen zu Patrick, dann erneut zu Imogen. »Patrick hat recht, dein Plan ist bisher aufgegangen und du hast ihn folgerichtig bis zu Ende gedacht. Wir müssen jetzt da durch«, wiederholt er fast beschwörend und blickt zu Patrick. »Du natürlich nicht, trotzdem bitte ich dich, Stillschweigen zu bewahren. Das ist viel verlangt, aber du bist schließlich unser bester Freund.«

Patrick hebt abwehrend die Hände. »Oh nein, schätz mich da mal nicht falsch ein, Richard. Mitgefangen, mitgehangen. Ich lasse euch garantiert nicht im Stich. Da kennst du mich schlecht.«

»Dir ist schon klar, was das bedeutet?«

Patrick nickt. »Wir vollenden zu dritt Imogens Werk.«

»Das hier ist die bittere Realität«, warnt Richard mit lauter Stimme und erhobenem Zeigefinger. »Wir müssen einen toten Mann aus dem Beet hinten ausgraben, ihn in den Keller bringen und einzementieren. Bei Dunkelheit, versteht sich. Niemand darf uns sehen. Wenn wir Glück haben, ist er noch komplett in das Betttuch eingewickelt, sodass wir zwar mit den Gerüchen klarkommen, ihn aber nicht anschauen müssen.« Richard verzieht das Gesicht. »Willst du trotz allem mitmachen?«

»Selbstverständlich«, murmelt Patrick mit betretener Miene. »Wir machen das zusammen.«

»Kommt überhaupt nicht infrage!«, wehrt Imogen mit unnatürlich tonloser, lauter Stimme ab. »Ich werde nicht erlauben, dass ihr da mit reingezogen werdet. Wenn das herauskommt, bist du deinen Job los, Richard, und dich schicken sie geradewegs zurück nach Großbritannien. Wenn wir erwischt werden, wirkt es, als ob ihr mir beim Verschleiern einer Straftat helft. Ich werde das nicht zulassen!«

»Und wir lassen dich nicht hängen!«, sagt Patrick in genauso bestimmtem Tonfall.

Richard nickt. »Patrick hat recht. Die Angelegenheit ist kompliziert genug. Und zu dritt haben wir viel bessere Chancen, ihn ungesehen auszugraben und ins Haus zu schaffen, als du allein.« Richard macht erneut vor dem Bücherregal halt. »Und da das jetzt so beschlossen ist und die Nacht vermutlich lang und anstrengend wird, schlage ich vor, dass wir uns alle zurückziehen und ein wenig ausruhen. Zumindest sollten wir versuchen, zu entspannen. Wir brauchen nachher alle uns zur Verfügung stehenden Kräfte.«

Grundsätzlich tut er sich mit Entscheidungen schwer, doch wenn sich Richard zu etwas entschlossen hat, so ist er davon für gewöhnlich nicht mehr abzubringen. Imogen macht einige verzweifelte Anläufe, den beiden ihr Vorhaben auszureden. Sie weiß, dass das bevorstehende nächtliche Unterfangen nicht nur ausgesprochen gruselig werden wird jenseits all dessen, was sie alle bisher erlebt haben, sondern zugleich unglaublich riskant. Die Gefahr, entdeckt zu werden, ist gigantisch. In Filmen oder Büchern ist es oft so, dass alles gut geht, meist bis zum Schluss, es fehlt allenfalls eine Kleinigkeit, das Tüpfelchen auf dem i sozusagen, und im allerletzten Moment scheitert der geniale Plan. Zudem weiß keiner von ihnen, wie sie auf die unsägliche Situation reagieren werden. Möglicherweise bekommen sie beim Anblick der Leiche einen Verfolgungswahn oder den Schock fürs Leben, von dem sie sich nie mehr erholen. Imogen will nicht, dass am Ende sie Schuld hat, dass Richards und Patricks Leben verpfuscht werden, völlig überflüssigerweise verpfuscht werden. Der Tote im Garten ist allein ihr Problem, nicht das ihres Mannes, nicht das ihres besten Freundes. Sie will nicht, dass sie sich für sie opfern. Doch weder Richard noch Patrick lassen sich umstimmen. Der finstere Plan, diskutiert, sorgfältig auf Herz und Nieren überprüft und schließlich für gut befunden, steht fest und soll gegen dreiundzwanzig Uhr zur Ausführung kommen. Zur Geisterstunde ist der Spuk dann hoffentlich vorbei.

7. Kapitel

Ein scharfer, schneidender Wind fegt um das Haus. Durch die undichten Holzfenster weht in Böen ein kalter Luftzug, ab und zu pfeift es in höchsten Tönen durch die Lücken zwischen Fensterrahmen und Wänden. Gegen Abend ist das Thermometer unter null gefallen. Eine dünne Schneedecke pudert bereits Gras und Sträucher im Garten und für die Nacht ist weiterer Schneefall vorhergesagt worden. Die drei Gestalten in dunkler Kleidung an der Hintertür des Haushaltes Schweiger-von Stetten sind in Schals, dicken Stiefeln und Handschuhen eingemummt und bemühen sich sichtlich, möglichst lautlos zu agieren. Sie müssen nun äußerst effizient zu Werke gehen, denn nicht nur wollen sie ihr Vorhaben in dieser Nacht über die Bühne bringen, auch ist Eile geboten. Bedingt durch den unerwarteten Temperatursturz wird es nicht lange dauern, bis der vom Regen am Spätnachmittag aufgeweichte Boden gefriert und bald hart wie Stein ist. Ein ungehindertes Graben wird binnen kürzester Zeit unmöglich sein.

Die drei hatten sich in Vorbereitung auf ihr nächtliches Unternehmen zwei Stunden fast zwanghaftes Ausruhen verordnet. Geschlafen und tatsächlich entspannt hat allerdings nur einer. Patrick besaß die stoische Ruhe, er schlummerte tief und traumlos wie ein Baby, das keine Sorgen kennt. Dementsprechend fit fühlt er sich jetzt. Natürlich bebt er innerlich vor Spannung. Vermutlich hat er noch nicht ganz realisiert, was für ein Anblick ihn am Gemüsebeet erwartet. Bis jetzt findet er das Ganze ungemein aufregend. Er kommt sich vor wie in einem Krimi oder Thriller und erwärmt sich gerade für den Gedanken, bald einen solchen zu schreiben. Die feuchte Kälte kriecht unangenehm von seinen Füßen die Beine hoch. Leider sind seine Schuhe undicht und für Abenteuer wie das nun anstehende gänzlich ungeeignet.

Imogen hat kein Auge zugetan. Gewissensbisse plagen sie. Was sie unbedingt vermeiden wollte, ist eingetreten. Sie hat Richard und Patrick in die Sache hineingezogen. Sie war so kleinlaut und schuldbewusst, dass sie widerstandslos auf Richards Geheiß im Bett liegen blieb, als der das Schlafzimmer bereits nach wenigen Minuten, die er lang gestreckt auf seiner Seite des Bettes verbracht hatte, wieder verließ.

Richard hat nun das Kommando übernommen. Imogen ist sichtbar erschöpft, er will sie schonen, zugleich meint er wahrscheinlich, dass er in dieser vertrackten Situation den kühleren Kopf hat. Wobei man zugeben muss, dass sie trotz ihres grundsätzlich hitzigen Temperaments ganz schön weit gekommen ist. Richard und Patrick hatten bis zum Abend nicht die leiseste Ahnung von Imogens Machenschaften. Sie hat Wolf verschwinden lassen, ohne dabei entdeckt zu werden. Allein durch unglückliche Umstände muss er nun ausgegraben und sozusagen umgebettet werden. Wäre der vermaledeite Bau der Psychiatrie nicht dazwischengekommen, hätte Imogen den toten Radfahrer vermutlich über Jahre und Jahrzehnte, bis in alle Ewigkeit dort hinten verscharrt liegen lassen können und niemand hätte etwas davon geahnt. In Anbetracht der Tatsache, dass Umbettungen von bereits vor einiger Zeit Verstorbenen nie eine schöne Sache sind, zugegebenermaßen eher etwas für Leute vom Fach und entsprechend Hartgesottene, und da das gespenstische Unternehmen im Dunkel der Nacht, noch dazu ohne ungebetene Augenzeugen stattfinden muss, stellt es für Imogen eine erhebliche Erleichterung dar, dass sie zwei absolut verlässliche, obendrein äußerst verschwiegene Helfer hat.

Richard hatte auf seinem Bett keine Ruhe gefunden. Er war in den Keller gelaufen und arbeitete dort an Wolfs Grabstelle. Das Loch war tief. Chapeau, dachte er, als er es in Augenschein nahm und nickte anerkennend. Niemals hätte er Imogen zugetraut, ein derart tiefes Loch alleine in den zementierten Boden zu graben. Eigentlich war es tief genug gewesen, doch Richard hatte auf Nummer sicher gehen wollen. Nicht auszudenken, was wäre, wenn sie den Toten nach mehreren vergeblichen Versuchen eine Weile in seinem Betttuch neben dem Loch parken mussten, weil sie feststellten, dass er nicht ganz da drinnen verschwand. Vorsichtshalber, nur zu seiner Beruhigung, hatte Richard also einige Schippen tiefer gegraben. Dann war er zu Imogen ins Schlafzimmer zurückgekehrt, hatte sich neben sie auf das Bett gelegt und demonstrativ die Augen geschlossen. Seine gespielte Ruhe wirkte keineswegs ansteckend auf sie. Sie lag auf dem Rücken und starrte mit weit geöffneten Augen an die Zimmerdecke. Seitdem Richard und Patrick von ihrem Geheimnis wissen, ist sie schicksalsergeben. Wie ich sie kenne, wird sie alles daransetzen, den nunmehr gemeinsamen Plan erfolgreich zu Ende zu führen.

In dem nächtlichen Trupp, der sich, mit Spaten, Schippen und der hinlänglich bekannten Schubkarre ausgerüstet in Bewegung setzt und sich in Wintersachen eingemummt dem einsetzenden Schneesturm entgegenstemmt, sind die Befindlichkeiten der Teilnehmer völlig verschieden. Imogen ist desillusioniert, aber wild entschlossen, die Sache zuletzt zu einem akzeptablen Ende zu führen. Patrick fühlt sich wie ein Abenteurer. Er ist in gespannter Erwartungshaltung und das Grauenhafte der bevorstehenden Aktion fasziniert ihn in erster Linie, das Ganze erscheint ihm noch reichlich abstrakt. Er wird sicher schnell auf den Boden der Tatsachen katapultiert, sobald die Wirklichkeit ihn einholt. Der dritte der Truppe ist sichtlich um Ruhe und Besonnenheit bemüht. Er ist voller Anspannung, geradezu darauf fixiert, keinen

Fehler zu machen. Richard hatte sogar die Geistesgegenwart, eine große Wolldecke aus dem Haus mitzunehmen, die er auf die Schubkarre gelegt hat. Für alle Fälle, falls das Betttuch zerschlissen oder löchrig sein sollte nach den Tagen unter der Erde.

An Imogens Kapuze zerrt ein scharfer kalter Windzug. Sie zieht die beiden Schnüre der Kopfbedeckung fester um ihren Hals.

»Eiskalt«, murmelt sie unter dem Schal über ihrem Mund. Imogen hält das Gesicht dem Boden zugewandt, um es vor den scharfen Eisregensplittern zu schützen. Patrick nickt ächzend. Er schleppt zwei Schippen, einen Spaten und die Spitzhacke, die Imogen aus dem Keller mitgenommen hat, falls die Erde gefroren ist und sie die oberste Schicht aufhakken müssen. Richard geht mit Schubkarre und Decke voran. Auf dem Gemüsebeet liegt bereits eine dünne Schneeschicht. Auf die Entfernung ist es von der Wiese nicht zu unterscheiden. Am Beet schaut sich Richard aufmerksam um. In den umliegenden Gärten ist niemand zu sehen. Hinten auf dem Grundstück der Petersens streicht etwas Schwarzes durch den Schnee, es ist Hugo, der Kater der kleinen Anna Fischer. Patrick lässt ebenfalls angestrengt seinen Blick schweifen, während Imogen stumm auf das Beet starrt.

»Alles in Ordnung«, stellt Patrick fest.

Richard nickt. »Imogen und ich graben, du passt auf, dass keiner kommt«, flüstert Richard kaum hörbar.

»Ich kann auch graben«, zischelt Patrick pikiert. »Ich bin stärker.«

»Aber sie weiß, wo und wie er liegt«, gibt Richard zurück.

»Also gut.« Patrick macht eine beschwichtigende Handbewegung.

»Wo fangen wir an?« Richard schaut erwartungsvoll zu Imogen, deren Blick verloren über das Beet streift. Ihr ist merkwürdig flau im Magen, in ihrem Kopf dröhnt es dumpf. Sie macht ein paar unstete, wankende Schritte um das Beet herum und hält an seinem rechten unteren Ende inne.

»Hier«, sagt sie und zeigt vor sich. »Hier sind die Füße, er liegt mit dem Kopf nach oben.«

Plötzlich ertönt ein lautes Rascheln im Brombeergestrüpp wenige Meter entfernt. Alle drei fahren zusammen und blicken starr vor Schreck in die Dunkelheit. Doch es ist bloß Hugo, der sich das nächtliche Schauspiel nicht entgehen lassen will. In sicherer Entfernung hockt er sich auf seine Hinterpfoten in den Schnee und beobachtet die drei Menschen aufmerksam. Mich, seinen alten Freund, der ich etwas abseits hinter einem Busch verborgen kauere, hat er vermutlich, wenn überhaupt, nur am Rande wahrgenommen.

»Nur 'ne Katze!« Richard atmet erleichtert auf. »Los! Fangen wir an!« Sehr bedächtig setzt er den Spaten auf den Erdboden.

Imogen nickt ihm zu. »Die Stelle stimmt.«

Richard setzt seinen Fuß auf den Spaten und sticht ihn tief in das Erdreich. Er schippt die ausgehobene Erde in den vorderen Teil des Beetes, wo sie einen großen dunklen Flecken auf dem Weiß des Schnees bildet. Dann sticht er den Spaten erneut ein. Imogen hat bisher tatenlos danebengestanden. Nun schaufelt sie den losen Aushub mit ihrer Schippe auf den von Richard begonnenen Erdhaufen. Zuerst arbeitet sie langsam, allmählich werden ihre Bewegungen immer flüssiger. Eine Weile arbeiten die beiden schweigend mit verbissenen Mienen. Jeder neue Einstich in das Erdreich wird vorsichtig, mit äußerstem Bedacht gesetzt. Der eiskalte Wind bläst mit unerbittlicher Schärfe in ihre Gesichter, die im fahlen Mondschein rot und verfroren aussehen. Jeden Moment kann das Betttuch zum Vorschein kommen. Bisher ist es nicht zu sehen. Atemlose Spannung herrscht am Gemüsebeet, während sich Imogen und Richard zaudernd mit ihren Schippen durchs Erdreich arbeiten. Nicht auszudenken, wenn sich die Werkzeuge plötzlich in weiches Material hineinbohren. Patrick hat seinen Blick seit geraumer Zeit nicht mehr über die Umgebung streifen lassen, so gefesselt ist er vom Fortgang der Arbeiten. Wer läuft schon bei derartig unfreundlicher Witterung durch die Gärten und lauert den Nachbarn beim Ausbuddeln von Toten auf? Sein Schmierestehen entpuppt sich als überflüssige Vorsichtsmaßnahme. Sogar Kater Hugo hat eben seinen Beobachtungsposten aufgegeben und ist weitergezogen Richtung Fischers Haus am Ende der Straße. Unvermindert vorsichtig setzen Imogen und Richard Spaten und Schaufel an. Sie haben bereits ein beträchtliches Loch gegraben. Richard hält zuerst inne und wischt sich mit dem Rücken seines Handschuhs über die Stirn. Trotz Eiseskälte ist er ins Schwitzen geraten.

»Wie tief müssen wir noch?«, fragt er Imogen. Sie schippt gerade eine Schaufel Erde neben das Beet.

»Nicht mehr viel«, murmelt sie und starrt wie hypnotisiert auf den Boden. Richard setzt erneut seinen Spaten am Fußende des Grabes an und sticht ihn tief in das Erdreich. Der Boden ist locker und so bereitet es keine Schwierigkeiten, die Erde herauszuheben. Was nicht weiter verwundert, schließlich sind Imogens Erdarbeiten hier nicht lange her. Eine gute Weile arbeiten Richard und Imogen weiter. Patrick beobachtet gespannt Spatenstich für Spatenstich. Bald hält Richard wieder inne.

»Bist du sicher, dass er hier liegt?« Er blickt zweifelnd in das Loch. »Wir sind schon bei mindestens siebzig Zentimetern. Liegt er so tief?«

Imogen nickt stumm und arbeitet verbissen weiter. Sie ächzt beim Schaufeln leise, vor ihrem Mund steht die Kälte in einer weißen Wolke. Ansonsten ist ihr die Anstrengung nicht anzumerken, sie hat ja bereits einige Übung im Graben von Löchern. Richard ist da weniger im Training, er vergisst sogar für einen Moment alle Vorsichtsmaßnahmen und sagt mit lauter Stimme: »Unmöglich, du täuschst dich! Hier ist er nicht!«

»Er muss«, nuschelt Imogen zwischen ihren Zähnen hervor. Sie schleudert erneut eine Schaufel Erde auf den beträchtlichen Erdhügel.

Richard setzt den Spaten einen Meter oberhalb des Lochs

in das Beet und gräbt unermüdlich weiter, zumal er keinen Widerstand spürt. Schließlich hält er inne, stützt sich außer Atem auf den Spaten und starrt ratlos in das riesige Loch.

»In eurem Loch könnte man drei Leute verschwinden lassen«, stellt Patrick anerkennend fest und starrt fasziniert in die unergründliche schwarze Tiefe. Imogen und Richard stehen mittlerweile hüfttief im Boden.

»Er ist nicht hier!«, stellt Richard schließlich frustriert fest. »Hier nicht!«

»Ich habe ihn hier vergraben«, beharrt Imogen verzweifelt und starrt verwirrt auf die dunkle Erde.

»Du hast unter Schock gestanden«, wendet Richard sanft ein. »Vielleicht ist er am anderen Ende des Beetes.«

»Unmöglich!« Imogen schüttelt entschieden den Kopf.

»Sag mal, das ist jetzt aber kein Scherz von dir, oder? Wenn du uns verladen wolltest, ist dir das bestens gelungen. Sag die Wahrheit, er war überhaupt nicht bei dir und du hast ihn nicht vergraben.« Richard wirft ihr einen unergründlichen Blick zu.

»Hab ich wohl!« Imogen blickt fast trotzig zu Richard.

»Mach mit!«, fordert der Patrick auf, der das Geschehen nach wie vor fasziniert von der Grasnarbe aus verfolgt. Richard reicht ihm eine Schaufel. »Suchen wir also im gesamten Beet«, kommandiert er, während Patrick gehorsam einen ersten Spatenstich ins Erdreich setzt.

Stunde um Stunde vergeht, die drei graben mit verkniffenen Mienen. Vom eisigen Wind und dem leichten Schneefall bekommen sie anscheinend nichts mit. Noch dämmert der neue Tag nicht, es ist tiefe Nacht. Alle Sicherheitsvorkehrungen sind über den Haufen geworfen. So offensiv und gar nicht geheimniskrämerisch sind sie auf dem Beet zugange, dass ein unvoreingenommener Beobachter meinen könnte, drei Anthroposophen wären beim Vergraben irgendwelcher Gegenstände für mystische Zwecke. Allerdings haben zumindest zwei von ihnen inzwischen starke Zweifel, dass sich das, wonach sie suchen, tatsächlich dort befindet.

Imogen dagegen weiß, dass Wolf im Beet liegt. Sie arbeitet zunehmend am Rande der Erschöpfung, unverändert hoch konzentriert und äußerst verbissen, auch als sie bereits zum vorderen Teil des Beetes vorgestoßen sind, dort, wo Wolf ihrer Meinung nach auf keinen Fall liegen kann.

»Lasst uns Schluss machen«, stöhnt Patrick schließlich. Er wischt sich mit dem schmutzigen Handschuh zum x-ten Mal übers dreckverschmierte Gesicht. »Er ist nicht hier.« Er schaut ratlos auf das Gemüsebeet, das im Dunkeln wie eine Mondlandschaft aussieht, überall befinden sich größere und kleinere Erdaufschüttungen. Das Loch im vorderen Teil des Beets, in dem Patrick und Richard stehen, ist hüfttief. Sie haben fast jede Stelle des Erdreiches umgegraben. Wolf ist unauffindbar.

»Das ist ganz unmöglich!«, murmelt Imogen fassungslos. »Er muss hier sein!« Ihr Blick schweift über die dunkle Erde.

»Ist er aber nicht«, beharrt Richard. »Ich bin ganz deiner Meinung, Patrick. Lasst uns Schluss machen.«

»Ich bin doch nicht irre!«, regt sich Imogen auf. »Ich weiß, was ich gemacht habe!«

»Vielleicht hat ihn der böse Wolf gestohlen«, witzelt Patrick und erntet dafür einen bitterbösen Blick Imogens. »Ist ja schon gut, ich glaube dir«, fügt er beschwichtigend hinzu.

»Hast du dir das vielleicht alles eingebildet?«, versucht Richard es zaghaft. »Du bist ja sehr fantasievoll. Unter Umständen war alles nur ein Traum?« Er berührt Imogen leicht am Arm.

Ungehalten wischt sie seine Hand weg. »Unverschämtheit!«, zischt sie. »Ihr haltet mich für übergeschnappt! Und was ist mit dem Fahrradhelm? Wie unrealistisch ist der?«

»Da ist was dran«, gibt Patrick zu. »Der Helm war da, möglicherweise Wolf ebenfalls, der anschließend wieder gefahren ist, ohne Helm, und du hast den Rest geträumt.«

»Ihr seid blöd!«, stellt Imogen eingeschnappt fest und klettert aus dem Erdloch. »Aber wenn er nicht da ist, trifft euch auch keine Schuld. Da habt ihr noch mal Glück gehabt, keine Leiche, kein Knast für euch beide. Und das Leben kann ungestört weitergehen.«

»Nun hab dich doch nicht so.« Richard stützt sich auf dem Schaft des Spatens ab und klettert aus dem Loch. »Er ist verschwunden. Was sollen wir da machen?«

»Es muss ihn jemand ausgegraben haben«, resümiert Imogen mit schleppender Stimme. »Du etwa?« Sie starrt zu Richard hinüber und lässt ihn keine Sekunde aus den Augen.

»Um Himmels willen, nein! Ich wusste gar nicht, dass er hier liegt«, wehrt Richard entsetzt ab.

»Dann du.« Imogen zeigt mit dem Finger auf Patrick.

»Vergiss es«, blockt der ab. »Für so etwas fehlen mir die Nerven.« Patricks Stimme zittert ein wenig. Er schaut irritiert zu Imogen.

»Dann jemand anders«, folgert Imogen messerscharf. Plötzlich steigen ihr Tränen in die Augen. »Nun ist es so weit: Ich bin erpressbar. Jemand hat mich in der Hand. Wer Wolf hat, kann mit mir verfahren, wie er will, mich lebenslänglich hinter Gitter sperren lassen.«

»Jetzt mach mal halblang, immer mit der Ruhe«, murmelt Richard. »Hast du nichts bemerkt an dem Beet, nachdem du ihn vergraben hast?«

»Nein.« Imogen schüttelt den Kopf. »Ich war ja ständig hier hinten und habe laufend nachgeschaut. Da war nichts.«

»Dann können wir nicht sagen, wie lange er schon weg ist. Wenn sich bisher niemand bei dir gemeldet hat, passiert das vielleicht auch nicht«, mutmaßt Richard. »Niemals! Keiner erpresst dich!«

»Wer sollte denn für mich eine Leiche entsorgen?«, fragt Imogen fassungslos. »So ein Risiko nimmt keiner auf sich, der nicht irgendwelche fiesen Hintergedanken verfolgt. Nun ist ja alles noch viel schlimmer als vorher.« Verzweifelt hockt sie sich auf den schneebedeckten Boden.

»Wir machen jetzt erst einmal die Löcher zu«, beschließt

Richard. »Komm, das machen wir.« Er nickt Patrick zu, der die Unterhaltung fasziniert verfolgt hat. Seine Augen leuchten trotz Kälte und eisigen Windes vor Begeisterung. Kein Zweifel, er fühlt sich wie in einem Roman. Die schlechteste Idee wäre es nicht, im nächsten Semester ein Forschungsfreisemester zu nehmen. Das muss er zu Papier bringen, natürlich unter Pseudonym. Imogen und Richard wird höchstens das Thema bekannt vorkommen, aber selbstverständlich sollen sie sich nicht im Buch wiederfinden.

Patrick greift nach seiner Schaufel und schippt eifrig Erde in ihr zuletzt ausgehobenes Loch. Imogen rappelt sich vom kalten Boden hoch und kehrt mit schleppenden Schritten zum Haus zurück. In den vergangenen Tagen fühlte sie sich mitunter schrecklich. Fortan wird sie keine ruhige Minute mehr haben, da ist sie sicher.

Arme Imogen. Nun, wo Richard und Patrick in die unselige Angelegenheit eingeweiht sind, sollte es ihr eigentlich besser gehen. Stattdessen wird es immer schlimmer. Sie kann nicht begreifen, dass der von ihr eigenhändig begrabene Wolf verschwunden ist. Die einzigen Menschen, denen zuzutrauen wäre, eine Leiche für sie zu entsorgen, haben eben stundenlang mit ihr das Beet durchpflügt. Hätte zumindest einer der beiden gewusst, dass der Tote nicht mehr dort ist, er hätte mit Sicherheit darauf gedrungen, die Suchaktion früher abzubrechen. Niemand sucht freiwillig bei Eiseskälte nach einem Toten, den es gar nicht gibt, oder nicht mehr gibt. Außerdem ist Imogen überzeugt, dass niemand sie bei dem Begräbnis von Wolf beobachtet hatte. Da sich ein Toter nicht einfach in Luft auflöst, muss jemand sie beobachtet, zumindest aber Wolf ausgegraben haben. Doch wer sollte so etwas für sie tun? Von Rudi Petersen und Ingo Müller, die von ihren Häusern zumindest teilweise Einsicht auf ihr Grundstück nehmen können, war an dem Abend nichts zu sehen. Herr Müller war überdies noch mit seiner Frau in Südfrankreich. Und Rudi ist der Letzte, der irgendetwas mit Leichen zu schaffen hätte. Er hat ein viel zu sonniges Gemüt für derart finstere Machenschaften. Außerdem ist er überreichlich beschäftigt mit seinem Job und den beiden Kindern. Beide, Ingo Müller und Rudi Petersen, sind gute Nachbarn. Mit Rudi verbindet sie sicher so etwas wie Freundschaft oder freundschaftliche Gefühle. Es ist so gut wie ausgeschlossen, dass sich einer der beiden ihr so verbunden fühlt, dass er für sie einen Toten verschwinden lässt.

Die Grundstücke sind zur Straße hin nicht hermetisch abgeriegelt. Es könnte sein, dass ein Fremder, ein Außenstehender, sie an jenem Abend beobachtet hat. Aber auch und besonders für eine solche, Imogen ganz und gar unbekannte Person, gilt erst recht, dass dieser Jemand unmöglich freiwillig die Mühe der Leichenbeseitigung und das Risiko, dabei entdeckt zu werden, übernommen hat. Es sei denn, er hat fiese Hintergedanken.

Abgesehen von der unglückseligen Geschichte mit Wolf ist Imogens Gewissen lupenrein. Sie hat keine Feinde und behandelt Menschen, denen sie begegnet, stets freundlich. Meistens jedenfalls. Und wenn sie in der Vergangenheit mit jemand aneinandergeraten war, dann nie so, dass daraus Feindschaften entstanden wären. Zumindest keine, der sie sich bewusst wäre. Sie schüttelt ratlos den Kopf. Vielleicht stecken Richard und Patrick ja doch unter einer Decke?

Imogen geht ins Haus. Es gibt nur eine Erklärung und die möchte sie nicht wirklich ernsthaft in Erwägung ziehen: die Möglichkeit, dass sie sich alles nur eingebildet hat. Wolf war da, aus irgendeinem Grund ist er ohne seinen Fahrradsturzhelm losgefahren. Vielleicht hat er ihn einfach vergessen und der Rest war pure Einbildung. Er ist nicht über sie hergefallen und sie hat ihn nicht in Notwehr erschlagen. Ist so etwas möglich? Ihre Kleidung war nach der Aktion hinten auf dem Feld völlig verschmutzt. Das war keine Einbildung. Hat sie dort gegraben, Wolf aber tatsächlich nie begraben? Und wenn es so war, hat sie öfter solche Aussetzer? Ist sie verrückt, nicht mehr Herrin ihrer Sinne? Sie spürt ein dumpfes Pochen, einen unbestimmten Druck in ihrem Hinterkopf. Als sie die Jacke an die Garderobe hängt, überkommt sie plötzlich ein unstetes Gefühl. Sie schwankt leicht und schafft es im letzten Moment, nach einer Türklinke zu fassen, an der sie sich panisch festklammert. Alles dreht sich, der Boden unter ihren Füßen gibt eigentümlich weich nach, als ob er aus Watte wäre. Ihr Herz klopft schnell und laut in ihren Ohren. Sie schließt die Augen und atmet tief ein und aus.

Allmählich lässt das Schwindelgefühl nach, ihr Herz schlägt ruhiger. Vorsichtig lässt sie von ihrem Rettungsanker Türklinke ab und schwankt auf unsicheren Beinen in die Küche. Dort macht sie sich einen Pfefferminztee und setzt sich damit an den Tisch. Als sie die Teetasse hochhebt, um einen Schluck zu trinken, rutscht ihr die Tasse aus der Hand. Einfach so. Imogen weiß gar nicht, wie das passieren konnte. Im nächsten Augenblick liegt die in zig Einzelteile zersprungene Keramiktasse auf dem Boden, umgeben von einer großen Lache Tee. Imogen starrt fassungslos auf das Desaster, dann hockt sie sich hin und macht sich daran, ihr Missgeschick zu beseitigen.

Nach einer viel zu kurzen, unruhigen Nacht genehmigt sich Imogen im Stehen ein schnelles Frühstück. Sie bestreicht ein warmes Toastbrot mit Butter und nippt unterdessen schluckweise an einer großen Tasse Milchkaffee. Dabei überfliegt sie die Samstagszeitung und beißt hastig große Stücke von ihrem Toast. Am Vortag ist sie vor lauter Schwiegereltern und Kellerausschachten allenfalls zum Lesen der Schlagzeilen gekommen. Seitdem Britta Sorg nicht mehr im Büro arbeitet, hat Imogen deutlich weniger Kunden. Bereits seit Längerem hat sie den Verdacht, dass die neuen Aushilfskräfte, die nur sporadisch in der Staufenbiel GmbH arbeiten, eine vernünftige Terminierung für eine Besichtigung nicht auf die Reihe bekommen. Normalerweise melden sich neue Kunden per Internet oder telefonisch im Büro, wenn sie sich für eine bestimmte Immobilie interessieren. Die Bürokraft vereinbart dann für Imogen ein Treffen mit den Interessenten und teilt ihr die Besichtigungszeiten mit. Samstags- und Feiertagstermine sind bei den Außendienstmitarbeitern zwar unbeliebt, aber gerade in dieser Branche nicht zu vermeiden. Die meisten Leute und vor allem diejenigen, die es sich leisten können, über Makler eine Wohnung oder gar ein ganzes Haus zu mieten, arbeiten wochentags und wollen nur abends oder am Wochenende besichtigen. Britta Sorg hatte es meistens geschafft, die Leute auf Termine während der Woche zu legen, höchstens jedoch auf den Samstag. Dieser Sonntag hingegen beschert Imogen gleich drei Interessenten, einen für eine 3-Zimmer-Wohnung im Stadtzentrum und zwei für ein zur Vermietung stehendes Einfamilienhaus im Ort Bechen im Bergischen, ein paar Kilometer von Bergisch Gladbach entfernt. Früher hätte sie sich Sonntagsarbeit nur in Notfällen gefallen lassen, allenfalls wenn Leute wirklich nur am Sonntag besichtigen konnten. Aber da sie in den letzten Tagen keinen einzigen Kunden hatte, beschwerte sie sich nicht einmal, als die ihr fremde Aushilfe die drei Termine für den Sonntag telefonisch durchgegeben hatte.

Imogen wirft sich den Mantel über und greift nach dem blauen Aktenordner. Richard und Patrick schlafen noch. Nach der nächtlichen Gewaltaktion haben sie die Erholung dringend nötig und auch Imogen wäre nach der unruhigen Nacht gut im Bett aufgehoben. Sie fühlt sich zwar ziemlich erschöpft und hat die Ereignisse der vergangenen Nacht in keiner Weise verarbeitet, doch sie ist voller Elan und aller Widrigkeiten zum Trotz entschlossen, ihr Programm durchzuziehen und ihre Sache gut zu machen. Die Arbeit wird sie auf andere Gedanken bringen, und vielleicht hat sie an diesem Morgen Glück und ihr gelingt der eine oder andere Abschluss. Wer am Sonntag besichtigen will, ist meist ernsthaft interessiert oder völlig einfallslos hinsichtlich anderer Freizeitbeschäftigungen. Leise zieht sie die Haustür hinter sich zu.

Richard und Patrick sind gemeinsam in der Küche zugange, Richard schneidet Kartoffeln klein, Patrick fettet die Auflaufform mit Margarine ein. Sie haben beschlossen, Imogen mit einem späten Mittagessen zu verwöhnen. Es gibt Kartoffelauflauf mit gebratenem Rindfleisch und grünem Salat. Lustlos nickt sie den beiden zu und feuert ihren Aktenordner auf die Küchenanrichte.

»Nanu«, wundert sich Richard und schaut überrascht hoch. Er steht auf und drückt ihr einen Begrüßungskuss auf den Mund. Anscheinend steht ihr nicht der Sinn nach Zärtlichkeiten. Mit einer Grimasse wendet sie sich von ihm ab und schnieft laut in ihr Taschentuch. »Kein Glück gehabt heute?«

»Eine bodenlose Frechheit ist das!«, schnaubt Imogen wütend. »Es ist keiner gekommen!«

»Was?« Patrick schaut verständnislos zu ihr.

»Wie ein Vollidiot stehe ich da bei dieser Eiseskälte, und keiner ist gekommen!«, schimpft Imogen. Sie ist vor Wut ganz rot im Gesicht. »Eine halbe Stunde habe ich vor dem Haus mit der 3-Zimmer-Wohnung gewartet. Vergeblich. Das Büro ist sonntags natürlich nicht besetzt. Wie soll ich da herausfinden, ob die Leute eventuell kurzfristig abgesagt haben? Bei mir auf dem Handy hat sich jedenfalls keiner gemeldet. Und bei dem Haus war es exakt das Gleiche. Auf total vereisten Straßen habe ich mich bis Bechen durchgekämpft. Für diese Nebenstraßen da oben im Bergischen fühlt sich kein Streudienst zuständig, vor allem nicht am Sonntagvormittag. Als ich dann endlich am Objekt ankam, war kein Kunde weit und breit zu sehen. Da der nächste Interessent erst eine Stunde später terminiert war, musste ich warten. Ich bin hin und her gelaufen, damit ich nicht auf der Stelle festfriere. Zwischendurch habe ich mich ins Auto gesetzt, den Motor angemacht und die Heizung hochgedreht, um mich aufzuwärmen. Und das alles, damit das dritte Treffen auch noch platzte.«

»Du Ärmste«, sagt Richard voller Mitleid und legt ihr

einen Arm um die Schulter. Doch Imogen ist nicht danach zumute, angefasst zu werden. Sie kann es grundsätzlich nicht leiden, berührt zu werden, wenn sie wütend ist. Da macht sie für Richard keine Ausnahme. Sie schiebt ärgerlich seinen Arm weg.

»Da konnte ja nur ein Irrtum vorliegen, dachte ich mir«, fährt Imogen mit säuerlicher Miene fort. »Oder die Aushilfe im Büro wollte mich auflaufen lassen. Oder ich war ihr einfach egal. Das hat Frau Staufenbiel von ihrer kranken Personalpolitik. Jetzt funktioniert dort überhaupt nichts mehr. Wenn nicht einmal mehr Besichtigungen stattfinden, kann auch nichts mehr verkauft oder vermietet werden. So kann sie ihren Laden bald dichtmachen.«

»Dass gleich drei Leute nicht kommen, ist wirklich ungewöhnlich«, wundert sich Richard.

»Ja, nicht wahr?« Imogen verzieht spöttisch den Mund. »Ich rief im Büro an, um zu erfahren, was Sache ist. Dort meldete sich natürlich keiner. Dann bin ich hingefahren. Frau Staufenbiel ist dermaßen mit dem Laden verheiratet, dass sie selbst sonn- und feiertags dort hockt und brütet, wie sie die Leute über den Tisch ziehen kann.«

»Und?« Patrick sieht Imogen erwartungsvoll an. »War sie da?«

»Oh ja.« Imogen blickt triumphierend in die Runde. »Ich habe ihr von meinem Vormittag erzählt und sie wusste angeblich von nichts. Wir haben uns den Online-Kalender für den Vermietungsbereich vorgenommen, und da stellte sich heraus, dass die kleine Schlampe im Büro mir das falsche Datum durchgegeben hat. Die Termine sind erst am achten, sie hatte mir aber heute, also den dritten Februar genannt. Anscheinend braucht sie dringend eine Brille. Außerdem haben wir bei der Gelegenheit einen ganzen Stoß Zettel mit Anfragen von Leuten gefunden, die sich für Wohnungen und Häuser interessieren. Die Anfragen lagen in der untersten Schreibtischschublade, unbearbeitet, versteht sich.«

»Deshalb hattest du letzte Woche so wenig Termine«, folgert Richard.

»Ganz genau.«

»Hast du die Aushilfe angerufen und zusammengestaucht?«

»Ach was, viel besser!« Imogen sieht Richard mit Genugtuung an. »Ich hab hingeschmissen! Habe der alten Hexe mitgeteilt, dass sie von jetzt an ohne mich zurechtkommen muss und dass ich in so einem chaotischen Laden nicht mehr arbeite. Schluss, aus, vorbei!« Imogen nickt heftig. »Soll sie sich andere Irre zum Ausbeuten suchen. Das Schlimme ist nur, dass sie immer wieder Leute findet, die auf Zusatzverdienste angewiesen sind und ihr dadurch in die Falle gehen.«

»Du hast gekündigt«, stellt Patrick mit anerkennendem Augenaufschlag fest.

»Jawohl.«

Richard lächelt erleichtert. »Das wurde wirklich höchste Zeit.«

»Exakt.« Imogen lächelt zufrieden. »Ihr hättet das dumme Gesicht sehen sollen. Wir sollten in aller Ruhe darüber sprechen, hat sie gesagt, und ich solle nur nichts übers Knie brechen. Sie und ich würden uns doch so gut verstehen. Darauf kann sie warten, bis sie Grünspan ansetzt. Ich arbeite in so einem Chaos nicht, zumal wenn ihre kranke Personalpolitik auf meinen Knochen ausgetragen wird. So etwas wie heute wäre früher niemals vorgekommen, als Britta noch im Büro war.«

»Deine Entscheidung finde ich gut und nachvollziehbar ist sie allemal«, meint Patrick nachdenklich. »Aber bei allem Ärger hatte ich stets den Eindruck, dass dir die Arbeit Spaß machte. Und das Geld braucht ihr doch? Was willst du stattdessen tun?«

»Gleich lege ich mich eine Runde aufs Ohr, der Auflauf braucht bestimmt ein paar Stunden, oder?« Imogen hebt vorsichtig die Alufolie hoch, mit der Richard die Kartoffeln bedeckt hat. »Rohe Kartoffeln, lecker, die brauchen sicher ihre zwei Stunden, bis sie gar gebacken sind. Also, ich lege mich hin, und was die Arbeit betrifft, habe ich ja noch den ›Bergischen Boten‹. Und dann mache ich meinen eigenen Immobilienladen auf. Klein, aber fein.«

Richard runzelt die Stirn. »Gar keine schlechte Idee«, sagt er anerkennend. »Und steuerlich nach wie vor ziemlich erklecklich. Meine Unterstützung hast du.«

»Du meinst, wenn ich irgendwann mit Grippe im Bett liege, machst du die Besichtigungstermine«, lächelt Imogen. »Sehr schön, zuverlässige Mitarbeiter sind das A und O jedes Geschäftserfolgs. Mit dir darf ich zweifellos auch rechnen?« Sie schaut amüsiert zu Patrick hinüber. »Im äußersten Notfall, versteht sich!«

»Klar doch, wie immer, stets bereit. Ich brenne seit Tagen auf eine Gelegenheit, mich für eure Gastfreundschaft zu revanchieren«, murmelt der. »Unser Einsatz letzte Nacht war ja vergeblich.«

»Gott sei Dank.« Richard nickt erleichtert. »Egal, was an jenem Tag passiert ist, Imogen, dieser Wolf liegt jedenfalls nicht hinten im Garten. Was gut ist. Nicht auszudenken, wie wir uns fühlen würden, jetzt und in Zukunft, wenn wir einen Toten ausgebuddelt und in den Kellerboden einzementiert hätten.«

»Eigentlich möchte ich heute nicht darüber reden«, winkt Imogen verstört ab. Die Ereignisse der vergangenen Nacht sind lebhaft vor ihren Augen und verstehen kann sie das alles nicht.

»Ja, es ist eigenartig.« Patrick schaut Imogen wie eine Sphinx an, die ein unergründliches Geheimnis hütet. »Es will mir nicht in den Kopf, dass du dir das alles eingebildet hast. Das sieht dir so gar nicht ähnlich. Ich meine, du hast Fantasie, und alles. Aber so viel Einbildungskraft …?«

Imogen lächelt ihm dankbar zu. »Schön, dass wenigstens du mich nicht für übergeschnappt hältst.«

»Ich halte dich keineswegs für übergeschnappt«, bemerkt

Richard pikiert. »Es ist nur so unbegreiflich. Ich kann es nicht verstehen.«

»Irgendjemand muss ihn ausgebuddelt haben«, stellt Imogen im Brustton der Überzeugung fest. »Schließlich ist nicht nur sein Fahrradhelm hier, sondern auch seine Katze.«

»Muschi?« Richard flüstert den Namen kaum hörbar, so verblüfft ist er. »Sie gehört ihm?«

»Ja, das ging mir aber erst auf, als der Privatdetektiv mich auf sie ansprach. Sie sehe genauso aus wie die Katze von Herrn Spohrmann.« Imogen lacht kopfschüttelnd. »Da fiel mir ein, dass Muschi ein paar Tage später auftauchte, nachdem Wolf hier war. Sie muss ihm von Odenthal her gefolgt sein. Und dann diese aberwitzige Angewohnheit von ihr, stundenlang in dem gelben Helm zu schlafen. Sie ist zweifellos seine Katze.«

»Das ist ein Ding«, sagt Patrick fasziniert. »Ist sie immer noch beim Nachbarn nebenan?«

Imogen nickt. »Als mir klar wurde, dass sie Wolfs Katze ist, konnte ich sie nicht mehr um mich haben. Da fand ich es gut, dass Herr Müller sie als Gesellschaft haben wollte.«

»Hm. Komisch das alles.« Richard wiegt seinen Kopf nachdenklich hin und her.

»Ja, und das Schlimmste ist, dass sie mich jeden Moment abholen können«, sagt Imogen bedrückt. »Wer immer Wolf hat, der hat etwas gegen mich in der Hand.«

»Aber warum macht er sich die Mühe und gräbt die Leiche heimlich aus?«, gibt Richard zu bedenken. »Den Aufwand hätte er sich sparen und sofort die Polizei auf dich ansetzen können.«

Imogen zuckt mit den Schultern. »Ich weiß es nicht, wirklich nicht.«

»Abwarten und Tee trinken«, befindet Patrick nüchtern. »Wie es aussieht, können wir im Augenblick nichts machen. Außer das Loch im Keller zubetonieren, was wir heute Vormittag erledigt haben.«

»Danke«, murmelt Imogen zerknirscht. »Ich weiß überhaupt nicht mehr, was ich denken soll.«

»Ich kann gar nicht glauben, dass du jemand totgeschlagen hast«, sagt Richard betont heiter. Bei Tageslicht betrachtet erscheint das düstere Szenario der vergangenen Nacht weit weg und geradezu irreal. »Allein die Vorstellung ist abstrus.«

»Jetzt fängst du schon wieder damit an«, erwidert Imogen verzweifelt. »Es ist so, finde dich damit ab. Und wenn es nicht so sein sollte, ich mir das alles tatsächlich eingebildet habe, stellt sich trotzdem die Frage, wo Wolf steckt? Gefunden haben sie ihn schließlich bisher nicht. Das hätten wir mitbekommen. Abgesehen davon, wenn das alles Einbildung wäre, dann könntest du mich sofort in die Klapsmühle einliefern. Wer sich so etwas einbildet und seine Hand dafür ins Feuer legt, dass die Geschichte wahr ist, der muss irre sein, unzurechnungsfähig.« Sie schlägt sich mit der flachen Hand gegen die Stirn. »Gut, dass bald hinten die Psychiatrie steht. Da haben wir kurze Wege.«

»Damit macht man keine Scherze!«, tadelt Richard und blickt finster aus dem Fenster. Seit einiger Zeit schneit es ohne Unterbrechung. Gegenüber auf dem Bürgersteig ist der erste eifrige Nachbar bereits dabei, mit einem Besen den Gehweg vom Schnee zu befreien. »Ich weiß, dass du voll zurechnungsfähig bist.«

»Dann erzähl nicht immer, ich hätte mir etwas eingebildet!«

»Also gut.«

»Fein, dann lege ich mich hin.« Imogen geht zur Tür, sie braucht bei all der Aufregung und den unerklärlichen Ereignissen Ruhe. Sie versteht die Welt nicht mehr, kam sich noch nie so unzulänglich und hilflos vor. Das ist ihr förmlich anzusehen. Mit diesem Gefühl muss sie erst einmal klarkommen. Dass sie der unmöglichen Erika Staufenbiel die Sachen vor die Füße geworfen hat, erfüllt sie dagegen mit Genugtuung. Viel zu lange hat sie das unsägliche Hin und

Her in der Staufenbiel GmbH mitgemacht. Wenigstens dieser Triumph ist ihr vergönnt, ein Lichtblick im undurchschaubaren Ereignisdickicht in diesen Tagen.

»Übrigens, das hätte ich fast vergessen!«, ruft Richard hinter ihr her. »Felicitas kommt gegen Abend! Sie hat angerufen. Wir haben ihr die Couch im Handarbeitszimmer bezogen.«

»Ist etwas passiert?« Imogen wirkt bestürzt. Normalerweise sieht sie ihre Schwester höchstens einmal im Jahr, zuletzt hatten sie das Weihnachtsfest miteinander verbracht. Felicitas wohnt zwar nicht weit weg, aber ganz Geschäftsfrau und Art-Direktorin ist sie in ihrer Werbeagentur für gewöhnlich im Dauerstress, sodass sie außer für berufliche Termine selten aus Frankfurt herauskommt.

»Wohl nichts Schlimmes«, antwortet Richard. »Sie bleibt nur eine Nacht und will dir Sachen von Tante Johanna vorbeibringen. Sie hat dafür keine Verwendung, in ›ihrem neuen Leben‹, wie sie sich kryptisch ausdrückte. Mehr war aus ihr nicht herauszubekommen.«

Mit Felicitas Ankunft hält der Hauch der weiten Welt Einzug in den beschaulichen, bodenständigen Haushalt der Schweiger-von Stettens. Felicitas, fast fünfzig und eine überaus glamouröse Erscheinung, ist Art-Direktorin in ihrer eigenen kleinen, aber feinen Werbeagentur in Frankfurt. Stets umwallt sie eine Duftwolke ihres schweren Gucci-Parfums. Sie trägt dunkle Hosenanzüge aus edel schillernden Stoffen, hochhackige Pumps und weite, schwingende Mäntel. Ihr dunkelbraunes langes Haar trug sie bislang offen, zurzeit ist es im Rasta-Look geflochten, was gut zu ihrer bronzefarbenen Gesichtshaut passt und ihren dunklen Augen einen exotischen Touch verleiht. Offenkundig legt sie viel Wert auf Äußerlichkeiten, anders als die natürlich schöne Imogen, die Parfum und edle Stoffe, wenn überhaupt, dann eher sparsam in ihrem täglichen Leben einsetzt. Felicitas Hang zum Glamour verwundert nicht weiter. In der Welt, in der sie sich bewegt, zählen Verpackung und Schein viel. Bunte, schreiende Bilder und knappe eingängige Slogans und Texte sind ihr Metier. Felicitas ist überaus erfolgreich, seit der Gründung ihrer Agentur vor ein paar Jahren ist diese praktisch ihr Lebensinhalt. Von jeher mit viel Engagement und Herzblut bei der Sache, überrascht sie Imogen umso mehr, als sie von ihren Zukunftsplänen erzählt. Wenn Felicitas etwas macht, ist das zumeist außergewöhnlich, sie lebt geradezu das Extrem und das Besondere. Weil sie, auch was ihre Beziehungen zu Männern angeht, sehr anspruchsvoll und wählerisch ist, hat sie die Liebe fürs Leben bisher nicht gefunden. Sie ist nicht zufällig vorbeigekommen, es gibt Neuigkeiten. Felicitas hat sich verliebt, nicht in irgendwen, natürlich.

»Du willst was?«, fragt Imogen gerade und schaut entgeistert in das gebräunte Gesicht ihrer Schwester. »Du nimmst mich auf den Arm!«

»Doch.« Felicitas strahlt, als ob sie den Hauptgewinn im Lotto gezogen hätte. »Ich habe die Agentur verkauft und siedle an die Costa Blanca um. Fernando kommt aus Alicante, seine Familie betreibt dort seit Generationen eine Pension. Wir wollen dort ein Hotel eröffnen. Es stand zum Verkauf. Es ist alles in trockenen Tüchern. Auch die Finanzierung steht.«

»Du hast alles in Frankfurt aufgegeben und wanderst nach Spanien aus?«, vergewissert sich Imogen verdattert. »Ganz schön mutig. Wie lange kennst du Fernando?«

»Wir haben uns im September auf einer Tourismusmesse in Hamburg kennengelernt. Er machte dort Werbung für seinen Heimatort. Er wird dir gefallen.« Felicitas wirft einen verklärten Blick gegen die Zimmerdecke. »Ihr seid natürlich immer herzlich willkommen. Wenn ihr die Nase voll habt vom deutschen Leben und dem furchtbaren Wetter hier.« Sie schaut demonstrativ aus dem Fenster in den verschneiten Garten.

»Danke schön«, sagt Imogen artig. »Hoffentlich wird dein

Mut belohnt. Ich wünsche dir jedenfalls alles Glück für den Neustart.«

»Danke, Schwester.« Felicitas strahlt vor Wonne. »Nächste Woche kommt der Umzugswagen, und genau deshalb bin ich hier. Tante Johanna hatte mir ein paar Kisten mit alten Büchern und Postkarten vermacht. Bevor sie starb, hatte sie auf die betreffenden Kisten meinen Namen geschrieben.«

Imogen nickt, sie erinnert sich gut daran. Tante Johanna hatte die Kisten mit Bedacht zusammengestellt, Felicitas hatte sie einige ziemlich kostbare Kunstbände und Drucke zugedacht.

»Ich kann nicht alles mit nach Spanien nehmen«, fährt Felicitas fort. »Ehrlich gesagt bin ich nicht mal dazu gekommen, mir die Sachen genauer anzusehen. Ich möchte, dass du sie übernimmst. Du hattest ja sowieso das engere Verhältnis zur Tante. Ich bin sicher, sie würde sich freuen, dass du die Sachen bekommst. Ich habe alles im Kofferraum, wenn du einverstanden bist ...?«

»Ja, gut.« Imogen nickt. »Wir können die Kartons zu den anderen auf dem Dachboden räumen. Ich habe oben auch noch nicht alles durchgeschaut. Wenn man Sachen erst in irgendwelchen Ecken verstaut hat, stehen sie dort oft jahrelang unberührt.«

»Genau deshalb versuche ich jetzt auszumisten«, bekennt Felicitas. »Der Umzug ist die Chance meines Lebens, den ganzen alten Ballast von mir zu werfen.«

Die beiden schauen hoch, als sich die Wohnzimmertür öffnet. Richard und Patrick waren nach dem Mittagessen zu einer Fahrradtour aufgebrochen. Jetzt kommen sie mit von der Kälte geröteten Gesichtern und sichtbar erfrischt ins Zimmer. Die beiden begrüßen Felicitas herzlich. Als bester Freund der Familie ist Patrick ihr gut bekannt. Imogen vermutet, dass die beiden in der Vergangenheit sogar eine kurze, feurige Affäre hatten, doch darüber wurde nie ein Wort verloren.

»Du siehst fantastisch aus, Felicitas.« Patrick lächelt überaus gewinnend, Felicitas erwidert seinen strahlenden Blick.

Er setzt sich neben sie auf die Zweisitzercouch und legt vertraut seinen Arm um ihre Schultern. Imogen berichtet den beiden in kurzen Sätzen von Felicitas Vorhaben.

»Endlich mal einer, der sich was traut«, sagt Patrick und blickt Felicitas entzückt an. »Dieser Fernando muss ja ein ganz besonderer Mann sein, dass du für ihn praktisch alles aufgibst. Wann lernen wir ihn kennen?«

Felicitas schüttelt bedauernd den Kopf. »Er ist wieder in Spanien. Wir beide sind in der letzten Zeit viel hin und her gependelt. Ihr seht ihn, wenn ihr uns besucht. Ich schätze, ab April haben wir das Hotel so weit fertig, dass die ersten Gäste kommen können.« Patrick und Richard nicken verständig.

»Er kommt aus der Hotelbranche?«, fragt Richard in nüchternem Ton.

»Na ja, seine Eltern haben eine Pension, die er bisher auf Messen promotet hat. Aber natürlich, er ist vom Fach, und mit dem Hotel erfüllen wir uns einen Lebenstraum.« Felicitas lächelt beseelt.

»Du meinst seinen Lebenstraum«, korrigiert Richard.

»Nein, unseren.« Für einen Moment weicht das glückselige Dauerlächeln aus Felicitas Gesicht. Sie wirft Richard einen entrüsteten Blick zu.

»Hast du jemals etwas mit Hotels zu schaffen gehabt, ich meine außer als Übernachtungsgast oder beruflich, wenn du Werbeflyer fürs Hotel- und Gaststättengewerbe entworfen hast?« Richard kann es nicht lassen. In null Komma nichts vergiftet er die bis eben harmonische Stimmung mit seinen bohrenden, überkritischen Fragen. »Oder hast du einfach genug von deiner Agentur, brauchst Abwechslung und wolltest mal sehen, wie es ist, wenn man am Tag zwanzig Betten bezieht und den Dreck von anderen Leuten wegputzt? Oder wie man fremde Leute daran hindert, einem das Inventar vor der Nase aus dem Haus zu tragen. Das nenne ich einen Sinneswandel um 180 Grad.« Richard sieht gerade ausgesprochen argwöhnisch aus. Er kennt seine Schwägerin nun schon lange und kann sie sich beim besten Willen nicht bei der Führung eines Hotels vorstellen. Man kann viel delegieren, aber einiges bleibt mit Sicherheit bei einem selbst hängen, wenn Angestellte unerwartet krank werden oder einfach nicht zur Arbeit erscheinen.

»Dafür nehmen wir uns natürlich Leute«, erklärt Felicitas erbost.

Patrick schüttelt entrüstet seinen Kopf. »Das ist doch klar, Mensch, Richard, was stellst du für Fragen? So etwas wie Putzen und Bettenmachen wird Fernando einer Frau wie Felicitas nicht zumuten.« Er drückt Felicitas kumpelhaft an sich und stupst ihr die Nase freundschaftlich mit dem Zeigefinger. »Hm, du riechst gut.« Er verdreht schwärmerisch die Augen.

»Was für ein Geturtel«, grummelt Richard und steht auf. Es hat an der Haustür geklingelt. Kurze Zeit später kommt er mit Veronica ins Wohnzimmer zurück. Sie ist das genaue Gegenbild von Felicitas, hat dunkles, grau meliertes, kurzes lockiges Haar, ist klein und ein wenig gedrungen. Grundsätzlich legt sie wenig Wert auf extravagantes Outfit, eigentlich schon immer, aber erst recht, seitdem die Zwillinge da sind und sie rund um die Uhr im Stress ist. Der unglückliche Zufall will es, dass die Couch, auf der Patrick und Felicitas gerade hemmungslos miteinander flirten, mit dem Rücken zur Tür steht. Die beiden können Veronica nicht sehen. Imogen springt von ihrem Sessel hoch, um die Freundin zu begrüßen. Sie hat ganz vergessen, dass Veronica vorbeikommen und mit Patrick reden wollte, nachdem ihr letztes Gespräch ergebnislos geblieben war. Doch es ist zu spät. Kaum hat sie die Hinterköpfe von Patrick und Felicitas gesehen, macht sie auf dem Absatz kehrt und stürmt zur Haustür. »Beim harmonischen Pärchentreff möchte ich selbstverständlich nicht stören«, entfährt es ihr, als sie einen erbosten Blick über die Schulter zurückwirft. Damit ist sie aus der Haustür.

»Veronica, komm zurück!«, ruft Imogen ihr hinterher. »Es ist nicht so, wie es aussieht!«

Doch Veronica hat wütend die Autotür hinter sich zugeworfen und setzt den Wagen mit durchdrehenden Reifen in der Einfahrt zurück.

»Einige Dinge sind nicht so, wie sie aussehen«, stellt da eine bekannte Stimme neben Imogen fest. Sie zuckt zusammen, sie hatte gar nicht bemerkt, dass jemand neben der Haustür steht. Jetzt blickt sie in das sonnenstudiogebräunte, freundlich lächelnde Gesicht von Privatermittler Sauer. »Guten Tag, Frau Schweiger-von Stetten.«

»Sie lauern mir an unserer Haustür auf?« Imogen ist über alle Maßen überrascht. Sauer steht dort, als ob er gerade aus dem Nichts aufgetaucht wäre. »Was wollen Sie von uns?«

»Och, nur fragen, ob sich Herr Spohrmann inzwischen bei Ihnen gemeldet hat.« Sauer stützt sich mit einem Arm an der Hauswand ab. Anscheinend hat er sich damit abgefunden, dass ihm der Zutritt zum Haushalt Schweiger-von Stettens auf ewig verwehrt bleiben wird.

»Gibt es Neuigkeiten von ihm?«

»Nein, deshalb bin ich hier.«

»Und leider wieder vergeblich, wie die vergangenen Male«, sagt Imogen achselzuckend. Sie will gerade die Tür zumachen, da stellt der Privatermittler nach bewährtem Muster seinen Fuß in die Tür.

»Nicht so hastig.«

»Wer sind Sie und was wollen Sie?« Richard ist hinter Imogen getreten. Er lässt den Mann vor der Tür nicht aus den Augen.

»Das ist Privatermittler Sauer. Er sucht nach Wolf Spohrmann, ich erzählte dir davon«, erläutert Imogen.

»Ach Sie sind das.« Richard macht einen Schritt auf Sauer zu. »Jetzt hören Sie mir mal gut zu. Sie tauchen hier ständig auf und belästigen meine Frau. Sie hat Ihnen bereits mehrfach gesagt, dass sie nicht weiß, wo Herr Spohrmann abgeblieben ist. Ich vermute also, Sie kommen aus anderen

Gründen. Wenn Sie jetzt nicht sofort den Fuß aus der Tür nehmen und ich Sie noch einmal hier sehe, dann bekommen Sie von mir eine fette Anzeige wegen Stalking. Die wird Ihnen ernste Probleme bereiten, verlassen Sie sich drauf. Lassen Sie gefälligst meine Frau in Ruhe!« Richard lässt die Tür vor einem höchst perplex dreinblickenden Sauer laut hörbar ins Schloss fallen. »Den wären wir los«, murmelt er und grinst zufrieden. »Was ist mit Veronica? Hast du sie nicht aufhalten können?«

Imogen schüttelt den Kopf. »Ich hatte keine Chance. Sie hat alles total falsch verstanden.«

»Auch das noch!«, stößt Richard entsetzt hervor. »Das wird ewig dauern, bis er den Irrtum aufgeklärt hat. Warum muss er denn unentwegt mit deiner Schwester rummachen? Hat Veronica sie denn nicht erkannt? Sie weiß doch, dass hinter dem ganzen Getue der beiden nichts Ernstes steckt.«

»Keine Ahnung«, sagt Imogen zerknirscht. »Jedenfalls hat sie blitzschnell falsche Schlüsse gezogen und weg war sie.«

»Das gibt Arbeit für unseren Dauergast«, stellt Richard mit grimmiger Miene fest.

»Ich werde Veronica anrufen, ihr alles erklären und sie bitten, morgen Nachmittag vorbeizukommen«, kündigt Imogen an. »So kann es unmöglich weitergehen.«

»Ach, nervt er dich mittlerweile auch?«, fragt Richard spöttisch. »Das wurde ja allmählich Zeit.«

»Nein, aber er muss zu seiner Familie zurück. Das darf so nicht weitergehen, die beiden vermissen sich doch, und er liebt seine Kinder.«

Sie kommen gerade ins Wohnzimmer zurück, wo Felicitas und Patrick unverändert feixend auf der Couch sitzen und sich mit dem Cognac aus den hauseigenen Beständen in eine geradezu euphorische Stimmung versetzt haben. Von Veronicas Ankunft und ihrem schnellen Abgang haben sie anscheinend nichts bemerkt.

»Was er gut zu verbergen weiß«, murmelt Richard und setzt sich neben Imogen auf das Sofa gegenüber ihren schäkernden Gästen.

8. Kapitel

Wer glaubt, dass sich Imogen langweilt, da sie ja nun die zeitaufwendige Immobilienvermittlung aufgegeben hat, täuscht sich gewaltig. Zwar vergehen oft Tage, bis sie einen Artikel für den ›Bergischen Boten‹ schreibt, doch Imogen ist grundsätzlich keine Person, die sich langweilt. Niemals. Sie steckt voller Pläne und Ideen, dass ihr nie langweilig wird, und in diesen Tagen sowieso nicht. Statt sich meiner Wenigkeit ausgiebiger zu widmen, was an und für sich überfällig wäre - ich kann mich nicht erinnern, wann sie mich zuletzt ausdauernd und mit der aus früheren, ruhigeren Zeiten gewohnten Zärtlichkeit streichelte -, oder daran zu denken, von ihren Einkaufsfahrten ein wenig Abwechslung in mein schnödes Trockenfuttereinerlei nach Hause zu bringen, flattert sie förmlich vor Nervosität. Ständig ist sie zwischen Haus und Garten unterwegs. Die vergebliche Suche nach dem toten Wolf hat ihr den Rest gegeben. Ihr früheres geregeltes und ach so beschauliches Leben ist endgültig aus dem Gleichgewicht geraten. Dass anscheinend jemand den Toten weggeschafft hat, raubt ihr den Verstand. So sehr steht sie neben sich, dass ihr neuerdings Kaffee- oder Teetassen einfach aus der Hand rutschen. Sie sitzt oder steht da, greift nach der Tasse, um sich einen Schluck zu genehmigen, und zack, liegt die Tasse zerbrochen auf dem Boden und um sie herum die Lache des Gebräus. Das ist beunruhigend. Meine Herrin hat ihre Sinne nicht mehr beieinander. Wobei eine Regelmäßigkeit kaum feststellbar ist. Nicht jede Tasse fällt ihr aus der Hand.

Ihre Schwester hatte durch ihre Stippvisite allenfalls vorübergehend für Abwechslung gesorgt. Mit ihrem kühnen

Auswanderungsplan hatte sie die drei gründlich verblüfft. Richard entwickelte zu fortgeschrittener nächtlicher Stunde prompt die Idee, Patrick solle eine Weile in Felicitas' Hotel an der Costa Blanca verbringen, um mit der entsprechenden räumlichen Distanz endlich mit sich und seinem Leben ins Reine zu kommen. Richard hat die Daueranwesenheit des Hausfreundes eindeutig satt und sensiblere Gemüter als Patrick hätten diesen Vorschlag als Wink mit dem Zaunpfahl verstanden, seine Siebensachen zu packen und zu seiner Familie zurückzukehren. Doch Patrick wirkte völlig ahnungslos und war auf der Stelle Feuer und Flamme, der Einfall sei fabelhaft. Er plane sowieso, in absehbarer Zeit ein Buchprojekt in Angriff zu nehmen, und das in der Stille der Costa Blanca zu tun, sei absolut verlockend. Costa Blanca und Stille? Dass ich nicht lache. Anscheinend war er noch nie dort und wird sein blaues Wunder erleben auf seiner Suche nach schöpferischer Abgeschiedenheit.

Imogen hatte bei dem Gespräch allenfalls mit halbem Ohr hingehört, man konnte ihr direkt ansehen, dass sie gerade im Geiste den gesamten Garten nach Wolf absuchte und eine Liste der möglichen Exhumierer aufmachte. Erst als das Gespräch bereits um andere Themen kreiste, bemerkte sie wie aus heiterem Himmel, dass sie es nicht in Ordnung fände, wenn Patrick vor seinen Eheproblemen an die Costa Blanca flüchten würde. Felicitas, Richard und Patrick blickten daraufhin verdattert zu ihr. Imogen war offensichtlich mit ihren Gedanken ganz und gar nicht bei der Sache.

Der Abend war trotz allem gelungen verlaufen. Patrick war allenfalls in dem einen klaren Moment weniger euphorisch, als er zwischen zwei Gläsern Cognac realisierte, dass es schwierig werden würde, Veronica von der Ernsthaftigkeit seiner Absichten zu überzeugen, zu ihr und den Kindern zurückzukehren. Richard hatte ihm, sowie Veronica aus der Tür heraus war, brühwarm die verpatzte Versöhnung aufs Butterbrot geschmiert. Bei Imogen kam anschließend ebenfalls keine rechte Freude auf, eigentlich war sie nur halb anwesend, also körperlich durchaus, aber mit den Gedanken woanders. Da die anderen drei jedoch von Hölzchen auf Stöckchen kamen, zudem die Stimmung bei fortschreitendem Abend immer ausgelassener wurde, fiel ihre Einsilbigkeit höchstens am Rande auf. Arbeitslosigkeit belastet, und so war zumindest für Felicitas sonnenklar und deshalb nicht der Rede wert, warum ihre Schwester überaus bekümmert wirkte.

Sie steht im Badezimmer und schaut angestrengt in den Spiegel. Früher, wenn sie sich die Wimpern getuscht oder Lippenstift aufgelegt hatte, drehte sie sich oft zu mir um. Ich hocke gerne auf dem Rand der Badewanne und schaue ihr bei ihrer Schönheitspflege zu. Sie drehte sich zu mir um und streichelte mir über Nase und Kopf. Dabei sagte sie lauter nette Dinge. Wenn sie besonders liebevoll aufgelegt war und nicht in Eile, setzte sie sich zu mir auf den Rand der Wanne, und ich stieg auf ihren Schoß, wo ich mich niederließ und sie mich einige Minuten ausgiebig streichelte. Leider sind solche Momente, die früher zu den innigsten unseres Zusammenlebens gehörten, seit ein paar Wochen Geschichte. Imogen quält sich mit echten Problemen herum, da steht ihr der Kopf nicht nach Zärtlichkeiten. Sie wirkt dermaßen verändert, dass ich gerade in diesem Augenblick, wo sie ihr Spiegelbild betrachtet, das Gefühl habe, dass sie gar nicht sich anschaut, sondern tatsächlich durch sich hindurch.

Als Katze sind meine Erfahrungen mit Spiegeln zugegebenermaßen begrenzt. Wir brauchen kein Spiegelbild, um sicherzustellen, dass unsere Schönheitspflege gelingt. Das können wir blind, haben diese Gewissheit sozusagen in den Pfoten. Und dann sehen wir einfach gut aus. Imogen scheint ganz woanders zu sein. Auf ihrer Stirn, exakt mittig über der Nasenwurzel, ist eine unschöne steile Falte sichtbar. Ihre wunderschönen blauen Augen blicken glanzlos aus tiefen, dunklen Augenhöhlen. Was soll man anderes erwarten, wenn die Nachtruhe bereits seit Wochen empfindlich gestört ist und die Beunruhigungen kein Ende nehmen? Selbst an einer natürlichen Schönheit wie Imogen geht so etwas nicht spurlos vorüber. All die quälenden Sorgen und Unwägbarkeiten belasten, ebenso die zusätzliche Hausarbeit durch die Anwesenheit des Dauergastes Patrick. Der bemüht sich zwar neuerdings im Rahmen seiner Möglichkeiten um seinen Beitrag zu anfallenden häuslichen Verpflichtungen, doch ist dieser Rahmen arg bescheiden. Das alles ist ein bisschen viel für meine nervlich ohnehin überstrapazierte Herrin. Der reichlich überstürzt anmutende Aufbruch von Felicitas früh am Morgen hat sein Übriges getan zu Imogens derangiertem Allgemeinzustand. Nach bekannter Yuppie-Manier kippte ihre Schwester eine Tasse Espresso im Stehen herunter und verabschiedete sich, ohne einen Bissen gefrühstückt zu haben, geschäftig, geschäftig, mit einer kräftigen Umarmung von Imogen und sprach eine nochmalige herzliche Einladung nach Spanien aus.

Was sich anschließend abspielt, spottet jeder Beschreibung. Sobald Patrick mit seiner dünnen Vorlesungsmappe unter dem Arm pfeifend das Haus verlassen hat, wirft sich Imogen ihre Wintersteppjacke über und durchschreitet den Garten, die Augen starr auf den Boden gerichtet. Trotz Kälte und Schnee nimmt sie sich viel Zeit. Eingehend durchforstet sie den gesamten Erdboden des Gartens mit irrem Blick. Was sie umtreibt, ist nicht schwer zu erraten. Imogen ist rasend vor Unruhe, sie weiß nicht, wer den Toten ausgegraben hat, warum er das getan hat und wo Wolf nun steckt. Dies und die Tatsache, dass sich die Geologen für 15 Uhr zur Bodenprobe angemeldet haben, treibt sie fast in den Wahnsinn. Nicht erst seit heute zermartert sie sich das Gehirn, was passiert, wenn die Geologen zufällig ein Bekleidungsstück von Wolf im Garten finden oder gar ein Körperteil. Möglicherweise ist demjenigen, der Wolf ausgegraben hat, völlig durchgegangen, dass der Tote nur noch einen Schuh anhatte, oder dass ihm die Armbanduhr vom ausgemergelten Handgelenk gerutscht war. Oder es war ihm sowieso gleichgültig, da er Imogen mit der großen Beweissache Wolf in Kürze unter Druck setzen wollte.

Ist es möglich, dass einem Toten einfach ein Körperteil abfällt, sobald frische Luft an den Leichnam kommt? Imogen hat sich viele, teils zugegebenermaßen haarsträubende Gedanken gemacht. Jeden Moment rechnet sie damit, einen Fuß oder einen Finger zu finden. Nicht auszudenken wäre es, wenn an ihrer Stelle die Geologen auf etwas Verdächtiges stoßen würden. Leider hat sie keinerlei Vorstellung, wie die Entnahme einer Bodenprobe vor sich geht, womit ihrer Fantasie und den abenteuerlichsten Hirngespinsten Tür und Tor geöffnet sind. Sie hat es sich verkniffen, Richard und Patrick mit ihren Befürchtungen zu belasten. Je weiter die nächtliche Grabungsaktion vom Samstag wegrückt, umso mehr erscheint den beiden das Ganze irreal, für sie hat es nie einen Wolf, geschweige denn einen Toten hinten im Garten gegeben. Zwischen den dreien ist das Thema seit Sonntagmittag tabu. Und so ist Imogen wieder mit ihren Gedanken allein und allein in Aktion. Es reicht völlig, wenn sie selbst Zweifel an ihrem Geisteszustand hegt. Schritt für Schritt nimmt sie den Boden unter die Lupe, wobei sie mit der Unsicherheit leben muss, dass die dünne Schneedecke, die seit zwei Tagen den Garten pudert, manches bedeckt, was für die Polizei oder Privatermittler Sauer von Interesse sein könnte. Für den Nachmittag haben die Meteorologen eine stabile Witterung vorhergesagt, mit Tauwetter ist nicht zu rechnen. Als Imogen zum Haus zurückkehrt, erscheint Rudi an einem Fenster im Nachbarhaus. Er winkt.

»Ich sehe dich schon eine ganze Weile!«, ruft er herüber. »Was suchst du?«

»Ich hab meinen Ehering verloren«, gibt Imogen zurück. »Im Haus ist er nicht, habe alles abgesucht drinnen. Meine letzte Hoffnung war der Garten.« Sie schüttelt resigniert den Kopf.

»Wenn du willst, komme ich nachher mit den Kindern rüber, dann helfen wir dir beim Suchen«, bietet er an.

»Lass mal, aber danke trotzdem«, wehrt Imogen ab. »Hier draußen ist er definitiv nicht. Er muss irgendwo drinnen sein, ich habe wahrscheinlich nicht genau genug geschaut.«

Nach ihrer frustrierenden, erfolglosen Suche im Garten läuft sie in ihr Arbeitszimmer und googelt den Privatermittler Sauer. Beim Anblick seines braun gebrannten Gesichts, das gewinnend von seiner Homepage herunterstrahlt, rümpft sie die Nase. Allerlei interessante Gefälligkeiten gegen ansehnliche Bezahlung versucht Sauer dem Besucher seiner Seite schmackhaft zu machen, von Beschattungen über Inkassodienste bis hin zu Personensicherung. Als ihr Blick auf seine prüfenden blaugrauen Augen fällt, klickt sie hastig seine Homepage weg. Sein hartnäckiges und wiederholtes Erscheinen bei ihnen lässt Schlimmstes befürchten. Anscheinend verfolgt er eine Spur oder hat zumindest eine dunkle Ahnung, dass die Schweiger-von Stettens mit Wolfs Verschwinden zu tun haben. Oder kommt er ständig, weil es sonst keine Spur gibt? Einen Moment überlegt Imogen sogar, ob Sauer den Toten ausgegraben haben könnte, verwirft den Gedanken jedoch sofort als völlig abwegig. Sobald Sauer Wolfs Verbleib ausfindig gemacht hat, kassiert er sicher eine Extraerfolgsprovision. Die Mühe, ihn auszugraben und verschwinden zu lassen, kann er sich getrost sparen. Nein, Sauer sucht immer noch nach Wolf. Imogen klappt entnervt den Laptop zu.

Kurze Zeit später zieht sie sich Stiefel und Winterjacke an. Was hat sie vor? Bevor sie geht, öffnet sie die Hintertür für mich. Sie wird demzufolge nicht lange weg sein, sonst hätte sie mich nicht hinausgelassen. Mir kommt ein kleiner Ausflug durch den Garten sehr gelegen. Es ist zwar kalt, aber es schneit nicht mehr und der Schnee liegt keinen Zentimeter hoch. Mein Pelzmantel sorgt dafür, dass es mir weder zu warm noch zu kalt ist, und das Durchschreiten der dünnen Schneedecke bereitet keinerlei Mühe. Im Gegenteil, ich genieße die kühle Luft und den Schnee als angenehm erfrischende Abwechslung. Wer will denn dauernd hinter dem warmen Ofen sitzen, wenn das Leben draußen so viel zu bieten hat. Auch ich rätsele, wer Wolf aus dem Beet geschafft haben könnte. Mein Rundgang mit Imogen vorhin durch den Garten hat da nicht die Erleuchtung gebracht. Es ist mir völlig schleierhaft, wer Wolf ausgegraben hat und wann. Das ist nun eindeutig Imogens Schuld. Gäbe es an der Hintertür eine Katzenklappe, hätte ich zumindest die Chance gehabt, mitzubekommen, wer dort hinten aktiv war. Einen toten Menschen gräbt man schließlich nicht von einer Minute auf die andere aus. Es ist albern, zu meinen, dass ich jede Menge totes Viehzeug unbeobachtet ins Haus schleppen würde, könnte ich Tag und Nacht durch eine Katzenklappe schreiten. Jedenfalls wäre ich dann nicht über weite Teile des Tages im Haus eingesperrt, oder, wenn es der Zufall will, im Garten ausgesperrt. Meistens bin ich im Haus eingesperrt, also durch das Nichtvorhandensein einer Katzenklappe einem Gutteil meiner Selbstbestimmung und, wie man gerade jetzt erkennen kann, wichtiger Einsichten beraubt. Übrigens kann ich genauso wenig entdecken, was auf den Abtransport Wolfs durch eine fremde Person schließen lässt. Die dünne Schneedecke verhüllt sicher einige Spuren. Doch ich könnte darauf wetten, dass Wolf bereits vor dem Schneefall ausgegraben wurde. Viel spricht dafür, dass er noch dort lag, als Muschi während der ersten Tage bei uns war und Ewigkeiten am Gemüsebeet hockte. Während unserer letzten gemeinsamen Ausflüge durch den Garten kam sie fast nie bis nach hinten mit und in den seltenen Fällen hielt sie nichts mehr am Gemüsebeet. Nach meiner Kalkulation liegt Wolf dort seit mindestens einer Woche nicht mehr.

Seit Muschi bei Herrn Müller das süße Leben genießt, kommt sie kaum in den Garten. Anscheinend ist ihr zu kalt oder Herr Müller sperrt sie ein, aus Angst, ihr könnte draußen etwas zustoßen. Vielleicht will er so vermeiden, gleich zwei Frauen innerhalb kürzester Zeit zu verlieren. Letztens sah ich sie am Wohnzimmerfenster nebenan sitzen, sie schaute ein Weilchen heraus, sprang dann von der Fensterbank und tauchte im Dunkel des Hauses ab. Wahrscheinlich hängen die beiden so aneinander, dass Muschi über ihr neues Glück alte Freunde ganz vergessen hat. Trotzdem beschließe ich, ihr einen Besuch abzustatten. Ich springe auf das Fensterbrett des großen Wohnzimmerfensters und blicke aufmerksam durch den Raum. Ingo Müller ist nicht zu sehen, aber Muschi liegt zusammengerollt auf einem der Sessel und schlummert mit zufriedenem Gesichtchen. Sie wirkt überaus imposant. Seit ich sie das letzte Mal sah, hat sie erheblich an Gewicht zugelegt. Das gute Leben bekommt ihr nur bedingt. Dass manche Leute gleich so maßlos über die Stränge schlagen müssen, sobald es ihnen besser geht. Ich maunze laut und vernehmlich und fordere sie auf, herauszukommen und eine Runde mit mir zu laufen. Doch Muschi öffnet nur mühsam ein Auge, blinzelt träge und fällt dann wieder in einen tiefen Schlaf. Hoffentlich ist sie nicht krank oder steht unter Drogen. Ich springe von der müllerschen Fensterbank herunter, da ist wohl nichts zu machen, Muschi lässt sich nicht aktivieren.

Bis Imogen nach Hause kommt, streife ich ziellos durch die Gärten, schaue bei den Petersens durch das Küchenfenster, keiner da, und inspiziere eingehend Rudis Gartenschuppen, unter dem ich letztens ein äußerst ergiebiges Mäusenest aufgetan hatte. Nachdem ich Muttermaus und Vatermaus nach endloser Warterei endlich erwischt hatte, waren die Kleinen leichte Beute gewesen und einfach köstlich. Ich vermute, dass sich mein Massaker im Nachbargarten herumgesprochen hat, jedenfalls hat bisher keine neue Mäusefamilie die Räumlichkeiten unter Rudis Geräteschuppen bezogen. Frustriert ziehe ich ab.

Wo Imogen nur bleibt? Mir ist zwar nicht kalt, aber so langsam könnte ich ein paar Happen vertragen. Die Natur bietet im Winter leider nur spärlich Kost, abgesehen von ein paar erfrorenen Vögeln, die meistens krank waren und daher nicht sonderlich schmackhaft sind, und allenfalls sehr wenigen Mäusen, die unvorsichtig genug sind, neugierig ihre spitzen Nasen aus ihren sicheren Winterquartieren zu stecken, weil sie ein bisschen frische Luft schnappen wollen. Endlich höre ich Imogens Stimme von der Hintertür, sie ruft nach mir. Das wurde auch allmählich Zeit.

In der Küche räumt sie ihre Einkäufe in den Kühlschrank. Sie hat einen Becher ihres Lieblingsjoghurts aufgerissen und nascht davon zwischendurch hin und wieder einen Löffel, während sie die Tüten entleert. Im Flur klingelt das Telefon.

»Ah, Richard, du bist's. Ja, die können mich mal«, höre ich Imogen bald erbost sagen. »Mit einem Essen im Restaurant ›Bergischer Löwe‹ können sie nicht darüber hinwegtäuschen, dass sie unsere Grundstücke für einen wahren Spottpreis kriegen. Den Gefallen habe ich ihnen nicht getan. Im Grunde war sowieso alles beschlossene Sache, die Zusammenkunft des Bauausschusses heute Morgen nur noch eine Formalie. Der Geschäftsführer des Krankenhauses wollte bei Rudi, Herrn Müller und mir schön Wetter machen. Die Einladung beim Griechen im Bergischen Löwen konnte er sich wirklich sonst wohin stecken. Rudi ist gleich zu seinem nächsten Termin gefahren, ich habe eingekauft. Herr Müller hat sich einladen lassen, er ist ja mit allem einverstanden. Also die Sitzung hätte ich mir schenken können.« Imogen lauscht nun eine ganze Weile in den Hörer.

»Du hast ja recht«, seufzt sie. »Ich werde gleich mal ein bisschen telefonieren.« Sie hört Richard wieder eine Weile zu.

»Mach dir keine Gedanken«, beendet sie das Gespräch. »Ich jage Frau Staufenbiel ganz bestimmt keine Kunden ab. Die kommen schon ganz von selbst.«

Imogen will tatsächlich Ernst machen mit ihrem Vorhaben, der Immobilien Staufenbiel GmbH Konkurrenz zu machen. Ihre anschließenden Telefonate weisen eindeutig in diese

Richtung. Mit einem Grafiker vereinbart sie einen Termin zur Erstellung einer Webseite und eines Logos für ihre Immobilienfirma und bei einem Software-Händler bestellt sie das Immobilienprogramm Lagler und erkundigt sich, ob die gegenwärtige Speicherkapazität ihres Computers ausreicht. Dann sucht sie im Internet bei der Telekom einen Anrufbeantworter aus, der zu ihrer vorhandenen Telefonanlage passt, und formuliert einen Text für das regionale Anzeigenblatt. Schließlich soll die Welt wissen, dass es sie und ihre Firma gibt. Imogen lässt nichts anbrennen. Sofort stürzt sie sich in Arbeit, was gut ist, weil es sie von der unseligen Geschichte mit Wolf ablenkt. Sie schaut nach vorn, plant, telefoniert, organisiert und ist dabei in ihrem Element. Nur ab und zu hält sie zwischendurch einen Moment inne, so ganz kann sie Wolf anscheinend nicht vergessen, was kein Wunder ist. Zu frisch sind die Eindrücke von Sonntagnacht, zu ungewiss, was in dieser Sache als Nächstes geschehen wird. Ob überhaupt irgendetwas geschieht? Imogen beschriftet gerade einige Aktenordner. Je nachdem, wie gefragt ihre Dienste als freie Immobilienmaklerin mit eigenem Büro sein werden, muss sie von vornherein gut planen, wenn nicht sofort das heillose Chaos losbrechen soll. Am Anfang will sie aus Kostengründen keine Mitarbeiter einstellen. So sehr nimmt Imogen ihre neue Arbeit in Beschlag, dass sie das Klingeln nicht hört. Erst nachdem es kurz darauf noch einmal klingelt, läuft sie die Treppe hinunter zur Haustür.

Draußen steht eine Frau um die sechzig mit kurzen grauen Haaren. Sie hat ein ziemlich faltiges Gesicht und trägt ein rotes wollenes Dreieckstuch um Hals und Schultern, das einen auffallenden farblichen Kontrast bildet zu ihrem dunklen Ledermantel und den schwarzen Lederstiefeln. Imogen hat den ersten Impuls, die Tür, sowie sie sie geöffnet hat, sofort wieder zuzuknallen. Sie ist nicht zu Gesprächen über die Bibel aufgelegt und kann es auf den Tod nicht ausstehen, von Hausierern oder anderen Bittstellern an der Haustür bedrängt zu werden, sei es zum Kauf von irgendwelchen

Waren oder zu Spenden jedweder Art. Doch die Frau vor der Tür hält nichts in der Hand. An ihrem Revers pappt kein Ausweis und insgesamt wirkt sie zumindest auf den ersten Blick nicht, als ob sie bereits seit Stunden draußen in der Kälte unterwegs sei und sie drauf und dran ist, gerade die 99. Tür des heutigen Tages vor der Nase zugeschlagen zu bekommen.

»Auf ein Wort, Frau Schweiger-von Stetten«, sagt sie mit unsicherem Lächeln. »Entschuldigen Sie bitte mein unangekündigtes Erscheinen. Mein Name ist Sylvia Spohrmann. Es geht um meinen Mann.« Sie nickt Imogen zu und bleibt abwartend auf der Treppe stehen. Imogen stutzt einen Moment überrascht, dann reicht sie Frau Spohrmann die Hand.

»Guten Tag, Frau Spohrmann, ich hoffe, Ihr Mann ist wieder da.«

»Nein.« Sylvia Spohrmann schüttelt den Kopf. »Herr Sauer hat mir berichtet, dass Sie auch nichts von Wolf gehört haben. Ich dachte mir, ich komme trotzdem selbst bei Ihnen vorbei. Vielleicht können Sie mir den einen oder anderen Hinweis geben, wo er sich aufhalten könnte.«

Imogen zuckt bedauernd die Schultern. »Kommen Sie doch ins Warme. Ich habe leider nicht viel Zeit.« Sie führt Wolfs Exfrau in die Küche und bietet ihr eine Tasse Kaffee an. »Sie und Wolf sind geschieden?« Imogen blickt der Frau gegenüber direkt in ihre offen und freundlich wirkenden dunkelbraunen Augen.

»Fast, nächste Woche ist der Scheidungstermin. Ich weiß mir nicht anders zu helfen, als zu Ihnen zu kommen. Wolf hatte nicht viele Bekannte außerhalb seines beruflichen Umfeldes.«

»Wie kommen Sie darauf, dass ich zu seinen Bekannten zähle?«, fragt Imogen überrascht. »Wenn meine Adresse in seinem Notizbuch stand, wundert mich das sehr. Ich habe das bereits Herrn Sauer gesagt. Wir waren damals ungefähr zwanzig Leute im Kursus für Existenzgründer. Ihr Mann kam einige von uns ein paar Mal zu Hause besuchen, ganz spontan und ohne weitere Verabredungen. Vielleicht hatte er zu den anderen Teilnehmern engeren Kontakt?«

»Haben Sie zufällig deren Adressen?«

»Nein, ich habe alle aus den Augen verloren«, erklärt Imogen. »Jedenfalls muss Ihr Mann bedeutend bessere Bekannte und Freunde gehabt haben als mich. So einsam kann er doch nicht gewesen sein. Sie als seine Frau haben sicher andere Anhaltspunkte.«

»Leider nein. Der letzte Anhaltspunkt ist, dass er im Immobilienbüro unten in der Stadt nach Ihnen gefragt haben soll«, entgegnet Frau Spohrmann ratlos. »Sie müssen verstehen, dass ich mich in einer etwas prekären Lage befinde. Ich habe seit drei Jahren keinen Kontakt zu ihm gehabt. Mit so einem Schürzenjäger wollte ich nichts zu tun haben. Wir haben vor mehr als zehn Jahren unsere gemeinsamen Besitztümer bis auf das Haus aufgeteilt, uns aus finanziellen Gründen aber nicht scheiden lassen. Das will ich jetzt nachholen, da ich meinen Freund heiraten möchte. Es war purer Zufall, dass ich überhaupt bemerkt habe, dass Wolf länger nicht zu Hause war. Er ist zu einem Vorbesprechungstermin mit unseren Anwälten nicht gekommen, da bin ich zu unserem Haus gefahren.« Frau Spohrmann hat sich mittlerweile erhoben und macht Anstalten, zu gehen.

»Es tut mir sehr leid, dass ich Ihnen nicht helfen kann«, sagt Imogen bedauernd. »Ich weiß wirklich nicht, wo er ist.«

»Ja, es war nur so ein Versuch.« Frau Spohrmann sieht plötzlich sehr müde aus. Sie tritt vor die Haustür. Der dumme Zufall will es, dass Muschi ausgerechnet in diesem Moment nebenan am Hause Müller vorbeistreift. Frau Spohrmann hat sie gesehen, obwohl Imogen krampfhaft versucht hat, die Blicke der Frau auf sich zu lenken. »Haben Sie die gerade gesehen?«, fragt Wolfs Exfrau und deutet mit der Hand in Muschis Richtung. »So eine hatte Wolf auch, seine war nur kleiner. Ein furchtbares Vieh war das, total quengelig, und überall flogen die langen Katzenhaare herum. Er hat sie nach Strich und Faden verwöhnt. Das war glücklicherweise nach meiner Zeit. Männer ...« Sie schüttelt abschätzig den Kopf und gibt Imogen die Hand. »Danke für Ihre Geduld«, verabschiedet sie sich. Kurze Zeit später biegt sie auf dem Bürgersteig links ab Richtung Stadtzentrum.

»Das war knapp«, folgert Imogen, als sie die Haustür zumacht. Hoffentlich hat sie künftig ihre Ruhe vor Frau Spohrmann und dem Privatermittler. Sie weiß ja tatsächlich nicht, wo Wolf steckt, und musste die arme Frau, die nun vermutlich gezwungen ist, mit dem unauffindbaren Schürzenjäger liiert zu bleiben, nicht einmal anlügen.

Ihren Gedanken nachhängend und mit sichtlichen Gewissensbissen kehrt Imogen in ihr Arbeitszimmer zurück. Zufrieden nimmt sie ihr bisheriges Werk in Augenschein. Mehr kann sie heute nicht tun. Ohne Logo, Internetpräsenz und entsprechende Software ist an effektives Arbeiten nicht zu denken. Die entscheidenden Schritte sind eingeleitet. Nach den letzten hektischen Wochen will sie versuchen, auszuspannen, die Dinge einfach auf sich zukommen lassen. Dass die Geologen am Nachmittag die Bodenproben nehmen, ist noch einmal ein Aufreger, aber danach wird es sicher ruhiger. Selbstverständlich wird sie keine Ruhe geben, bis sie herausgefunden hat, wer Wolf ausgegraben hat und wo er sich nun befindet. So ist sie nun einmal. Wenn ich sie anblicke, sehe ich förmlich, wie sich die Gedanken in ihrem Kopf überschlagen. Dass sie jemand mit der Leiche erpressen will, glaubt sie nicht mehr ernsthaft. Um sie zu erpressen, hätte derjenige den Toten nicht wegschaffen müssen. Also wollte ihr der Unbekannte mit der Beseitigung der Leiche helfen. Nur wer kann das gewesen sein? Wem ist sie so wichtig, dass er für sie eine Leiche verschwinden lässt? Nach wie vor fallen ihr nur Richard und Patrick ein. Richard ist in letzter Zeit oft abends weg. Die Jugendgruppen in der katholischen Pfarrgemeinde finden regulär nur einmal die Woche statt. Jana Rosenthal telefoniert auffällig oft mit ihm privat. Entweder sie versucht, Richard zu verführen oder hat es möglicherweise schon geschafft. Oder Richard brauchte ihre Hilfe, um Wolfs Leiche verschwinden zu lassen. Dieser Gedanke ist abstrus. Sein Vertrauen in die kleine Schlampe kann unmöglich so groß sein, dass er mit ihr eine Leiche verschwinden lässt. Und wenn doch, was passiert, wenn Frau Rosenthal dieses Vertrauen missbraucht und die Leiche benutzt, um Imogen für Jahre hinter Gitter zu bringen? Dann hätte sie im Hinblick auf Richard freie Bahn. Oder machen die beiden gemeinsame Sache, um Imogen ins Gefängnis zu bringen? Imogen schüttelt bei diesem Gedanken angewidert den Kopf. So ist Richard nicht. Augenblicklich bekommt sie ein schlechtes Gewissen, dass sie eine solche Niederträchtigkeit seinerseits überhaupt in Erwägung zieht. So kann sie sich in ihm nicht getäuscht haben. Er betrügt sie nicht mit dieser kleinen, billig hochgestylten, für ihn überdies viel zu jungen Sekretärin. Das ist einfach nicht sein Stil. Gerade, als Imogen überlegt, wie sehr es sie menschlich treffen würde, wenn Richard sie wider Erwarten doch betrügt, sei es mit der Rosenthal, sei es mit irgendeiner anderen Frau, hört sie unten das Schlagen der Haustür und Schritte. Patrick ist aus der Universität zurück. Vielleicht hat er Hunger und Appetit auf ein gemeinsames Mittagessen.

In der Küche brennt seit einiger Zeit die Luft. Jedes Mal, wenn Imogen an der geschlossenen Tür vorbeigeht, hört sie die Stimmen von Patrick und Veronica aufgeregt und laut durch die Wand. Er hat Veronica zur Aussprache gebeten und sie ist gekommen. Anscheinend nehmen die zwei ihre Sache ernst, mal ist es sehr laut in der Küche, mal herrscht Stille. Es gibt viel zu sagen und viel zu bedenken. Imogen ist froh, dass sie endlich miteinander reden. Sie hat Patrick gern, auch gerne um sich, aber eine Dauerlösung kann sein Aufenthalt im Gästezimmer nicht sein. Richard wird allmählich ungeduldig, und dann liebt Patrick seine Familie schließlich, und vor allem braucht Veronica mit den Säuglingen einen einsichtigen, verständnisvollen, mithelfenden Ehemann. Dem Lärmpegel nach zu urteilen, wird es eine Weile bei den beiden dauern. Es ist überwiegend laut in der Küche. Vieles, was in den letzten Wochen und Monaten ungesagt blieb, muss nun heraus. Die mit mehr Ruhe einhergehende Versöhnungsphase ist noch nicht eingeleitet. Dass sie in der Küche sitzen, kommt übrigens nicht von ungefähr. Patrick wollte ursprünglich das Wohnzimmer für das Gespräch in Beschlag nehmen, einfach um Veronica nicht den Eindruck zu vermitteln, dass er sich in ›seinem‹ Zimmer oben unter dem Dach häuslich eingerichtet hat. Er ist nicht hier zu Hause, sondern bei Veronica und den Kindern. Deshalb wollte er mit Veronica wie Besucher im Wohnzimmer sitzen. Imogen, die damit rechnen musste, dass die Aussprache länger dauert, hat die zwei in die Küche umgelenkt. Sie selbst beabsichtigt nämlich, vom Panoramafenster des Wohnzimmers aus, das einen vorzüglichen Überblick über den Garten bietet, die Geologen zu beobachten. Deren Eintreffen ist bereits überfällig. Voller Unruhe rennt sie von einem Raum in den nächsten.

Es ist schon lange nach 15 Uhr, als es an der Haustür klingelt. Doch anstelle eines Trupps ausgewachsener Männer mit Spaten, Hacken und schwarzen großen Koffern für die Bodenproben steht draußen vor der Tür eine Imogen nur allzu gut bekannte Person mit weißer Strickmütze, schwarzen Fingerhandschuhen aus Leder, einem langen, taillierten Wollmantel, schwarzer Hose und überaus eleganten hochhackigen Stiefeln. Ihr blasses, ausgemergeltes Gesicht lässt ihre riesigen schwarzen Augen und das schwarz gefärbte Haar heute wesentlich dunkler und unheilvoller erscheinen als sonst. Über zig Jahre durchwachte Nächte, das stete Sich-Aufreiben im Dienste der Kunden, die beständige Jagd nach einträglichen Geschäften sowie das Bemühen, mitunter unsaubere Geschäftspraktiken geschickt unter den Teppich zu kehren, hinterlassen sichtbare Spuren. Erika Staufenbiel setzt ihr gewinnendstes Lächeln auf, als Imogen ihr verdattert ins Gesicht blickt.

»Frau Schweiger-von Stetten, ich muss unbedingt noch

einmal mit Ihnen sprechen«, haucht Erika Staufenbiel Imogen atemlos ins Ohr, als sie ihr mit großer Geste um den Hals fällt. »So können wir uns nicht trennen. Nach so guter Zusammenarbeit.«

Imogen befreit sich mit einiger Mühe aus der klammernden Umarmung ihrer ehemaligen Chefin und bittet sie ins Haus. Wischte sich Erika Staufenbiel da gerade eine Träne der Rührung aus dem Augenwinkel? Ihr schauspielerisches Potenzial hatte Imogen mehrfach in der Vergangenheit bewundert. Meist legte die Staufenbiel es an den Tag, wenn sie wieder einmal einen Mitarbeiter feuerte und das so unendlich, unendlich bedauerte, dass sie leider Gottes keine andere Wahl hätte. Ihre Krokodilstränen sind vielfältig einsetzbar.

»Ich habe nicht viel Zeit«, bemerkt Imogen kühl und bemüht sich um einen möglichst neutralen Gesichtsausdruck.

»Oh, ich halte Sie nicht lange auf«, versichert Frau Staufenbiel und blickt sich mit ihren großen eulenartigen Augen neugierig um. »Ich wusste gar nicht, in was für einem prächtigen Haus Sie wohnen. Es gibt zwar einiges zu tun hier ... Zurzeit würde es lukrativer sein, nur das Grundstück zu verkaufen, das alte Haus bringt nichts, im Gegenteil. Aber wenn es vernünftig in Schuss gebracht wird ... Ist das Eigentum?«

Imogen nickt stumm. Erika Staufenbiel ist im Flur stehen geblieben und beäugt überaus aufmerksam die Eichenvertäfelung des Treppenhauses und die dunkle, massive Holztreppe. Wie sie so dasteht und mit taxierendem Blick das Haus in Augenschein nimmt, sind ihr förmlich die Geldscheine anzusehen, die hinter ihrem inneren Auge gerade einen immer höher anwachsenden Stapel bilden.

Einen langen Augenblick ruhen die Augen der Maklerin auf Tante Johannas Porträt an der Wand am ersten Treppenabsatz. Es ist ein Ölgemälde, das die Tante in Lebensgröße zeigt. Frau Staufenbiel deutet mit einem Nicken darauf.

»Ein schönes Bild. Wer ist das?«

»Meine Tante, sie hat mir dieses Haus vererbt«, antwortet Imogen kurz angebunden.

»Eindeutig eine Frau mit Geschmack«, urteilt Frau Staufenbiel mit anerkennendem Augenaufschlag.

»Wir gehen am besten ins Wohnzimmer«, sagt Imogen, fasst die Maklerin am Arm und führt sie aus dem Flur. »Freunde von mir haben in der Küche ein Gespräch, da können wir jetzt nicht stören. Ich kann Ihnen deshalb auch nichts zu trinken anbieten.« Das ist sicher eine gute Ausrede und keine schlechte Methode, Erika Staufenbiel schnell loszuwerden. Wer einen Privathaushalt betritt und nicht einmal ein Glas Wasser angeboten bekommt, muss sich unwillkommen fühlen und bleibt garantiert nicht lange. Erika Staufenbiel ist in dieser Hinsicht hartgesotten. Sie macht eine wegwerfende Handbewegung. Sie brauche nichts, eben habe sie im Büro während eines Kundengesprächs wieder einmal viel zu viel Kaffee getrunken.

»Das Einzige, was ich brauche, sind Sie, meine liebe, liebe Frau Schweiger-von Stetten«, säuselt sie und lächelt wie ein Honigkuchenpferd. Sie wirft Imogen einen fast schmachtenden Blick zu, doch die kennt die Maschen ihrer Chefin zur Genüge, so einfach lässt sie sich von deren überschwänglichen Schmeicheleien nicht blenden. Sie bietet ihr einen Platz an. Erika Staufenbiel mustert hingegen mit unverhohlen interessierten Blicken die Räumlichkeiten. »Einen großen Garten haben Sie da. Das sind ja mindestens ...«

»3.000 Quadratmeter«, ergänzt Imogen und blickt ebenfalls zum Fenster. Im Garten ist jemand. Wie vom Donner gerührt starrt sie durch das Panoramafenster. Hinten auf der Wiese steht ein fremder Mann und schaut sich aufmerksam um. »Entschuldigen Sie mich einen Augenblick, Frau Staufenbiel. Ich muss mal eben sehen, was der Fremde da bei uns im Garten will.« Erbost öffnet Imogen die Terrassentür und rennt in Hausschuhen, dünner Bluse und Jeanshose nach draußen. Der Mann hockt mittlerweile am Boden und gräbt mit einer kleinen Schaufel im Schnee.

»Wer sind Sie und was machen Sie hier?« Imogen blickt mit bitterböser Miene auf den Fremden, der sich nun mühsam erhebt. Er hat grau meliertes, volles Haar, ein rotes, wettergegerbtes Gesicht und trägt einen dicken Parka und eine grüne Cordhose, sowie schwere schwarze Schuhe.

»Becker ist mein Name, Günther Becker, geologisches Landesamt. Ich nehme hier Bodenproben, wie angekündigt«, sagt er und blickt unsicher lächelnd zu Imogen. »Ich dachte, Sie wissen Bescheid. Ich bin über das Nachbargrundstück gekommen.« Er deutet mit der Hand auf Rudi Petersens Grundstück, von dem aus von jeher eine riesige Lücke im Zaun klafft, durch die sogar ein Mensch problemlos von einem Grundstück zum anderen gelangen kann.

»Und ich dachte, man meldet sich ordnungsgemäß an, wenn man fremde Grundstücke betritt und sagt erst einmal Guten Tag«, mäkelt Imogen übellaunig.

»Guten Tag«, holt Günther Becker mit betretener Miene nach und gibt Imogen die Hand. »Es tut mir leid, wenn ich Sie erschreckt habe.«

»Schleichen Sie sich immer von hinten auf Grundstücke?«, kritisiert Imogen bereits besänftigter. »Wo sind die anderen?«

»Ich wollte Sie nicht stören«, rechtfertigt sich Herr Becker achselzuckend. »Als ich den Durchgang sah, dachte ich, das ist in Ihrem Sinne. Das Ganze hier geht ruck, zuck und danach haben Sie Ihre Ruhe vor mir. Aber von welchen anderen reden Sie?«

»Na, Ihre Kollegen.«

»Ich bin allein«, erklärt Herr Becker und nickt. »Das geht, wie gesagt, alles ganz schnell. Und schon bin ich weg. Ich brauche nur ein paar Minuten, mit Ihrer freundlichen Erlaubnis ...?« Er deutet auf seine Schippe und ein paar kleine Kästen im Schnee.

»Natürlich. Dann bin ich mal wieder drinnen«, lenkt Imogen ein, die gerade registriert, wie kalt es ist.

»Ich gehe nachher so, wie ich gekommen bin«, sagt Herr

Becker lächelnd. »Einen schönen Tag wünsche ich Ihnen.«

»Ebenso.« Imogen nickt und wendet sich dem Haus zu. Mit Genugtuung hat sie bemerkt, dass der Geologe seine Proben in einiger Entfernung vom Gemüsebeet nimmt. Dort, wo er hockt, kann er zig Proben nehmen, ohne dass es für sie bedenklich wird.

Als sie verfroren ins Wohnzimmer zurückkehrt, schenkt Erika Staufenbiel ihr von der Couch her ein anerkennendes Lächeln.

»Sie haben hier ein wunderschönes altes Haus«, zwitschert sie gönnerhaft. »Wenn Sie irgendwann einmal verkaufen möchten, zögern Sie nicht, auf mich zuzukommen. Ach, was rede ich ... Das Geschäft würden Sie sich ja selbst nicht entgehen lassen.« Sie lacht.

Imogen nickt zerstreut und setzt sich ihrer Exchefin schräg gegenüber, um den idealen Blick aus dem Fenster in den Garten zu haben. Der Geologe hockt an derselben Stelle. Er hantiert mit irgendwelchen Gegenständen, zieht etwas aus seiner großen dunklen Tasche und steckt anderes hinein. Imogen richtet ihren Blick vom Fenster auf die Maklerin, die sie aufmerksam betrachtet.

»Frau Schweiger-von Stetten«, hebt sie feierlich an, »ich bin gekommen, um Sie zu fragen, ob Sie nicht doch bei uns bleiben möchten. Wir beide haben uns so gut verstanden.«

»Ja«, sagt Imogen geistesabwesend. Sie schaut Erika Staufenbiel einen Moment konzentriert in die dunklen, funkelnden Augen, dann gleitet ihr Blick weiter in den Garten. Der Geologe hat seinen Standort geändert. Er geht sehr viel weiter hinten im Garten in die Hocke. Immer noch ist er viele Meter vom Gemüsebeet entfernt.

»Sie waren richtig gut im Geschäft«, stellt Erika Staufenbiel gerade fest. »Tatsächlich sind Sie meine beste Mitarbeiterin in der Vermietung.« Sie lächelt anerkennend. »Die Arbeit hat sich zweifellos für Sie gelohnt, ich meine auch finanziell. Und selbst wenn eine Vermietung mal gescheitert ist, haben Sie viele interessante Leute kennengelernt.«

Imogen schaut vom Fenster weg. Vor ihrem inneren Auge zieht eine ganze Karawane von Leuten lang, angeführt von jenem unsäglichen Hochstapler, dem Inhaber einer kleinen Firma für Billigtextilien, der eine Villa in Köln-Marienburg für 3.000 Euro im Monat mieten wollte und stolz erzählt hatte, er habe im Laufe seines Berufslebens mehr als fünf Einfamilienhäuser verzockt. Schillernde Gestalten hat sie tatsächlich einige getroffen. Aber ist es wirklich ein Gewinn, solche Leute zu kennen?

Imogen richtet ihren Blick nun fest auf ihre ehemalige Chefin. »Es ist total mühselig für Sie zu arbeiten. Ist Ihnen das eigentlich klar? Ständig stellen Sie neue Leute ein, und keiner hat mehr den Durchblick. Sie haben ja am Sonntag selbst gesehen, wohin das führt. Ich war zum falschen Termin bestellt und mein Sonntag war kaputt. Das war nicht das erste Mal, dass Informationen falsch oder gar nicht an mich weitergegeben wurden, und ich muss regelmäßig die Konsequenzen ausbaden. An den Kunden geht das nicht spurlos vorüber, die merken sofort, wenn die Dinge nicht so laufen, wie sie sollten. Ihre Wut bekomme dann ich ab, klar, wer sonst? Ich bin ja die Einzige, die sie sehen, der ideale Blitzableiter, wenn irgendetwas schiefgeht. Grundsätzlich kann ich das ab. Aber da kein Ende des Chaos in Sicht ist, bin ich nicht bereit, auf Dauer meinen Kopf hinzuhalten. Unter solchen Bedingungen kann und will ich nicht arbeiten.«

Imogen sieht erneut aus dem Fenster. Momentan hält sich Geologe Becker gefährlich nah am Gemüsebeet auf. Er blickt sich aufmerksam um und bückt sich nach etwas. Imogens Herz setzt zwei Schläge aus. Wie gebannt starrt sie aus dem Fenster. Ihr Herz pocht laut in ihren Ohren. Imogen wirft Erika Staufenbiel einen flüchtigen Blick zu, die ihren Mund bewegt, doch anscheinend nichts sagt, jedenfalls hört Imogen nichts, nur ihren eigenen Herzschlag. Befremdet schaut sie wieder aus dem Fenster. Becker hat sich mittlerweile aufgerichtet, er greift nach seiner Tasche, umrundet das Gemüsebeet halb und geht geradewegs zu Rudis Grundstück. Imogen kann ihn nun nicht mehr sehen. Sie ist sicher, dass er in exakt diesem Augenblick die Lücke im Zaun durchschreitet.

»... uns in einer Umbruchphase«, hört Imogen Erika Staufenbiels Stimme wie von Weitem, nun langsam näher kommend in ihren Ohren. »Wir haben Großes vor in der Firma und Sie sind ein wichtiger Baustein für das Gelingen.« Frau Staufenbiel nickt Imogen großartig zu. »Wir brauchen Sie, Frau Schweiger-von Stetten. Sie sind Teil meines Teams der Zukunft.«

»Ein Team, das ausschließlich aus Aushilfskräften besteht und aus Selbstständigen, die von ihren Einkünften bei Ihnen nicht leben können«, fügt Imogen spitz hinzu. »Nein, Frau Staufenbiel. Ich bleibe bei meinem Entschluss.«

Erika Staufenbiel sieht ein paar Sekunden lang geradezu entsetzt aus.

»Ich bedauere das außerordentlich«, sagt sie tonlos. »Ich weiß, dass Sie und Frau Sorg gut befreundet sind. Ist das der Grund, warum Sie nicht mehr wollen?«

»Auch, aber nicht nur. Ich habe Ihnen mehrfach erklärt, wieso diese Arbeit für mich keinen Sinn mehr macht.« Imogen zuckt mit den Schultern. »Als Frau Sorg da war, funktionierte der Laden jedenfalls. Ich danke Ihnen für Ihr Vertrauen. Ich habe zeitweise ganz gerne für Sie gearbeitet und dabei einiges gelernt.« Imogen erhebt sich. Erika Staufenbiel schaut sie aus großen, dunkel funkelnden Augen bedauernd an.

»Schade«, bekennt sie. »Sie hätte ich gerne noch eine Weile behalten.«

»Alles nur eine Frage der Zeit, nicht wahr?« Imogen lächelt dünn. »Ich wünsche Ihnen alles Gute, Frau Staufenbiel.«

»Ich wünsche Ihnen das Gleiche. Und sollten Sie es sich anders überlegen, Sie wissen, wo Sie mich finden.« Erika Staufenbiel schreitet mit hängenden Schultern zur Haustür. Niederlagen verkraftet sie für gewöhnlich nur schwer. »Was wollen Sie denn jetzt eigentlich machen?« Sie schaut Imogen neugierig ins Gesicht.

»Sie werden lachen«, erwidert Imogen mit bedeutungsvollem Augenaufschlag, »heute Vormittag habe ich eine Firma gegründet, die Immobilien Schweiger-von Stetten GmbH.« Als sie den Firmennamen hört, zuckt Erika Staufenbiel merklich zusammen, doch ist er ihr keinen Kommentar mehr wert. Sie hat begriffen, dass sie verloren hat, und viel schlimmer, sie weiß, dass die Konkurrenz nicht schläft, im Gegenteil, die Einschläge kommen für Erika Staufenbiel immer näher. Ohne sich umzublicken und ohne ein weiteres Wort zu verlieren, verlässt sie das Haus. Imogen sieht ihr einen Moment hinterher, dann schließt sie behutsam die Tür und geht ins Wohnzimmer zurück.

Mit einer Tasse Kaffee in der Hand steht sie im Flur und schaut zu, wie Patrick seine Siebensachen in den Karton räumt, der ihm gerade auf der Treppe aus den Händen gerutscht ist. Er räumt seit mehreren Stunden seine Sachen aus dem Gästezimmer. Imogen ist überrascht, wie viel Zeug er in den paar Wochen dort oben angehäuft hat. Am Tag seines Einzugs hatte er lediglich drei Reisetaschen dabei, jetzt schleppt er seine Habseligkeiten kistenweise nach draußen. Sie beobachtet kopfschüttelnd das unbeholfene Hin und Her ihres Lieblingsfreundes. Eigentlich ist es schade, dass er nun geht. Sie wird ihn vermissen, es wird ruhiger werden ohne ihn, natürlich auch entspannter. Bis zum Schluss steht er mit den gängigen Hausarbeiten auf dem Kriegsfuß, auf der Küchenspüle stehen unzählige schmutzige Teetassen, die er während seines Aufenthaltes im Gästezimmer gebunkert hatte. Vorhin trug er sie in die Küche. Imogen wird sie spülen, wenn Patrick nachher weg ist. Er hat sich im Rahmen seiner begrenzten Möglichkeiten durchaus Mühe gegeben. Das Haus steht zumindest noch. Insgesamt gesehen ist es gut, dass er nun auszieht, zurück zu Veronica und den Kindern, wo er hingehört. Die beiden haben sich nach einem stundenlangen Gespräch versöhnt und damit war seine sofortige Rückkehr in den gemeinsamen Haushalt abgemachte

Sache. Soeben schleppt er einen weiteren Karton die Treppe herunter, ein paar Mäntel und Jacken hat er zugleich über den Arm gelegt. Imogen trinkt einen Schluck von ihrem Kaffee.

»Wie viel hast du denn noch da oben?«, fragt sie staunend und blickt lächelnd in Patricks vor Anstrengung gerötetes Gesicht.

»Das war es jetzt«, sagt er und atmet erleichtert aus.

»Ich kann dir gerne helfen!«, ruft Imogen hinter ihm her.

Er ist schon zur Haustür hinaus und legt die Jacken behutsam in den Kofferraum. »Ich hab's gleich«, winkt Patrick ab. »Wo kämen wir da hin? Du hast genug für mich getan.« Er gibt Imogen im Vorbeigehen einen flüchtigen Kuss auf die Wange.

»Immer wieder gerne«, lacht sie. »Ich bin froh, dass ihr euch vertragen habt.«

»Ja, ich auch.« Patrick setzt sich vor Imogen auf eine Treppenstufe und blickt belustigt zu ihr auf. »Meine Zeit bei euch möchte ich allerdings nicht missen. Auf gar keinen Fall. Es war geradezu bewusstseinserweiternd.«

Imogen lächelt schief. »Du bist hier stets willkommen.«

»Danke.« Patrick beißt sich einen kurzen Augenblick verlegen auf die Unterlippe. »Bist du eigentlich felsenfest davon überzeugt, dass du hinten jemanden verscharrt hast? Ich meine, ich hab's genossen, das war ein Erlebnis, wie man es nicht alle Tage hat ...«

Imogen schenkt Patrick einen bösen Blick aus schmalen Augenschlitzen. »Hast du jetzt alles? Ja?« Patrick nickt. »Ich drücke euch die Daumen, dass alles gut wird«, gibt sich Imogen betont heiter. »Lass dich mal wieder hier blicken.« Sie umarmt Patrick herzlich. »Und jetzt mach, dass du wegkommst!«

»Wenn du Hilfe brauchst, du weißt, wo du mich findest. Auch für unkonventionelle Problemlösungen bin ich zur Stelle, wie du weißt.« Patrick lächelt schwach, dann marschiert er zur Haustür hinaus. Sie winkt ihm hinterher. Der Abschied fällt ihr schwerer, als sie erwartet hatte. Anschließend geht sie in den zweiten Stock, um im Gästezimmer aufzuräumen und das Bett abzuziehen. Mit einem Mal fällt ihr auf, wie unglaublich still es plötzlich im Haus ist.

9. Kapitel

An einem klaren, kalten Wintermorgen ist es eine Wonne, draußen zu sein. Die letzten Sterne funkeln matt vom wolkenlosen Himmel, eine dünne Schneedecke umgibt alles wie mit einer feinen Puderzuckerschicht. Der Tag ist ganz jung, es riecht wunderbar frostig. Schnee liegt in der Luft, obgleich kein einziges Wölkchen am schwärzlich blauen Himmel aufzieht. Wieder habe ich die Gunst der Stunde genutzt und bin hinter Imogen nach draußen geschlüpft. Von einer merkwürdigen inneren Unruhe getrieben, ist sie früh aufgestanden und läuft nun zum x-ten Mal durch den Garten. Zur Eröffnung ihres Immobilienbüros fehlen noch das Logo, Geschäftspapiere und die Einrichtung der notwendigen Software auf ihrem Computer. Das ist alles in Auftrag gegeben, ihre Arbeit ruht also momentan. Davon einmal abgesehen, gibt mir ihr Verhalten nach wie vor sehr zu denken, denn statt sich nach allen Regeln der Kunst zu entspannen, rennt sie wie eine Besessene durch den Garten. Hat sie nichts Besseres zu tun?

Wenn man erst einmal jemanden auf dem Gewissen hat, ist an wahren Lebensgenuss anscheinend nicht mehr zu denken. Der in Notwehr und im Affekt, sozusagen aus Versehen erschlagene Wolf raubt ihr jede Gelassenheit und leider auch die heitere Sorglosigkeit, die sie früher auszeichnete. Die unbeantwortete Frage, wo der Tote abgeblieben ist, gibt ihr obendrein den Rest. Nun, mit viel Zeit um nachzudenken, erst recht. Es ist nicht schön, das mit anzusehen. Fast scheint es, als ob der Trubel im Hause Schweiger-von Stetten während der letzten Tage viel zuträglicher für Imogens Befinden war, als die nun herrschende totale Ereignislosigkeit. Ich korrigiere mich: die fast völlige Ereignislosigkeit. Gestern Nachmittag, um genau zu sein gegen 17 Uhr, schlugen bei uns die ›Freunde des Bergischen Brauchtums‹ auf. Das ist ein Kreis von mehr oder weniger betagten Heimatfreunden, die meinen, sie könnten das Bergische Brauchtum retten, indem sie sich alle vier Wochen im Wechsel bei einem Mitglied treffen und dort bei Kaffee und Plätzchen Bergisch Platt reden. Ich weiß nicht, wofür das gut sein soll, speziell was Imogen als gebürtige Hamburgerin in diesem Kreis verloren hat. Als sie nach Johannas Tod deren Mitgliedschaft fortführte, verstand sie bei den ersten Treffen kein Wort. Mittlerweile schlägt sie sich aber ganz gut. Für mich ist es immer noch komisch, sie Platt reden zu hören. Ich schätze, sie verrenkt sich aus alter Verbundenheit zu Johanna dermaßen. Die würde es sicher freuen, wenn sie wüsste, dass ihre Nichte auch in dieser Hinsicht in ihre Fußstapfen tritt.

Außer bei ihren Treffen Bergisch Platt zu reden, fördern die ›Freunde des Bergischen Brauchtums‹ aktiv das typisch Bergische, also das, was in unserer schnelllebigen Zeit davon übrig geblieben ist. Sie sammeln Spendengelder für den Ausbau des hiesigen Schulmuseums, engagieren sich im Papiermuseum und nicht zuletzt veranstalten sie anlässlich des alljährlichen Museumsfestes beim Bergbaumuseum eine traditionelle Bergische Kaffeetafel.

Imogen ist in diesem Kreis überaus engagiert. Wenn die Unternehmungen der Brauchtumspfleger nur Zwang für sie bedeuteten, hätte sie das Treffen gestern jedenfalls locker aufgrund von Unpässlichkeit absagen können. Sie war gar nicht bei der Sache und nachdem sie x-mal übernervös in ihr Taschentuch geschnieft hatte, zogen ihre Brauchtumsfreunde unter Vorspiegelung der Rücksichtnahme auf ihre Gastgeberin verhältnismäßig früh wieder ab. Bei Imogen sei eindeutig irgendetwas im Anmarsch, sie brauche ihre Ruhe. Als sie Imogens fleckiges Gesicht sahen, suchten sie fast panikartig das Weite. Mir waren ihre plötzlichen Schnupfenattacken unerklärlich. Ich vermute, dass das eine körperliche Überreaktion auf ihren Stress ist.

Kaum waren die Heimatfreunde weg, trieb es Imogen in den Garten. Doch selbst dort war ihr keine Muße vergönnt. Ingo Müller veranstaltete im Grenzbereich der beiden Grundstücke auf seiner Seite eine riesige Fällaktion zwischen den dort seit Jahren ungestört wuchernden Büschen. Zwei immergrüne Nadelgehölze mussten sogar ganz daran glauben, sie schnitt er ein paar Zentimeter über dem Boden ab. Zwei Schnitte mit der Kettensäge reichten aus und schon fielen die Tannen in den Pulverschnee. Kälte und Schnee konnten ihn nicht von seiner Gewaltaktion abhalten. Offenbar hatte Herr Müller nach Patricks Auszug und während im Hause Schweiger-von Stetten der bergische Plausch stattfand, vollendete Tatsachen geschaffen. Ein wahrer Kahlschlag hat da draußen stattgefunden. Zwischen den beiden Grundstücken besteht nun so gut wie kein Sichtschutz mehr. Imogen hat von jeher eine Abneigung gegen domestizierte Natur und an ihrem Garten hat sie immer geschätzt, dass er von außen so wenig einsehbar war. Für sie war Herr Müllers Aktion, die er überdies völlig unangekündigt durchzog, ein echter Aufreger. Was ist bloß in ihn gefahren? Ob Muschi ihm das in den Kopf gesetzt hat? Rassekatzen haben ja bisweilen eigenartige Anwandlungen. Dabei sollte ihr völlig gleichgültig sein, was im Garten passiert, denn sie setzt ihre rosigen Pfötchen nur sehr selten und bei dieser kalten Witterung allenfalls im absoluten Ausnahmefall vor die Tür.

Meine Herrin hat den Kahlschlag nebenan zähneknirschend zur Kenntnis genommen und es sich verkniffen, dem Nachbarn gegenüber offene Kritik zu äußern. Nachbarschaftsstreit ist eine der am häufigsten verhandelten Sachen vor deutschen Gerichten, und Imogen will nicht streiten. Sie schätzt ihren Frieden und ein harmonisches Miteinander. Ihr ist völlig gleichgültig, was Herr Müller im hinteren Teil seines Gartens treibt, der ja sowieso bald an das Krankenhaus fällt. Nur vorne hätte er wirklich mehr stehen lassen können. Ausgerechnet dort hat er eine geradezu Furcht einflößende Rodungsaktion veranstaltet. Wenn er so weitermacht, können Imogen und Richard im Frühling von ihrer Terrasse aus mit dem Nachbarn von Angesicht zu Angesicht eine Unterhaltung führen. Er sitzt auf seiner Terrasse, sie auf ihrer, und so halten sie einen gemütlichen Plausch. Was nett, bisweilen aber ziemlich störend sein kann, wenn man seine Ruhe haben will, einfach ungestört etwas lesen oder sich unterhalten möchte, und der Nachbar gerade einen nicht zu bremsenden Mitteilungsdrang hat. Seit der Sache mit Wolf hat Imogen überdies ein intensiv ausgeprägtes Bedürfnis nach Privatheit. Zwar befürchtet sie nicht ernsthaft, dass er oder Teile von ihm noch in ihrem Garten auftauchen könnten. Sie braucht die Büsche auf der Gartengrenze nicht als Sichtschutz für diese unerfreuliche Angelegenheit. Doch eine dicke, undurchsichtige grüne Wand wäre ihrem Wohlfühlgefühl durchaus zuträglich.

Mit schleppenden Schritten geht sie ins Haus. Überhaupt wirkt sie heute eigentümlich bedrückt. Als sie vorhin aus dem Schlafzimmer kam, blieb sie plötzlich stehen und stützte sich mit dem ausgestreckten Arm an der Wand ab. Einige ängstliche Augenblicke blieb sie dort wie in Schockstarre stehen. Anscheinend war ihr schwindlig, wie so oft in letzter Zeit. Anschließend bewegte sie sich merkwürdig unsicher, fast tapsend weiter. Gerade steht sie neben der Garderobe und hält sich an der Klinke der Wohnzimmertür fest, mit der anderen Hand fasst sie sich an den Kopf und blickt verunsichert um sich. Kurze Zeit später tastet sie sich im Wohnzimmer an diversen Einrichtungsgegenständen lang und legt sich schließlich flach auf die Couch. Warum hat sie nicht anständig gefrühstückt? Das hat sie nun davon. Gestern Abend schwächelte sie bereits und klagte Richard gegenüber über Magenschmerzen. Nachts war sie mehrfach aufgestanden und hatte heiße Milch mit Honig getrunken, was ihr bisher bei Magenbeschwerden immer geholfen hat. Dieses

Mal ist der Erfolg offenbar ausgeblieben. Anstelle des Morgenkaffees bereitete sie sich einen widerlich bitter riechenden Tee, den sie schlückchenweise mit ein paar Teelöffeln Haferschleim zu sich nahm. Arme Imogen, die Sache mit Wolf wird ihr doch nicht im Nachhinein auf den Magen geschlagen sein? Oder bekommt ihr die ungewohnte Ruhe nicht? Bei Menschen, die lebenslang berufstätig waren, gibt es ja das interessante Phänomen, dass manche ihren Ruhestand nicht verkraften. Tagaus, tagein haben sie während ihres Berufslebens tadellos funktioniert, waren nicht einen Tag krank, und so, wie sie verrentet sind, kriegen sie einen Herzinfarkt oder eine mysteriöse Krankheit nach der anderen. Zur Ruhe gekommen schlägt ihr Körper, der vorher gar keine Zeit hatte, zur Besinnung zu kommen, Alarm und macht mit Schwindel, Magenbeschwerden und, was weiß ich nicht alles, auf sich aufmerksam. Das muss wirklich nicht sein. Imogen soll wieder besser auf sich aufpassen und sich nicht so viel zumuten. Hoffentlich bekommt sie keinen Herzinfarkt! Ist sie dafür nicht viel zu jung?

Wer ab und zu gegen jahreszeitlich bedingte Erkältungen kämpft, muss das Gefühl, plötzlich den Boden unter den Füßen weggezogen zu bekommen, höchst beunruhigend finden. Oder wenn er spürt, dass er ein Herz hat. Bis vor Kurzem war Imogen der festen Überzeugung, dass ihr Herz ganz links auf der Seite liegt. Seit sie in der letzten Zeit des Öfteren unter nervösem Herzklopfen leidet, weiß sie, dass es eher mittig als links in ihrem Brustkorb schlägt. Dieses Wissen macht sie nicht gerade ruhiger, das Gegenteil ist der Fall. Seit sich ihr Körper mit allerlei unerfreulichen Alarmsignalen meldet, fühlt sie sich deutlich unwohl, nicht mehr als Herrin über die eigene Person. Dieses Gefühl der Ohnmacht belastet, es belastet vermutlich so sehr, dass sie sich aufrappelt und spontan beschließt, ihrem Hausarzt einen Besuch abzustatten.

Wäre Dr. Hanno Schwarzenberg nicht zugleich ein guter Freund Richards aus der Schulzeit, hätte er Imogen bereits seit mehr als fünf Jahren nicht mehr gesehen. So ist es nur gut zwei Monate her, dass sie zusammen ein Glas Wein getrunken haben. Imogen ist niemand, der wegen jedes Zipperleins zum Arzt rennt, selbst wenn der ein guter Freund ist. Sie fühlt sich heute miserabel. Bevor sie das Haus verlässt, informiert sie Richard am Telefon über ihr Vorhaben. Der reagiert alarmiert und bietet ihr an, sofort nach Hause zu kommen und sie zu Hannos Praxis zu fahren, was sie rundweg ablehnt. Und wenn es das Letzte ist, was sie tut, sie geht auf eigenen Beinen in diese Hausarztpraxis, aus eigenen Kräften bis zum bitteren Ende, wie sie Richard pathetisch verkündet. Imogen sieht beileibe nicht alles in den dunkelsten Farben, sobald einmal etwas nicht wunschgemäß verläuft, denn sie hat einen gewissen Galgenhumor. Sie glaubt bestimmt nicht ernsthaft, dass es nun schnell zu Ende geht mit ihr, will jedoch den Schwindelgefühlen, ihren Magenbeschwerden und dem Herzklopfen auf den Grund gehen. Und wenn man etwas ganz schwarz sieht, also mit dem Schlimmsten rechnet, dann ist eine weniger gute Nachricht nicht gleich total niederschmetternd. Der Doktor wird nicht ihr frühes Ende prophezeien. So schlecht fühlt sie sich auch wieder nicht.

Seit der Sache mit Wolf finde ich es bisweilen ziemlich unheimlich alleine im Haus. Von Natur aus gerne nachts unterwegs und daran gewöhnt, halbe Ewigkeiten auf Beute zu lauern, sind wir Katzen durchaus mit dunklen Mächten und nervenaufreibenden Aktivitäten vertraut. Aber dieses alte Haus mit seinen eichenen Holzvertäfelungen, den maroden Holzböden und knarrenden Türen ist ein Kaliber für sich. Besonders an Tagen, wenn der Luftdruck sich ändert oder die Luftfeuchtigkeit schwankt, könnte man meinen, das Haus lebt. Hier knarrt eine alte Holzdiele, dort gibt eine Tür Laut. Manchmal denke ich, es ist jemand im Haus, weil irgendein undefinierbares Geräusch aus irgendeinem verborgenen Winkel ertönt, das wie von einem Menschen produziert klingt, zum Beispiel ein Schritt, oder ein Geräusch wie das einer zufallenden Tür. Doch da ich genau weiß, dass außer mir niemand sonst im Haus ist, wird mir, der ich weiß Gott an Unheimliches und Dunkelheit gewöhnt bin, durchaus schon mal flau zumute. Zumal wenn ich in diesem Geisterhaus wie in der Falle sitze. So ergeht es mir auch heute wieder. An allen Ecken und Enden knarrt und knackt es. Im nächsten Moment kommt sicher gleich einer die Treppe herunter, um mich zu massakrieren und das wirklich Schlimme dabei ist: Ich kann hier nicht raus! Alle Türen sind bombenfest verschlossen, nicht einmal ein Fenster haben sie gekippt, durch das ich mich in die Freiheit zwängen könnte. Ich bin meinem Feind wehrlos ausgeliefert, da hilft nur, mich in den letzten Winkel zu verkriechen, damit er mich nicht sofort sieht und zur Strecke bringt.

Im Keller zwischen dem alten Gerümpel habe ich einige ziemlich gute Verstecke, da soll mich erst mal einer finden. Imogens und Richards Zögerlichkeit, was das Wegwerfen von alten unnützen Dingen betrifft, kommt meinem Schutzbedürfnis da sehr entgegen, und seitdem Imogens Schwester die Kisten von Tante Johanna vorbeigebracht hat, habe ich oben auf dem Dachboden ein paar extra gute Verstecke. Die Kisten waren allesamt nicht versiegelt, weder mit einem Bindfaden zugebunden noch mit Klebstreifen zugeklebt, sodass es mir ein Leichtes ist, bei zweien, die mit jeder Menge Papier und Büchern gefüllt, aber nicht randvoll sind, den Pappdeckel anzuheben und mich in die Kartons auf die Unterlagen zu positionieren. Normalerweise klappt der Deckel, sowie ich in der Kiste bin, über mir zu und jemand, der in den Raum kommt, sieht nur die Kiste, ohne zu ahnen, dass jemand darin kauert.

Imogen weiß, dass ich diesen Ort als neues Versteck überaus schätze. Es war nicht zu umgehen, dass sie das mitbekam. Als Richard und Patrick die Kisten hochgeschleppt und auf Anweisung Imogens an einer bestimmten Stelle abgesetzt hatten, war ich sofort in einen der Kartons gesprungen. Meine Herrin quoll deshalb nicht gerade über vor Begeisterung, aber sie ließ es zu. Wenn sie mich schon über weite Teile des Tages einsperrt und mir der freie Zugang nach draußen verwehrt ist, will sie mir im Haus nicht alle Orte verbieten, zumal nicht die interessanten. Und so kommt es, dass nach stundenlangem Schlaf in meiner Lieblingskiste plötzlich ein Luftzug meine empfindliche Nase streift. Der Pappdeckel wird angehoben und von oben blickt Imogens liebreizendes Gesicht besorgt und zugleich tadelnd auf mich herunter. Ich blinzele ihr zu, doch sie schüttelt bloß den Kopf.

»Ich hätte es wissen müssen«, sagt sie. »Und ich dachte, du bist irgendwo eingeschlossen. Überall habe ich dich gesucht.«

Sie bückt sich zu mir herunter und nimmt mich auf ihren Arm, dabei streichelt sie mir zärtlich über den Kopf. Diese Momente sind die größten für mich, unsere gemeinsamen Sternstunden sozusagen. Sie hat mich vermisst und mir geht wieder einmal auf, wie viel ich ihr bedeute. Wohlgemerkt, nachdem sie mich stunden- oder gar tagelang überhaupt nicht beachtet hat. Ich freue mich, sie zu sehen, noch dazu, sie wohlauf zu sehen, auch wenn sie ein wenig blass um die Nase herum ist. Als sie vor ein paar Stunden das Haus verließ, war sie schließlich ziemlich wackelig auf den Beinen und für meinen Geschmack deutlich bleicher als jetzt. Anscheinend hat der Besuch beim Arzt Wunder bewirkt. Sie ist zumindest so weit hergestellt, dass sie das Haus vom Keller bis zum Dach nach mir absuchen konnte, ist also nicht mehr so schwach, dass sie alle verfügbaren Kräfte braucht, um um sich selbst zu kreisen. Sie trägt mich nach unten. Es ist bereits später, als ich dachte, denn als wir unten ankommen, klingelt ein Schlüsselbund und die Haustür fällt ins Schloss.

»Du bist früh heute«, wundert sich Imogen und stellt

sich auf die Zehenspitzen, um ihren Begrüßungskuss in Empfang zu nehmen. Richard mustert sie besorgt.

»Was hat dein Termin bei Hanno ergeben?«

Imogen macht eine wegwerfende Handbewegung. »Kein Grund zur Sorge. Es ist alles soweit in Ordnung, angeblich schlägt mein Herz ein bisschen nervös, das EKG wies keine Auffälligkeiten auf, ebenso wenig der Ultraschall von meinem Magen. Der Blutdruck war etwas erhöht, aber nicht dramatisch. Am Schluss hat er mir Blut abgenommen, das Ergebnis kommt morgen.«

»Und sonst?« Richard schaut ein wenig verständnislos drein. »Was hat er zu deinen Schwindelanfällen, dem Herzklopfen und den Magenschmerzen gesagt? Das sind doch ernst zu nehmende Symptome.«

»Tja«, Imogen lächelt und zuckt ratlos mit den Schultern. »Hanno meint, das sind Stresssymptome. Organisch hat er nichts feststellen können, erst als ich ihm von meinem Jobwechsel erzählte, meinte er, dass mir das vermutlich näher ginge, als ich denke.«

»Ich dachte, du bist froh, dass Erika Staufenbiel Geschichte ist.«

»Bin ich ja auch.« Sie setzt mich auf den Boden, was mir ganz recht ist. Ihr Griff wurde eben fester und fester, fast würgte sie mich. Anscheinend steht sie ganz schön unter Spannung.

»Vielleicht belastet dich die Sache mit dem Garten?«

Imogen grinst schief. »Vielleicht«, sagt sie bloß.

Seit jener ominösen nächtlichen Aktion auf dem Gemüsebeet spricht Richard nicht mehr vom angeblichen Toten im Garten, sondern nur noch von ›der Sache mit dem Garten‹. Imogens Version der Geschichte kommt ihm vermutlich abstrus vor, und das Kind nicht beim Namen zu nennen bedeutet für ihn gleichzeitig, die ganze Sache praktisch ins Reich der Fantasie zu verbannen. Wahrscheinlich glaubt er ihr bis heute nicht, obwohl Wolf nach wie vor verschollen ist.

»Vielleicht«, wiederholt Imogen gedankenverloren. Sie

ist in die Küche gegangen und mustert mit nachdenklichem Blick die Espressomaschine. »Möchtest du auch einen Kaffee?«

»Hältst du das für eine gute Idee?« Richard runzelt die Stirn. »Du warst schließlich wegen Herzklopfen und Magenbeschwerden beim Arzt. Ich würde sagen, Espresso ist da Gift. Vielleicht hast du deine Beschwerden, weil du zu viel davon trinkst.«

»Alles machst du mir madig!«, gibt Imogen eingeschnappt zurück. »Wenn ich jetzt nicht einmal mehr Espresso trinken darf, dann ...«

»Man darf sich ja wohl Sorgen machen um die eigene Frau«, sagt Richard pikiert. »Aber bitte, wenn die Seligkeit davon abhängt, mach dir einen Espresso. Ich will keinen und möchte nicht an deinem Magendurchbruch Schuld sein.«

»Stimmt, du musst fit bleiben, damit du mich im Ernstfall ins Krankenhaus chauffieren kannst«, spottet Imogen.

Er macht eine abwehrende Handbewegung und lässt sie in der Küche zurück. Nach der Standpauke hat sie keine Lust mehr auf Kaffee. Tatsächlich ist ihr eben das letzte bisschen gute Laune vergangen. Sie greift nach ihrem Handy und fragt beim Grafiker nach, wie weit er mit ihren Unterlagen ist. Logo und Geschäftspapiere sind fertig, vermeldet der stolz, und der Webauftritt fast abgeschlossen. Es kann losgehen!

Nach der Auseinandersetzung mit Richard spielt sie mit dem Gedanken, Patrick anzurufen. Seit seinem Auszug hat er nichts mehr von sich hören lassen, was die Vermutung nahelegt, dass Veronica und er miteinander klarkommen. Imogen legt das Handy auf die Küchenanrichte zurück. Was soll sie Patrick groß erzählen? Es gibt keine nennenswerten Neuigkeiten und sie kann ihm schlecht die Ohren volljammern, dass Richard ihr das Kaffeetrinken verbietet. Im Grunde hat er ja recht. Wer Magenschmerzen hat, sollte nicht ausgerechnet Kaffee trinken. Und dann würde Patrick ihren

Anruf vermutlich als eine Art Hilferuf interpretieren und auf der Stelle bei ihnen aufkreuzen und den Abend bei ihnen verbringen. Richard würde das sicher in den falschen Hals kriegen. Außerdem waren sie sich einig, dass es für alle Beteiligten gut ist, dass Patrick den Bogen zu Veronica und den Kindern letztlich bekommen hat. Richard war froh, Patrick endlich los zu sein. Sein erneutes Auftauchen würde bei Richard alles andere als Begeisterungsstürme auslösen. Eine eigene Ehekrise heraufzubeschwören, wäre nicht fair, weder Patrick und Veronica gegenüber, die Zeit benötigen, um sich zusammenzuraufen, und auch nicht gegenüber Richard, der sich lediglich berechtigte Sorgen um ihr Wohlergehen macht.

Imogen zuckt lustlos mit den Schultern. Sie kocht sich eine Tasse Pfefferminztee, süßt ihn mit einem Teelöffel Waldhonig und setzt sich mit Teetasse und dem Spiegel-Magazin ins Wohnzimmer. Leider kann sie sich nicht auf den Text konzentrieren. Die Auseinandersetzung mit Richard läuft ihr hinterher und als sie von der Zeitschrift hochblickt, sieht sie Sterne. Was ist das nun wieder? In den letzten Tagen hatte sie es ruhig angehen lassen, fast zu ruhig für ihren Geschmack. Da könnte sich ihr Körper endlich erkenntlich zeigen und Schluss machen mit diesen lästigen, unerklärlichen Symptomen. Im Flur klingelt das Telefon, kurze Zeit später hört Imogen Richards Stimme. Er lacht und klingt überaus erfreut.

»Wie viele bringst du mit?«, fragt er draußen und schweigt eine Weile. »Toll, da freuen wir uns!« Imogen lauscht neugierig Richtung Flur. Mit wem spricht Richard da? »Also morgen Nachmittag. Ich sage Imogen Bescheid. Brauchst du ein separates Zimmer für die Kleinen?«

Anscheinend ist Patrick am anderen Ende der Leitung und rückt morgen mit seinen drei Kindern bei ihnen an. Die Versöhnung mit Veronica ist misslungen. Imogen hat die Kinder gern, aber ist das eine gute Idee, so kleine Kinder dauerhaft von ihrer Mutter zu trennen? Die Zwillinge sind schließlich noch Säuglinge. Dafür, dass sich im Haushalt der Jones' ein Familiendrama abgespielt hat, klingt Richards Stimme allerdings ungewöhnlich fröhlich. »Ja, verstehe, klar. Das können wir vorbereiten, kein Problem. Möchtest du mit Imogen sprechen?« Richards Stimme ist anzuhören, dass er ungeduldig wird und nun zum Ende kommen will. Kein Wunder, er braucht die letzten paar Stunden Ruhe heute dringend zum Entspannen, bevor morgen das Chaos losbricht. Außerdem gibt es wahrscheinlich einiges vorzubereiten. Gerade horcht er wieder aufmerksam in den Hörer. »Nein, ach so, ja gut. Ihr seht euch ja morgen sowieso.« Kurz darauf legt er auf.

»Überraschung!« Richard kommt ins Wohnzimmer und strahlt übers ganze Gesicht. Ihren Streit hat er offensichtlich völlig vergessen. Imogen sieht neugierig von ihrem Magazin hoch. »Wir bekommen morgen Besuch, deine Mutter kommt und sie wird nicht allein sein.«

Imogen runzelt die Stirn. »Wer kommt außerdem?«, fragt sie überrascht.

»Sie kommen zu siebt«, sagt Richard lachend. »Deine Mutter plus sechs.«

»So viel Platz haben wir doch gar nicht«, gibt Imogen patzig zurück. »Wen bringt sie mit und wie lange wollen sie bleiben?«

»Du wirst dich freuen, wie ich mich übrigens auch!« Richard strahlt vor Wonne. Zum einen kann er seine Schwiegermutter gut leiden, zum anderen mag er ihr Hobby, das mittlerweile mehr einem Fulltime-Job als einer Liebhaberei gleicht. »Sie bringt zwei jugendliche halbstarke BKH und vier Katzenkinder mit. Sie will sie am Samstag und Sonntag auf der Katzenausstellung in Köln-Weidenpesch bewerten lassen.«

Imogens Mutter ist seit mehreren Jahren begeisterte Britisch-Kurzhaar-Züchterin und bereist regelmäßig Katzenausstellungen in der ganzen Republik. Das ist ihrer Meinung nach einfach Pflicht, wenn man sich nicht als bloßen Katzenvermehrer, sondern als Katzenzüchter versteht.

»Süß«, gibt Imogen zu, dann schüttelt sie verständnislos den Kopf. »Und das fällt ihr erst heute ein, dass die Ausstellung am Samstag und Sonntag ist? Für solche Ausstellungen gibt es Anmeldefristen. Sie muss mindestens seit zwei Wochen wissen, dass sie daran teilnimmt. Warum hat sie nicht früher Bescheid gegeben, zumal wenn sie mit sechs Katzen kommt?«

»Alles, was sie brauchen, bringt sie mit, hat sie gesagt. Sie ist eben spontan und pflegeleicht. Was man nicht von allen unseren Gästen behaupten kann, besonders nicht von den Dauergästen«, verteidigt Richard seine Schwiegermutter. »Du magst es doch auch nicht, wochenlang vorher zu planen, und am Ende wird alles aus irgendeinem Grund über den Haufen geworfen.«

Imogen nickt besänftigt. »Ist ja schon gut. Ich freue mich auf sie und ihre Katzen.«

»Sie deutete an, uns eine als Gastgeschenk überlassen zu können«, ergänzt Richard augenzwinkernd.

Seine Begeisterung für diese stämmigen, kurzbeinigen und kulleräugigen Britisch-Kurzhaarkatzen nimmt fast schon unnatürliche Züge an. Was meine Person betrifft, ist er grundsätzlich sehr zurückhaltend. Ich gebe zu, dass ich mich mehr zu Imogen hingezogen fühle als zu Richard, und ihn das hin und wieder deutlich spüren lasse. Vielleicht ist das ja die Ursache für seine Zurückhaltung. Wenn Imogens Mutter mit ein paar dieser Britenkatzen vorbeischaut, dann flippt der sonst so kühle und zurückhaltende Richard komplett aus. Ich habe es vermutlich Imogen zu verdanken, dass er unser Haus noch nicht mit zig Exemplaren dieser Katzen bestückt hat. Sie meint nämlich, dass ich keine andere Katze neben mir dulde, weil ich das Leben als Einzelkatze schätze. Grundsätzlich hat sie recht. Allerdings bin ich nicht so verbohrt und eingefahren, dass ich nicht ab und zu jemand neben mir dulde. Man denke nur an Muschi. Eine gute Quelle hätte Richard jedenfalls, wenn er unbedingt eine Britisch-Kurzhaarkatze haben wollte. Imogens Mutter hat mittlerweile zweiundzwanzig Katzen und ständig werden es mehr. Schließlich haben die Tierchen ihren Preis und sie gibt sie weiß Gott nicht an jeden x-beliebigen Interessenten ab. Da bleiben aus jedem Wurf eine bis zwei bei ihr in der Zucht. Bald kann sie ein Schild aufhängen - ›Wegen Überfüllung geschlossen‹. Ich kann mir nicht vorstellen, mit so vielen Katzen zusammenzuleben und dabei glücklich zu sein. Imogens Mutter gefällt es jedenfalls.

Der Himmel bewahre mich vor diesen Rassekatzen! Die meisten, die mir davon bisher untergekommen sind, waren entsetzlich überkandidelt und verzärtelt. Ein Beispiel ist Muschi. Obgleich ich den Britisch-Kurzhaarkatzen in dieser Hinsicht Gerechtigkeit widerfahren lassen muss. Das sind schon ziemliche Brecher, schwere, starke Tiere, vielleicht als permanente Gesellschaft ein wenig zu mächtig für meinen Geschmack. Wo sie mit ihren dicken Pranken hinhauen, wächst so schnell kein Gras mehr. Sie spielen wild, jagen, raufen, eigentlich wie unsereins. Nur sind die ausgewachsenen Exemplare dieser Spezies dermaßen selbstsicher und sich ihrer ganzen Kraft und Herrlichkeit bewusst, dass sich unsereins im Vergleich wie eine halbe Portion vorkommt. Sie sind viel größer und schwerer als wir. Mit ihren Kindern habe ich bislang noch keine Erfahrung gemacht. Sie sind wahrscheinlich ebenso lebhaft und unglaublich verspielt wie alle kleinen Katzen. Ich hoffe, dass dieser Kelch an mir vorübergeht, ich meine, dass sie mir fortan für den Rest meiner Tage eine Rassekatze an die Seite stellen. Richard ist so voller Vorfreude auf den Besuch, dass er sich ein großes buntes Buch aus dem Regal geholt hat, in welchem er blättert und Imogen hin und wieder übers ganze Gesicht strahlend Bilder präsentiert. Es handelt sich um Fotos von kleinen bis großen, einfarbigen, mehrfarbigen oder getigerten, grauen, schwarzen, beigefarbenen, braunen, bisweilen auch weiß gefleckten mächtigen Katzen mit sehr dicken Köpfen, runden Kulleraugen und stämmigen kurzen Beinen. Da steht das Schlimmste zu befürchten. Kommt man in diesem Haushalt denn gar nicht mehr zur Ruhe?

Der Grafiker hat eben ihre Homepage freigeschaltet und als kleinen Extraservice das Immobilienprogramm ›Lagler‹ auf ihrem Computer eingerichtet. Wenn in zwei Tagen die Anzeigen im örtlichen Handelsblatt erscheinen, kann sie endlich loslegen. Ihre Homepage gefällt ihr besonders gut. Aus Mangel an Objekten hat sie ein Foto ihres eigenen Hauses gewählt, von dem aus man sich in künftig angebotene Miet- und Kaufobjekte klicken kann. Büroöffnungszeiten sind noch keine genannt, und als Telefonkontaktnummer hat sie ihre Handynummer angegeben.

Aller Anfang ist schwer und sie wird keine Erklärungsprobleme haben, sollte jemand die Nase rümpfen, dass sie ihr Büro im eigenen Zuhause hat. Sie steht ganz am Anfang und arbeitet ohne Mitarbeiter. Sie muss kostenorientiert denken, doch wenn sie gute Arbeit leistet, werden sich die Kunden nicht an ihrer minimalistischen Vorgehensweise stören. Die meisten Leute legten in der Vergangenheit nicht auf ein großartiges Büro und Glamour Wert, sondern auf freundliche, sachkundige Beratung und die reibungslose, schnelle Vermittlung von Immobilien. Ein großer Apparat produziert Kosten, die letztlich der Kunde tragen muss. Imogen will dagegen Kompetenz und prompten Service, gepaart mit persönlichem Kundenkontakt, bieten. Aus Erfahrung weiß sie, dass zufriedene Kunden immer wiederkommen.

Imogen ist so vertieft in die Betrachtung ihres Internetauftrittes, dass sie beim Läuten der Haustürklingel denkt, ihr erster Kunde stehe vor der Tür. Wenn man von zu Hause aus arbeitet und das Büro praktisch neben der Küche liegt, fällt es schwer, das Telefon einfach abzuschalten. Sie läuft die Treppe herunter und wundert sich, dass ihr gerade seit einer Stunde freigeschalteter Internetauftritt bereits den ersten Kunden zu ihr verschlagen hat. Doch vor der Haustür steht kein Kunde, sondern ihr Hausarzt, Hanno Schwarzenberg. Imogen ist über sein unangekündigtes Erscheinen dermaßen verdattert, dass sie ihm fast die Tür vor der Nase zugeknallt hätte. Hanno blickt belustigt in Imogens entsetztes Gesicht, seine dunklen Augen strahlen.

»Keine Panik«, beruhigt er sie. »Ich war in der Nähe und dachte, ich schaue vorbei und bringe dir schnell persönlich die Ergebnisse.«

Imogen nickt betreten. »Ja, komm rein. Habe nicht mit dir gerechnet.«

»Wie auch?«, meint Hanno. Er schiebt sich hinter seinem schwarzen Arztkoffer in den Flur, streift seine Jacke ab und hängt sie an der Garderobe auf. Imogen führt ihn ins Wohnzimmer.

»Kaffee oder Tee?«, fragt sie mit tonloser Stimme. Besuche ihres Hausarztes ist sie nicht gewohnt und tatsächlich ist Hanno für sie mehr Arzt als Freund. Er ist einer von Richards ältesten Freunden und war bisher nur bei ihnen, wenn Richard da war. Insofern hat sein Besuch an diesem Morgen den starken Beigeschmack von Arztbesuch, also Krankenbesuch. Imogen sieht gerade ausgesprochen furchtsam aus.

»Danke, lass mal, ich muss gleich weiter«, wehrt Hanno ab. »Dir würde ich allerdings in nächster Zeit eher zu Kräutertees raten. Dein Magen ist überreizt und wenn du so weitermachst, bist du auf dem besten Weg zu einem Magengeschwür. Deine Blutwerte sind in Ordnung. Soweit nichts Auffälliges. Auch ansonsten, alles in Ordnung. Ich vermute, du hast in letzter Zeit ein bisschen viel um die Ohren gehabt. Lass es ruhiger angehen. Und dann ist Bewegung immer gut. Ein bisschen strammes Spazierengehen, Fahrradfahren, Schwimmen ist ganz ausgezeichnet.«

Er lächelt überaus charmant zu ihr herüber. Wenn Imogen nicht wüsste, dass Hanno homosexuell ist, würde sie dieses Lächeln aufreizend und geradezu unwiderstehlich finden.

Ihr war es seit eh und je rätselhaft, wie es kommt, dass so viele Schwule umwerfend gut aussehen. Hanno sieht im Übrigen nicht nur perfekt aus, er riecht noch dazu betörend. Im Wohnzimmer schwebt die Wolke eines fantastisch duftenden Aftershaves. Sie muss unbedingt herausfinden, was das für ein Duft ist.

Jetzt kommt er zu ihr. »Wenn du im Stress bist, sind Entspannungsübungen kein Fehler«, erklärt Hanno und stellt sich hinter Imogens Sessel. Er beginnt, ihren Nacken gezielt mit seinen Händen zu bearbeiten. »Stell dich mal hin!«, fordert er sie auf. Sie gehorcht artig, während er ihre Nacken- und Schulterpartie mit geübten Griffen massiert. Imogen genießt die Massage einige Sekunden mit geschlossenen Augen. Plötzlich neigt Hanno seinen Kopf und haucht: »Ich fand immer schon, dass du eine sehr attraktive Frau bist«, mit warmem Atem in ihre Ohren.

Ach du Schreck, arme Imogen. Sie reißt die Augen entsetzt auf und dreht sich abrupt um, wobei ihre Schulter dem Arzt, der mit geneigtem Kopf hinter ihr steht, einen ziemlich unsanften Kinnhaken verabreicht. Er zuckt erschreckt zurück und hält beide Hände in Abwehrhaltung vor seinen Oberkörper. »Entschuldige«, raunzt Hanno verdattert, »ich wollte dir auf keinen Fall zu nahe treten.«

Imogen lächelt peinlich berührt. »Nein, ist klar«, murmelt sie verlegen. »Ich war gerade nur so überrascht. Damit hatte ich nicht gerechnet.«

Hanno grinst milde. »Das war eine durch und durch ärztliche Anwendung«, meint er bloß. »Massagen helfen wunderbar beim Entspannen. Aufgrund meines Befundes kann ich dir leider keine verschreiben, aber persönlich rate ich dir sehr dazu. Falls du Interesse hast, ich kenne einen ganz ausgezeichneten Masseur. Der bewirkt wahre Wunder, besonders, wenn du gestresst und entsprechend verspannt bist. So wie jetzt.«

»Ja, danke, das ist sicher keine schlechte Idee«, entgegnet Imogen mit betretener Miene.

»Übrigens nehmen Schwule durchaus gut aussehende Frauen wahr«, sagt Hanno lächelnd. »Selbst wenn wir körperlich nicht auf einer Wellenlänge sind, so hat ein Kompliment noch niemand geschadet, wie ich finde.«

»Ja, ja, du hast ja recht«, gibt Imogen hastig zu. »Ich war nur so nervös wegen der Ergebnisse. Jetzt bin ich beruhigt. Dann trete ich mal ein bisschen kürzer und Schwindel und Magenschmerzen erledigen sich von selbst. Vielen Dank. Ich danke dir sehr.« Sie begleitet ihn zur Haustür.

»Bei der Untersuchung war dein Blutdruck nur etwas erhöht, ich schätze wegen der Aufregung. Grundsätzlich ist er niedrig«, meint Hanno. »Was kein Fehler ist, im Gegenteil, lieber zu niedrig als zu hoch. Ich rate dir deshalb zu regelmäßigem Sport, viel Obst und Gemüse, wenig Kaffee und ausreichend Schlaf. Sollte es nicht besser werden, komm einfach in der Praxis vorbei. Ich melde mich in den nächsten Tagen bei Richard, ich hätte Lust auf ein gemeinsames Essen mit euch. Den Italiener letztens fand ich ziemlich gut. In jeder Beziehung übrigens.«

Hanno grinst über das ganze Gesicht. Imogen lächelt ihn schief und überaus peinlich berührt an. Anscheinend ist sie nicht mehr imstande, freundschaftlich gemeinte Berührungen von sexuellen Übergriffen zu unterscheiden. Die Situation war aber auch merkwürdig. Von seinem Hausarzt erwartet man keine ins Ohr geflüsterten Komplimente. Dass Hanno zugleich ein guter Freund ist, spielte in dem Moment keine Rolle für sie. Eine Schrecksekunde lang hatte Imogen das furchtbare panikartige Gefühl beschlichen, dass sich das Geschehen mit Wolf wiederholen würde. Was denkt Hanno nun bloß von ihr? Wahrscheinlich hält er sie für hoffnungslos überspannt und eingebildet.

Aus dem Flur ertönt vielstimmiges Maunzen. Eben ist Imogens Mutter eingetroffen, in jeder Hand trägt sie einen Katzentransportbehälter. Tatsächlich hat sie sechs Katzen mitgebracht. Aus dem Korb, den sie Imogen bei ihrer Ankunft in die Hand drückt, maunzt es vielstimmig in hohen Tönen. Mit Mühe gelingt es mir, einen Blick auf die Kleinen zu werfen, die mit ihren kugelrunden Augen vorwitzig durch das Gitter äugen, als Imogen sie kurz auf dem Boden absetzt, um von ihrer Mutter weitere Katzenkörbe und zwei Reisetaschen entgegenzunehmen. Die Kleinen sind ein bunter Wurf, ein ganz schwarzer ist dabei, eine graue Katze und ein grau-weißes Tier. Am interessantesten sieht die dreifarbige Katze in schwarz-rot-weiß aus, die einen dunklen Fleck mitten auf der Nase hat. Ich würde die Kleinen gerne genauer in Augenschein nehmen, doch Imogen macht keine Anstalten, sie aus dem Korb zu lassen. Seit ich sie durch das Gitterfenster beobachte, ist ihr Maunzen verstummt, sie schauen mich mit großen Augen ein wenig furchtsam an. Ihre Köpfchen sind rund, die Ohren klein und dreieckig. Insgesamt wirken sie wie flauschige Stofftiere, irgendwie niedlich. Die beiden ausgewachsenen Katzen in den anderen Körben sind, logisch, viel größer, eine beigefarbene mit braunen Augen schaut mich aufmerksam an, der große blaue Kater im Korb nebenan hat goldene Augen und ein wahnsinnig fettes Gesicht mit einem doppelten Doppelkinn und dreifachen Hängebacken. Wenn ich Imogens Mutter wäre, würde ich ihn dringend auf Diät setzen, das kann nicht gesund sein. Außerdem stinkt der Kerl überaus aufdringlich. Wie er mich durch das Gitter anglotzt, werde ich das Gefühl nicht los, dass ihm gleich vor lauter Katerarroganz der Schädel platzt. Sein Blick streift mich kurz, anscheinend ist er zu erhaben, um höflich »Guten Tag« zu sagen.

»Viktor muss auf jeden Fall in einen gefliesten Raum«, erklärt Frau Schweiger gerade. »Für die zwei Tage geht durchaus ein Kellerraum, sonst riecht euer ganzes Haus nach potentem Kater.«

Imogen nickt. »Die anderen kannst du ruhig rauslassen«, versichert sie. »Dago tut ihnen bestimmt nichts. Und Richard wird es freuen, er mag deine Briten ja so sehr.«

Frau Schweiger wiegt nachdenklich den Kopf und mustert mich skeptisch. »Ist er entfloht und entwurmt?«

»Wo denkst du hin, Mutter? Selbstverständlich ist er das!«, entrüstet sich Imogen. »Er ist der sauberste Kater auf der Welt. Deine fangen sich bestimmt nichts. Nicht bei uns.«

»Ja, ja, schon gut«, beschwichtigt Frau Schweiger. »Bringen wir sie erst einmal hoch. Später können wir sie ja probeweise durchs Wohnzimmer laufen lassen.«

»Dass du immer deine unkastrierten Kater mit auf die Ausstellungen nimmst«, beklagt sich Imogen naserümpfend. »Du kannst ihn oben in dein Gästebadezimmer setzen, dann ist er nicht ganz allein und hört uns wenigstens. Tageslicht hat er da auch, der Ärmste. Mit seinem Gestank musst du klarkommen, aber das bist du ja gewöhnt. Du musst sowieso unser Badezimmer mitbenutzen. Oben sind die Leitungen defekt.«

»In Ordnung«, nickt Frau Schweiger. »Der hier steckte draußen in eurem Briefkasten. Für dich.« Sie gibt Imogen einen Briefumschlag. »Ich nehme Viktor und Amalie mit hoch und mache mich ein wenig frisch. Bringst du gleich die Kleinen nach oben?« Frau Schweiger ist bereits im ersten Stock.

»Klar, kein Problem.« Imogen dreht geistesabwesend den Umschlag in der Hand, auf dem ihr Name in Computerschrift steht. Auf dem Umschlag klebt keine Briefmarke. Anscheinend wurde der Brief nicht vom Postboten ausgeliefert. Es ist kein Absender angegeben. Neugierig reißt sie den Umschlag auf und zieht einen weißen Zettel heraus, auf dem nur ein Satz steht, ebenfalls mit einem Computer geschrieben: ›Alles ist gut.‹

Imogen starrt auf die drei Wörter. Was soll das bedeuten? Und wer hat ihr das geschickt? Meldet sich derjenige, der Wolf ausgegraben hat, nun doch noch? Will er sie mit dem Satz beruhigen oder sie lediglich in falscher Sicherheit wiegen? Warum gibt er sich nicht zu erkennen? Mit zitternden Fingern schiebt Imogen den Zettel wieder zurück in den

Umschlag. Das ist normales Druckerpapier, das in einem ganz gewöhnlichen Umschlag steckt. Die drei Worte können auf jedem x-beliebigen Computer geschrieben und ausgedruckt worden sein. Imogen schaut den Umschlag genauer an. Sie dreht und wendet ihn, zieht den Zettel erneut hervor und untersucht diesen eingehend. Aber sie kann nichts erkennen, was in irgendeiner Form aus dem Rahmen fällt, und es gibt keinen verräterischen Hinweis, der auf den Absender deuten würde. Ratlos schiebt Imogen den Brief in den Küchenschrank neben die Kaffeetassen. Anschließend trägt sie den Korb mit dem in den höchsten Tönen maunzenden Katzenkinderchor in das Gästezimmer.

»Miez, miez, miez!« Richard liegt bäuchlings auf dem Wohnzimmerteppich und zerrt mit seligem Gesichtsausdruck an einem langen Faden, an dessen Ende ein rotes Wollknäuel baumelt. Um ihn herum hüpfen vier kleine Britisch-Kurzhaarkatzen, die begeistert nach dem Knäuel jagen. Immer, wenn eines gerade das Knäuel erhascht hat, wird es von Richard mit überaus zärtlichen Streicheleinheiten und anerkennenden Worten belohnt. Imogen sitzt mit ihrer Mutter auf der Couch. Die beiden schauen Richard zu, der unermüdlich den Katzenanimator gibt. Wegen der Kleinen ist er extra früher von der Arbeit gekommen.

Selbst ich muss zugeben, dass sie ziemlich drollig sind. Ich hätte zwar keine Lust, sie selbst zu bespaßen, denn für solche Kindereien bin ich nun wirklich zu alt. Als Imogen sie aus dem Korb ließ, habe ich ein wenig an ihnen gerochen, sie duften wirklich allerliebst, mild und süßlich, wie Babys zu riechen haben. Ihre ausgelassene Freude beim Spiel erinnert mich an meine Kindertage. Leider war es mir selbst nie vergönnt, mit Geschwistern zu spielen, meine Mutter verlor ich bereits mit zwei Monaten und an Geschwister kann ich mich nicht erinnern. Aber Johanna war zu manchem Schabernack mit mir aufgelegt. Sie hat sich von Anfang an gut um mich gekümmert, und so habe ich Gleichaltrige nicht sonderlich vermisst. Also diese vier sind nett, kleine wilde Draufgänger, allerdings auf Dauer ein wenig anstrengend. Richard muss sie ja nur ein paar Stunden verkraften, dann sind sie wieder weg, beziehungsweise auf der Katzenausstellung, wo sie Stunden in einem geschlossenen Käfig eingesperrt verbringen werden. Sollen sie sich nun ruhig ein wenig austoben, bevor es morgen ernst wird in ihrem traurigen Rassekatzendasein und sie zu relativer Bewegungsunfähigkeit verdammt sind.

Richard hat soeben den Wunsch geäußert, das dreifarbige Kitten behalten zu dürfen. Er hat sich in die Kleine mit dem dunklen Fleck auf der Nase regelrecht verguckt.

»Von mir aus sehr gerne«, sagt Frau Schweiger. »Ich weiß, dass sie bei euch in guten Händen ist.«

»Ich weiß nicht«, meint Imogen skeptisch. »Ob das unserem Dagobertchen recht ist?«

»Er sieht ganz interessiert aus«, findet Frau Schweiger und schaut aufmunternd zu mir herüber. »Er hat nicht einmal gefaucht, als er eben an den Kleinen geschnuppert hat. Das ist ein gutes Zeichen.«

Richard nickt begeistert. »Genau.« Er blickt lächelnd zu Imogen. »Schau doch mal, ist sie nicht berückend?« Er nimmt die kleine bunte Katze hoch und hält sie Imogen direkt vor die Nase.

»Sie ist süß«, gibt sie achselzuckend zu und streichelt der kleinen Katze über den Kopf. »Von mir aus. Wenn es allerdings nicht klappt mit ihr und Dag, musst du sie zurücknehmen, Mutter!«

Frau Schweiger nickt. »Das wird klappen, da habe ich keine Bedenken. Ihr könnt sie jetzt schon behalten, obwohl sie erst in zwei Wochen drei Monate alt wird. Ich bin da mal nicht so. Sie ist recht weit für ihr Alter, da können wir sie etwas früher von ihrer Mutter trennen. Auf die Ausstellung morgen werde ich sie dann nicht mitnehmen. Wie wollt ihr sie nennen?«

»Pünktchen«, platzt Richard sofort heraus.

»Auch das noch«, sagt Imogen kopfschüttelnd. »Einen Anton gibt es aber nicht dazu!«

Frau Schweiger ist früh zu Bett gegangen, um sich vor der Ausstellung auszuschlafen. Für sie wird die Nacht bereits um sechs Uhr vorbei sein, da die Aussteller lange vor der Eröffnung mit den Tieren durch die tierärztliche Kontrolle müssen. Überdies gilt es, die Anmeldeformalitäten zu erledigen und die Käfige herzurichten.

Beunruhigt wegen des Briefes mit anonymem Absender konnte Imogen den ganzen Abend über kaum einen klaren Gedanken fassen. Ständig hat sie überlegt, wer ihn geschrieben haben könnte und was er bedeutet. Auch Richard kann sich keinen Reim darauf machen. Die beiden sitzen am Küchentisch. In Richards Armbeuge schlummert Pünktchen mit zufriedenem Gesichtchen. Anscheinend weiß sie, dass sie nunmehr seine Katze ist. Seitdem Richard ihr diesen unverwechselbaren Namen gegeben hat, weicht sie ihm praktisch nicht mehr von der Seite, und er ist von so viel Anhänglichkeit hellauf begeistert. Gerade schüttelt er den Kopf. »Da meint es offensichtlich jemand gut mit dir«, beschwichtigt er und legt den Brief beiseite. »Alles ist gut, du sollst dir keine Sorgen mehr machen. Was willst du mehr?«

Imogen schaut fassungslos zu Richard. »Ja, vielleicht, aber wer hat das geschrieben? Und vor allem, warum hat er Wolf für mich beiseitegeschafft? Und wo ist er jetzt?«

»Tja, das bleibt im Ungewissen«, murmelt Richard. »Jedenfalls legt die betreffende Person darauf Wert, dass du dir keine Sorgen mehr machst.«

»Ja, du bist gut«, ereifert sich Imogen und fährt sich mit der flachen Hand über ihr gerötetes Gesicht. »Kann sich dieser Jemand denn nicht denken, dass es mich wahnsinnig macht, nicht zu wissen, wer er ist und wo er Wolf versteckt hat?«

Richard zuckt ratlos mit den Schultern. »Möglicherweise kann er das sogar. Wahrscheinlich ist es am einfachsten, wenn du die Details nicht kennst. Für dich hat sich die Sache so erledigt und vermutlich legt dein Gönner keinen Wert darauf, dass irgendjemand erfährt, was er getan hat. Einen Toten verschwinden zu lassen, ist ja nicht gerade ein Ruhmesblatt in der persönlichen Vita.«

»Ich verstehe die Motivation nicht«, insistiert Imogen hartnäckig. »Außer dir und Patrick kenne ich niemanden, der so etwas für mich tun würde.«

Richard lächelt dünn. »Na, wenn du dich da mal nicht täuschst«, sagt er. »Du kannst dich drauf verlassen, dass ich niemals eine Leiche einfach so verschwinden lassen würde. Ich hätte den Kerl zur Polizei gebracht. Mit so etwas belastet man sich doch nicht.« Er schüttelt entrüstet den Kopf und streichelt zärtlich Pünktchens rosige Tatzen. »Und Patrick kannst du ebenfalls von deiner Liste streichen. Dem flatterten ja schon die Nerven, als wir hinten das Beet umgepflügt haben. Der wäre nie und nimmer imstande, auf eigene Faust einen Toten auszugraben und zu entsorgen.«

Imogen nickt nachdenklich.

»Natürlich ist das so!«, tönt Richard im Brustton der Überzeugung. »Ich nehme den Brief mal an mich. Vielleicht finde ich in meinem alten Chemiebaukasten ein paar Mittelchen, mit denen ich irgendetwas sichtbar werden lassen kann, was uns weiterhilft. Wenn dir das Ganze keine Ruhe lässt.«

»Danke.« Imogen lächelt müde.

»Aber nichts ist bekanntlich umsonst«, meint er schelmisch.

»Was soll ich tun?« Imogen schaut ihn fast ängstlich an.

»Die alte Nähmaschine deiner Tante aktivieren«, fordert Richard. »Ich möchte, dass du mir eine Umhängetasche aus warmem Stoff nähst, in der ich Pünktchen ohne Probleme transportieren kann. Und bitte mit Reißverschluss.«

»Du meinst, du willst sie in einer Tasche mit dir herumtragen?« Imogen traut ihren Ohren nicht. »Permanent?«

»Exakt. Sie ist schließlich meine Katze.« Richard grinst schief.

»Das macht sie nicht mit!«, platzt es aus Imogen heraus. Die Vorstellung, dass Richard fortan überall mit Katze auftauchen will, findet sie einfach zum Schieflachen. »Das ist ganz unmöglich!«

»Wirst schon sehen«, sagt Richard und schaut seine kleine Katze verliebt an. »Also, was ist? Gilt der Deal?«

»Abgemacht.« Imogen schlägt in Richards Hand ein, die er ihr über den Tisch entgegenreckt. »Du findest den geheimnisvollen Briefschreiber und ich nähe dir die Tasche. Und wer von uns beiden als Erster liefert, hat einen Extrawunsch frei.«

10. Kapitel

Imogen steht mit dem Handy am Ohr in der offenen Haustür und quittiert dem Paketboten den Empfang eines Päckchens. Das ist kein ungewohntes Bild. Neuerdings macht sie ständig mehrere Dinge gleichzeitig. Sie telefoniert und schreibt etwas nieder, sie telefoniert und fertigt den Postboten ab, sie telefoniert und macht Kaffee, sie telefoniert und spült oder kocht, sie telefoniert und räumt auf, sie telefoniert und fährt Auto, und so weiter und so weiter. Meistens telefoniert sie. Seit sie ihr Immobilienbüro eröffnet hat, gibt es bereits erste Vermittlungserfolge. Die Kehrseite des Ruhmes ist, dass sie nunmehr rund um die Uhr arbeitet. Wie viele Selbstständige übt sie sich in Omnipräsenz. Sie ist nicht in der Lage, einfach mal das Telefon klingeln zu lassen, oder es abends und sonn- oder feiertags ganz auszuschalten, oder Objekte, die ihr angeboten werden, aufgrund von zu viel Arbeit abzulehnen. Ein Kunde, dem man einmal absagt, kommt nicht wieder, meint sie, und damit hat sie vermutlich sogar recht.

Nun ist sie sozusagen rund um die Uhr im Einsatz. Mit der häuslichen Beschaulichkeit aus früheren Tagen ist es vorbei. Ihr Fleiß wird reichlich belohnt, die Leute mögen sie und so manches Geschäftchen hat sie inzwischen wie am

Schnürchen abgewickelt. Allmählich stellt sich Routine ein. Leider verbringt sie kaum mehr gemeinsame Freizeit mit Richard oder Freunden. Oder mit mir. Das ist die Kehrseite der Medaille. Nichts ist bekanntlich umsonst. Anfangs hat er noch Verständnis gehabt, doch mittlerweile kommt sich Richard öfter reichlich vernachlässigt und überflüssig vor. Beim gemeinsamen Einkauf am letzten Wochenende muss im Discounter Imogens Handy geklingelt haben und sie telefonierte eine geschlagene halbe Stunde mit einem Kunden, machte auf den Erbsendosen im Regal auf einem Zettel Notizen und nahm die Welt um sich herum nicht mehr wahr. Richard hat ihr das anschließend vorgeworfen, nach eigener Aussage kam er sich komplett lächerlich vor, wie er untätig herumstand und wartete. Sie hätte den Kunden zurückrufen können und nicht das ganze Gespräch zwischen Einkaufswagen, Nudeln, Erbsen und Sauerkraut in aller Öffentlichkeit führen müssen. Stattdessen war sie so absorbiert, dass ihr gar nicht in den Sinn kam, den Anrufer auf später zu vertrösten. Die neue Lebenssituation stößt Richard zunehmend sauer auf. Wenn er in letzter Zeit häufig spätabends nach Hause kommt, bemerkt Imogen das nicht einmal, so besessen ist sie von ihrer Arbeit.

Seit sie als freie Maklerin mit eigenem Büro arbeitet, hat sie für körperliche Kinkerlitzchen wie Schwindelgefühle und Magenschmerzen keine Zeit mehr. Ihre gesundheitlichen Probleme sind wie weggeblasen. Richard beobachtet das mit gemischten Gefühlen. Auch mir ist meine Herrin seit einigen Wochen nicht geheuer. Sie nimmt uns kaum mehr wahr. Die Sache mit Wolf belastet sie nicht mehr, und falls doch, verbirgt sie das gut. Richard hatte übrigens im Hinblick auf jenen anonymen Brief einige spannende, aber leider erfolglose Experimente mit seinem Chemiebaukasten unternommen. Der Briefschreiber muss außerordentlich vorsichtig zur Sache gegangen sein. Fingerabdrücke waren nicht feststellbar und andere Hinweise, die auf den Schreiber Rückschlüsse zugelassen hätten, konnte er nicht entdecken. Imogen hat ihm trotzdem die Umhängetasche für Pünktchen genäht. Wenn er nicht gerade im Finanzamt arbeitet, trägt er sie nun tatsächlich immer bei sich. Sie findet das offenbar in Ordnung, schließlich ist sie seine Katze. Ich finde die beiden nur ziemlich drollig.

Bevor er das Haus verlässt, ruft er sie und sie kommt angerannt und schlüpft begeistert in die Tasche. Ich habe kein einziges Mal gehört, dass er sich bei Imogen über Pünktchen beschwert, ihr Betragen ist angeblich stets makellos. Geduldig harrt sie in der Tasche aus, komme, was da mag. Sei es im Supermarkt, im Straßenverkehr, auf dem Fahrrad, im Auto, in der Bank, in der Bibliothek, im Bücherladen, bei Freunden zu Hause oder in der katholischen Jugendgruppe, Pünktchen bleibt wie festgenietet in ihrer Tasche. Sie ist glücklich, solange sie nur bei Richard sein kann. Auch nach Wochen, die sie nun bei uns ist, sind die beiden ein Herz und eine Seele. So wenig kätzische Neugier hat die Welt noch nicht gesehen. Mich würde nichts in dem Umhängesack halten, bestünde die Möglichkeit, meine Nase mal in Supermarktregale oder in Patricks und Veronicas Haus zu stecken. Doch ich spiele wahrscheinlich in einer anderen Liga als Pünktchen. Mich fragt keiner, ob ich mal etwas anderes sehen möchte, als das schweiger-von stettensche Haus und Grundstück. Manchmal bezweifle ich ernsthaft, dass Pünktchen überhaupt eine Katze ist. Als Kumpel ist sie jedenfalls nicht zu gebrauchen. Sie ist niemand, der gerne spielt, und was Essen betrifft, steht sie nur auf die Leckerbissen und ist selbst da sehr delikat. Mit spitzem Züngchen leckt sie diese und jene Kleinigkeit auf, sie nascht mehr als dass sie frisst. So wird nie eine ansehnliche Katze aus ihr. Entsprechend federleicht wirkt sie. Insgesamt verhält sie sich wie eine unnahbare Schöne. Was sie mir gestattet? Nun, ich darf sie verliebt anschauen und wenn sie abends ihre schlimmen fünf Minuten hat, hinter ihr herjagen über die Sitzgarnitur im Wohnzimmer oder durchs Treppenhaus. Aber damit haben sich unsere Gemeinsamkeiten auch schon. Sie ist eben eine Katze, kein ganzer Kerl.

Grundsätzlich stört sie mich nicht. Wenn Richard allein außer Haus ist, schläft sie viel. Das Revier draußen gehört sowieso mir allein. Richard meint, sie sei zu jung, um hinauszugehen, und dann hat er wohl Angst, sie könnte sich draußen auf irgendeinen dahergelaufenen Kater einlassen. Ich bin gespannt, ob er hier in absehbarer Zeit eine Britisch-Kurzhaar-Zucht aufzieht. Zuzutrauen wäre es ihm, und tragischerweise ist keiner da, der ihn bremst. Imogen ist derartig im Stress, sie würde davon vermutlich nichts mitbekommen. Wie es aussieht, hat sie die Sache mit Wolf verdrängt. Vielleicht denkt sie sogar inzwischen, dass das Ganze ein schlechter Traum war, also gar nicht wirklich stattgefunden hat. Nur als sie letztens im Keller aufräumte und auf den gelben Fahrradhelm stieß, erstarrte sie und ihr Blick flackerte einen langen Augenblick.

Überhaupt hat meine Herrin in den letzten Monaten deutlich Federn gelassen. Als die noch schwache Frühlingssonne heute Morgen durch das Küchenfenster auf ihren Kopf schien, bemerkte ich viele neue graue Haare zwischen den blonden. Auch die Fältchen um ihre Augen herum und auf der Stirn sind markanter geworden. So ein Winter in unseren Breiten hinterlässt Spuren. Erst recht, wenn zusätzlich so unglaubliche Dinge geschehen wie bei uns in letzter Zeit. Zwar hat sie zu ihrem unverwechselbaren Humor zurückgefunden, aber ihr Lachen ist nicht mehr ganz so glockenhell und rein wie früher. Wenn sie mit Kunden lacht, hat das bisweilen etwas Gezwungenes. Sie klingt nicht mehr so unbeschwert. Vielleicht liegt es an ihrer Arbeit. Wer von Berufs wegen höflich sein muss, für den wird Freundlichkeit leicht zum Automatismus und ist nicht immer echt. Was ich schade finde, ich habe Imogens unverfälschtes Lachen so gemocht. Wie früher klingt es nur noch sehr selten.

Doch an wem geht die Zeit spurlos vorüber? Wir Katzen haben zumindest den Vorteil, dass die allerwenigsten von uns graues Fell bekommen. Wir sehen selbst im fortgeschrittenen Alter recht passabel aus, auch wenn der Glanz unserer Haare mitunter ein bisschen stumpfer wird, die Bewegungen langsamer und wir deutlich mehr Schlaf benötigen als in unseren Sturm- und Drangjahren. Nicht einmal an uns Katzen geht die Zeit spurlos vorüber. Jedenfalls versuche ich, in dem hier seit mehreren Wochen obwaltenden häuslichen Chaos die Ruhe zu bewahren, gut auf mich zu achten, komme, was da mag oder wer da mag. Ständig klingelt es neuerdings an der Haustür, und wenn die Haustürglocke schweigt, läutet das Telefon. Wenn es ganz schlimm kommt, schellt jemand an der Haustür und zugleich schrillt das Telefon. Manchmal höre ich es schon klingeln, wenn es gar nicht klingelt.

Da Imogen ihr Maklerbüro in dem Zimmer gleich neben der Küche, also direkt bei der Haustür eingerichtet hat, strömen die vielen fremden Leute, die zu uns kommen und - ganz entgegen Imogens früherer gesunder Angewohnheit, nicht jeden ins Haus zu lassen - hereingebeten werden, wenigstens nicht durch das ganze Haus. Im Keller und in den Obergeschossen ist man vor ihnen sicher. Sie gehen in unser ehemaliges Esszimmer, in dem jetzt Imogens Schreibtisch mit ihrem Computer steht, ein Regal mit vielen Aktenordnern, ein imposanter Besprechungstisch mit Stühlen in der Raummitte und eine riesige, sehr dekorative und überaus schmackhafte Papyrusstaude. An der Wand hängt eine Tafel mit bunten Fotos von Häusern und Wohnungen und Zetteln mit Texten darauf. Leider darf ich äußerst selten in diesen Raum, einfach weil dort so intensiv, fast fieberhaft gearbeitet und besprochen wird. Da haben Katzen nichts verloren, meint meine Herrin.

»Du bist aber spät heute.« Imogen sitzt am Küchentisch und trinkt eine Tasse Milchkaffee. Seit sie erfolgreiche Immobilienmaklerin mit eigenem Büro ist, reicht eine kleine Tasse Espresso nicht mehr, sich aufzuputschen. Es muss schon ein großer Kaffee sein, und damit ihr Magen, der sich anscheinend ab und zu doch noch bemerkbar macht, nicht zu sehr meutert, mildert sie das den Magenschleimhäuten unzuträgliche Koffein mit einem ordentlichen Schuss Milch. Richard gibt Imogen einen flüchtigen Kuss auf den Mund. Um seine Schulter hängt besagte Tasche, aus der gerade Pünktchens Kopf gegen den fast völlig zugezogenen Reißverschluss ankämpfend auftaucht. Sie schaut sich aufmerksam in der Küche um, als ob sie den Raum zum ersten Mal in ihrem Leben sieht. Imogen stupst ihr mechanisch mit dem Zeigefinger über den dunklen Flecken auf ihrer Nase. »Hast du sie mit im Büro gehabt?«

Richard schüttelt den Kopf. »Nein, wir zwei waren eine Runde um den Block.«

»Ich habe gar nicht gehört, wie du zurückgekommen bist«, sagt Imogen verblüfft. »Ich war doch den ganzen Abend zu Hause.«

»Als ich kam, hörte ich Stimmen aus deinem Büro«, erklärt Richard. »Da wollte ich nicht stören. Und als ich ging, waren die Leute immer noch da. Ist es gut gelaufen?«

»Oh ja, ganz gut.« Imogen steht auf und stellt die Kaffeetasse auf die Küchenanrichte. »Heute Nachmittag hatte ich übrigens einen Kunden hier, der zufällig Architekt ist. Ich habe ihm erzählt, dass ich mich bald vergrößern muss und da hat er mir vorgeschlagen, den Dachboden als Büroraum auszubauen. Wir waren oben und er meinte, ich könnte dort bequem ein Büro für mich, einen größeren Besprechungsraum und drei kleinere Büros für Mitarbeiter bauen. Für eine Toilette und eine Teeküche wäre außerdem Platz. Das Ganze wäre durch eine Außentreppe von draußen zu erreichen, hätte also den Charme, dass die fremden Leute nicht mehr direkt hier bei uns im Haus sind. Was hältst du davon?«

»Das klingt aufwendig und teuer.« Richard zieht die Tasche mit Pünktchen von seiner Schulter, öffnet den Reißverschluss und setzt die Katze vor einem der Futternäpfe auf dem Boden ab. Pünktchen schnuppert vorsichtig am Futter, nimmt einen Happen, dann hat sie genug. Ob sie aushäusig etwas Besseres bekommen hat? »Aber grundsätzlich gefällt mir die Idee«, äußert sich Richard lahm. Er sieht müde aus. »Und wenn du Mitarbeiter hast, könnten die dich ja entlasten. Der Mann kann ja mal einen Kostenvoranschlag machen. Wäre interessant, zu wissen, was so etwas kostet.«

»Ist schon in Auftrag gegeben«, erklärt Imogen strahlend. »Ich dachte mir, jetzt hab ich den Architekten einmal da, und fragen kostet bekanntlich nichts.«

Richard runzelt die Stirn. Früher haben die beiden solche wichtigen Dinge gemeinsam beratschlagt, bevor Angebote eingeholt wurden. »Wie du meinst.«

»Ja, ich finde die Idee wirklich klasse«, sagt Imogen begeistert. »Das hat was, vor allem die Treppe draußen.«

»Bist du nicht der Ansicht, so eine Stahltreppe stört den Gesamteindruck des alten Hauses? Wie soll das denn aussehen? So ein Monstrum kann man schließlich nicht verstecken.« Richard gibt einen undefinierbaren Schnieflaut von sich.

»Wer spricht denn von Stahl? Es kann durchaus eine Holztreppe werden«, entgegnet Imogen mit triumphierender Miene. »Schwarzer sagt - Herr Schwarzer ist der Architekt -, so eine Treppe kann sogar ein Blickfang sein, der den Wert des Hauses noch einmal empfindlich steigert.«

»Empfindlich, so, so«, spöttelt Richard mit vielsagendem Augenaufschlag. »Wenn ich mit einer Maklerin reden würde, würde ich so was wahrscheinlich auch erzählen. Der weiß genau, wie er dich packen kann. Hast du gleich einen Termin für das Bauvorhaben vereinbart?«

»Wo denkst du hin?« Imogen schüttelt entrüstet den Kopf. »Ich wollte die Sache erst mit dir besprechen. Wenn du nicht einverstanden bist, lassen wir es natürlich.«

Richard nickt lahm. »Das ist nett«, sagt er. »Du willst also ganz groß ins Immobiliengeschäft einsteigen, habe ich das richtig verstanden? Das Büro erweitern, Leute einstellen, richtig investieren.«

Imogen schaut ihn mit großen Augen an. »Ja, warum nicht?«

»Weil du jetzt schon kaum mehr Zeit hast für irgendetwas anderes«, erwidert Richard gereizt. »Wo soll das hinführen, wenn du oben ein riesiges Büro einrichtest, womöglich mit der Verantwortung für drei oder vier Mitarbeiter? Wenn ich dich demnächst sehen will, kann ich dich da oben besuchen, oder wie? Das ist doch kein Leben!«

»Die Arbeit macht mir aber Spaß«, ereifert sich Imogen mit beleidigter Miene.

»Das soll sie auch«, entgegnet Richard. »Nur bitte alles mit Maß und Ziel. Du arbeitest ja ausschließlich. Wir sind nur zu zweit und haben für unsere Ansprüche genug Geld. Da müssen Auszeiten, vor allem gemeinsame Auszeiten einfach drin sein. Verreisen würde ich übrigens mal wieder gerne mit dir.«

»Aber die Arbeit macht mir Spaß«, wiederholt Imogen mit Nachdruck.

»Arbeiten soll man, um zu leben, nicht umgekehrt«, gibt er zu bedenken. »Darf ich dich daran erinnern, dass du noch vor wenigen Wochen ziemliche Existenzängste hattest? Zuerst musstest du befürchten, lebenslang ins Gefängnis zu wandern, dann dachtest du einige Zeit, im nächsten Moment würde dich der Schlag treffen, so gesundheitlich angegriffen warst du. Aufgrund dieser Erfahrungen solltest du Lebensqualität höher zu schätzen gelernt haben. Leben besteht nicht nur aus Arbeit, selbst wenn sie Freude macht. Viele andere schöne Dinge machen ebenfalls Spaß. Die Welt ist groß und bunt.«

Imogen hat Richard mit großen Augen zugehört. »Kann es sein, dass du eine Erkältung bekommst?«, fragt sie besorgt. Richard schaut sie verständnislos an. »Du hast ja recht«, gibt sie schließlich klein bei. »Ich will sehen, dass ich ein paar zuverlässige Leute finde, die mich entlasten. In der Anfangsphase war an Mitarbeiter allerdings nicht einmal zu denken. Die Kosten! Es war nicht klar, ob ich den Laden überhaupt ans Laufen bekomme.«

»Jetzt bist du schlauer«, sagt Richard trocken.

»Ja.« Imogen stellt sich auf die Zehenspitzen und schlingt besänftigend ihre Arme um seinen Hals. Ihr Gesicht ist ganz nah an seinem. »Hilfst du mir, den Dachboden auszuräumen? Da oben sind viele Kisten, die in den Keller müssen. Vielleicht können wir einen Teil davon wegwerfen. Das müssten wir sichten, zu zweit ist das ein Klacks.«

»Jetzt?« Richard blickt entgeistert in ihre Augen, die so dicht vor seinen sind, dass er sie unscharf sehen muss.

»Nein, natürlich nicht jetzt.« Imogen lacht amüsiert auf. »Wenn wir in den nächsten Tagen mal ein paar Stunden Muße haben.«

»In Ordnung. Dann werde ich das machen. Du wirst ja kaum dazu kommen.« Richard lächelt gequält. »Hast du heute noch zu tun?«

Imogen schüttelt den Kopf. »Nein. Übrigens darfst du behalten, was du Interessantes in den Kartons findest. Das gilt auch, wenn ich mithelfe.«

»Wenn das so ist, fange ich gleich an«, meint Richard und krempelt sich theatralisch die Ärmel hoch. »Ich habe nie begriffen, warum du die Sachen nicht schon viel früher durchgeschaut hast. Deine Tante war eine reiche Frau, wer weiß, was dort oben alles schlummert.«

Manchmal eine Katze, denke ich und bezweifle, dass Richard etwas Wertvolleres in den Kartons finden wird.

Nach Tagen und Wochen, während derer Imogen in rastloser Betriebsamkeit wie eine Besessene ihr Immobiliengeschäft betreibt und ich meine Zeit im Wesentlichen damit verbringe, sie zu beobachten, zu dösen und darauf zu hoffen, dass sie nicht vergisst, mich in den Garten hinaus, irgendwann zurück ins Haus zu lassen und meine Näpfe mit anständigem Futter zu füllen, gibt es endlich wieder Neues zu berichten. Leider sind die Neuigkeiten keine guten, aber es tut sich was, was immerhin etwas ist. Auch wenn wir Katzen Rituale lieben, mögen wir bisweilen die Abwechslung. Wer will sein Leben schon im ewig gleichen Trott verbringen? Als Imogen mich heute Morgen in den Garten hinausließ, hörte ich von hinten laute Stimmen und Motorengeräusche. Die Bauherren der zu errichtenden Psychiatrie lassen nichts anbrennen, wie es scheint. Als ich an das dicht mit Unkraut überwucherte und nunmehr kaum von der Wiese zu unterscheidende Gemüsebeet trat, waren ein paar Männer mit langen Stangen zugange. Ab und zu hämmerten sie einen dieser Stäbe in den Boden und dann schaute einer von ihnen durch einen Apparat. Anscheinend nehmen sie Maß für die Gebäude.

Es dauerte nicht lange, da tauchte Imogen auf. In warmer Jacke und Gummistiefeln ging sie zu den Männern. Da ich nicht dicht dabei war, sondern in sicherer Entfernung das Geschehen von einem Ast des alten Jakob-Lebel-Apfelbaumes aus beobachtete, hörte ich nicht, was sie redeten. Doch aufgrund ihrer Gesten und Gebaren schloss ich, dass sie den neuen Grenzverlauf von Imogens und Richards Grundstück besprachen. Imogen wäre nicht Imogen und eine schlechte Maklerin und Streiterin in eigener Sache obendrein, wenn sie nicht versuchen würde, in dieser prekären Situation das Optimum für sich herauszuholen. Wahrscheinlich hat sie dem Krankenhaus einen zu errichtenden hohen Zaun abgehandelt, den natürlich nicht Imogen und Richard, sondern das Krankenhaus bezahlt. Sowie die Grenze festgelegt ist, schleppen ein paar Männer hohe dunkelgrüne Metallstangen und grüne Gitter heran. Sie buddeln tiefe Löcher, stellen die Stangen hinein und kippen Eisenteile und eine gräuliche Masse in die Vertiefungen. Während dieser Aktion weicht Imogen keinen Schritt von der Stelle. Zwischendurch klingelt ihr Handy, manchmal spricht sie mit den Anrufern, bisweilen drückt sie die Gespräche einfach weg. Ein ungewöhnlicher Anblick ist das, doch an diesem Morgen setzt sie die Prioritäten anders. Was nicht verwundert. Gerade der hintere Teil des Gartens liegt ihr bekanntermaßen besonders am Herzen.

Der hohe grüne Metallzaun steht. Er teilt nun den Garten in zwei Hälften. Natürlich stellt er für eine Katze kein Hindernis dar. Es ist nur mühsam, über ihn hinüberzusteigen, dafür erlauben genügend Schlupflöcher zwischen Boden und Zaun ein problemloses Unterschreiten. Für einen Menschen sind die Lücken zu schmal, aber eine Katze passt spielend hindurch. Dennoch sehe ich in der Errichtung des Zauns einen empfindlichen Eingriff in meinen Herrschaftsbereich. Sie berauben nicht nur Imogen und Richard der Hälfte ihres Gartens, sondern auch mich um die Hälfte meines Territoriums. Entsetzt beobachte ich, wie ein riesiger Bagger von hinten auf das Grundstück fährt. Imogen läuft am neuen Zaun auf und ab und beobachtet nervös das Geschehen. Ob sie glaubt, dass Wolf dort zutage befördert wird? Seit wann wandern Tote unter der Erde? Wie er wohl nach all den Monaten aussieht?

Sie weicht nicht von der Stelle, selbst als Richard mit Pünktchen in der Umhängetasche im Garten aufkreuzt. Der Motorenlärm des Baggers beim Ausschachten ist ohrenbetäubend, und da Richard nun bei Imogen ist, laufe ich schnell zum Haus zurück. Nichts wie weg von diesem Radau. Pünktchen hat schockiert ihren Kopf in den Untiefen der Tasche vergraben. So einen Lärm hat sie im Leben bestimmt nie gehört.

Kurze Zeit später kommen die drei zum Haus und lassen mich endlich, endlich hinein. Ich rechnete fast damit, dass sie bis in alle Ewigkeit hinten stehen würden. Anscheinend haben die Bauarbeiter Wolf nicht gefunden, zumindest bisher noch nicht, und vielleicht meint Imogen, sich verdächtig zu machen, wenn sie endlos dort steht und starrt.

»Er ist nicht mehr da«, sagt Richard gerade. »Irgendjemand hat ihn für dich weggeschafft. Wir haben das doch x-mal besprochen.«

Imogen nickt. Sie ist reichlich blass um die Nase herum. Sonst bekommt ihr Gesicht in frischer Luft stets eine gesunde, rosige Farbe, heute sieht sie käsig und abgespannt aus.

»Ja, ich weiß. Nur kommt jetzt die ganze Geschichte wieder bei mir hoch. Und ich dachte, ich wäre darüber weg.«

»Verständlich«, murmelt Richard. »Aber wir haben ihn ja schon damals im Gemüsebeet nicht gefunden. Wenn er, wie du behauptest, tatsächlich da lag, ist er seit Langem weg. Eben haben sie dort ein riesiges Loch ausgehoben, ich habe nichts als Erde, Sand und Steine gesehen. Es ist vorbei, aus und vorbei. Du musst mit der Ungewissheit leben, nicht zu wissen, wo er abgeblieben ist.«

Imogen beißt sich auf die Lippen und streift ihre Jacke ab. »Es fällt schwer«, entgegnet sie, zuckt mit den Achseln und hängt die Jacke an die Garderobe.

»Vielleicht haben sie ihn mittlerweile ja gefunden«, mutmaßt Richard. »Ich meine natürlich, ganz woanders. Und da keine Spur zu dir führte, haben sie ihn ordnungsgemäß begraben und du hast Glück gehabt.«

»Bei dir klingt das alles so einfach«, ereifert sich Imogen. »Ich habe keine Todesanzeige in der Zeitung gesehen.«

»Für die Ärmsten der Armen schaltet keiner Anzeigen«, erwidert Richard trocken.

»Der Mann war nicht arm. Vielleicht einsam, arm bestimmt nicht. Er hat immerhin eine Exfrau, die an sein Geld und das gemeinsame Haus wollte. Und dann hatte er Kollegen. Ich bin sicher, dass Frau Spohrmann oder Detektiv Sauer uns erzählt hätten, wenn er gefunden worden wäre. Schließlich sind sie uns eine Zeit lang ganz schön auf den Wecker gefallen. Besonders er.« Imogen stellt eine Tasse Kaffee vor Richard auf den Küchentisch. »Schön, dass du heute früher gekommen bist.«

»Ja, ich dachte, es wäre nicht schlecht, hier zu sein.« Er lächelt. »Aber du hattest ja alles geregelt mit den Leuten. Sogar den Zaun haben sie als Erstes aufgestellt. Sie haben deinem Charme nicht widerstehen können.«

Imogen lacht geschmeichelt auf. »Das war das Mindeste, was sie uns zugestehen konnten, nachdem sie die Hälfte des Gartens für einen Spottpreis bekommen haben. Ingo

Müller nebenan hat ihnen sogar wesentlich mehr verkauft. Wenn sie mit allem fertig sind, ist sein Grundstück nur noch 500 Quadratmeter groß.«

An der Haustür klingelt es. Imogen schaut auf die Uhr. »Himmel, schon eins! Das werden die Eheleute Bauer sein, wegen des Mietvertrags. Da muss ich leider öffnen. Danach bin ich wieder für dich da.« Sie fährt Richard mit der Hand über die Schulter. »Den Tag heute habe ich mir extra für dich freigehalten.« Sie drückt ihm einen flüchtigen Kuss auf den Mund. Richard nickt hinter ihr her und streichelt versonnen Pünktchens Ohren. Sie sitzt auf seinem Schoß und blickt ihn so verliebt an, dass man bei entsprechender Veranlagung durchaus eifersüchtig werden könnte. Kurze Zeit später, als Imogen auch den Vermieter an der Haustür in Empfang genommen und in den Besprechungsraum geführt hat, steigt Richard hoch ins Dachgeschoss. Er hatte Imogen ja versprochen, die Kisten dort zu sichten, Dinge für den Müll auszusortieren und das restliche Zeug im Keller einzulagern.

Selbstverständlich begleite ich Richard nach oben. Schließlich ist er drauf und dran, einen meiner erklärten Lieblingsplätze zu beseitigen. Die Kisten oben auf dem Dachboden sind gemütliche Rückzugsorte, und es grenzt an eine Unverschämtheit, dass sie mich an diesem Tag gleich zweier Orte berauben, an denen ich mich für mein Leben gern aufhalte, zum einen des riesigen hinteren Teils des Gartens, und nun auch noch der wunderbaren warmen Pappkartons. Werde ich hier denn gar nicht mehr gefragt? Gilt mein Wort nichts?

Mietverträge sind offensichtlich eine vertrackte Angelegenheit. Eine ganze Weile gibt im Besprechungsraum ein Wort das andere, teils klingen die Stimmen aufgeregt, zwischendurch spricht Imogen betont ruhig. Anschließend herrscht Schweigen, dann sagt eine fremde Männerstimme etwas, darauf eine etwas höhere Frauenstimme, die eine Frage an Imogen richtet. Das hört sich nach einer schweren Geburt an. Irgendwann zwischendurch kommt Imogen aus dem Büro und schließt die Tür hinter sich. Sie schüttelt genervt den Kopf und holt aus der Küche eine volle Flasche Wasser und ein Tetrapack Apfelsaft. Anscheinend haben sich ihre Leutchen da drinnen die Hälse trocken geredet. Mit den Getränken und einem überaus entschiedenen Zug um die Mundwinkel herum kehrt Imogen in den Besprechungsraum zurück. Bestimmt bringt sie das langwierige Hin und Her nun zu einem raschen Ende.

Wieso ich hier unten im Flur und nicht mehr oben bei Richard bin? Ich gebe es ungern zu, aber er hat mich oben ausgesperrt. Als er die ersten Kartons von Tante Johanna öffnete und den Inhalt herausholte, sprang ich hinzu und begann, mit meinen Krallen einige Papiere zu bearbeiten. Es gibt wenige Dinge im Haus, die so interessant sind wie raschelndes Papier, es riecht auch spannend. Nach mehreren Störaktionen meinerseits setzte er mich ein paar Mal genervt weg und drohte mir mit Aussperrung, was ich selbstverständlich ignorierte. Wo kämen wir da hin, wenn ich mir alles verbieten lassen würde? Jedenfalls machte ich, nachdem er mich etliche Male mit barschen Worten und eisenhartem Griff von den muffig riechenden Zetteln weggenommen hatte, einen Satz in die nicht weniger aufregend riechenden Kisten. Ein Karton war bereits leer, und den bearbeitete ich mit Krallen und Zähnen, dass die Pappschnitzel nur so flogen. Da wurde es Richard zu viel. Wütend und dementsprechend grob packte er mich und setzte mich vor die Dachgeschosstür. Alles Klagen und Maunzen halfen nicht, er blieb unerbittlich, ich durfte nicht mehr in den Raum.

Etwas später tauchte er mit der ersten Kiste im Arm im Erdgeschoss auf und trug sie hinunter in den Keller. Das Ganze wiederholte sich mehrfach. Richard schnaufte ganz schön. Papier - man sollte es nicht meinen - ist allem Anschein nach ziemlich schwer. Bei seinem letzten Gang kollidierte er fast mit Imogens Kunden, die gerade aus dem Besprechungsraum kamen. Der riesige Karton auf seinem Arm versperrte ihm die freie Sicht. Sie hatten Mappen bei sich, anscheinend hat Imogen trotz aller Widrigkeiten den Bogen noch gekriegt und den Vertrag und damit die Provision unter Dach und Fach gebracht. Gut Ding will manchmal Weile haben. Jetzt lachten alle so ein zufriedenes, eigentümlich metallisch klingendes Geldlachen, nur Richard wirkte unangenehm berührt, als er den Leuten mit dem riesigen Karton praktisch vor die Füße stolperte. Wahrscheinlich kam er sich gerade wie ein Lohnsklave oder der Hausmeister vor. Dieses Gefühl verfestigte sich vermutlich, zumal Imogen ihn nicht als ihren Mann vorstellte. Sicher wollte sie jedes weitere Gespräch im Keim ersticken. Sie war froh, dass die umständliche Unterhandlung zu Ende war und hatte nur eines im Sinn: die Leute endlich loszuwerden, damit sie sich die Sache mit dem Mietvertrag im Zuge eines plötzlichen Sinneswandels nicht anders überlegten.

»Das wär's«, sagt Richard und stellt den letzten Karton in den Vorratsraum neben der Küche. Er fährt sich mit dem Handrücken über seine schweißnasse Stirn. »War mehr Arbeit, als ich dachte.«

»Du bist mein Held«, strahlt Imogen und blickt zugleich verblüfft in die kleine Vorratskammer, in der zwei Kisten, die Richard dort auf den Boden gestellt hat, den ungehinderten Zugang blockieren. »Was sind das für Kisten?«, fragt sie und deutet in den Raum.

Richard trinkt in großen Zügen Mineralwasser direkt aus der Flasche. Er trinkt gierig, als ob er nach stundenlangem kräftezehrendem Aufenthalt in der Wüste auf eine Oase gestoßen wäre und nun Schlimmstes vermeiden will. Endlich setzt er die Flasche ab. »Was das für Kisten sind?«, wiederholt er Imogens Frage schwer atmend und blickt sie belustigt an. »Also, die eine ist voll mit Liebesbriefen. Nachdem ich einen kurzen Blick in einige Schriftstücke geworfen hatte, fand ich, dass du das besser anschaust. Es wäre deiner Tante sicher nicht recht, wenn ich mich da neugierig durchwühle. Aber als ihre Nichte solltest du die Briefe lesen, denke ich. Schließlich hat sie sie aufgehoben, und so lernst du sie von einer ganz anderen Seite kennen.«

»In Ordnung«, sagt Imogen und nickt. »Ich schätze, das hat Zeit, oder? Warum hast du sie in den Vorratsraum gestellt, dort blockiert sie alles. So können wir da keinen Schritt mehr machen.«

»Damit du dir den Inhalt anguckst, und zwar bald. Wenn ich sie in den Keller stelle, steht sie dort bis zum Sankt Nimmerleinstag«, befürchtet Richard.

»Aha, gut, wird gemacht«, erklärt sich Imogen einverstanden. »Und was ist in der anderen Kiste?«

»Tja, wenn ich das alles richtig gesehen habe, sind das Wertpapiere, die meines Erachtens einen gewissen Wert haben müssten. Und zwar einen beträchtlichen. Und eine Briefmarkensammlung mit uralten Marken, die für Sammler bestimmt sehr wertvoll ist.« Richard schnauft laut durch die Nase. »Deine Tante war nicht ganz ohne. Dass sie so etwas einfach in einer Kiste verschwinden ließ!«

Imogen lacht. »Das ist typisch. Tante Johanna war schon zu Lebzeiten für so manche Überraschung gut. Weißt du, ob das eine der Kisten ist, die Felicitas uns gebracht hatte?«

Richard schüttelt den Kopf. »Keine Ahnung. Im Zweifel würde ich halbe-halbe mit ihr machen, wenn du die Sachen verkaufst. Den Karton mit den Briefen hat sie auf jeden Fall dabeigehabt. Der ist nämlich etwas kleiner als die anderen Kisten und war mir deshalb aufgefallen.«

»Gut, ich schaue in den nächsten Tagen mal da durch«, verspricht Imogen. »Du kannst mir übrigens gratulieren. Der Mietvertrag ist im letzten Moment wider Erwarten nicht gescheitert. Hatten die eine lange Leitung. Dabei ging es nur um eine stinknormale Dreizimmerwohnung und eine Garage. Zwischenzeitlich konnte man meinen, sie würden über den Verkauf ihrer Seelen verhandeln, so kleinkariert nahmen sie jede Klausel unter die Lupe. Dabei sind das alles Musterverträge und rechtlich wasserdicht. Hast du eigentlich zwischendurch mal im Garten geschaut, wie weit die Leute mit den Arbeiten gekommen sind?«

»Auch heute wieder nur mit zwei Händen und einem Kopf im Einsatz, tut mir leid«, erklärt Richard und hält Imogen seine beiden Hände hin.

»Schon gut«, nickt Imogen. »Wenn sie etwas Ungewöhnliches gefunden hätten, dann hätten sie sich bestimmt gemeldet, oder?«

»Davon würde ich einfach mal ausgehen«, sagt Richard. »Ich wollte sowieso ein bisschen Luft schnappen. Ich schau gerne mal hinten nach.«

Imogen macht eine abwehrende Handbewegung. »Lass mal, das mache ich. Wir können ja beide gehen.«

Der einstmals idyllische Garten wirkt hinter dem hohen grünen Zaun, als ob eine Bombe eingeschlagen hätte. Auf der rechten Seite befindet sich ein riesiger Erd- und Geröllhügel. Die Zäune zu Rudi Petersens und Ingo Müllers Grundstücken sind verschwunden. Überall liegen herausgerissene Büsche. Der alte Apfelbaum von Tante Johanna liegt entwurzelt auf Herrn Müllers Grundstück, wo die Arbeiter inzwischen mit Ausschachten begonnen haben. Entsetzt schüttelt Imogen den Kopf und nimmt mit schreckensweiten Augen das Schlachtfeld in Augenschein. Die Arbeiter packen gerade ihre Sachen zusammen.

»Machen Sie für heute Feierabend?«, ruft Richard einem der Männer zu, der soeben eine Butterbrotdose und eine Isolierkanne in eine grüne Militärtasche steckt.

»Jawohl, für heute war es das«, antwortet der. »Wir haben übrigens auf Ihrem Grundstück das hier ausgegraben.« Er deutet mit der Hand auf einen Gegenstand, der am Rande des tiefen Baggerlochs liegt, geht zu ihm und hebt ihn auf. Imogens Lächeln gefriert, als sie sieht, was der Mann da in der Hand hält. Er reckt sich und reicht Richard, der dicht an den Zaun herangetreten ist, einen von Schlamm starrenden, ehemals gelb-grünen Sportschuh herüber.

Richard hat den Sportschuh umgehend in die Restmülltonne befördert. Er sitzt am Küchentisch und schüttelt verblüfft den Kopf. »Er war also tatsächlich da!«

Imogen sitzt ihm mit bleichem Gesicht gegenüber und versucht vergeblich, ihre vor Nervosität zitternden Hände unter Kontrolle zu bringen. »Willst du damit sagen, dass du bis vorhin immer noch Zweifel an meiner Geschichte hattest?«

»Ganz ehrlich?« Richard beißt sich auf die Unterlippe. »Ja.«

»Unglaublich«, murmelt Imogen fassungslos. »Und jetzt? Was machen wir jetzt?«

»Was sollen wir schon machen?« Richard blickt betont lässig zu ihr herüber. »Nichts in der Sache, natürlich. Die Arbeiter hinten haben keinen Verdacht geschöpft, wie auch? Was meinst du, was die tagtäglich aus Baugruben ans Tageslicht befördern? Der Mann fand meine Erklärung, dass ich den Schuh vor einiger Zeit beim Umgraben des Beetes verloren habe, total plausibel.«

Imogen nickt. »Du meinst, er wird nicht mehr gefunden?«

»Keine Ahnung.« Richard zuckt mit den Schultern. »Jedenfalls will dir derjenige nichts Schlimmes, der den Kerl heimlich aus dem Beet geschafft hat. Sonst hätte er sich längst bei dir gemeldet. Oder bei der Polizei. Vielleicht hat er selbst ein lebhaftes Interesse daran, Wolf auf Nimmerwiedersehen verschwinden zu lassen.«

»Trotzdem würde ich gerne wissen, um wen es sich handelt«, beharrt Imogen und starrt reglos auf die Tischplatte vor sich.

»Du lässt nicht locker, was?« Richard blickt ratlos zu Imogen herüber.

»Nein, aber ich habe keinen Anhaltspunkt, nicht den geringsten.« Frustriert greift sie nach ihrem Glas und stellt es sofort wieder auf der Tischplatte ab. Sie zittert so sehr, dass das Wasser im Glas über den Rand schwappt. »Leider.«

Richard schüttelt den Kopf. »Warum kannst du nicht einfach Ruhe geben? Hast du nicht genug um die Ohren?«

»Weil es mir keine Ruhe lässt.« Imogen blickt immer noch unverwandt vor sich.

»Also gut«, hebt Richard erneut an. »Gehen wir einmal davon aus, dass du es schaffst. Du findest heraus, wer ihn für dich beiseitegeschafft hat. Was machst du dann mit diesem Wissen? Gehst du zu ihm und bedankst dich?« Er blickt Imogen erwartungsvoll an, die verbissen schweigt.

»Auf jeden Fall friere ich die Immobiliengeschäfte ein«, entscheidet sie plötzlich. »Ich will mich ganz darauf konzentrieren, ihn zu finden.«

»Das kann nicht dein Ernst sein!«, entrüstet sich Richard und schaut sie an, als ob er sie für übergeschnappt hält. »Wochenlang arbeitest du wie eine Besessene rund um die Uhr, schließlich hast du Erfolg, hart erarbeiteten Erfolg, es läuft geschäftlich ausgezeichnet. Du überlegst sogar, zu expandieren, Leute einzustellen. Und das willst du alles Hals über Kopf aufgeben, um in einer alten Geschichte herumzustochern, die schon fast nicht mehr wahr ist? Das glaube ich nicht!« Er blickt sie fassungslos an. Doch Imogen wirkt nun außerordentlich zuversichtlich, beinahe einen Tick zu ruhig für den eben gefassten, ihr gesamtes Berufsleben umkrempelnden Entschluss.

»Du verstehst das nicht«, sagt sie mit tonloser Stimme. »Ich dachte ja in den letzten Wochen auch, ich könnte zur Tagesordnung übergehen, mich in Arbeit stürzen und vergessen, was war. Aber es geht nicht, geht nicht. Sobald ich zur Ruhe komme, habe ich diesen Film vor Augen, dass ich einen dumpfen Schlag höre und ein lebloser Körper bei Nacht durch den Garten gezerrt wird.« Sie schüttelt den Kopf und blickt betreten zu Richard. »Ich habe einen Menschen auf dem Gewissen, und jetzt will ich wenigstens herausfinden, was aus ihm geworden ist. Wenn ich das nicht mache, finde ich mein Leben lang keine Ruhe. Es wird immer etwas offen sein, mich bedrücken. Damit will und kann ich nicht leben. Das ist mir eben klar geworden, als der Schuh hinten auftauchte.«

»Was willst du unternehmen? Zur Polizei gehen? Dich selbst belasten?« Richard ist beunruhigt. Er merkt, dass es Imogen ernst ist mit ihrem Vorhaben, das leidige Unglück aufzuklären, das mittlerweile Monate zurückliegt. »Hilft dir das weiter?«

»Vielleicht.« Imogen fällt für eine Weile in tiefes Schweigen, das sie erst bricht, als Pünktchen mit ihrer Pfote einen Teil der Tageszeitung von der Küchenanrichte wischt und auf den Boden hinterherspringt. »Vielleicht sollte ich wirklich zur Polizei gehen, um mein Gewissen zu entlasten.«

»Sie werden dich fragen, warum du so lange mit deinem Geständnis gewartet hast«, gibt Richard zu bedenken. »Und mit Sicherheit werden sie von dir wissen wollen, wo Wolf steckt.«

»Das erste kann ich erklären, was das zweite angeht, sage ich einfach die Wahrheit«, erklärt Imogen im Brustton der Überzeugung.

»Dir ist hoffentlich klar, dass das böse ins Auge gehen kann«, meint Richard. »Deine Wahrheit ist nämlich ganz und gar nicht einfach zu verstehen. Unter Umständen glauben sie dir nicht. Möglicherweise gibt es einen Prozess und du wanderst ins Gefängnis. Oder, was wahrscheinlicher ist, weil sie dir nichts beweisen können, sie weisen dich in eine psychiatrische Anstalt ein. Außenstehenden muss dein Verhalten reichlich ominös vorkommen, wenn sie dir deine haarsträubende Geschichte überhaupt abkaufen. Du riskierst ganz schön was, wenn du dich nach all den Monaten meldest.«

»Das Risiko nehme ich in Kauf«, erklärt Imogen kategorisch. »Ich sitze lieber ein paar Jahre im Gefängnis und stehe für meine Tat gerade, als lebenslänglich unbestraft und mit schlechtem Gewissen durch die Gegend zu rennen.«

»Das ehrt dich zwar«, Richard räuspert sich vernehmlich, »aber du bist dir schon im Klaren, dass du dann praktisch schuldlos einsitzt. Hättest du dich direkt nach deinem Unglück bei der Polizei gemeldet, hätte es natürlich Nachforschungen gegeben. Abgesehen davon bezweifle ich stark, dass du verurteilt worden wärest. In Deutschland gilt die Unschuldsvermutung, und da sie dir keine Schuld hätten nachweisen können, hätte deine Version der Geschichte gegolten, die ja eindeutig auf Notwehr und Totschlag hinausläuft. Man hätte auch nicht deinen Geisteszustand infrage gestellt. Jetzt, nachdem so viel Zeit vergangen ist, sieht das alles anders aus. Zumal der Tote verschwunden ist. Und wer weiß, was für Konsequenzen das hat, sollte er wider Erwarten doch noch auftauchen.«

»Ja, da ist was dran«, gibt Imogen zu. »Trotzdem muss ich mein Gewissen erleichtern. Vielleicht meldet sich daraufhin derjenige, der Wolf hinten ausgegraben hat.«

Richard schüttelt spöttisch den Kopf. »Da würde ich glatt dagegen wetten. So blöd wird der Betreffende nicht sein. Der lässt schön alles so, wie es ist. Nur keine schlafenden Hunde wecken.«

»Vielleicht sollte ich mich mit seiner Exfrau in Verbindung setzen«, überlegt Imogen laut. »Die Frau kann schließlich wegen meines Verhaltens nicht heiraten.«

»Sie kann ihn für tot erklären lassen nach einer gewissen Zeit und dann sehr wohl heiraten«, erwidert Richard. »Außerdem war er ihr mittlerweile total gleichgültig. Sie hatten ewig lange keinen Kontakt. Ihr ist aufgefallen, dass er verschwunden ist, weil er nicht zum Termin zur Scheidungsvorbesprechung gekommen war. Lass die Finger von all dem, du machst dich nur unglücklich. Und mich dazu.«

»Nein, es ist ein Befreiungsschlag«, insistiert Imogen hartnäckig. »Für das Büro besorge ich eine Vertretung, falls ich länger weg sein sollte. Du hast recht, es wäre schade, das Erreichte so einfach aufzugeben. Sicher kann der- oder diejenige von seinem Büro aus für mich meine Objekte abwickeln. Insofern würdest du hier nicht mit einem Fremden belastet, der vorne das Büro in Beschlag nimmt.«

»Du denkst wirklich an alles«, murmelt Richard erschöpft. »Wann willst du die Sache über die Bühne bringen?«

»Zügig, natürlich«, nickt Imogen. »Ich habe viel zu lange gewartet. Morgen spreche ich mit Ulf Sprenger wegen der Vertretung, du weißt schon, das ist der Makler mit seinem Büro beim Bahnhof. Anschließend gehe ich zur Polizei. Versprichst du mir, für die Katzen zu sorgen, wenn ich länger weg bin?«

»Du stellst Fragen ...« Richard schnieft durch die Nase und atmet einmal laut hörbar tief ein und wieder aus.

»Du bist doch erkältet«, meint Imogen und schaut besorgt zu ihm hinüber.

Richard schüttelt nur stumm den Kopf. Er hat es aufgegeben, ihr weitere Argumente für die Aufrechterhaltung des Status quo entgegenzuschleudern. Er hat gesagt, was es zu sagen gab. Imogens Beweggründen kann er schwerlich etwas entgegensetzen, sie will ihr Gewissen entlasten. Das ist ein verständliches Bedürfnis, das allerdings reichlich spät kommt.

»Ich begleite dich morgen«, sagt er.

»Auf gar keinen Fall«, widerspricht sie energisch. »Das ist meine Angelegenheit, du hältst dich da raus! Wir wollen schließlich nicht, dass du mit deinem Beamtenstatus Probleme kriegst. Ich möchte übrigens außerdem nicht, dass du der Polizei erzählst, dass du in die Sache eingeweiht warst und wir hinten auf dem Beet nach Wolf gesucht haben. Du hattest von all dem keine Ahnung. Du weißt von nichts, versprich mir das bitte!«

Nun ist es an Richard, Imogen sehr lange und eingehend anzusehen. Endlich nickt er. »Mein Beamtenstatus, dass ich nicht lache! Ich bezweifle, ob ich grandios staatstragend dastehe, wenn bekannt wird, dass meine Frau ehemalige Bekannte niederschlägt und dann heimlich in unserem Garten verscharrt. Aber einverstanden, ich hatte keine Ahnung von nichts. Irgendeiner muss hier ja den Laden am Laufen halten.«

Meine Herrin ist ganz schön wankelmütig. Mit dieser Kehrtwende um 180 Grad hat wirklich keiner mehr gerechnet. Es ist eine merkwürdige Angewohnheit der Menschen, immer wieder in der Vergangenheit zu wühlen und so längst vergessene, mitunter unliebsame Ereignisse ans Tageslicht zu zerren. Es lässt ihr keine Ruhe, dass sie sein Leben auf dem Gewissen hat, dabei war es ihr gutes Recht, den zudringlichen Burschen zur Strecke zu bringen. Dass er sich völlig indiskutabel verhalten hat und erst dieses Verhalten zu Imogens tödlichem Niederschlag geführt hat, interessiert anscheinend keinen mehr. Ich verstehe das nicht. Katzen verfahren da mit ihren Feinden weitaus weniger rührselig. Was stört, wird beseitigt, Eindringlinge ins eigene Revier werden bekämpft, notfalls bis zum Umfallen. Imogens anhaltende Gewissensbisse kommen mir total überzogen vor. Der Typ hatte sich danebenbenommen und sie hatte sich gewehrt. Ihr Verhalten war absolut legitim, wenn auch für menschliche Verhältnisse insofern ungewöhnlich, als sie seine Beseitigung selbst erledigt hat und nun nicht weiß, wo der Kerl steckt. Das ist bizarr. Trotzdem finde ich es schade, dass sie nicht großzügig über die Angelegenheit hinweggehen kann. Was passiert, wenn sie bei der Polizei ihr Geständnis ablegt? Vielleicht sehen wir sie dann Jahre nicht wieder. Und möglicherweise ist sie vollkommen verändert, wenn sie schließlich nach Hause kommt. Wer weiß das? Zudem bezweifle ich, dass Richard mich mit ebenso großer Gewissenhaftigkeit und Zuneigung bedenkt, wie Imogen es immer getan hat. Seine ganze Fürsorge gilt Pünktchen, die er trotz ihres täglich zunehmenden Gewichts unverändert wie ein Baby behandelt und mit sich herumschleppt. In seiner Umhängetasche ist sicher kein Platz für zwei, außerdem standen er und ich uns auch nie so nahe.

Es ist ein Jammer, dass man als Katze in einem Menschenhaushalt bisweilen so ausgeliefert ist. Wieso fragt uns keiner nach unserer Meinung und um Rat? Selbst Richard, der überkorrekte Finanzmensch, der jeden, der auch nur ansatzweise seine Steuererklärung türkt, am liebsten auf dem Fuß ins Gefängnis sperren würde, war von Imogens Vorhaben der verspäteten Selbstanzeige nicht begeistert. Was mir zu denken gibt. Wenn sogar er dazu rät, ein Vergehen, das mehr eine Unterlassungssünde als ein Verbrechen war, unter dem Teppich zu halten, hat er dafür bestimmt schwerwiegende Gründe. Mir schwant Furchtbares und wieder einmal kann ich nichts für Imogen tun. Sie liefert sich selbst ans Schafott und ich muss tatenlos zusehen, was dabei herauskommt.

In einem Punkt kann ich ihr allerdings durchaus helfen, wenn es an der Zeit ist. Ich glaube mittlerweile zu wissen, wo Wolf steckt und wer ihn an jenen Ort befördert hat. Es war nicht so schwer, das herauszubekommen. Die langen Tage, die Imogen mich draußen im Garten manchmal schlicht vergaß, weil sie so viel zu bedenken hatte, habe ich gewinnbringend in dieser Angelegenheit genutzt. Mir fehlen nur noch ein paar Puzzleteilchen, um den, wie ich meine, begründeten Verdacht mit letzten stichhaltigen Beweisen zu untermauern. Wenn Imogen aus dem Gefängnis kommt, werde ich ihr ein schönes Willkommensgeschenk präsentieren.

11. Kapitel

Imogens Pläne, am nächsten Morgen zur Polizei zu gehen, bleiben ein frommer Vorsatz. Bevor sie überhaupt einen Bissen vom Frühstücksbrötchen in den Mund geschoben hat, klingelt ihr Handy. Ein neuer Kunde möchte mit ihr einen Termin vereinbaren zur Besichtigung seines Hauses, das in Kürze verkauft werden soll. Danach steht das Telefon nicht mehr still. Wenn mich nicht alles täuscht, hat sie zwischendurch einen Kollegen gefunden, der sie notfalls für ein paar Tage vertreten kann. Sie gab ihm keine Gründe an, sprach nur diffus von ernsten privaten Problemen, die sich hoffentlich bald erledigt hätten, und jagte anschließend einen ansehnlichen Stapel Zettel durch das Faxgerät. Erst Stunden später wird es merklich ruhiger, das Telefon schweigt. Endlich herrscht Stille. Vermutlich hat sie es auf ihren Kollegen umgeleitet.

»Patrick!« Imogen blickt erstaunt in das breit grinsende Gesicht ihres Freundes, der vor der Haustür steht. »Komm rein.«

»Ich hoffe, ich störe nicht.« Patrick umarmt Imogen kräftig und drückt ihr einen herzhaften Kuss auf die Wange. »Ich dachte, ich schau mal vorbei. War gerade in der Nähe.«

»Fein, ich mache uns schnell einen Tee.« Imogen bugsiert ihn in die Küche. »Ich war fast schon zur Tür raus, du hast Glück, dass ich noch hier bin. Wie komme ich zu der Ehre?«

»Och«, Patrick zuckt mit den Schultern, »die Studenten streiken wegen der anstehenden Studiengebührenerhöhungen und da dachte ich mir, ich komme endlich mal wieder vorbei um zu schauen, wie es geht.«

»Gut, so weit. Hinten im Garten haben sie mit den Ausschachtungen begonnen.«

»Tatsächlich, ja.« Patrick sieht einen Moment verwirrt aus. Er setzt sich an den Tisch und schaut zerstreut zu, wie Imogen den Wasserkocher mit Wasser füllt, die Teekanne aus dem Regal holt und ein paar Löffel Tee in ein Teesieb gibt.

»Und bei dir, wie geht's zu Hause? Alles im Lot?« Imogen lächelt Patrick aufmunternd zu. »Was machen die Kleinen?«

»Alles bestens. Sie wachsen und schreien, schreien und wachsen, verbrauchen Berge von Windeln und das alles rund um die Uhr. Meine Hände sind bereits ganz lahm vom Windelnwechseln. Ich glaube, sie riechen schon danach ... Seife ist da machtlos. Merkst du was?« Er streckt seinen Arm über den Tisch und hält Imogen eine Hand vors Gesicht. »Sogar wenn ich in der Uni bin, habe ich den Geruch in der Nase.«

»Ich rieche nichts.« Sie lacht und schiebt amüsiert seine

Hand weg. »Ich finde es gut, dass ihr euch die Kinderbetreuung teilt.«

Patrick streicht verlegen über seinen Vollbart. »An Arbeiten für die Uni ist allerdings kaum zu denken bei dem Chaos. Veronica hat inzwischen auch die Nase voll. Sie hat sich einen Job gesucht und will ab Herbst wieder als Physiotherapeutin arbeiten. Ich nehme ein Freisemester, um sie zu entlasten.«

»Das finde ich grandios«, staunt Imogen. »So viel Selbstlosigkeit hätte ich dir gar nicht zugetraut.«

»Ja.« Patrick lächelt melancholisch. »Ich bin selbst überrascht. Trotzdem werde ich die Zeit bei euch nicht vergessen. Was habe ich alles gelesen und in Ruhe gearbeitet. Ich meine, abgesehen von ein paar kleineren Störungen, war es hier einfach himmlisch. Was macht eigentlich dein Radfahrer? Ist er mittlerweile gefunden worden?«

Imogen schüttelt den Kopf. »Nein, aber ich will die Sache bei der Polizei anzeigen. Sonst komme ich in diesem Leben nicht mehr zur Ruhe.«

»So spät?« Patrick runzelt die Stirn. »Hältst du das für klug?«

»Ja, außerordentlich.«

»Dann will ich nichts gesagt haben.« Patrick blickt fragend zu Imogen, doch die hat anscheinend dem Thema nichts mehr hinzuzufügen. Er beißt sich auf die Lippen. »Im Garten hinten ist er nicht aufgetaucht? Das vergesse ich im Leben nicht, wie wir das Beet durchgepflügt haben. Bei Nacht und Schneesturm.«

»Er ist nach wie vor spurlos verschwunden.« Imogen nippt vorsichtig am heißen Tee. »Wie vom Erdboden verschluckt. Für mich ist das unbegreiflich. Ich spinne doch nicht. Das kann keine Einbildung gewesen sein.«

»Du hast mal erzählt, dass du, solange du denken kannst, ab und zu dieses Bild vor Augen hast, wie eine dunkle Gestalt einen leblosen Körper durch den Garten zerrt. Das entbehrt ja ebenfalls jeder realen Grundlage.«

»Das stimmt zwar, aber der Fahrradhelm war tatsächlich da. Und gestern haben sie sogar einen Sportschuh gefunden, und rate mal, wem der gehörte? Sie haben glücklicherweise keinen Verdacht geschöpft. Richard hat den Schuh genommen und erklärt, er habe ihn beim Beetumgraben neulich verloren. Das haben sie so geschluckt.« Imogen zuckt ratlos mit den Schultern. Patrick knetet seine Unterlippe mit den Fingern und schaut mit betretener Miene in seine Teetasse.

»Also ich will dich ja nicht nervös machen«, hebt er behutsam an, »aber auf dem Weg hierher bin ich auf der anderen Seite eures Grundstücks langgefahren. Da steht ein riesiger Bagger, der ausgestellt, sozusagen gerade außer Betrieb war. Stattdessen war ein Pulk von Leuten versammelt, auch Polizei war dabei. Die starrten alle mehr oder weniger in die gleiche Richtung, auf den Boden in eine Vertiefung ...«

Patricks Stimme ist immer leiser geworden, während Imogen ihn mit Blicken förmlich durchbohrt. Ihr Gesicht ist wie versteinert.

»Wo?«, fragt sie bloß.

»Sehr dicht an Rudis Grundstück, auf eurer Seite, meine ich.« Patrick steht auf und geht zu Imogen. Er legt seinen Arm um ihre Schulter. »Komm, du Schatz«, besänftigt er sie. »Jetzt reg dich mal nicht auf. Sie können alles Mögliche dort gefunden haben.«

»Und deshalb ist die Polizei da?«, bricht es laut aus Imogen heraus. »So ein Mist! Jetzt ist es für meine Selbstanzeige zu spät.« Tränen laufen ihr plötzlich aus den Augen und kullern in nicht enden wollenden Strömen über ihre Wangen. Sie schnieft in ihr Taschentuch. »So ein Mist!«

»Es ist nie zu spät, kein Grund zur Panik.« Er greift nach ihrer Hand und hält sie ganz fest.

Imogen schüttelt den Kopf. »Ich hätte es ihnen sofort sagen müssen«, stellt sie mit unerwartet ruhiger, sehr rauer Stimme fest.

»Wahrscheinlich. Bestimmt sogar«, räumt Patrick ein.

»Aber grundsätzlich bist du unschuldig. Du hast ihn nicht ermordet. Nur unkonventionell entsorgt.«

Der laute Gong der Haustürklingel lässt beide zusammenfahren. Imogen starrt wie vom Donner gerührt zu Patrick und wischt sich hastig mit dem Ärmel über die Augen.

»Ich gehe«, sagt der. »Nur Mut.« Er lächelt ihr aufmunternd zu.

Kurz darauf kommt er mit zwei Polizisten in Uniform in die Küche. Wäre die Lage nicht so ernst, man könnte sie für Statisten in einer mittelprächtigen Provinzposse halten. Der eine ist sehr dürr, blondhaarig und sein Gesicht hat sicher seit Urzeiten kein Sonnenstrahl beschienen, es ist ungesund blass, der andere hat dicke rote Wangen, einen opulenten Körper, an dem alles eigentümlich rund wirkt und er ist höchstens halb so groß wie sein Kollege. Ihre Mützen haben sie beim Eintreten vom Kopf gezogen, sie halten sie beidhändig in Bauchnabelhöhe vor sich, als sie von Patrick in die Küche geführt werden. Sie nicken Imogen zu, die bis eben noch am Tisch gesessen hat, nun aber gegen die Küchenanrichte lehnt.

»Guten Tag«, grüßt der lange Dürre. »Mein Name ist Selbach, Kommissar Selbach, und dies hier ist mein Kollege Strack. Entschuldigen Sie die Störung, Frau Schweiger. Wir müssen Sie über einen Fund auf Ihrem Grundstück informieren.«

Imogen blickt dem Dürren geradewegs in die Augen. »Ah ja? Was haben Sie denn gefunden? Einen Schatz?«, versucht sie zu witzeln. Patrick wirft ihr einen undefinierbaren Blick zu und beißt sich auf die Unterlippe.

»Leider nein«, antwortet der kleine Dicke. »Es handelt sich um etwas weitaus weniger Erfreuliches. Leider.«

»Möchten Sie sich setzen?« Imogen deutet auf die Küchenstühle.

»Gerne.«

»Was haben Sie denn gefunden?«, fragt Imogen die beiden Polizisten, die eigenartig unbeholfen wirken.

»Ja, was?«, hakt Patrick neugierig nach. »Machen Sie es nicht so spannend.«

»Die Sache ist folgendermaßen«, sagt der dürre Polizist mit bedächtiger Stimme, nachdem er einen langen Blick mit seinem Kollegen gewechselt hat. »Wir wollen Sie nicht erschrecken, aber auf dem hinteren Teil Ihres Grundstückes, das Sie dem Krankenhaus ja großzügig zur Verfügung gestellt haben, sind menschliche Überreste gefunden worden.« Er schaut mitleidig zu Imogen, die hörbar nach Luft schnappt.

»Um Himmels willen«, murmelt Patrick schockiert.

»Ja, es ist eine sehr unschöne Angelegenheit«, bestätigt der hoch aufgeschossene Polizist und streicht sich verlegen mit einer Hand übers Kinn. »Es handelt sich, wie der zurate gezogene Pathologe vorhin erklärte, um die Reste einer männlichen Leiche. Genauer gesagt um das Skelett, also im Großen und Ganzen, im Wesentlichen, also bis auf ein paar Kleinigkeiten, um nur noch das Skelett. Augenscheinlich liegt er dort bereits seit Jahrzehnten, schätzungsweise seit dreißig, vierzig Jahren. Ein Mann um die dreißig Jahre alt, ziemlich schlank. Gut erhaltene Zähne. Wir möchten Ihnen die unerfreulichen Details ersparen. Allerdings«, er zögert und wechselt einen kurzen Blick mit seinem Kollegen, »allerdings müssen wir davon ausgehen, dass er gewaltsam zu Tode gekommen ist. Sein Schädel ist stark zersplittert.« Der dürre Polizist hält einen Moment inne. Imogen starrt entsetzt zu ihm hinüber, einen kurzen Augenblick schwankt sie auf ihrem Stuhl. Wird sie ohnmächtig? Doch nein, sie fängt sich rechtzeitig und atmet hörbar tief ein und aus.

»Wie furchtbar«, flüstert sie fassungslos und starrt vor sich.

»Ja.« Der dicke Polizist mustert sie mitleidig. »Fühlen Sie sich imstande, einige Fragen zu beantworten, oder sollen wir später wiederkommen?«

»Fragen Sie ruhig«, sagt Imogen mit fester Stimme.

»Wissen Sie, um wen es sich bei dem Toten handeln könnte?«, fragt der Dicke.

»Nein.«

»Wie lange wohnen Sie bereits in diesem Haus?«

»Seit ungefähr fünf Jahren. Damals habe ich das Haus von meiner Tante geerbt, die leider mit 71 Jahren an Krebs gestorben ist. Dies war ihr Elternhaus.«

»Aha. Was machte Ihre Tante beruflich? Sie hat Ihnen das Haus vermacht, ich schätze, sie hatte selbst keine Kinder?«

»Das ist richtig.« Imogen nickt. »Sie war eine sehr erfolgreiche Börsenmaklerin, meine liebe Tante Johanna.«

»Feinde?«

»Wie bitte?« Imogen schaut den kleinen dicken Polizisten verwirrt an.

»Ob sie Feinde gehabt hat, Ihre Tante?«, formuliert der ausführlicher.

»Nicht, dass ich wüsste. Sie war eine liebe Frau, immer schon und solange ich sie kannte. Sie war meine Lieblingstante.«

»Verstehe. War Ihre Tante verheiratet oder hatte sie einen Partner?«

»Meine Tante war eine gut aussehende, erfolgreiche Frau. Sie hatte viele Verehrer und sie war verheiratet, allerdings nur kurz, ein, zwei Jahre, wenn ich mich richtig erinnere. Wenn sie nicht in Frankfurt arbeitete oder auf Reisen war, lebte sie hier im Haus und war selten allein. Sie war attraktiv und hatte natürlich auch männliche Freunde.« Imogen schaut die beiden Polizisten erwartungsvoll an, doch die schweigen nachdenklich.

»Waren Sie während Ihrer Kindheit oft hier?«, bricht der kleine Dicke schließlich das Schweigen. »Nach Aussagen des Pathologen liegt der Tote seit mindestens dreißig Jahren dort hinten.«

»Ja, ich habe meine Tante öfter besucht«, räumt Imogen ein. »Für ein Kind ist dieses Haus und der große Garten ein

Paradies. Aber ich war nicht hier und habe nicht beobachtet, wer den Mann, der da hinten liegt, dort begraben hat, wenn Sie das meinen.« Sie lächelt dünn. »Das wäre ja ein Zufall, wenn ich gerade dann hier ...«

»So war das nicht gemeint«, unterbricht der Dünne hastig. »Es ist nur so, dass dieser Mann eindeutig erschlagen wurde, es liegt ein Verbrechen vor. Das ist lange her, trotzdem müssen wir der Angelegenheit nachgehen.«

»Selbstverständlich, das verstehen wir«, schaltet sich Patrick ins Gespräch ein. »Wie Sie sehen, kann meine Freundin Ihnen dabei nicht weiterhelfen.« Er steht auf. »Ich denke, wir sollten das Gespräch jetzt beenden oder zumindest verschieben. Du siehst mitgenommen aus«, sagt er zu Imogen. »Schließlich wird man nicht jeden Tag mit einem Toten auf dem eigenen Grundstück konfrontiert. Das war alles ein bisschen viel ...«, ergänzt er in Richtung der Polizisten.

Die beiden erheben sich hastig. »Es tut uns leid. Falls Ihnen irgendetwas einfallen sollte, was mit der Identität des Toten zusammenhängt, melden Sie sich bitte, Frau Schweiger.«

Imogen nickt. »Selbstverständlich.«

»Ich muss los, leider«, verkündet Patrick, nachdem die Polizisten gegangen sind. »Das ist ein Hammer!«

Imogen sitzt wie ein Häuflein Elend am Küchentisch und starrt ins Leere.

»Wusstest du, dass da hinten einer liegt?« Patrick schaut Imogen neugierig an, die keinerlei Reaktion zeigt. »Erde an Imogen, Erde an Imogen, bitte melden!« Er berührt sie sanft am Arm. Imogen schaut verwundert hoch.

»Nein. Das wusste ich nicht. Das heißt, ich dachte, Wolf wäre der Einzige, der dort liegt. Wenn der unbekannte Mann da seit Jahrzehnten liegt, bestand vielleicht eine Beziehung zur Tante«, überlegt Imogen laut.

»Traust du ihr das zu? Ich meine, glaubst du, sie könnte jemanden erschlagen haben?«

Imogen zuckt mit den Schultern. »Traust du mir so etwas zu?«, fragt sie zurück.

»Du hast den Radfahrer nicht ermordet!«, erwidert Patrick entrüstet. »Es war ein Unfall.«

»Vielleicht ist der Dreißigjährige ja auch ein Unfallopfer«, mutmaßt Imogen mit monotoner Stimme. Sie ist sehr blass im Gesicht. »Nur wurde vor dreißig Jahren hier keine Psychiatrie gebaut ...«

»Jetzt muss ich wirklich los«, erklärt Patrick bedauernd und mustert Imogen besorgt. »Habe Veronica versprochen, um vier Uhr zu Hause zu sein. Außerdem ist es mir gerade nicht so richtig geheuer. Liegt das vielleicht bei euch in der Familie? Hältst du es für wahrscheinlich, dass deine Tante irgendetwas mit der Sache zu tun hatte?«

»Weiß nicht«, sagt Imogen ratlos.

»Kann ich dich alleine lassen? Ich meine, du tust dir doch nichts an, oder?«, fragt Patrick hilflos. »Und du meldest dich, wenn irgendwas ist, ja? Ich bin zu Hause erreichbar, praktisch bis morgen früh um acht.«

»Keine Sorge«, lächelt Imogen. »Geh nur, ich muss mich sowieso erst einmal gedanklich sortieren, da kann ein bisschen Alleinsein nicht schaden.«

Nachdem Patrick nach langem Zaudern endlich gegangen ist, bleibt Imogen regungslos am Küchentisch sitzen. Die Hiobsbotschaft der beiden Polizisten hat sie weniger aus der Fassung, als vielmehr zum Grübeln gebracht. Ich habe mich auf ihrem Schoß niedergelassen, um sie auf andere, weniger morbide Gedanken zu bringen und beruhigend auf sie einzuwirken. Sie bemerkt mich nicht wirklich, zumindest spricht sie nicht mit mir, sondern streicht mir allenfalls mechanisch mit der Hand über den Rücken. Sie starrt ins Leere, ich glaube, sie ist gedanklich ganz weit weg im Moment. Vermutlich versucht sie, den unbekannten Toten irgendwo in der Vergangenheit zu finden, ihn in vergangenes Geschehen einzusortieren. Das würde ich auch versuchen, wenn ich so alt wäre, dass ich damals von der Angelegenheit

Wind bekommen haben könnte. Wenn der Tote seit dreißig Jahren oder länger im Garten liegt, kann Imogen ihn durchaus gekannt haben.

Übrigens wusste ich, dass Tante Johanna viele Freunde und Liebhaber gehabt hat. Dass sie verheiratet gewesen war, ist mir dagegen neu. Imogen weiß das besser, schließlich kannte sie ihre Tante bis zu deren Tod ihr ganzes Leben lang. Als Johanna mich im kindlichen Alter von acht Wochen bei sich aufnahm, gab es jedenfalls keinen festen Partner in ihrem Leben, weder einen Ehemann noch einen festen Freund. Natürlich hatte sie viele Bekannte und Freunde, aber zu meiner Zeit stand ihr niemand näher als ich und selbstverständlich Imogen, die vor allem in der Endphase der schrecklichen Krebserkrankung praktisch nicht mehr von Johannas Seite wich.

Imogen hat mittlerweile die Küche verlassen und wühlt im alten Schlafzimmerschrank durch diverse Schubladen. Sie hatte jenen Schrank aus sentimentalen Beweggründen nicht entsorgt, als Richard und sie das Haus übernahmen, sondern ihn mitsamt seinem damaligen Inhalt in einer geräumigen Nische im hinteren Teil des Flurs untergebracht. In jenem Schrank bewahrte Johanna wichtige Papiere auf, auch nostalgische Dinge wie beispielsweise ihre alten Schulzeugnisse, den ersten Führerschein oder einen geflochtenen dunkelbraunen Haarkranz, den ein Friseur von ihren Haaren gefertigt hatte, als sie noch kein einziges graues Haar hatte. Wenn man so will, lebt für Imogen ihre Tante mit oder in diesem Schrank ein wenig fort, zumindest ist die Erinnerung an sie durch ihn geradezu greifbar. Imogen nimmt die eine oder andere Unterlage aus den Schubladen. Manchmal nickt sie oder lächelt wehmütig. Nach einer Weile hat sie anscheinend gefunden, was sie suchte. Sie hält ein relativ kleines, schmales blaues Bändchen in Händen und blättert es aufmerksam durch. Plötzlich stockt sie, hält mit Blättern inne und starrt eine halbe Ewigkeit mit nahezu versteinertem Blick auf die handschriftlichen Einträge auf einer Buchseite.

»Du hast mir nie erzählt, dass Johanna verheiratet war«, wundert sich Richard wenig später. Nachdem Patrick bei sich zu Hause angekommen war, hatte er Richard im Büro angerufen und über den Skelettfund der Baustellenarbeiter informiert. Richard hatte sich für die Fürsorge des Freundes bedankt und war sofort nach Hause gefahren.

»Diese Ehe war nicht der Erwähnung wert«, sagt Imogen achselzuckend. »Tante Johanna hatte nach einer relativ kurzen, stürmischen Affäre einen jüngeren Zahnarzt geheiratet. Da war sie Ende dreißig. Meine Eltern - eigentlich wir alle - haben nie so recht verstanden, was sie an ihm fand. Der Bursche sah gut aus, war so ein Schönling, das war aber auch schon alles. Er war mir nicht sonderlich sympathisch, im Gegenteil, ich kam überhaupt nicht mit ihm klar. Ich war etwa zehn Jahre alt und er hatte keinen Sinn für Kinder. Er wollte vor allem allein sein mit Johanna und ignorierte Felicitas und mich mehr oder weniger die paar Male, die wir zu Besuch waren. Wir störten nur, das hat er uns deutlich spüren lassen. Deshalb haben meine Eltern uns dann nicht mehr so oft zu den beiden geschickt.«

»Du meinst, er ist es, den sie da hinten im Garten ausgegraben haben?«

Imogen nickt. »Wenn meine Berechnungen stimmen, könnte er es sein. Der Tote soll zum Zeitpunkt seines Todes Anfang dreißig gewesen sein. Ich habe Johannas Familienstammbuch überprüft. Peter Obermann war dreißig, als er und Johanna heirateten. Das war vor vierunddreißig Jahren. Die Ehe dauerte knappe zwei Jahre. Meine Tante wirkte anfangs sehr glücklich, aber bald war klar, dass der Mann nicht der richtige für sie war. Die beiden passten nicht zueinander. Er legte viel Wert auf Geld und Ansehen, spielte Golf im teuersten Klub der Gegend und umgab sich am liebsten mit neureicher Lokalprominenz. Tante Johanna war wohlhabend, sie hatte auch einen teuren Geschmack und gönnte sich manches. Sie war zugleich eine sehr gebildete Frau, belesen und weit gereist, eine Kosmopolitin mit einem stark ausgeprägten Sinn für Bodenständigkeit. Sie liebte ihr Haus, ihren Garten und Gartenarbeit. Ihr wäre niemals in den Sinn gekommen, einen Fuß in seinen versnobten Golfklub zu setzen. Er war, wenn ich das im Nachhinein überhaupt angemessen beurteilen kann, ziemlich oberflächlich. Beide waren wohl auf Dauer nicht bereit oder in der Lage, sich auf den anderen einzulassen. Rasch waren die wenigen Gemeinsamkeiten erschöpft und Tante Johanna bereute die spontane Heirat. Als kleines Mädchen habe ich damals Gespräche zwischen ihr und meiner Mutter mitbekommen, die recht eindeutig waren. Tante Johanna war unglücklich und ich vermute, dass der Kerl ihr gegenüber mitunter sogar handgreiflich geworden ist. Die entsetzten Reaktionen meiner Mutter am Telefon legten das nahe. Sie riet ihrer Schwester wiederholt und sehr eindringlich, sich von Onkel Peter, so haben wir Kinder ihn wunschgemäß genannt, zu trennen. Meine Mutter ist eine treue Seele und sehr geduldig, wie du weißt«, sagt Imogen. »Niemals würde sie einer anderen Frau raten, sich von ihrem Mann zu trennen, wenn es dafür keinen triftigen Grund gibt. Schon gar nicht der eigenen Schwester, die ihr sehr nahestand.«

»Dann hat sich Johanna scheiden lassen«, stellt Richard fest und nickt verständig.

Imogen beißt sich auf die Unterlippe und lächelt unsicher. »Das hat sie nicht.«

»Nein?« Richard stutzt und schaut verblüfft zu Imogen. »Aber deine Tante hieß zuletzt doch nicht Obermann.«

»Sie hieß Voscherau-Obermann. Den Obermann hat sie unter den Tisch fallen lassen. Auf ihrem Grabstein wollte sie den Zusatz auch nicht.«

»Sie war bis zuletzt verheiratet?«, fragt Richard überrascht. Imogen nickt. »Und was ist mit Herrn Obermann geschehen?«, fragt Richard verständnislos. »Bei der Beerdigung war er jedenfalls nicht.«

»Tja, wenn man das so genau wüsste, wo er steckt«, sagt Imogen mit belegter Stimme und blickt betreten zu Richard.

»Eines Tages war er plötzlich verschwunden. Er war weggegangen und ist nicht wiedergekommen.«

»Wie bitte?« Richard reckt seinen Kopf wie eine Schildkröte vor und starrt Imogen entsetzt ins Gesicht. »Was?«

Imogen behagt das Gespräch nicht sonderlich, sie zieht die Nase kraus. »In der Familie wurde anschließend nicht mehr über die Angelegenheit geredet. Für Tante Johanna war diese Ehe eine unsäglich leidige Sache, ein riesiger Irrtum, wie sie später einmal nebenbei erwähnte. Das Thema war dann familienintern tabu.«

»Hat sich denn niemand nach Peter Obermann erkundigt? Gab es keine Nachforschungen, was seinen Verbleib betraf?«, fragt Richard kopfschüttelnd. »Gut, ihr als Familie habt die Sache unter den Teppich gekehrt, der Tante zuliebe. Aber der Mann hatte doch sicher Freunde, Verwandte, Patienten, also viele Leute, die ihn vermissten. War das nicht so?«

»Doch, schon, aber die Suche wurde irgendwann ergebnislos eingestellt. Er blieb unauffindbar. Tante Johannas Version zufolge hatte er am betreffenden Abend vor den 20-Uhr-Nachrichten noch schnell eine Fernsehzeitung beim Kiosk in der Stadt kaufen wollen. Er hatte in einer dünnen Jeansjacke und Sportschuhen das Haus verlassen, ist aber von seinem Einkauf nicht zurückgekommen. Und wurde seitdem nicht mehr gesehen.« Imogen lächelt schwach. »Es war so wie mit den Ehepartnern, die mal eben losrennen, um eine Schachtel Zigaretten aus dem Automaten zu ziehen und völlig unerwartet nicht mehr nach Hause zurückkehren und für immer verschollen bleiben. So etwas zeigen sie im Fernsehen in einschlägigen Sendungen ständig. Das kennt man ja.«

»Das ist absolut unglaublich«, meint Richard verblüfft.

»Ja, es war tatsächlich unfassbar«, bestätigt Imogen. »Der Zufall wollte es, dass ich genau an jenem Abend bei Tante Johanna und Onkel Peter zu Besuch war. Es war in den großen Schulferien im Sommer. Eigentlich hatten meine Eltern mit uns nach Schweden verreisen wollen, doch dann bekam Felicitas Scharlach und ich wurde wegen der Ansteckungsgefahr bei Tante Johanna untergebracht. Es war ungeheuer aufregend für mich, als der Onkel plötzlich nicht mehr da war.«

»Für deine Tante nicht?«, fragt Richard misstrauisch.

Imogen nickt hastig. »Klar, für die erst recht. Sie wartete ein paar Stunden und dann nahm sie mich mit zur Polizei, wo sie eine Vermisstenanzeige aufgab. Sie wirkte außer sich, verzweifelt und überaus besorgt. Aber mehr konnte sie ja nicht tun. Und so gingen wir nach Hause und warteten. Doch auch am nächsten Tag und in den darauffolgenden Tagen kam er nicht zurück. Mir war es ganz recht. So hatte ich meine Tante für mich. Wenn Onkel Peter dabei war, war die Stimmung oft merkwürdig angespannt gewesen. Zwischen den beiden herrschte mitunter ein ziemlich gereizter Ton. Nach einer Woche brachte Johanna mich zu meiner Familie zurück, Felicitas hatte ihre Scharlacherkrankung überstanden. Von Onkel Peter war seitdem nie mehr die Rede. Bis, natürlich, zu dem Moment, als Johanna mir in der Endphase ihrer Krankheit erklärte, sie wolle seinen Namen nicht auf ihrem Grabstein haben.«

»Hm.« Richard schaut Imogen mit großen Augen an. »Du glaubst also tatsächlich, das Skelett im Garten ist Peter Obermann?«

»Rein rechnerisch könnte er es sein«, befürchtet Imogen.

»Meinst du, deine Tante hat ihn erschlagen und hinten begraben?«

»Das vermag ich nicht zu sagen«, erklärt Imogen und zuckt mit den Schultern. »Möglich ist es, obwohl ich es mir nur schwer vorstellen kann. Sie war immer so friedfertig, kein bisschen grob oder gar gewalttätig. Und richtig kräftig war sie auch nicht. Sie war zwar energisch und agil, aber eine sehr schlanke, elegante Frau. Die Kraft hätte sie kaum gehabt.«

Richard schüttelt sich angeekelt. »Sag mal, ist das bei

euch vielleicht so eine Familiengeschichte? Wo warst du denn, als dein Onkel zum Zeitschriftenholen aufbrach?«

»Ich weiß es nicht mehr.« Einen Moment flackert ihr Blick. »Und das ist womöglich die Lösung für diese unheimliche Szene, die ich über Jahre und Jahrzehnte nicht loswerde. Ich habe anscheinend gesehen, wie ein Toter, vielleicht Onkel Peter, in einen Garten, nämlich Tante Johannas Garten, gebracht wurde. Das ist es, nur der Ort und der Zeitpunkt des Geschehens waren bisher für mich im Nebulösen. Vermutlich war ich damals zu jung, um die Ereignisse richtig zu deuten. Doch die Bilder verfolgen mich bis heute, obschon sie im Laufe der Jahre schwächer geworden sind.«

»Kannst du dich an das Gesicht desjenigen erinnern, der den Toten abtransportiert hat? Oder daran, wie dein Onkel zu Tode gekommen ist?«

Imogen schüttelt den Kopf. »Nein, ich habe keinen Knall oder laute Geräusche gehört. Die Gestalt war dunkel, ich habe sie nur von hinten gesehen und der Tote selbst ist in meiner Erinnerung gesichtslos. Vielleicht war er in ein Tuch eingewickelt. Sehr wahrscheinlich sogar. Ich kann mich nur an dunkle Hosenbeine und glänzende schwarze Schuhe entsinnen, die über den Gartenboden schleiften.«

»Du bist als Kind Augenzeuge eines Verbrechens geworden!«, stellt Richard entsetzt fest. »Du hast es nur nicht als solches eingeordnet.«

Imogen starrt stumm vor sich. »Und dann wiederholt sich das Ganze nach zig Jahren in abgewandelter Form bei mir selbst«, konstatiert sie nüchtern. »Entsetzlicherweise im selben Haus.«

»Nur dass du ihn nicht absichtlich umgebracht hast«, unterstreicht Richard. »Bei dir war es ein Unfall.«

»Bei dem Skelett ja vielleicht auch, wer kann das jetzt noch sagen?«, meint Imogen nachdenklich. »Ob es tatsächlich Peter Obermann ist?«

»Die Entscheidung, ob du das zur Sprache bringen willst, liegt bei dir.« Richard runzelt die Stirn. »Es würde deine

Tante posthum in ein komisches Licht rücken, wenn es wirklich ihr Mann ist. Ich schätze, für einen Pathologen wäre es kein Problem, seine Identität herauszufinden. Wenn du die Polizei auf die Spur bringst, werden sie der Sache nachgehen. Bei Mord gibt es keine Verjährungsfristen. Mit der Verfolgung der Naziverbrechen sind solche Fristen aufgehoben worden.«

»Ich denke, ich lasse die Angelegenheit auf sich beruhen«, räumt Imogen gedankenverloren ein. »Tante Johanna wäre es sicher nicht recht, wenn herauskäme, dass ihr Mann gefunden wurde. Falls sie damit etwas zu tun hatte, sowieso. Ich glaube, ich möchte das nicht breittreten. Wenn sie den Toten auf dem Gewissen hatte, wird sie ihre guten Gründe für ihr Handeln gehabt haben.«

»Deine Argumentation ist irgendwie bezeichnend«, merkt Richard an und verzieht das Gesicht, als ob er Zahnschmerzen hätte. »Aber ich halte mich da raus.«

»Gut, danke dir.« Sie lächelt. »Die Sache mit Wolf bringe ich zur Anzeige. Daran hat sich nichts geändert. Ich bin bisher nur nicht dazu gekommen, heute war so viel los.«

»Na, wenn die Polizei deine Selbstanzeige mal nicht zum Anlass nimmt, ein bisschen tiefer durch eure Familiengeschichte zu stöbern«, gibt Richard zu bedenken, »da gibt es ja anscheinend allerhand aufzudecken. Wer weiß, wer sonst noch so bei uns im Garten liegt.«

»Blödsinn!« Imogen macht eine abwehrende Handbewegung. »Das war purer Zufall. Ein dummer Zufall, weiter nichts. Und ganz gewiss hatte Tante Johanna mit dem Toten nichts zu tun.«

»Wenn du das sagst, ist es sicher so.«

Im Treppenhaus, gleich beim ersten Treppenabsatz, hängt oberhalb der dunklen Holzvertäfelung das lebensgroße Porträt von Johanna Voscherau, das bereits Erika Staufenbiels Aufmerksamkeit geweckt hatte. Imogen hält grundsätzlich nichts von Ahnenkult, sie ist selbst viel zu diesseitig ausgerichtet, um über die Vergangenheit oder das Leben möglicher Vorfahren zu forschen. Die paar kargen Informationen, die es gab, hat sie interessiert zur Kenntnis genommen, ohne sie weiter vertiefen zu wollen. Ihr Leben findet definitiv in der Gegenwart statt. Dennoch hat das Bild von jeher eine gewisse Faszination auf sie ausgeübt. Schließlich kannte sie die Frau sehr gut, zumindest glaubte sie das bis vor Kurzem. Das Porträt befindet sich an der Stelle, an der Johanna es selbst aufgehängt hatte und im Einverständnis mit Richard hat Imogen es dort gelassen, weil es ein sehr schönes, ausdrucksstarkes Gemälde ist. Es zeigt die Tante an einen imposanten Holzstuhl gelehnt. Rückenlehne, Sitzpolster und Armlehnen sind mit dunkelrotem Samt bespannt. Oberhalb des Rückenpolsters befinden sich im dunklen Holz filigrane Holzschnitzereien. Die Tante trägt ein langes ockerfarbenes Abendkleid. Ein Arm ruht locker über den Holzschnitzereien der Lehne, ein Fuß in grauen Pumps ist leicht vorgeschoben und lugt unter dem wallenden Stoff des Kleides hervor. Der Hintergrund des Bildes besteht aus einer lichtgrauen Fläche, vermutlich eine Wand. Auf dem Boden ist dunkles Parkett erkennbar. Möglicherweise ist das Bild im Wohnzimmer entstanden, den Lehnsessel gibt es noch. Er steht rechts neben dem großen Panoramafenster und ist Richards Lieblingslesesessel.

Imogens Blick bleibt am Gesicht ihrer Tante haften. Das Bild muss gemalt worden sein, als sie Anfang fünfzig war. Es ist nicht signiert, der Künstler hat anscheinend keinen Wert darauf gelegt, sich namentlich zu verewigen. Johannas Kopf ist leicht zur Seite geneigt. Ihre haselnussbraunen Augen blicken stolz nach vorn, sie scheint den Betrachter geradewegs anzuschauen. Die Nase ist absolut ebenmäßig, nicht zu klein, nicht zu groß, der Mund lässt ein leichtes Lächeln erahnen, die vollen Lippen sind ein wenig geöffnet, so, als ob sie im nächsten Moment etwas sagen wollten. Insgesamt sieht die Frau trotz ihres fortgeschrittenen Alters jugendlich frisch aus, kein Fältchen ist auf der makellosen, blassen Haut zu erkennen, und ihre langen dunklen Haare sind in einer eleganten Hochsteckfrisur geradezu künstlerisch um ihren Kopf drapiert. Um den Hals trägt sie eine matt glänzende, schwarze Perlenkette, die den zurückhaltenden Ausschnitt ihres seidig wirkenden Kleides in schlichter Vornehmheit ziert.

Imogen verharrt schweigend vor dem Bild und betrachtet es eingehend. Sie hat es lange nicht mehr so genau angeschaut. Fast erweckt es den Eindruck, als ob sie in dem lebensgroßen Porträt Tante Johannas Antworten zu finden versucht auf Fragen, die sich durch die jüngsten Ereignisse unweigerlich stellen. Zu einer Zeit, in der es nicht mehr gang und gäbe war, sich porträtieren zu lassen, gab die Tante dieses Bild in Auftrag. Das lässt nicht nur auf ein gerütteltes Maß an wirtschaftlichem Wohlstand schließen, der für eine solche Aktion sicher erforderlich ist, sondern ebenso auf eine ausgeprägte Eitelkeit. Tante Johanna wusste, dass sie eine attraktive Frau war, bis ins hohe Alter. Sie war gebildet und humorvoll, blieb dennoch eine einfache, freundliche Frau. Sie führte ein gutes Leben, wusste sich zu amüsieren, reiste viel, aß gerne gut. Männer jeden Alters hatten ihr praktisch zu Füßen gelegen. Sie war nie in der Verlegenheit gewesen, allein ins Theater oder in ein Restaurant gehen zu müssen. Imogen kann sich an zahlreiche männliche Bekannte erinnern, die bei ihrer Tante ein und aus gingen. Umso erstaunlicher ist es, dass die weltoffene, heitere und überdies unprätentiöse Tante einem Mann wie Peter Obermann in die Fänge geraten war. Doch Fehler und Irrtümer sind menschlich. Vor ihnen sind selbst erfolgreiche und kluge Menschen wie Johanna nicht gefeit. Schnell genug hatte sie gemerkt, dass ihre Ehe nicht funktionierte. Und nach dem Scheitern der ersten nie mehr eine zweite Ehe angestrebt. Anscheinend war ihr nach der missglückten Ehe die Lust auf eine weitere gründlich vergangen.

Imogen betrachtet eingehend die dunkelbraunen Augen der Tante. Wie gut sie diesen Blick kennt, wie sehr sie als

Kind und später als Erwachsene das Strahlen dieser Augen, des ganzen Gesichts, liebte. Einen Moment meint Imogen, das helle, unbeschwerte Lachen der Tante zu hören. Der offene, klare Blick ist ihr vertraut, fast scheint es, als ob sie Imogen geradewegs anlacht. Der Maler hat ihn perfekt eingefangen, diesen unverwechselbaren Blick. Man könnte meinen, im nächsten Augenblick steigt die Porträtierte aus dem Bild, so lebensvoll wirkt sie. Doch hinter diesem Gesichtsausdruck, ist da etwas anderes? Verraten diese Augen zusätzlich anderes als die Freundlichkeit, die sie vordergründig ausdrücken? Ist es möglich, dass die Frau auf dem Gemälde ein schreckliches Geheimnis bewahrte, das sie schließlich mit ins Grab nahm? War die von Imogen stets als heiter, offen und großzügig erlebte Tante in der Lage, den eigenen missliebigen Ehemann zu erschlagen und anschließend dermaßen gekonnt zu entsorgen, dass niemand Verdacht schöpfte? Oder hatte sie einen Helfer? Möglicherweise hat sie die Beseitigung ihres Mannes in Auftrag gegeben, weil sie sich nicht selbst die Hände schmutzig machen wollte. Vielleicht erledigte sie aus Sicherheitserwägungen heraus auch alles selbst und es gab allenfalls, wenn überhaupt, nur einen Mitwisser? Imogen reibt sich die Augen. Sie hat das Bild dermaßen intensiv betrachtet, dass ihre Augen tränen. Zwischenzeitlich hat sie so genau und konzentriert geschaut, dass sie einen kurzen Moment glaubte, in den Kopf ihrer verstorbenen Lieblingstante sehen zu können. Doch das war natürlich ein Irrtum. Leider weiß sie nach der eingehenden Betrachtung des Porträts so viel oder wenig wie zuvor. Bei all den finsteren Erwägungen fröstelt ihr. Die dunklen Schatten von Johannas Vergangenheit, das Aufdecken möglicher Flecken auf der bis dato makellos sauberen Weste der Tante hinterlassen bei Imogen ihre sichtbaren Spuren in Form einer Gänsehaut auf den Armen und unsichtbare in Form eines schrecklich schlechten Gewissens. Eigentlich will sie nicht glauben, dass ihre Tante, ihre Lieblingstante, die Vorbild und große Gönnerin zugleich war, zu derart finsteren Machenschaften wie dem gezielten Mord ihres überdrüssigen Ehemanns fähig war. Der Tote hinten im Garten kann genauso gut ein Wildfremder sein. Dass das Alter des Mannes und das etwaige Todesjahr mit dem Zeitpunkt des ungeklärten Verschwindens Peter Obermanns übereinstimmen, ist kein Beweis, weder dafür, dass der Tote Obermann ist, noch dass Tante Johanna an dessen Verschwinden oder am Tod des Unbekannten aus dem Garten maßgeblich beteiligt war.

Lass die Toten ruhen, das ist ein wahrer Spruch, mit dem Imogen in dieser Situation vermutlich ganz gut beraten wäre. Denn so unrecht hat Richard nicht mit seiner Befürchtung, dass die Polizei misstrauisch werden könnte, sobald Imogen ihnen über den Unfalltod Wolfs und das ominöse Verschwinden seiner Leiche Bericht erstattet. Allenfalls eine hoffnungslos überlastete Polizei würde da nicht weiter nachhaken. Und wer weiß, wie viele Leute in unserem Garten noch verscharrt sind? Selbst mir als Katze läuft da ein Schauder über den Rücken, was etwas heißen will. Von Hause aus sind wir gerne nachts im Dunkeln unterwegs, der Tod und seine Begleiterscheinungen sind quasi allgegenwärtig in der Existenz einer Katze. Überall lauern Gefahren, jede Sekunde kann deine letzte sein. Das gilt besonders für die wild lebenden Straßenkatzen. Trotzdem behagt mir der Gedanke nicht, dass ich mich genussvoll im Sonnenschein auf der Wiese im Garten über einem Leichenfeld im Gras rekeln könnte. Alles zu seiner Zeit, meine ich. Tote gehören auf den Friedhof und nicht in einen Garten, in dem sich Mensch und Tier unbeschwert bewegen wollen. Wo kämen wir da hin, wenn man, sozusagen auf kaltem Fuß erwischt, sich seines Lebens so richtig freut und im Gras oder auf einem Gemüsebeet ruhend die Augen nach einem langen, wohligen Schlaf aufklappt und neben sich völlig unvorbereitet und plötzlich den Knochen oder den Fuß irgendeines verstorbenen Menschen erblickt? Das darf nicht sein. Überraschungen sind jederzeit herzlich willkommen, allerdings keine unangenehmen. Zu riechen ist in unserem Garten übrigens nichts Derartiges. Es riecht nicht wie auf dem nahe gelegenen Friedhof, auf dem ich mir manchmal im Rahmen eines ausgedehnten Inspektionsganges die Füße vertrete. Der dort besonders bei höheren Temperaturen und Feuchtigkeit vorherrschende muffige, stark morbide Geruch fehlt bei uns im Garten völlig. Als Wolf hinten lag, war er leicht wahrnehmbar, zumindest während der ersten Tage. Anschließend war da nichts mehr, und das Skelett habe ich vom Geruch her nie wahrgenommen. Wie auch? Angeblich war da ja kein Fetzchen Fleisch mehr daran, das vergammelnd hätte vor sich hindünsten können. Möglicherweise befinden sich auf unserem Grundstück weitere Skelette. Aber frisch Verstorbene? Nein, das glaube ich nicht. Insofern ist Entspannung angesagt, zumindest was meine Person betrifft.

Imogen ist durch den Skelettfund wieder einmal gründlich ins Grübeln gekommen. Zwar scheint sie wild entschlossen, die Polizei nicht auf die Peter-Obermann-Fährte zu locken, dennoch versucht sie für sich und Richard Klarheit zu schaffen. Telefongespräche mit ihrer Mutter und ihrer Schwester in dieser Angelegenheit verliefen ergebnislos. Imogen fragte die beiden mit so unbeteiligter Stimme wie möglich, ob sie wüssten, ob Peter Obermann jemals aufgetaucht sei. Doch die beiden schienen völlig ahnungslos. Imogens Mutter wischte das Thema mit dem knappen Ausspruch vom Tisch, das sei alles Schnee von gestern und nicht mehr der Rede wert. Sie fand viel interessanter, wie es der kleinen eigenwilligen Pünktchen-Miezekatze bei uns ergehe. So kam Imogen nicht weiter und ich schätze, sie ist ganz froh, nicht mehr in Erfahrung gebracht zu haben. Als sie mit ihrer Mutter telefonierte, war ihr förmlich das Unbehagen ins Gesicht geschrieben. Die Auskunft, über Jahrzehnte eine mordlüsterne Tante verehrt zu haben, sich so dermaßen in einer nahestehenden, geliebten Person getäuscht zu haben, wäre sicher sehr bitter gewesen. Überdies hat Imogen nun ein ähnlich gelagertes Problem, wie es die Tante vor Jahrzehnten in leicht abgewandelter Form gehabt hat, wenn ihre Befürchtungen zutreffen. Liegt es in ihrer Familie, dass die Frauen zu Totschlägerinnen oder gar Mörderinnen werden, wenn Männer sich ihnen gegenüber schlecht verhalten? Ist das vielleicht genetisch vorbestimmt? Bei solchen und ähnlichen bangen Fragen muss sich Imogen mies fühlen, mental übersäuert, und tatsächlich wirkt sie seit dem Skelettfund unterirdisch schlecht. Sie schläft, wenn überhaupt, dann unterbrochen, isst kaum etwas, trinkt viel zu viel Espresso und hängt völlig geistesabwesend irgendwelchen Grübeleien nach. Die wirklich wichtigen Dinge und Personen in ihrem Leben kommen wieder einmal zu kurz. Erneut ist mit ihr nichts anzufangen. Zwischendurch hat sie den Nerv und steht stundenlang vor Johannas Porträt im Obergeschoss und starrt es halbe Ewigkeiten an, als ob es den Schlüssel für alle offenen Fragen in sich birgt. Ich fürchte, so wird das nichts mehr mit einem normalen, unbeschwerten Leben in diesem Haushalt.

Richard gibt sich abgeklärt. Er hat mehr Distanz zum Thema als seine Frau, allein schon weil er sich tagsüber außer Haus aufhält, also durch die räumliche Distanz auch gedanklich leichter abschalten kann. Und dann hat er sich ja gefälligst auf seine Steuersünder zu konzentrieren. Ausgekocht, wie die mitunter sind, darf er sich den Luxus gedanklicher Abschweifungen kaum leisten, sonst kann er gleich einpacken und dem deutschen Staat entgehen Millionen und Abermillionen von Steuergeldern. Bei Imogen, die sich in ihren Geschäften von einem Kollegen vertreten lässt, ist das anders. Sie kann sich ganz der zermürbenden Suche in der Vergangenheit widmen, mit den genannten fatalen Folgen für ihre Befindlichkeit.

Ihren Gesprächen abends mit Richard, dann mit Rudi, der kurz vorbeischaut, und anschließend mit Patrick, der besorgt anruft, entnehme ich, dass sie mit dem Tantenthema und den abenteuerlich anmutenden Verdächtigungen allmählich abgeschlossen hat. Gegenüber Richard und Patrick erklärt sie den Zusammenhang zwischen der Tante und dem Skelett im Garten für aberwitzig und auf einer fixen Idee beruhend. Der unbekannte Tote im Garten hat sein Leben vor zig Jahren gelebt, für ihn ist es aus und vorbei, und Imogen hatte und hat mit ihm nichts zu tun. Ihre Tante war sicher nicht an seinem Ableben schuld. Warum hätte sie ihn umbringen sollen? Das Einreichen der Scheidung hätte völlig ausgereicht, um ihren lästigen Ehemann loszuwerden. Soweit Imogens Schlussfolgerungen, die Balsam sind für ihr über die Maßen strapaziertes Nervenkostüm.

Trotzdem kommt sie nicht zur Ruhe. Nachts, als Richard schläft, durchforstet sie den alten Schlafzimmerschrank der Tante nach aussagekräftigen Unterlagen. Es muss eine Erklärung geben für den Toten an der Gartengrenze und Imogen findet anscheinend nicht eher Ruhe, bis sie der Sache auf den Grund gegangen ist. Bei ihrer Suche hat sie ganz gute Aussichten auf Erfolg, denn so erschütternd Johannas unerwarteter, schneller Krebstod für alle Beteiligten war, hat er zumindest ein Gutes für sich gehabt. Johanna hatte Zeit ihres Lebens einen ausgeprägten Aufbewahrungsdrang, sie warf höchst ungern Dinge weg, zumal die sehr persönlichen. Die fünf Schubladen des Schlafzimmerschrankes quellen förmlich über von handgeschriebenen Zetteln, Schriftstücken und Briefen, kurzen Notizen, aber auch nostalgischen Andenken. Mehrere Schwimmabzeichen der jungen Johanna finden sich dort, alle Schulzeugnisse, alte vergilbte Fotografien ihrer Eltern und von Imogens Mutter, Medaillen, Urkunden ausgestellt von einer Finanzakademie, und vieles mehr. Vielleicht hätte Johanna, mit mehr Lebenszeit vor ihrem raschen Ende, das eine oder andere aussortiert und vernichtet, um es vor allzu neugierigen und unbefugten Blicken zu schützen. Doch wie die Dinge liegen, kann Imogen nun Einsicht in den sehr privaten, intimen Teil des Lebens ihrer Tante nehmen. Sollte der Schrank nicht weiterhelfen, bleiben immer noch die diversen Kartons, nicht zuletzt die Kisten, die Felicitas vor Wochen vorbeigebracht hatte und die Imogen bisher nicht durchgeschaut hat.

12. Kapitel

Sie reckt sich und verzieht schmerzhaft das Gesicht. Durch die Jalousien fallen grelle Sonnenstrahlen auf den großen Besprechungstisch mit den wild verstreuten Zetteln und handbeschrifteten Briefumschlägen. Ein Blick auf die Uhr lässt sie entsetzt vom Stuhl hochspringen, es ist bereits nach neun Uhr. An den Tisch gelehnt steht die leere Schublade, es war die letzte, die Imogen in den frühen Morgenstunden aus dem Schlafzimmerschrank gezogen und auf dem Tisch im Immobilienbüro ausgekippt hatte. Kurze Zeit später war sie mit dem Kopf auf ihren Armen auf dem Zettelmeer eingeschlafen. Sie greift sich an den schmerzenden Nacken und kreist ein paar Mal behutsam mit ihren Schultern. Dann geht sie in die Küche. Hier unten im Erdgeschoss sind die Wege kurz - praktisch kurz -, deshalb hat Imogen in der vergangenen Nacht die Schubladen aus dem Schrank im hinteren Teil des Flurs direkt in ihr Büro neben der Haustür verfrachtet, um sie zu sichten, und nicht in ihr Arbeitszimmer im Obergeschoss gebracht. Sie sieht müde aus. Mit schleppenden Schritten steuert sie den Kaffeeautomaten in der Küche an. Schaut man genauer hin, wirkt sie zwar erschöpft, aber nicht schlecht gelaunt. Auf der Treppe sind Tritte zu hören. Richard kommt herein und gibt Imogen einen Kuss.

»Warst du die ganze Nacht hier unten?«, fragt er entgeistert. »Dein Bett war unberührt, als ich aufwachte.«

Imogen nickt. »Ja, gegen Morgen ist mein Kopf auf das weiche Kissen von Zetteln aus Tante Johannas Vergangenheit gesackt. Ich bin eben erst aufgewacht. Mein Rücken tut vielleicht weh, kann ich dir sagen.« Sie lächelt gequält. »Und erst mein Nacken.« Sie legt vorsichtig den Kopf nach hinten.

»Setz dich, ich mache das Frühstück«, meint Richard besorgt. »Ich habe so tief geschlafen, dass ich gar nichts mitbekommen habe.«

»Bewegung hat noch niemandem geschadet«, erklärt Imogen und holt Marmelade, Margarine und Käse aus dem Kühlschrank. Richard nickt und stellt Kaffeetassen und Teller auf den Tisch.

»Hattest du wenigstens Erfolg?«, fragt er interessiert.

»Ich denke schon.« Imogen lächelt geheimnisvoll. »Jedenfalls habe ich letzte Nacht einiges über meine Tante erfahren, und völlig unerwartet auch über mich.«

»Erzähl!«, drängt Richard.

»Nein.« Sie schüttelt den Kopf. »Warte ab. Bisher kann ich nur vermuten, was damals vor dreißig Jahren passiert ist. Ich bin mir noch nicht ganz sicher.«

»Du machst es spannend«, murmelt Richard und blickt neugierig zu ihr. »Wann weihst du mich ein?«

»Wenn ich die letzte Schublade gesichtet und ein paar Daten habe.«

»Wo willst du die herbekommen?«

»Am besten vom zuständigen Pathologen. Ich schätze, das ist mein Mann. Er kann mir bestimmt bei meinen offenen Fragen helfen.« Imogen schaut kryptisch lächelnd auf ihren Teller.

»Du willst in die Rechtsmedizin gehen?«, hakt er verblüfft nach. »Du weißt, wer der Tote hinten im Garten war?«

»Na, ja, ich will mal nicht so sein«, witzelt Imogen betont heiter, »und dich nicht so auf die Folter spannen. Ich bin mir jedenfalls ziemlich sicher, wer er nicht ist: nämlich Peter Obermann.«

»Nicht?«, fragt Richard verdattert nach.

»Nein.«

»Wer denn dann?«

»Wie gesagt, dazu möchte ich mich augenblicklich nicht äußern.«

»Na gut, einverstanden.« Richard nickt mit säuerlicher

Miene. »Erzählst du mir wenigstens, was du über dich selbst erfahren hast?«

»Später, alles zu seiner Zeit.« Imogen beißt herzhaft in ihr Schinkenbrot. »Die Geschichte ist unglaublich. Wenn das alles so stimmt, wie ich es rekonstruiert habe, ist es einfach ungeheuerlich.«

»Du machst es wirklich spannend«, seufzt Richard. »Ich lasse mich überraschen. Wenn du meine Hilfe brauchst, du weißt, wo du mich findest.«

»Im Finanzamt. Nein, stimmt, du hast ja heute Urlaub und bist auf dem Freizeitseminar mit der Pfarrjugend in Bad Godesberg. Entschuldige, das hatte ich ganz vergessen. Bis später und viel Spaß.« Er küsst sie zum Abschied und ist noch nicht aus der Küche, da klingelt es an der Haustür. Imogen läuft in den Flur und öffnet die Tür. Draußen steht ein fremder Mann in Jeans und Lederjacke. Er stellt sich als Kommissar der Bergisch Gladbacher Kriminalpolizei vor.

»Guten Morgen, entschuldigen Sie die frühe Störung«, fängt er an. »Mein Name ist Frielingsdorf, Hauptkommissar Frielingsdorf. Ich war hier in der Nähe und wollte Sie über die Identität des Toten in Kenntnis setzen, den wir gestern auf Ihrem Grundstück gefunden haben.«

»Kommen Sie bitte herein«, mischt sich Richard ein, der neben Imogen getreten ist.

»Danke, nicht nötig. Das kann ich Ihnen genauso gut schnell hier draußen mitteilen«, antwortet der Kommissar mit abwehrender Handbewegung. »Also, der Tote ist nicht der damals als vermisst gemeldete Ehemann Ihrer Tante. Es beschäftigt Sie doch sicher, wer der Tote war.« Er nickt Imogen freundlich zu. Die stutzt einen Moment, erwidert dann aber das Lächeln des Beamten.

»Sie haben in der Richtung ermittelt?«, erkundigt sie sich mit fester Stimme.

»Selbstverständlich.« Der Polizist nickt. »Nachdem Sie meinen Kollegen erzählt haben, dass Ihre Tante verheiratet war, und wir herausfanden, dass er damals, vor mehr als dreißig Jahren, als vermisst gemeldet worden war und nie mehr aufgetaucht ist, lag der Verdacht ja nahe. Zumal der Tote etwa genauso lang dort hinten gelegen hat. Wie gesagt, ich kann Sie beruhigen, bei dem aufgefundenen Toten handelt es sich nicht um Ihren Onkel.«

»Darf man erfahren, woher Sie das so genau wissen?«, fragt Richard erstaunt.

»Ganz einfach. Der Mann war Zahnarzt.« Die Stimme des Beamten klingt fast ein wenig gereizt, anscheinend hat er nicht vor, sich lange aufzuhalten, würde vermutlich am liebsten bei einer schönen Tasse Kaffee in seinem Büro sitzen. Oder er hat eine Abneigung gegen neugierige Fragen. »Es gibt in seiner alten Praxis, die bis heute Zahnarztpraxis ist, einen Abdruck seines Gebisses«, fährt er fort. »Der Abgleich mit dem Gebiss des Toten war ein Klacks für unseren Pathologen. Es ist ausgeschlossen, dass der Tote Herr Peter Obermann ist. Hundert Prozent.« Der Kommissar lächelt höflich und wirkt fast ein bisschen stolz. Ein schneller Ermittlungserfolg ist immer eine schöne Sache, selbst wenn man bereits seit Jahrzehnten bei der Polizei arbeitet.

»Und wer war der Tote?«, fragt Richard. »Wissen Sie das etwa auch schon?«

»Nein.« Herr Frielingsdorf schüttelt den Kopf.

»Sind Sie für den Fall zuständig?«, erkundigt sich Imogen und schaut dem Kommissar direkt in die Augen.

»Ja, haben Sie sachdienliche Hinweise?«

»Vielleicht. Dazu bräuchte ich ein paar Angaben, dann könnte ich gezielter überlegen. Schließlich war ich während meiner Kindheit oft hier zu Besuch«, ergänzt sie. »Sie haben sicher alle Hände voll zu tun mit aktuellen Verbrechen, da werden Sie kaum Zeit haben, sich mit zig Jahre zurückliegenden Todesfällen zu beschäftigen. Vielleicht kann ich Ihnen tatsächlich helfen.«

Der Kommissar blickt sie aus schmalen Augenschlitzen an. »Was genau möchten Sie wissen?«

»Seit wann lag der Tote da? Und stimmt der Todeszeitpunkt mit dem Zeitpunkt der Bestattung hinten im Garten überein?« Imogen hält den bohrenden Blicken des Hauptkommissars ohne mit der Wimper zu zucken stand. Einen Augenblick sieht er sogar geradezu misstrauisch aus, dann zuckt er mit den Schultern.

»Das ist nicht mehr eindeutig zu bestimmen. Der Pathologe hat nur eine grobe Schätzung für den Zeitpunkt des Todes angegeben. Er meinte der Tod sei vermutlich Mitte der Siebzigerjahre, so 1976, 1977 eingetreten. Hilft Ihnen das weiter?«

Imogen wiegt nachdenklich den Kopf. »Das kann ich zurzeit nicht sagen. Wenn ich klar sehe, melde ich mich bei Ihnen, einverstanden?«

Nachdem sich der Kommissar eilig verabschiedet hat, blickt Richard besorgt zu Imogen. »Du weißt also, wer er ist. Wann weihst du mich ein?«

»Nein, nicht genau. Ich habe nur eine Ahnung, allerdings keine gute. Gib mir noch heute«, antwortet Imogen. »Zur letzten Schublade bin ich letzte Nacht nicht mehr gekommen, vielleicht helfen mir die Unterlagen darin ein Stück weiter. Ich fürchte, das gibt eine ganz schöne Überraschung. Vergangene Nacht fand ich es sogar ein bisschen gruselig.« Sie zieht die Nase kraus. »Und jetzt ab mit dir, sonst fährt der Bus ohne dich los.«

Auf dem Schreibtisch liegen Zettel, fein säuberlich in fünf Stapeln sortiert. Sie hat ganze Arbeit geleistet, hoch konzentriert und über Stunden murmelte sie leise vor sich hin, während sie Papiere studierte. Nun sieht sie müde aus. Das lange, konzentrierte Sichten der Unterlagen aus der letzten Schublade hat sie körperlich erschöpft. Ihr Kopf scheint zentnerschwer. Mit beiden Armen auf der Tischplatte stützt sie ihn ab. Anscheinend kann sie nicht fassen, was sich für schreckliche Dinge vor mehr als dreißig Jahren im Haus der Tante ereignet hatten. Im Grunde will sie es nicht wahrhaben, von Verstehen kann ohnehin keine Rede sein. Ihr Problem ist, dass die von ihr rekonstruierten Ereignisse Teil ihrer eigenen Familiengeschichte sind, und der muss sie sich stellen. Einmal herausgefundene Wahrheiten lassen sich so schnell nicht aus der Welt, erst recht nicht aus dem eigenen Kopf schaffen. Wenn das, was sie beim Studium der Papiere leise vor sich hinmurmelte, der Wahrheit entspricht, kann man nur Mitleid mit ihr empfinden. Was ihre Nachforschungen noch viel brisanter und für ihre eigene Person berührender macht, ist die Tatsache, dass sie während der eigentlich unfassbaren, ihr bisher völlig unbekannten Ereignisse im Haus der Tante weilte. Zwar war sie, was sie mit Erleichterung zur Kenntnis genommen hat, als damals knapp elfjähriges Mädchen nicht aktiv am Geschehen beteiligt, doch zumindest war sie zeitweise dabei gewesen.

Die Recherche hat Imogen eine Gänsehaut nach der anderen über den Körper gejagt. Die Anspannung war ihr über Stunden förmlich anzusehen. Während sie Blatt für Blatt mit aufgeregt flackerndem Blick überflog, zitterte zeitweilig ihr ganzer Körper. Nie zuvor hat sie am eigenen Leibe so spürbar und bewusst erfahren, wie vergangenes Geschehen - egal, wie weit es zurückliegt - das eigene Leben bis in die Gegenwart beeinflussen kann. Sie lehnt sich auf dem Schreibtischstuhl zurück und reckt die Arme in die Höhe.

Diese Gelegenheit nutze ich und springe auf ihren Schoß. Leider finde ich neuerdings nur wenige Minuten am Tag in Imogens Leben statt. Ein paar Augenblicke morgens, wenn sie mir frisches Wasser und Essen hinstellt, und etwas später, wenn sie meine Katzentoilette im Keller reinigt. Für den Rest des Tages existiere ich für sie nicht. Sie sieht mich nicht, nennt allenfalls ab und zu gedankenverloren meinen Namen, so geistesabwesend, dass ich mir nicht sicher bin, ob sie mich tatsächlich wahrgenommen hat oder ob sie bloß reflexartig auf meine Erscheinung reagiert, einfach, weil sie früher auch immer etwas gesagt hat, wenn ein Wesen mit vier Beinen, rundem Kopf mit dreieckigen Ohren darauf, grünen Augen und sehr viel grau getigertem Fell drum herum ihren Weg kreuzte.

Gerade versuche ich, mich bei ihr spürbar in Erinnerung zu bringen. Als ich es mir auf ihrem Schoß bequem mache, schiebt sie mich nicht mit der Hand weg, was schon einmal ein gutes Zeichen ist.

»Dagobert, schön, dass du da bist«, findet sie, blickt mir in die Augen und streichelt sanft über meinen Kopf. »Wo hast du nur den ganzen Tag gesteckt?« Sie lächelt dünn. Und das war es. Sie packt mich und setzt mich behutsam auf den Boden. Dann steht sie auf und verlässt den Raum. Man muss kein Prophet sein, um zu sagen wohin sie geht. Natürlich, zur Kaffeemaschine.

Wenn man ganz unten angekommen ist, kann es nur noch besser werden. Hoffe ich also auf die Zukunft, es kommen bestimmt ersprießlichere Zeiten für den Kater dieses Hauses. Pünktchen, sowieso von jeher nur auf Richard fixiert, kennt diese Probleme nicht. Diese kleine drollige Katze ist vollends auf dem Egotrip, seitdem sie Richards Stofftasche entwachsen ist. Als sie um die vier Kilo wog, riss das Umhängeband. Es passierte, als Richard und sie zum Einkaufen fahren wollten. Einen Tick zu schwungvoll hatte er die Tasche mit der schweren Pünktchen hochgehoben, um sie sich umzuhängen, da riss das Band und Pünktchen landete mitsamt Tasche unsanft auf den Fliesen im Flur. Dieses Erlebnis war derart abschreckend für unsere Miezekatze, dass Richards Tasche, die immerhin eine Art Heimstatt während ihrer ersten Lebensmonate für sie gewesen war, fortan absolute Tabuzone für Pünktchen ist. Da kann er noch so betteln und flehen, sie lässt sich nicht erweichen. Außerdem war ihr die Tasche sowieso zu eng geworden. Seit dem gelungenen Abnabelungsprozess von Richard nutzt sie ihre neue Freiheit in Form von ausgiebigen Freigängen und wilden Spielen mit hergelaufenen liebestollen Kerlen, die neuerdings von kilometerweit anrücken, um sie in dunklen Winkeln unseres Gartens zu bezirzen. Imogen und Richard werden schon sehen, was sie von so viel Toleranz haben, sollten sie demnächst einmal zur Besinnung kommen und an anderes denken als ihre Arbeit, Tote im Garten und die finstere Familiengeschichte.

»Sie war sehr unglücklich in ihrer Ehe«, sagt Imogen, als sie abends mit Richard im Wohnzimmer sitzt. Vor sich hat sie einen Wust Zettel, das Extrakt ihrer Forschungen aus dem Schlafzimmerschrank. »Sie haben am 1. März 1976 geheiratet und bereits seit Juni desselben Jahres erhielt sie glühende Liebesbriefe von einem gewissen Ludwig Baumeister, vermutlich einem alten Schulfreund hier aus Bergisch Gladbach. Der Inhalt der Briefe ist eindeutig. Sie dokumentieren keineswegs eine nur einseitige Schwärmerei eines verflossenen Liebhabers. Johanna hat sie anscheinend im gleichen oder ähnlichen Stil beantwortet, und immer wieder haben sich die beiden zu heimlichen Schäferstündchen hinter dem Rücken von Peter Obermann verabredet. Den beschreibt Johanna in ihren Briefen als reichlich unsensibel und gefühllos. Er hat sie sicherlich fast in den Wahnsinn getrieben, als er versuchte, ihren liebevoll gepflegten Naturgarten mit aller Gewalt in einen Übungsplatz für sein Golftraining umzuwandeln. Er hatte eigenmächtig Bäume fällen lassen, die Wiese mit Unkrautvernichtungsmitteln traktiert, kiloweise Kunstdünger darauf geworfen und sie ratzeputz kurz geschnitten. Alles ohne das mit ihr abzusprechen. Außerdem hat er seine Golfklubfreunde regelmäßig zu Abendessen nach Hause eingeladen. Tante Johanna wurde das zu viel. Die beiden kamen nicht miteinander klar, überhaupt nicht, wohl weil sie viel zu verschieden waren. Nicht Welten trennten sie, sondern Galaxien. Sie deutet in ein paar Briefen sogar Handgreiflichkeiten seinerseits an. Wenn ihm die Argumente ausgingen, schlug er um sich.« Imogen blickt unglücklich zu Richard, der gerade mit nachdenklicher Miene einen Schluck von seinem Rotwein trinkt.

»Mitte April 1977 reißt der Briefwechsel ab. Es gibt ein

letztes kurzes Schreiben von Ludwig an meine Tante. Hier, lies selbst.« Imogen reicht Richard einen Zettel über den Tisch.

Komme am 14. April wie vereinbart.
17.00 Uhr bei dir.
P. dann ja im Golfklub.
Liebe dich über alles.
Ludwig, liest Richard.

»Danach war Funkstille zwischen den beiden. Es gab keinen Brief mehr. Besagter Ludwig Baumeister war nach meinen Recherchen Bibliothekar in der Stadtbücherei in dieser Stadt. In der Bücherei ist er übrigens am nächsten Arbeitstag und überhaupt nie wieder erschienen. Er liegt auch nirgendwo begraben, zumindest nicht auf den Friedhöfen im Stadtgebiet. Er war seitdem verschwunden.«

Imogen hält inne. Richard mustert sie mit großen, staunenden Augen. »Ich habe da mal ein bisschen herumtelefoniert.« Imogen lächelt unbestimmt. »Wie es aussieht, hat Onkel Peter die beiden zusammen erwischt. Vielleicht war die Golfgesellschaft im Klub nicht so unterhaltsam wie erwartet oder er hatte zu Hause etwas vergessen. Jedenfalls gehe ich davon aus, dass er nach Hause kam und den Liebhaber meiner Tante, wenn nicht vorsätzlich, dann im Affekt erschlagen hat.« Imogen schweigt einen Moment, ehe sie fortfährt. »Einen Beweis dafür habe ich nicht, aber es erscheint mir sehr plausibel. Der Zufall wollte es, dass meine Eltern mich am Abend jenes 14. April zu Tante Johanna brachten. Felicitas war an dem Tag beim Arzt, der bei ihr Scharlach diagnostizierte. Ich habe sie angerufen, um herauszufinden, ob das Datum stimmt. Volltreffer! Sie führte damals Tagebuch und hat den Tag bestätigt und nannte mir sogar die Uhrzeit. Ich bin abends gegen sieben Uhr von meiner Mutter hierher gebracht worden. Da war das Unglück vermutlich schon geschehen. Ich meine mich dunkel zu erinnern, dass Tante Johanna und Onkel Peter kein Wort miteinander sprachen an dem Abend. Im Grunde war das nichts

Neues, sie waren oft zerstritten. Jedenfalls habe ich am darauffolgenden Tag dieses Bild gemalt.« Sie reicht Richard ein mit Wachsstiften bemaltes Din-A3-Blatt.

Er runzelt überrascht die Stirn. »Du hast hier einen Mann gemalt, der etwas über den Boden schleift. Drum herum stehen Büsche und ein Baum. Das Ganze findet also draußen statt. Ziemlich finstere Farben hast du gewählt«, murmelt er, den Blick unverwandt auf das Bild gerichtet.

»Ja, ich schätze, das ist genau die Szene, die mir seit Jahrzehnten immer wieder vor Augen ist, für die ich keine Erklärung hatte«, sagt Imogen fast triumphierend. »Schau auf die Rückseite. Tante Johanna hatte die Angewohnheit, die von mir gemalten Bilder mit Datum zu versehen. Ich habe es am 15. April 1977 gemalt. Siehst du, hier steht es.«

Sie dreht das Blatt um und zeigt mit dem Finger auf den verblichenen blauen Kugelschreibervermerk der Tante. Anscheinend habe ich am Abend oder in der Nacht zuvor im Garten beobachtet, wie ein Toter nach draußen geschafft wurde, nur handelt es sich bei dem Toten nicht, wie wir ursprünglich dachten, um Onkel Peter, sondern um den Liebhaber meiner Tante, jenen Ludwig Baumeister. Mein Onkel schaffte ihn im Dunkeln in den Garten und ich habe das aus einem Winkel beobachtet. Vielleicht konnte ich nicht schlafen und hatte mich nach unten geschlichen.«

»Deine Tante war nicht dabei«, folgert Richard. »Jedenfalls hast du keine zweite Person gemalt.«

»Hm.« Imogen nickt. »Aber es war trotzdem noch jemand anders da. Nämlich jemand, der mich in meinem Schlupfwinkel entdeckte und vermutlich von der unheimlichen Szene wegzog. Das Dumme ist, ich kann mich beim besten Willen nicht mehr daran erinnern. Es gibt hier eine Karte, allerdings undatiert und ohne Unterschrift, auf der eine kurze Notiz an meine Tante gerichtet steht. Die Karte war mit einer Büroklammer an mein Bild geheftet, insofern denke ich, dass es da einen Zusammenhang gibt.« Sie reicht Richard eine grüne Karteikarte.

»Liebe Nachbarin«, liest er vor, »kein Grund zu danken. Es war selbstverständlich, dass ich mich um die Kleine gekümmert habe. Ich denke, sie hat nichts begriffen und schlief rasch auf unserer Couch ein.«

Imogen nickt. »Keine Unterschrift. Welcher Nachbar kann das gewesen sein? Vielleicht einer der Familie Werheid, die in den Siebziger- und Achtzigerjahren in Rudis Haus lebten. Herr und Frau Werheid hatten damals drei fast erwachsene Söhne, wenn ich mich richtig erinnere. Oder war es Ingo Müller? Der und seine Frau besitzen das Haus nebenan seit Jahrzehnten, sie waren als Diplomaten allerdings höchst selten zu Hause. In all den Jahren meiner Kindheit habe ich die Müllers höchstens zwei oder drei Mal in ihrem Garten gesehen. Und ich war oft hier. Vielleicht handelte es sich um jemand von gegenüber aus dem Mehrfamilienhaus. In den Siebzigern waren die Gärten hier hinter den Häusern nicht so hermetisch mit dichten hohen Sträuchern von der Straße abgeschirmt wie heutzutage. Da hätte leicht jemand vom Bürgersteig aus in unseren Garten schauen können.«

»Interessant«, murmelt Richard. »Wirst du der Polizei den Hinweis auf Baumeister als möglichen Toten geben?«

Imogen wiegt nachdenklich den Kopf. »Ich weiß nicht. Eher nicht, glaube ich. Die Geschichte geht nämlich weiter, ich befürchte sogar, sie reicht bis heute.«

»Ach ja?« Richard runzelt neugierig die Stirn.

»Ja. Jener Nachbar, der mich am Abend zuvor von der schauerlichen Leichenbeseitigungsszene weggeholt hat, spielte am nächsten Tag erneut eine Rolle, und zwar eine ganz entscheidende. Es gibt für den 15. April 1977 einen Eintrag in Tante Johannas sehr sporadisch geführtem Tagebuch aus jener Zeit. Nur ganz wenige Dinge trug sie darin ein, meist hatte sie keine Muße dafür. Allenfalls Geschehnisse, die sie außerordentlich beschäftigten oder aufregten, schrieb sie auf, und auch das nur sehr knapp, in fast schon kryptischer Form.« Imogen klappt eine dunkelgrüne Kladde an der Stelle auf, die sie sich mit einem Lesezeichen markiert hat. Sie blickt fragend zu Richard. »Bist du noch bei mir oder sollen wir eine Pause machen? Ich weiß, es sind viele Details, und leider sehr schockierende.«

»Mach um Himmels willen weiter, ich bin absolut gefesselt«, sagt er atemlos. »Was passierte dann?«

»Hier steht für den 15. April folgender Eintrag:

Schrecklicher Streit mit P. und Kampf. War mit Scheidung nicht einverstanden. Fortführung der Ehe seit gestrigem schrecklichem Ereignis unmöglich. Zu Hilfe eilte erneut die Nachbarschaft, die mich endgültig von allen Sorgen befreit.«

Imogen schweigt und starrt auf das aufgeschlagene Tagebuch auf ihrem Schoß. Ihre Knie zittern leicht.

»Guter Gott«, flüstert Richard bestürzt. »Anscheinend war dein Onkel ihr gegenüber handgreiflich geworden, als Johanna ihm eröffnete, dass sie sich von ihm scheiden lassen will. Und der Nachbar ist dazwischengegangen. Meinst du, er hat deinen Onkel umgebracht?«

Imogen zuckt ratlos mit den Schultern. »Keine Ahnung. Möglich ist es, aus Versehen vielleicht. Jedenfalls hat Tante Johanna ihren Mann am selben Abend, also am Abend des 15. April 1977 bei der Bergisch Gladbacher Polizeiwache als vermisst gemeldet. Ich habe den Durchschlag der Vermisstenmeldung hier.« Sie reicht Richard einen vergilbten Zettel mit Eintragungen in fetten blauen Schreibmaschinenlettern.

»Eine Blaupause«, stellt er fest und überfliegt den Text. »Sie hat dem diensthabenden Beamten erzählt, dass dein Onkel vor den 20-Uhr-Nachrichten noch schnell eine Zeitschrift aus dem Kiosk beim Rathaus in der Stadtmitte besorgen wollte, dass er zu Fuß losgelaufen und nicht wiedergekommen ist.« Richard blickt zweifelnd auf den Zettel vor sich. »Das Gleiche hat sie euch allen erzählt. Glaubst du das?«

»Nicht wirklich.« Imogen schüttelt den Kopf. »Ich schätze,

das war die Version, die Tante Johanna und der helfende Nachbar für die Außenwelt abgesprochen hatten.«

»Kannst du dich an irgendetwas an dem Tag oder dem Abend erinnern? Du warst immerhin elf Jahre alt, da bekommt man einiges mit.«

»Nein, nichts. Ich war, glaube ich, gar nicht hier. Es war sommerlich warm in jenem April und die letzte Woche unserer Osterferien. Ich erinnere mich so gut daran, weil das Wetter ausgenommen schön war und Felicitas mich jeden Tag anrief und jammerte, dass sie in der Wohnung bleiben und sich schonen musste. Meine Tante hatte für mich ein Arrangement mit einer Familie in der Nachbarschaft getroffen, die gleichaltrige Kinder hatten. Sie nahmen mich mittags mit ins Freibad und lieferten mich erst abends bei Tante Johanna ab. Das hatten wir öfter so gemacht, auch an besagtem Tag. Onkel Peter war abends, als ich nach Hause kam, schon nicht mehr dort.«

»So warst du elegant vom Ort des Geschehens weggeschafft«, merkt Richard nüchtern an. »Für ein Kind war das Haus deiner Tante an diesen zwei Tagen nicht gerade ein idealer Aufenthaltsort. Das hat sie sicher so empfunden und entsprechend gehandelt.«

»Ja. Außerdem war Johanna stets darauf bedacht, dass es mir bei ihr nicht langweilig wurde. Das könnte auch ein Grund gewesen sein. Das war sicher nicht ihre schlechteste Idee. Wer weiß, was mir sonst noch alles nachlaufen würde, wenn ich die Ereignisse am 15. April mitbekommen hätte. Der Abtransport des toten Liebhabers meiner Tante steckt mir selbst nach Jahrzehnten tief in den Knochen. Ich werde das Bild einfach nicht los.«

»Jetzt, wo du weißt, wo du es einzusortieren hast, gelingt es dir vielleicht leichter«, mutmaßt Richard.

»Ein paar Fragen bleiben trotzdem offen«, sagt Imogen nachdenklich. »Wer war der helfende Nachbar und wo ist Peter Obermann abgeblieben?«

»Meinst du, die beiden, also deine Tante und der Nachbar haben ihn gezielt umgebracht?«

»Nein, die Eintragungen im Tagebuch lassen diese Schlussfolgerung eigentlich nicht zu. Ich kann mich erinnern, dass sich Onkel Peter täglich Insulinspritzen setzte und außerdem zu jedem Essen Tabletten einnahm. Obwohl er erst Anfang dreißig war, kränkelte er ziemlich. Angeblich hatte er außer Diabetes eine Herzmuskelschwäche, die er sich in seiner Jugend durch eine verschleppte Lungenentzündung eingehandelt hatte. Vielleicht ist ihm seine Herzschwäche bei dem Handgemenge mit Johanna und dem Nachbarn zum Verhängnis geworden.« Sie nickt. »So könnte es gewesen sein.«

»Und wo ist Obermann abgeblieben?«, fragt Richard, dem sein mulmiges Gefühl förmlich ins Gesicht geschrieben steht. »Auch irgendwo in unserm Garten? Wie so viele andere?«

»Jetzt bitte keine Scherze!«, rügt Imogen. »Das ist nicht witzig!«

»Wollte gar nicht witzig sein«, erwidert Richard pikiert. »So abwegig ist das nun wirklich nicht. Der Liebhaber deiner Tante lag an der Grenze zu Rudis Grundstück. Vielleicht befindet sich dein Onkel ebenfalls in der Nähe.«

»Auf unserem Grundstück hinten ist bei den Ausschachtungsarbeiten außer dem Skelett nichts gefunden worden, bei Rudi und bei Ingo Müller ebenfalls nicht«, sagt Imogen. »Und nicht nur ist Peter Obermann verschwunden, Wolf ist ebenso wenig aufgetaucht, wie du dich vielleicht erinnerst. Als ob das vergangene Geschehen nicht schon unheimlich genug wäre, habe ich selbst einen Menschen auf dem Gewissen, dessen Verbleib mir völlig schleierhaft ist. Ich finde es schrecklich ernüchternd, dass nach den wenigen Monaten anscheinend keiner mehr nach ihm sucht. Weder die Polizei, noch seine Exfrau, noch der anfangs übereifrige Detektiv. Dabei ist es so beunruhigend, wenn ein Mensch, der einem nahesteht, plötzlich aus unerklärlichen Gründen verschwindet. Ich finde es jedenfalls beängstigend, nicht zu wissen, wo er abgeblieben ist. Aber das ist wohl noch etwas anderes.«

»Vielleicht spielt da auch der Nachbar eine Rolle«, kombiniert Richard und räuspert sich.

»Vielleicht«, sagt Imogen leise. »Es gibt übrigens eine weitere Nachricht. Tante Johanna hat sie geschrieben, das ist eindeutig ihre Handschrift. Sie hat sie aber wohl nicht weitergereicht.« Sie schluckt schwer, als sie einen Zettel über den Tisch schiebt. Auf ihm steht ein einziger Satz:

Gib bitte weiter gut Acht auf Imogen, sie ist mein Augenstern.

»An wen war das gerichtet?«, fragt Richard verblüfft und starrt auf das Blatt. »An den Nachbarn? Das kann sie im Grunde jederzeit geschrieben haben, also nicht zwangsläufig nach den Ereignissen im April 1977. Obwohl das ›weiter‹ es nahelegt. Sie könnte Vergleichbares zu deinen Eltern gesagt haben oder zu irgendeinem ihr nahestehenden Bekannten.«

»Du hast recht«, gibt Imogen zu. » Meine Fantasie geht mit mir durch.«

»Genug Anregung hat die in den letzten Tagen jedenfalls bekommen«, stellt Richard sachlich fest. »Deine Recherchen klingen schlüssig und geben die Geschehnisse in den Siebzigerjahren vermutlich ziemlich treffend wieder. Und deine Tante, hat sie sich nie dazu geäußert? Hat sie nicht irgendwann zumindest vage Andeutungen gemacht?«

Imogen schüttelt den Kopf. »Ich kann mich nicht erinnern. Ich bin sicher, dass meine Eltern und meine Schwester genauso ahnungslos sind wie ich bisher.«

»Und wie steht es mit der Nachbarschaft? Wer könnte der ominöse Nachbar gewesen sein? Gibt es da jemand, der in den Siebzigern hier gelebt hat?«

»Es gibt sogar einige. Tante Johanna ist mit ihren Anfang siebzig relativ früh gestorben. Die meisten Leute werden heutzutage älter, wenn sie nicht ernsthaft krank sind«, sagt Imogen. »Als möglicher Helfer meiner Tante kommt eine ganze Handvoll alter Männer in der unmittelbaren Nachbarschaft infrage. Die meisten von ihnen sind noch so fit, dass sie in ihren Gärten arbeiten, Fahrrad fahren und Reisen unternehmen. Aber ich kann schlecht reihum klingeln und mich erkundigen, ob einer von ihnen vor gut dreißig Jahren zusammen mit Johanna meinen Onkel umgebracht und dann beiseitegeschafft hat. Vielleicht ist der besagte Nachbar längst tot. Selbst wenn er lebt, möchte er möglicherweise gar nicht über damals sprechen. Verstehen könnte ich das.«

Ungeheuerlich, ja geradezu unfassbar sind die von Imogen herausgefundenen Ereignisse in Johannas Leben, und so unheimlich ihr mitunter zumute ist, wenn sie daran denkt, dass all diese furchtbaren Dinge in ihrem und Richards Haus passiert sind und dass womöglich noch nicht alle auf dem Grundstück befindlichen Toten geborgen wurden, so sehr irritiert es sie, dass sie der Wahrheit bis auf den allerletzten Grund nicht auf die Spur gekommen ist. Wer war der Nachbar, der Johanna vor den gewalttätigen Übergriffen des eigenen Mannes schützte? Und wo war dieser nach dem besagten Kampf abgeblieben? War er tatsächlich auf dem Weg zum Kiosk verloren gegangen, oder, was wahrscheinlicher ist, beim Kampf mit Nachbar und Tante umgekommen und dann von beiden diskret fortgeschafft worden?

Johannas Porträt, das Imogen in den folgenden Tagen wiederholt mit fragenden Blicken traktiert, gibt ihr in dieser Angelegenheit nach wie vor keine Auskunft. Unverändert heiter blickt die Tante auf sie herab. Es ist bemerkenswert, dass jemand mit einer dermaßen obskuren Vergangenheit zu einem so offenen, unbeschwert erscheinenden Blick imstande ist. Womöglich handelt es sich schlicht um den Blick der Erleichterung. Die schlimmen Ereignisse der Vergangenheit sind vorbei, jetzt ist alles hell und freundlich, es gibt gute Gründe, positiv in die Zukunft zu schauen. Oder ist es der befreite Blick einer Frau, die weiß, dass sie keine Wahl hatte und das Richtige getan hat?

Imogen sollte sich eine Scheibe von dem unverbrüchlichen Optimismus ihrer Tante abschneiden, wie ich finde. Das Leben ist zu kurz, um sich mit Dingen zu quälen, die man ohnehin nicht ändern kann. Johanna hatte die Toten ruhen lassen und nach ihrer gescheiterten Ehe und den damit zusammenhängenden unsäglich grausigen Ereignissen anscheinend munter und forsch nach vorne geblickt und die schauerliche Vergangenheit dem Vergessen anheimgegeben. Zweifellos wusste sie, dass ihr Mann ihren Liebhaber umgebracht und hinten an der Grundstücksgrenze begraben hatte. War das ein Grund für sie, zur Polizei zu laufen und das Verbrechen, und sei es auch nur ein Unfall gewesen, anzuzeigen? Nein, offenbar nicht. Vielleicht fehlte ihr die Zeit dazu oder einfach die Gelegenheit, denn sicher stellte sie ihr vor Wut und Verletztheit tobender Mann direkt, spätestens aber am nächsten Tag zur Rede. In das, was dann folgte, der Tod oder die Beseitigung ihres Mannes, war sie selbst verstrickt. Für eine Selbstanzeige liebte sie ihr freies, abwechslungsreiches Leben viel zu sehr und bestimmt war sie wild entschlossen, es weiterhin zu genießen, vielleicht sogar nach dem Motto: jetzt erst recht. Hätte sie die Umstände des Todes und Verbleibs ihres Liebhabers angezeigt, hätte das zwingend genauere Nachforschungen der Polizei nach ihrem Mann zur Folge gehabt und sie selbst wäre in ein schiefes Licht gerückt. Das wollte sie verhindern. Und so fuhr sie mit ihrem glücklichen Leben fort. Daran hinderte sie weder ein toter Liebhaber noch ein vermutlich ebenfalls in Hausnähe beigesetzter Ehemann.

Ja, Imogen sollte sich wirklich eine Scheibe von Johanna abschneiden. Es steht zwar in den Sternen, ob Johanna selbst Hand anlegte am Ableben ihres Mannes, ihr also ein gewisses Maß an Kalkül oder gar Kaltblütigkeit nicht abzusprechen ist. In Imogens Fall jedoch liegt eindeutig ein Unfall vor. Ich habe es mit eigenen Augen gesehen. Imogen ist unschuldig. Sie ist keine kaltblütige Mörderin und, im Gegensatz zu Johanna damals, glücklich verheiratet. Wäre der unsägliche

Wolf an jenem Vormittag nicht bei uns hereingeplatzt und zudringlich geworden, hätte Imogen nun ein gewichtiges Problem weniger. Mit Sicherheit wäre ihr dann die Identifizierung des Skeletts hinten im Garten nicht dermaßen wichtig gewesen. Aber einmal auf die Spur gesetzt und durch ihre eigenen Erlebnisse in einer Art morbiden Gedankenwelt zu Hause, musste sie dem Fund auf den Grund gehen. Indem sie Wolf im Gemüsebeet vergrub, folgte sie, ohne es in dem Moment zu wissen, einer von Johanna begründeten Familientradition. Und jetzt gibt sie keine Ruhe, bevor sie nicht weiß, wo der von ihr eigenhändig vergrabene Wolf steckt. Selbst darin handelt sie konsequent nach alter Familiensitte. Johanna wusste, wo ihr Mann ihren Liebhaber verscharrt hatte, und bestimmt war sie einer der Hauptakteure bei der Beseitigung und Beisetzung ihres Mannes. Johanna sah demzufolge klar in dieser Angelegenheit. Imogen dagegen versucht seit Monaten krampfhaft, Klarheit über Wolfs Verbleib zu erhalten. Die Frauen in Imogens Familie wollen prinzipiell den Durchblick behalten und verschaffen sich so Planungssicherheit und damit eine solide Grundlage für ihr folgerichtiges Handeln und ein möglichst unbeschwertes weiteres Leben.

Bei Licht betrachtet trennen Imogen und Johanna keine Welten. Liegen ihre Probleme auch zig Jahre auseinander, so ähneln sie sich von der Sache her geradezu frappierend. Aller Wahrscheinlichkeit nach verfügt die Nichte nicht über das starke Nervenkostüm der Tante, die offenbar ganz gut mit mehreren Leichen im Garten leben konnte. Wüsste Imogen definitiv, dass Wolf irgendwo im Garten begraben liegt, ich bin mir nicht sicher, ob sie den Nerv hätte, Jahre und Jahrzehnte praktisch im Dunstkreis ihres Unfallopfers zu verbringen. Viel spricht dagegen. Sie würde das bestimmt als äußerst belastend empfinden, denn grundsätzlich legt sie viel Wert auf ein reines Gewissen. Sie lebt gerne und kann sich mitunter wunderbar freuen, an mir, ihren Mitmenschen, den Dingen. Zweifellos möchte sie nicht auf all das verzichten. Zugleich ist sie sensibel, sie ist sehr aufrichtig und hat feste Moralvorstellungen. Ein Toter, noch dazu einer, der durch eigenes Handeln umgekommen ist und den man heimlich im eigenen Garten verscharrt hat, findet in einem solchen Lebensentwurf, der von Helligkeit und Klarheit nur so strotzt, keinen Platz. Arme Imogen, das Leiden nimmt für sie anscheinend kein Ende. Und dass eine enge Familienangehörige ein ähnliches Schicksal teilte, macht die Sache nicht besser, eher schlimmer. Obgleich Imogen kein ausgesprochener Familienmensch ist, glaubt sie trotz allem an familiäre Vorbelastungen und vor allem an die Macht der Gene. Das hat sie unter anderem vor ein paar Stunden ausgiebig mit Richard und Patrick, den sie in ihr Vertrauen gezogen hat, diskutiert.

In jenem Gespräch mit fast krisenähnlichem Charakter, zu dem Patrick als enger Vertrauter kurz entschlossen telefonisch dazugebeten wurde, kamen sämtliche Rechercheergebnisse Imogens zur Sprache. Überdies warf Patrick einige wirklich ungemütliche Fragen auf. Was ihm nicht vorzuwerfen ist, im Gegenteil. Als enger Freund des Hauses war es geradezu seine Pflicht, Unliebsames anzusprechen. Er nahm Imogens Entschluss, Johanna nicht posthum bei der Polizei anzuzeigen, überaus verständnisvoll zur Kenntnis. Doch bezweifelte er ernsthaft, dass Imogen und Richard mit all ihrem Wissen und vor allem mit dem Bewusstsein der Dinge, die sie möglicherweise nicht wissen, weiter ein unbeschwertes Leben in unserem Zuhause führen könnten.

»Mich würde das fertigmachen«, sagte Patrick im Brustton der Überzeugung, »nicht zu wissen, ob da draußen noch jemand in meinem Garten liegt.« Er schüttelte sich mit angeekelter Miene. »Gruselig ist das.«

»Ihr könnt eure Älteste ja demnächst woanders unterbringen, wenn ihr herkommt«, erwiderte Imogen eingeschnappt. »Warum muss sie ständig mit Schaufeln, Eimern und Förmchen bewaffnet unseren Garten in einen riesigen

Sandkasten verwandeln? Es gibt so schöne Spiele, warum wühlt das Mädchen dermaßen begeistert im Dreck?«

»So meine ich das nicht«, beschwichtigte Patrick. »Ich rede nicht von unseren Kindern oder uns, sondern von euch.«

Richard nickte nachdenklich. »Ehrlich gesagt habe ich selbst darüber nachgedacht, ob es nicht besser wäre, alles zu verkaufen und etwas anderes zu kaufen. Völlig unbelastet und neu irgendwo in der Nähe etwas aufzubauen.«

»Ohne mich!«, wandte Imogen apodiktisch ein. »Ich hänge an diesem Haus und diesem Garten. Das ist Teil meiner Kindheit. Einer sehr schönen Kindheit«, fügte sie hinzu. »Hier und nirgendwo anders möchte ich leben. Egal, was auf diesem Grund und Boden passiert sein mag, selbst wenn ich an den Südpol ziehe, ändert das nichts an der Vergangenheit. Ich bleibe!« Sie verschränkte die Arme vor ihrem Oberkörper, was für Richard stets das sichere Signal ist, dass ihre Gesprächsbereitschaft ein Ende hat. Doch Patrick, der Imogen fast ebenso gut kennt, sich aber auf seine Überzeugungskünste einiges einbildet, machte einen weiteren Versuch.

»Gut, du kannst vermutlich damit leben, dass noch ein Toter hier irgendwo bei euch auf dem Grundstück begraben liegt. Der war vor Jahrzehnten akut, muss also nicht dein Problem sein. Aber was ist mit deinem Radfahrer? Dessen Schicksal und vor allem, dass ungeklärt ist, wo er steckt, das kannst du nicht so einfach abschütteln«, stellte Patrick schlau fest und blickte lauernd zu Imogen, die entspannt die Arme auf die Sessellehne legte und Patrick ein dünnes Lächeln schenkte.

»Habe ich jemals behauptet, dass ich das vorhabe?«, fragte sie achselzuckend.

»Nicht?«, erwiderte Patrick perplex.

»Nein, auf keinen Fall. Habe ich euch nicht vor Tagen gesagt, dass ich zur Polizei gehe und die Angelegenheit kläre?«, erinnerte sie ohne mit der Wimper zu zucken. »Es ist in den letzten Tagen nur so viel passiert, dass ich das aufschieben musste.«

Richard rutschte unruhig auf der Couch hin und her. »Meinst du nicht, dass es sehr eigentümlich wirkt, wenn du erst jetzt, nachdem hinten das Skelett gefunden wurde, deine Geschichte mit Wolf zur Anzeige bringst?«, fragte er und runzelte die Stirn. Sein ganzes Gesicht wirkte wie ein riesiges Fragezeichen.

»Möglich«, sagte Imogen knapp. »Aber es geht nicht anders. Ich will hier wohnen bleiben und brauche die Selbstanzeige für mein Wohlbefinden. Außerdem müssen sie mir erst einmal beweisen, dass ich Wolf umgebracht habe. Wie mir mein kluger Mann, seines Zeichens Jurist«, sie warf Richard einen provokanten Blick zu, »erklärt hat, kann in Deutschland nur verurteilt werden, wem ein schuldhaftes Vergehen eindeutig nachzuweisen ist. So würdest du das doch formulieren, nicht wahr?« Richard nickte stumm. »Und weil das so ist«, fuhr Imogen unbeirrt fort, »außerdem ja jeder zur Polizei laufen und dort alles Mögliche erzählen kann, und ich mein Gewissen entlasten muss, werde ich dorthin gehen und ihnen meine Geschichte erzählen. Ob sie sie mir glauben oder nicht. Total egal. Ich weiß, dass ich unschuldig bin. Und das Gegenteil ist nicht zu beweisen.« Sie lächelte triumphierend.

»Weibliche Logik«, murmelte Patrick zerknirscht in Richards Richtung. »Dagegen kommen wir nicht an.«

»So sieht es aus«, gab Richard frustriert zu. Er streichelte Pünktchen gedankenverloren über den Rücken. Sie lag seit geraumer Zeit auf seinen Beinen und schnurrte betörend, vermutlich um ihn zu beruhigen.

Die gute Pünktchen hat seit einigen Wochen ziemlich zugelegt. Wenn mich nicht alles täuscht, wachsen da in ihrem kecken Bäuchlein ein paar stramme kleine Nachkommen heran. Wäre Richard nicht so furchtbar abgelenkt, er hätte ihr größeres Gewicht längst bemerken müssen. Und selbst mit bloßem Auge ist die Veränderung an seiner Pünktchen deutlich erkennbar. Ihr Bauch hat geradezu kolossale Ausmaße angenommen, bedenkt man, wie schlank und zierlich sie einmal war. Doch wie so oft in letzter Zeit haben sie keine Augen für uns oder anderes. So verbissen sind sie in ihre Angelegenheiten verstrickt, dass sie beispielsweise gar nicht bemerken, dass die alten, oftmals brüchigen und überaus sanierungsbedürftigen Dielenböden heute wieder einmal besonders unheimlich knarren. Von der Vertäfelung im Flur will ich gar nicht erst sprechen, da kehrt praktisch nie Ruhe ein. Alles befindet sich in diesem Haus in ständiger Bewegung, hat seine eigene dunkle Geschichte, die es aus allen Poren förmlich ausatmet und durch Geräusche unterschiedlicher Art kundtut. Seit Imogens Recherchen mache ich übrigens keinen Schritt mehr in den Garten. Mir ist dort einfach zu beklemmend zumute. Allenfalls auf die Terrasse begebe ich mich ab und zu, um frische Luft zu schnappen. In den Garten zieht mich nichts mehr. Zumindest fürs Erste. Wenn ich mehr Bewegung brauche und sie mich nach draußen lassen, biege ich sofort an der Hintertür ab und verlasse über unsere Einfahrt das Grundstück. Ich durchstreife dann ein paar Nachbargärten auf der anderen Straßenseite oder gehe geradewegs zum Friedhof, da weiß ich wenigstens, was Sache ist. Unliebsame Überraschungen wie in unserem Garten sind an dem Ort allein deshalb schon nicht zu erwarten, weil jeder weiß, was unterirdisch angesagt ist. Pünktchen meint, ich leide an Einbildung, sehe Gespenster, wo keine sind. Seit sie diesen unglaublichen Schwellbauch hat und damit sicher ein, zwei Kilo mehr auf die Waage bringt, legt sie eine geradezu stoische Ruhe an den Tag und ist meines Erachtens nicht mehr voll zurechnungsfähig. Sollte Unerwartetes geschehen, ist sie vermutlich sowieso nicht imstande, schnell zu reagieren. Sie schafft es ja nicht einmal mehr, ihren dicken Bauch oberhalb der Bücher im Regal durchzuzwängen - hinter den Büchern war immer ihr Lieblingsplatz. Also, Pünktchen hat sich quasi aus der Not heraus Gelassenheit verschrieben, komme, was da mag. Und in ihrer Lage ist das keine dumme Strategie. Was nicht geht, geht eben nicht. Ich für meine Person lasse lieber Vorsicht walten. Der Garten ist tabu, und so sehr ich an diesem Haus und der Nachbarschaft hänge, ich würde es begrüßen, wenn sich Imogen und Richard zu einem Verkauf entscheiden und wir irgendwo anders neu und unbelastet anfangen könnten. Doch ich befürchte, selbst wenn sie das wollten, sie würden das alte baufällige Gemäuer nicht loswerden. Wer will schon auf einem Leichenfeld hausen? Bekämen etwaige Käufer Wind von der finsteren Vergangenheit, die dieses Haus und Grundstück umweht, wäre es vermutlich praktisch unverkäuflich oder nur zu einem Schleuderpreis loszubekommen. Imogen ist zu sehr Immobilienmaklerin, um diese Tatsache zu ignorieren. Außerdem glaube ich ihr, wenn sie behauptet, dass sie sich aus tiefer emotionaler Verbundenheit nicht trennen kann. Sie ist so. Aus diesem Grund müssen sich alle, die an ihr dranhängen, mit den Gegebenheiten arrangieren. Abhängigkeit hat mitunter grausige Seiten.

13. Kapitel

Nichts im Sinn als ihren schnellen Abgang zu Hause, nimmt sie an diesem Morgen nur wahr, was ihr gerade in die Quere kommt. Sie schaut nicht nach links und nicht nach rechts, und es ist verblüffend, dass sie in ihrem Zustand daran denkt, Pünktchen und mir neues Trockenfutter hinzustellen. Das alte Wasser von letzter Nacht steht unverändert da. Wieder einmal hat sie den Kopf voll anderer Gedanken. Ich finde, sie hätte sich ruhig anstrengen können, um bei uns in guter Erinnerung zu bleiben. Wer weiß, wann wir sie das nächste Mal sehen. Als ob sie auf der Flucht wäre, stürmt Imogen nach ihrem hektisch heruntergeschlungenen Frühstück aus dem Haus. Wenn mich nicht alles täuscht, fährt sie nun geradewegs zur Polizei, um sich selbst sozusagen ans Schafott zu liefern. Es ist nicht davon auszugehen, dass sie ihre Meinung geändert hat. Normalerweise rückt sie von einmal gefassten Entschlüssen nicht ab. Mit mehr als gemischten Gefühlen beobachte ich von der Fensterbank im Flur, wie sie ihr Auto rückwärts in der Ausfahrt hinaussetzt und dann mit quietschenden Reifen Richtung Stadtzentrum braust. Ihre Eile ist mir völlig unverständlich. Dem Anschein nach kann sie gar nicht abwarten, dass die Polizei sie bis zum Sankt Nimmerleinstag einsperrt.

Pünktchen hat zu all dem, wie es scheint, keine Meinung. Sie macht sich dieser Tage weder Sorgen um Imogen noch um sonst etwas, ihr geht es primär um ihr eigenes Wohlergehen und allenfalls um das der Kinderchen in ihrem Bauch. Manche Katzen sind so. Mutmaßlich würde sie empfindlicher reagieren, wenn ihr heiliger Richard für unbestimmte Zeit ins Nirwana abtauchen würde, aber auch nur mutmaßlich. Wie die Dinge liegen, hat sie keine Probleme. Oder grundsätzlich andere, über die sie mit keinem spricht. Das Einzige, was sie an diesem Morgen belastet, ist die Tatsache, dass die Sonne hell vom warmen Frühsommerhimmel scheint und sie gerne nach draußen möchte. Man höre und staune, sie würde tatsächlich ohne Richard und außerhalb des Schutzes, den seine Umhängetasche ihr über Monate bot, hinaus ins Grüne, allein, auf eigene Faust. Ihre Ausflüge und nächtlichen Tändeleien mit irgendwelchen Angeberkatern haben in ihr einen nahezu unstillbaren Freiheitsdrang geweckt. Sie ist seitdem äußerst ungern im Haus eingesperrt. Von Richards Tasche will sie nichts mehr wissen. Anscheinend ist sie doch eine richtige Katze. Zwischenzeitlich hatte ich ja arge Zweifel, was das angeht.

Im Augenblick macht sie mir die Hölle heiß, ist höchst unleidlich. Also von mir aus könnte sie Tag und Nacht draußen sein. Sie maunzt ungnädig, hechtet im Wohnzimmer von einem Sessel auf den nächsten, rennt wieder zum Fenster, wo die Strahlen der Sonne den brüchigen Holzdielenboden angenehm wärmen, und schaut sehnsuchtsvoll nach draußen. Statt sich damit abzufinden, dass sie nicht hinauskann, und sich hier drinnen auf dem Boden auszustrecken und die wohlige Wärme zu genießen, schreit sie in einer Tour, dass sie ins Freie will, und warum sie keiner rauslässt und ob ich nicht etwas unternehmen kann. Meine armen Ohren und meine armen Nerven. Ich kann ihr nicht helfen und sie tut, als ob sie das nicht wüsste und die Welt nicht mehr versteht. Nach einer Weile gibt sie frustriert auf. Sie legt sich - versteh mir einer die Frauen - nicht auf den warmen Holzfußboden in die Sonne, sondern auf den kalten Heizkörper im Schatten neben dem Fenster und fällt in einen tiefen, unruhigen Schlaf. Ihre Pfoten zucken dramatisch, die ganze Katze zuckt und vibriert. Man möchte gar nicht wissen, was sie gerade alles durchmacht. Garantiert hat sie beim Aufwachen Muskelkater und dann beschwert sie sich noch einmal extra.

Ich kann Richard nicht verstehen, wie er es mit einer derart kapriziösen Katze aushält. Sie ist zugegebenermaßen recht hübsch, kann einem aber bisweilen den letzten Nerv rauben. Seine Zuneigung zu ihr ist ungebrochen. Neulich beschwerte er sich bei Imogen, sie hätte die Umhängetasche zu klein genäht, Pünktchen wolle nicht mehr hinein, denn sie könne sich nicht mehr gemütlich in der Tasche rekeln. Warum wohl? Oh, Richard, du armer, argloser Verblendeter. Sie wiegt mittlerweile sicher ihre fünf Kilo, seitdem ihr Bauch täglich, um nicht zu sagen stündlich dicker wird. Für eine weibliche Katze ist sie ein wahrer Brummer. Muschi nebenan, ihres Zeichens Perserkatze, bringt trotz üppigen Wohllebens nicht annähernd so viel auf die Waage.

Überhaupt, Muschi, ich habe sie schon lange nicht mehr getroffen. Vor ein paar Tagen sah ich sie zufällig im müllerschen Garten, wie sie dort am einzigen verbliebenen Blumenbeet unter dem großen Fliederbusch kauerte und versonnen in die Ferne schaute. Sie blieb nicht lange da hocken. Leider konnte ich nicht zu ihr, ich war im Haus eingesperrt, sonst hätte ich sie gefragt, wie es ihr geht. Nach wie vor wirkte sie sehr gut gepflegt, schneeweiß und flauschig, ihre runden blauen Augen blickten klar, soweit ich das auf die Entfernung erkennen konnte. Sie sah mollig aus, was nur verständlich ist bei ihrem behaglichen Leben im Diplomatenhaushalt. Wenn Herr Müller ihr tagtäglich nur annähernd das an kulinarischen Genüssen bietet, wovon wir an jenem ersten Abend, als ich sie dort einführte, eine Kostprobe erhielten, muss sie unweigerlich kugelrund werden und bequem.

Übrigens herrscht nebenan ein ziemlicher Auftrieb. Eben ist ein großer Wagen in die müllersche Hauseinfahrt gefahren und nun tragen drei Männer alle möglichen Gegenstände und Kartons aus dem Haus in den riesigen Lieferwagen. Die Vorliebe der Menschen fürs Umdekorieren habe ich nie verstehen können. Als Imogen noch mehr Zeit hatte, hat sie auch ständig Möbel hin und her geräumt. Herr Müller hat anscheinend den Ehrgeiz, seine Sache dieses Mal perfekt zu machen, er lässt unglaublich viele Gegenstände wegschaffen. Ob Muschi sich beschwert hat, dass ihr die Einrichtung nicht gefällt, und jetzt versucht er, es ihr recht zu machen?

Vermutlich muss mich die ganze Beobachterei dermaßen erschöpft haben, dass ich auf meiner Fensterbank in einen bleiernen Schlaf gefallen war. Als ich wie von Ferne das vertraute Schlüsselklingen höre, wache ich auf. Ich muss eine gute Weile verdöst haben, denn der Lieferwagen ist aus der müllerschen Einfahrt verschwunden. Dafür tut sich bei uns Ungewöhnliches. Das Geräusch des Schlüsselbundes stammt nämlich von Richard, der zu ungewohnter Tageszeit zu Hause auftaucht und sich suchend im Erdgeschoss umschaut. Was will er schon hier? Er ruft Imogens Namen, guckt in die Küche, ins Wohnzimmer, wirft dort einen Blick aus dem Fenster in den Garten, während er Pünktchen auf dem Heizkörper ein paar Mal geistesabwesend mit der Hand über den Rücken streicht. Da kann er lange suchen. Imogen ist nicht zu Hause.

Richard nimmt die schnurrend seine Beine umschmeichelnde Pünktchen auf den Arm. Er streichelt sie fahrig. Nicht ganz mit den Gedanken bei seinem Liebling, setzt er Pünktchen bald achtlos auf den Küchenstuhl und erntet dafür einen pikierten Blick ihrerseits, den er wohl nicht bemerkt. Er trinkt ein Glas Apfelsaft und blättert am Küchentisch unkonzentriert durch die Zeitung. Zwischendurch schaut er immer wieder auf die Uhr. Hat er eine Verabredung, die er nicht verpassen darf? Schließlich, nach schier endloser Wartezeit, hören wir die Haustür. Richard springt auf und stürzt in den Flur. Da steht tatsächlich Imogen, unsere Imogen, in alter Frische. Und ohne Handschellen! Ihre Augen sind ein wenig gerötet, ihr ganzes Gesicht ist rot, wenn man genauer hinschaut, sieht man es deutlich. Richard springt zu ihr und nimmt sie in die Arme.

»Und?«, fragt er atemlos. »Wie war es? Was hat es gegeben?«

Er zieht Imogen, die nicht einmal ihre Jacke ausgezogen hat, in die Küche und drängt sie, sich hinzusetzen. Imogen lächelt ergeben. Sie zuckt mit den Schultern, schaut einen Moment auf die Tischplatte, dann direkt in Richards Augen.

»Tja«, sagt sie, zieht ihr Taschentuch aus ihrer Hosentasche und schnäuzt sich geräuschvoll die Nase.

»Was?« Richard schaut gespannt zu ihr. Sie lächelt zaghaft, vielleicht ein wenig ratlos.

»Ich war dort, ich meine bei der Polizei und habe mit einer Beamtin gesprochen. Zuerst wollte die Polizistin mich gar nicht zu dem zuständigen Kriminalbeamten vorlassen, als ich ihr mitteilte, ich wollte eine Verlustmeldung aufklären. Sie behauptete, die Kripo sei nicht zuständig. Aber ich habe darauf bestanden, mit jemand von der Kriminalpolizei zu sprechen.«

»Ja, und?« Richard platzt fast vor Neugier. »Er hat dich jedenfalls nicht dort behalten, sonst wärst du nicht hier. Was hat er gesagt?«

»Ich war allein mit ihm im Zimmer«, berichtet Imogen

mit tonloser Stimme, »und habe ihm die ganze Geschichte von Anfang an geschildert. Also nur das, was Wolf betrifft.«

»Und?«

»Er war der Ansicht, wenn die ganze Sache so gewesen wäre, wie ich es ihm erzählt hätte, dann sollte ich nach Hause gehen und mich nicht unglücklich machen«, merkt Imogen mit ratloser Miene an. »Die Suche nach Wolf ist ja mittlerweile eingestellt. Und der Polizist meinte augenzwinkernd, ich wüsste ja nicht einmal, wo er abgeblieben sei, und darum wäre mir schwerlich überhaupt ein Vergehen nachzuweisen. Und da ich sowieso unschuldig sei, was den möglichen Todesfall betrifft, solle ich keine schlafenden Hunde wecken.«

»Das hat er gesagt?«, fragt Richard verdattert. »Dass du keine schlafenden Hunde wecken sollst?«

Imogen nickt und lächelt schwach. »Ja, er war fast väterlich zu mir, wie ein netter Onkel. Jedenfalls wollte er mich nicht festnehmen. Er war der Auffassung, ich hätte in den letzten Monaten genug dafür gebüßt, dass ich den Unfall nicht sofort bei der Polizei gemeldet hätte.«

»Bist du sicher, dass der Mann Polizist war und nicht Pfarrer, oder so?« Richard blickt irritiert zu Imogen.

»Natürlich war das ein Polizist«, beharrt sie mit bebender Stimme und schaut bitterböse zu Richard. »Ich bin doch nicht völlig plemplem.«

»Erstaunlich«, wundert sich Richard. »Da hast du wirklich Glück gehabt.«

»Vielleicht.« Imogen schaut versonnen auf die Tischplatte. »Der Kripobeamte steht kurz vor seiner Pensonierung. Zuerst habe ich mich gefragt, woher ich den Mann kenne, aber dann war alles klar.« Imogen lächelt. »Ich habe ihn früher öfter gesehen, da war ich allerdings sehr viel jünger. Günther Weihert heißt er, und war zumindest einige Jahre lang ein sehr guter Freund von Tante Johanna. Mich hat er anscheinend sofort erkannt. Es ist mindestens 20, wenn nicht 25 Jahre her, dass ich ihn zuletzt getroffen habe. Die letzten

Jahre war meine Tante mit niemand zusammen.«

»Jetzt ist alles klar«, sagt Richard erleichtert. »Was hast du für ein Glück. Das bewegte Liebesleben deiner Tante rettet dir den Kopf. Zumindest erspart es dir bohrende Fragen und andere Unannehmlichkeiten.«

»Ich weiß gar nicht, ob die beiden ein Paar waren«, wendet Imogen erbost ein. »Du tust ja geradezu so, als ob meine arme Tante einen Liebhaber nach dem anderen gehabt hätte, wie ein männermordender Vamp.«

»Männermordend, das trifft den Nagel auf den Kopf«, murmelt Richard und schüttelt sich unangenehm berührt. »Übrigens«, fährt er achselzuckend fort, »bezweifle ich, dass ein anderer auf deine Geschichte nicht ebenso reagiert hätte wie Herr Weihert. Dich trifft ja keine Schuld, richtig strafbar hast du dich nicht gemacht. Habt ihr über deine Tante gesprochen?«

»Nein.« Imogen schüttelt den Kopf. »Er gab mir nur einen kurzen Hinweis, damit ich ihn einordnen konnte. Ein Satz, ein vielsagendes Augenzwinkern, mehr nicht, da wusste ich Bescheid. Da brauchten wir nicht viel zu reden.«

»Natürlich«, resümiert Richard. »Damit wäre alles gelöst. Was für eine Freude.«

»Nicht ganz«, erwidert Imogen. »Ich gehe zwar nicht ins Gefängnis, aber ich muss herausfinden, wer Wolf für mich beiseitegeschafft hat. Für mich, verstehst du? Ich muss das für mich herausfinden. Vorher habe ich keine Ruhe. Außerdem habe ich immer noch ein Menschenleben auf dem Gewissen. Schön ist das nicht.« Sie zieht ein zerknülltes Papiertaschentuch hervor und schnieft laut hörbar hinein.

Auf Richards Stirn bilden sich tiefe Falten. Er entgegnet nichts, nickt nur stumm. Es sieht Imogen ähnlich, dass sie nicht klein beigibt.

»Wie willst du das machen?« Richard sieht nun seinerseits erschöpft aus. Diese leidige Angelegenheit nimmt kein Ende.

»Lass das meine Sorge sein«, winkt Imogen ab.

Nachmittags fährt Richard ins Finanzamt. Anscheinend geht dort nichts ohne ihn. Seine Sekretärin rief an und informierte ihn über eine kurzfristig einberufene Besprechung, bei der er unbedingt dabei sein müsse. Als stellvertretender Leiter des Finanzamtes darf er bei wichtigen Sitzungen nicht fehlen. Überhaupt bedeuten ihm sein Beruf und Finanzdinge grundsätzlich viel. Man darf froh sein, nicht im Zuständigkeitsbereich seiner Behörde zu wohnen. Steuersünder haben dort kein einfaches Leben.

Übrigens bin ich ihm auf die Spur gekommen, ich weiß jetzt, warum er manchmal mit seiner Sekretärin sogar nach Dienstschluss telefoniert. Letztens habe ich ein Gespräch mitgehört, eines seiner berühmt-berüchtigten Telefongespräche auf der Toilette, in dem er Frau Rosenthal klare Anweisungen gab, was die Beleuchtung des, wie er sich ausdrückte, ›Festraumes im Schiff‹ betrifft. Kurz darauf war mir sonnenklar, dass er mithilfe seiner Sekretärin nunmehr seit Wochen die Feierlichkeiten für seinen 15. Hochzeitstag mit Imogen vorbereitet. Er will sie mit einem Fest auf einem Rheinschiff überraschen und hat zu diesem Zweck ein ganzes Schiff angemietet, eine Life-Musik-Band angeheuert, einen Partyservice und Beleuchtungsspezialisten. Und alle diese Leute müssen im Sinne Richards und natürlich - ohne, dass sie es weiß - Imogens instruiert werden. Er will Imogen aufwendig überraschen und dazu braucht er die Hilfe des Organisationstalentes Rosenthal. Wobei er Glück hat, dass Imogen in letzter Zeit so dermaßen abgelenkt und mit ihren Gedanken oft gar nicht bei ihm war. Sonst hätte sie sicher Lunte gerochen, wäre zuerst eifersüchtig auf Frau Rosenthal geworden und hätte, wie ich sie kenne, nach eingehenden Recherchen die Vorbereitungen für ihren Hochzeitstag aufgedeckt, was schade gewesen wäre, da die Überraschung keine solche mehr gewesen wäre. Nichts ist so schlecht, dass es nicht für irgendetwas gut wäre. Obwohl ich Imogen die leidige Sache mit Wolf gern erspart hätte, sofern das im Rahmen meiner Möglichkeiten gewesen wäre. Imogen und Richard haben sich auf dem Katamaran eines Bekannten kennengelernt, das war vor mehr als 17 Jahren. Richards Idee mit der Hochzeitstagsfeier auf dem Rheinschiff macht also durchaus einen tieferen Sinn.

Und was treibt Imogen, die an diesem sonnigen Frühlingstag unerwartet viel freie Zeit hat? Ihr Maklerkollege vertritt sie nach wie vor in dringenden Fällen und sie ist offenbar fest entschlossen, ihre neu gewonnene Freiheit ausgiebig zu genießen, wähnte sie sich doch vor wenigen Stunden bald für Jahre im Gefängnis. Imogen geht in den Gartenschuppen, greift sich dort eine kleine Schaufel und die Kiste mit verschiedenfarbigen Stiefmütterchen und pinkfarbenen Buschröschen, die sie vor ein paar Tagen in einem Gartenmarkt gekauft hat, und läuft damit zum Friedhof. Ich begleite sie, schließlich handelt es sich dabei um so etwas wie ein Ritual, das Imogen seit dem Tod ihrer Tante zu einer Art Tradition hat werden lassen. Jeden Frühsommer pflanzt sie eine Mischung neuer bunter Blumen auf das Grab der Tante, immer eine Kiste voll. Die meisten dieser Blumen sind mehrjährig, und so blüht es auf dem Grab von Jahr zu Jahr bunter und üppiger.

Auf dem Friedhof, der nur zehn Menschen-Gehminuten von unserem Haus entfernt ist, herrscht bei dem frühsommerlich milden Sonnenwetter reger Betrieb. Mehrere Male hält Imogen mit der Pflanzarbeit inne, um mit Bekannten einen Plausch zu halten. Heute sind anscheinend alle guter Dinge. Man sollte nicht meinen, dass unter uns unzählige Kadaver ihr finsteres Dasein im Totenreich fristen. Nur die morbiden Modergerüche verleihen dem Ort trotz des hellen Sonnenscheins und der gut gelaunten Leute ringsum etwas Finsteres, was außer mir seltsamerweise keiner wahrnimmt.

Gerade verrichtet Imogen die letzten Handgriffe, die neuen Blumen sind gepflanzt und sie begießt sie, da kommt der Adoptivvater der treulosen Muschi des Weges. Ingo Müller lächelt überaus wohlwollend, wenngleich vielleicht ein wenig irritiert, als er uns sieht und bei uns haltmacht. In seinen Händen trägt er eine Schale mit dunkelroten Rosen.

»Was für ein wunderbarer Tag«, begrüßt er Imogen fröhlich. »Und Sie haben noch mehr Farbe auf das Grab Ihrer Tante gebracht.« Er schaut lächelnd auf die bunten Blumen.

»Ja, es werden jedes Jahr mehr«, stellt Imogen fest und reibt sich beim Anblick der bunten Pracht zufrieden die Hände. »So, wir sind fertig hier. Kommen Sie mit zurück, Herr Müller?«

Einen Moment sieht Ingo Müller ein wenig ertappt aus. Er schüttelt den Kopf. »Nein, ich gehe in die andere Richtung. Ich würde mich aber gerne von Ihnen verabschieden. Ich ziehe nach Bremen, in eine kleinere Wohnung. Bremen ist, wie Sie vielleicht wissen, meine Heimatstadt. Das Haus ist für mich allein zu groß und die paar Verwandten, die ich habe, wohnen allesamt in Norddeutschland. Hier hält mich nun nichts mehr.«

»Das ist schade«, bedauert Imogen. Sie streckt ihre Hand aus. »Dann ist es wahr. Mein Mann erzählte, dass bei Ihnen ein Umzugswagen gestanden hätte.«

»Ja, heute ist mein letzter Tag.« Ingo Müller lächelt schwach. »Eine junge Familie hat das Haus gekauft, liebenswürdige Leute, mit denen Sie bestimmt gut klarkommen werden. Vielen Dank für die gute Nachbarschaft, Frau Schweiger-von Stetten.« Er reicht Imogen die Hand und hält sie lange in seiner. »Und noch einmal ganz herzlichen Dank für die Katze. Sie hat mich in der letzten Zeit über so manches hinweggetröstet.«

»Das war mir ein Vergnügen«, sagt Imogen. »Sie hat es gut bei Ihnen, das weiß ich. Viel Glück, Herr Müller, und sollten Sie in Zukunft in der Nähe sein, schauen Sie bitte auf eine Tasse Kaffee bei uns herein. Sie sind immer willkommen.«

»Gerne«, lächelt Herr Müller und marschiert mit seinem Rosengesteck von dannen.

»Schade, schade«, murmelt Imogen und sammelt die diversen Plastikblumentöpfe in die kleine Holzkiste. Obenauf legt sie die Blumenschaufel, und wendet sich zum Gehen. »Auch wenn er mich zuletzt mit seinen rabiaten Rodungsaktionen genervt hat. Komm, Dag«, fordert sie mich auf, »gehen wir nach Hause.«

Ich rühre mich nicht von der Stelle und bleibe bei Johanna sitzen. Doch bevor Imogen hinter der ersten Ecke verschwindet, folge ich ihr. Wir sind schon fast zu Hause, da fällt ihr auf, dass sie die kleine Gießkanne neben dem Grab vergessen hat.

»Also rückwärts marsch!«, kommandiert sie forsch. »Kommst du mit?«

Als wir uns Tante Johannas Grab nähern, sehe ich bereits von Weitem, dass etwas anders ist. Die Gießkanne liegt unverändert neben dem Grab, nur vor dem Grabstein, zwischen Imogens bunten Frühlingsblumen, steht plötzlich eine große Schale mit dunkelroten Rosen. Als sie die Rosen erblickt, schaut sie sich um. Niemand ist in der Nähe, zumindest niemand, den sie kennt.

»Na so was«, wundert sich Imogen, hebt die Gießkanne auf und wirft noch einmal einen erstaunten Blick auf die Rosen. Dann verlassen wir erneut Johannas Grab. Sie war eine liebe Frau, meine erste Herrin, und ich finde es nur korrekt, dass Ingo Müller, der jahrzehntelang ihr Nachbar war, sich an seinem letzten Tag hier von ihr verabschiedet. Er hat ihr Rosen gebracht, dunkelrote Rosen, und wenn ich es nicht besser wüsste ... Aber lassen wir das.

Imogen war beim Anblick der Rosen vermutlich nur deshalb überrascht, weil Herr Müller so tat, als ob die Rosen nicht für Tante Johanna bestimmt waren. Warum hat er aus seinem Abschiedsgruß für die Tante so ein Geheimnis gemacht? Um das zu erklären, bräuchte es nun jemanden, der die Menschen besser versteht als ich, vielleicht einen Psychologen, oder zumindest jemand, der Ingo Müller besser kennt. Ich weiß, dass Johanna bis ins hohe Alter eine überaus attraktive Frau war. Ihre grauen Haare und die Falten taten ihrer Schönheit überhaupt keinen Abbruch, im Gegenteil.

Sicher hat Ingo Müller sie insgeheim verehrt, gute Nachbarschaft, um nicht zu sagen Freundschaft, herrschte zwischen dem Ehepaar Müller und Tante Johanna allemal.

Aus der Küche ist lautes Poltern zu hören. Die Tür zur Abstellkammer ist offen und heraus klingt Imogens fluchende Stimme. Die Kartons, die Richard vor wenigen Tagen dort abgestellt hat, sind umgekippt und ihr Inhalt liegt nun teilweise verstreut neben leeren Weinflaschen und den Wasser- und Bierkästen. Bei dem Versuch, eine neue Packung Espressobohnen aus dem Regal zu angeln, hat Imogen das Gleichgewicht verloren und ist über die Kartons gestolpert. Mit schmerzverzerrtem Gesicht rappelt sie sich hoch. Auf dem Boden liegen vergilbte Zettel und Briefumschläge. Imogen nimmt probeweise ein paar zur Hand. Sie erkennt Tante Johannas Schrift auf einigen Papieren, jedoch nicht auf allen. Sie überlegt kurz, dann sammelt sie die auf dem Boden verstreuten Zettel ein, legt sie zurück in die Kartons, trägt beide Kisten aus dem Vorratsraum und stellt sie jeweils auf einen Küchenstuhl ab. Anschließend macht sie sich eine große Tasse Kaffee und setzt sich an den Tisch. Aufs Geratewohl nimmt sie einen Stapel Papiere aus der ersten Kiste und beginnt, Blatt für Blatt zu überfliegen.

Mit dem ersten Karton macht sie kurzen Prozess. Weiß der liebe Himmel warum Tante Johanna Rechnungen aus mehr als zwanzig Jahren verwahrt hat. Abgesehen davon, dass es mitunter ganz hilfreich sein kann, zu wissen, mit welchen Pfannen das Dach eingedeckt ist und wie viel seinerzeit der Dachdecker für seine Arbeiten veranschlagte, kann Imogen den Unterlagen in der ersten Kiste allenfalls ein müdes Schulterzucken abgewinnen. Der Stapel mit den aufbewahrenswerten Zetteln ist klein. Den Rest, ein wahrer Berg von Rechnungen und sonstigen Mitteilungen von Handwerkern, Kostenvoranschlägen, Schreiben des städtischen Versorgungswerkes und Ähnlichem, stopft Imogen in den Altpapierbeutel. Sie greift sich den leeren Karton und den

Beutel, rennt damit hinter das Haus und entsorgt beides in der großen Papiermülltonne. Danach kommt sie in die Küche zurück und macht sich noch einen Kaffee. Anscheinend hat sie der Ehrgeiz gepackt. Es ist in jeder Hinsicht der Tag des Großreinemachens für Imogen.

Im zweiten Karton, der deutlich kleiner ist als der erste, befinden sich ausschließlich Briefe in Kuverts. Imogen ist anzusehen, dass es sich hier um private Materie handelt. So vorsichtig, wie sie die Zettel bisweilen mit spitzen Fingern aus den einzelnen Umschlägen zieht, wird deutlich, dass sie hier in andere, intime Regionen vorstößt. Ganz wohl ist ihr augenscheinlich nicht dabei. Oftmals hält sie kurz inne und überlegt, dann fährt sie mit ihrem Tun fort. Vor ihr auf dem Tisch liegt die private Korrespondenz von Tante Johanna. Briefe, die andere Personen ihr geschickt haben und wenige Briefe von ihr selbst, die sie aus irgendeinem Grund nie abgesendet hat. Imogen liest völlig absorbiert Stunde um Stunde. Draußen wird es bereits dunkel und erst als sie die Buchstaben auf dem Papier kaum mehr erkennen kann, schaltet sie das Licht ein. Sie hat mehrere Stapel gebildet, wohl nach Absendern sortiert, wobei nur ein paar Papiere in der Ablage mit der Ausschussware liegen. Vermutlich ist fast der gesamte Schriftverkehr wichtig. Da ist ein regelrechter Berg mit Schreiben eines Herrn Gino, dem Namen nach einem Italiener, und tatsächlich wurde seine Post über fünfzehn Jahre aus verschiedenen südeuropäischen Ländern abgeschickt. Die letzte Nachricht kam vor gut fünf Jahren aus Rom. Zwei Briefe hat sie aussortiert, die ihr offenbar besonders aufbewahrenswert erscheinen. Diese beiden liest sie immer und immer wieder, lange nachdem sie alle anderen Schriftstücke durchgesehen hat. Schließlich packt sie alles bis auf die beiden in die Kiste zurück, steht auf, rennt zur Haustür und hinüber zu Ingo Müllers Haus. Dort klingelt sie Sturm, aber niemand öffnet. Sie klingelt erneut, wartet, klingelt, wartet. Ingo Müller ist anscheinend nicht zu Hause.

Hatte er nicht erwähnt, dass heute sein letzter Tag hier sei? Unverrichteter Dinge und entsprechend enttäuscht kommt Imogen in die Küche zurück.

Ich frage mich schon seit geraumer Zeit, wo Richard bleibt? Vermutlich regelt er einiges wegen seiner Schiffsfeier. Jedenfalls hat er morgens das Haus ohne Reisetasche verlassen. Es ist also nicht anzunehmen, dass er auf einem Finanzseminar seine Weisheiten zum Besten gibt. Pünktchen schaut mittlerweile ganz deprimiert drein. Sie muss ohnehin viele Stunden des Tages ohne ihren Richard auskommen. Damit hatte sie sicher nicht gerechnet, als sie ihm anfangs mit Haut und Haaren verfallen war. Meine Wahl war da die klügere, Imogen ist wenigstens oft da, wenn auch nur körperlich. Nun ja. Wie mir scheint, ist ihr soeben ein Licht aufgegangen und der dumme Zufall will es, dass sie ihre Einsichten nun mit keinem teilen kann, zumindest mit keinem Menschen. Mir war das alles seit Längerem klar, die letzte Einsicht und absolute Gewissheit hatte ich dagegen erst vor ein paar Tagen, als ich Muschi nebenan hinter dem Haus beobachtete. Es kann gar nicht anders sein. Dass es Jahre so ging, nun ja, das ist sogar mir neu. Nun ist der Fall so gut wie aufgeklärt. Ich meine die Sache mit Wolf. Und eigentlich auch die mit dem missliebigen Ehemann Johannas. Imogen ist, glaube ich, noch nicht ganz so weit, doch es dämmert allmählich bei ihr. Meine Annahmen bisher beruhten ja weitestgehend auf Vermutungen, hingegen die beiden Zettel auf dem Küchentisch, die Imogen nicht in ihre Briefumschläge zurückgesteckt hat, liefern sicher endgültig den Beweis für meine Spekulationen. Es ist alles gar nicht schwer, sondern im Gegenteil völlig logisch. Man muss nur erst darauf kommen. Für die alles klärende Schlussfolgerung ist allerdings ein wenig Fantasie gefragt. Aber das kriegen wir auch noch hin.

Als es an der Haustür klingelt und Imogen die Tür öffnet, höre ich eine mir sehr vertraute Stimme. Es ist Felicitas, der anscheinend die viele Sonne, der tiefblaue Himmel und das weite Meer in Spanien aufs Gemüt geschlagen sind. Felicitas bricht nämlich, sowie sie Imogen begrüßt hat und ihr in die Augen blickt, auf der Stelle im Flur in Tränen aus und wird von ihrer überraschten Schwester umarmt und ins Wohnzimmer gebracht, damit sie sich erst einmal beruhigt. Wir haben ihren Besuch heute gar nicht erwartet und ich bin gespannt, was sie hertreibt. Trotzdem nutze ich die Zeit und Imogens Abwesenheit aus der Küche, um die beiden Zettel auf dem Tisch in Augenschein zu nehmen. Aufgrund Imogens neu gewonnener Einsichten und ihrem plötzlichen Impuls, bei Ingo Müller anzuklingeln, hat sie die beiden Beweisstücke zu meinem Glück offen auf dem Tisch liegen lassen. Der erste Brief datiert vom 27. Juni 2006 lautet wie folgt:

Liebste Johanna,

endlich ist in Madrid der Sommer eingekehrt, lange genug haben wir ja darauf gewartet. Meine Frau hat die langen kalten Monate statt in der spanischen Hauptstadt in Südfrankreich verbracht, was gut ist. Derweil verzehre ich mich nach dir. Was für eine Freude hatten wir in der Skihütte, ach könnte unser Glück doch ewig währen. Petra willigt bisher nicht in die Scheidung ein. Ich bearbeite sie weiter, aber sie weigert sich. Könnten du und ich doch immer zusammen sein. Unser nächster Aufenthalt in Bergisch Gladbach wird voraussichtlich Ende Oktober sein und markiert, wie du weißt, zugleich das Ende meiner beruflichen Laufbahn. Auch wenn dann eine Lebensphase abgeschlossen ist und der Gedanke daran auf den ersten Blick belastet, so freue ich mich darauf, dich fortan täglich zu sehen. Da Petra neuerdings viel Zeit in Frankreich verbringt, werden wir unsere Freiheiten zu nutzen wissen, da bin ich sicher. Übrigens bin ich froh, dass langsam alles in geregelte Bahnen kommt. Der Gärtner schreibt immer längere Rechnungen und ich danke dir sehr, dass du ihm bisweilen auf die Finger guckst. Du bist bei ihm schon in Ungnade gefallen, was ein gutes Zeichen ist. Bis ganz bald, meine Liebe, und mach dir keine Sorgen wegen deines kurzen Krankenhausaufenthaltes. Ich bin sicher, alles wird gut.

Dein Ingo

Natürlich, Ingo ist Gino! Ein bisschen mit den Buchstaben jongliert und der Fall ist klar. Einfacher geht es kaum. Warum bin ich nicht früher darauf gekommen? Johannas Antwort auf diese glühenden Zeilen ließ wohl nicht lange auf sich warten. Denn bereits zwei Wochen später schrieb Ingo Müller alias Gino erneut, dieses Mal anscheinend mit dem Wissen, dass Johanna nur noch wenige Wochen zu leben hatte wegen ihres Darmkrebses im Endstadion. Sein vermutlich letzter Brief an seine Freundin datiert vom 13. September 2006 lautet folgendermaßen:

Geliebte,

ich kann es absolut nicht fassen. Du gehst und lässt mich allein zurück. Ich kann dir nicht sagen, wie sehr ich jede Minute mit dir genossen habe. Und du weißt, wenn auch das Dasein auf Erden begrenzt ist, so währt das ewige Leben unendlich. Sei gewiss, dass ich dich finden werde, geschehe, was mag. Es stimmt mich unsäglich traurig, dass ich diese letzten Wochen nicht bei dir sein kann. Die Botschafterkonferenz in Rom dauert eine knappe Woche, ich will versuchen, anschließend zu dir zu kommen und eine gute Weile zu bleiben, das dürfte kein Problem sein, zumal ich noch ein paar Tage Urlaub habe und Petra erneut in St. Tropez weilt.

Deinem Wunsch, mich in Zukunft um Imogen zu kümmern, will ich gerne entsprechen. Ich habe sie immer gern gehabt, sie hat so eine freundliche, offene Art und hat sich ja einen lieben Mann ausgesucht. Ein bisschen war sie für mich, zumindest als sie klein war, wie die Tochter, die mir selbst nie vergönnt war. Deine Erzählungen von ihr und die Male, die ich sie erlebt habe, sind mir in guter Erinne-

rung. Selbstständig und selbstbewusst wie sie nun ist, wird sie meiner Hilfe kaum bedürfen. Sollte dies jemals der Fall sein, verspreche ich dir, ihr beizustehen. Das Haus ist bei ihr sicher in guten Händen, sie wird dein Erbe würdig und angemessen weiterführen.
In der Hoffnung, dich trotz widriger Umstände bald bei guter Gesundheit anzutreffen, verbleibe ich,

dein dich immer liebender Ingo

Im Wohnzimmer hat sich Felicitas mittlerweile beruhigt. Sie hält krampfhaft ein Papiertaschentuch in der Hand, ihre Nase ist vor lauter Putzen ganz geschwollen, aber ihr Tränenstrom ist versiegt. Aus rot geweinten Augen blickt sie zu Imogen, die gerade mit den Schultern zuckt.

»Das Ganze ist zwar ärgerlich, eine unglaubliche Hinterhältigkeit und Gemeinheit, doch so leicht kommt er nicht davon! Selbstverständlich hast du einen Anspruch, dass er dir dein Geld zurückzahlt.«

»Aber ich habe nichts in der Hand«, jammert Felicitas und schüttelt verzweifelt den Kopf. »Ich habe es in bar aus Deutschland mitgenommen und er hat es genommen und dafür Sachen fürs Hotel gekauft. Natürlich habe ich mir von ihm keine Quittung ausstellen lassen. Ich habe ihm vollkommen vertraut und hätte nie gedacht, dass er verheiratet ist. Als es mir klar wurde und diese Spanierin dann in ihrer ganzen südländischen Schönheit vor mir stand, war es zu spät.«

»Du brauchst einen guten Anwalt«, stellt Imogen nüchtern fest. »Dein Spanier kann sich das Geld für die Investitionen ja nicht aus den Rippen geschnitten haben. Es wird zu beweisen sein, dass zumindest ein Gutteil seiner letzten Investitionen aus deinem Portemonnaie bezahlt wurden.«

»Du meinst, das funktioniert?« Felicitas blickt aus tränenverschleierten Augen zu Imogen herüber.

»Warum nicht?«, erwidert Imogen kampfeslustig. »Vermutlich bekommst du nicht alles zurück, aber zumindest einen Teil. Außerdem hast du Zeugen, dass der Mann dich getäuscht und dir unter Vorspiegelung falscher Tatsachen die Ehe versprochen hat. Deine ehemaligen Mitarbeiter können das sicher bestätigen, oder?«

Felicitas nickt. »Und was mache ich in der Zwischenzeit? Meine ganzen Ersparnisse sind mehr oder weniger in dieses vermaledeite Hotel geflossen.«

»Och, ich wüsste da schon was«, meint Imogen milde lächelnd. »Genau genommen hast du mehrere Möglichkeiten. Nummer 1: Du setzt dich im Hotel fest, als Gast, versteht sich, und lebst bis an dein seliges Ende auf eigene Kosten dort. Du verlebst also, was du in den Laden investiert hast. Das kann trotz wunderbarem spanischem Sonnenwetter und Strandleben recht ungemütlich werden, sofern sie versuchen, dich auf die eine oder andere Methode loszuwerden, und die Rechnung geht insgesamt nicht auf, sollten sie irgendwann Pleite machen. Das ist die unkonventionelle Methode, für die du ein gutes Nervenkostüm und ein dickes Fell brauchst, die dir letztlich zu deinem Recht verhilft.

Sollte dir das nicht behagen, könnte ich dir als Nummer 2 anbieten, in mein Immobilienbüro einzusteigen. Ich bin dabei, es zu vergrößern und spiele mit dem Gedanken, zusätzlich Leute einzustellen. Wenn du mitmachst, spare ich mir das, außerdem kann ich die tatkräftige Unterstützung einer Art-Direktorin gut gebrauchen. Du müsstest natürlich bereit sein, selbst Wohnungen und Häuser zu vermitteln. Deine Arbeit würde über deine gewohnten Aktivitäten aus deiner Werbeagentur hinausgehen. Wir brauchen nicht ständig neue Broschüren, aber es werden doch täglich neue Immobilien im Internet und auf Papier präsentiert, wo du dich fachlich einbringen könntest. Außerdem ist das Makeln ein abwechslungsreicher und mitunter ziemlich einträglicher Broterwerb. Was meinst du? Hast du Lust?«

Felicitas schaut Imogen ein paar Augenblicke stumm an, dann bricht es aus ihr hervor: »Ist das dein Ernst? Du willst mich bei dir einsteigen lassen? Wir machen sozusagen ein Familienunternehmen auf?«

Imogen nickt. »Wenn du es so nennen willst, ja.«

»Das ist die beste Idee, die ich in 46 Jahren gehört habe«, jubelt Felicitas. »Wir kommen groß raus, und wie wir rauskommen!«, ruft sie enthusiastisch. »Das ist die zweite Chance meines Lebens und diese nutze ich, darauf kannst du dich verlassen! Das werde ich dir nicht vergessen, dass du mich nicht hängen lässt.«

Imogen lächelt ein wenig schief. »Abgemacht. Ziehen wir das Ding zusammen durch. Als gleichberechtigte Partnerinnen.«

»Wieso bin ich nicht früher darauf gekommen?« Imogen und Richard sitzen am Küchentisch. Vor ihnen liegen die beiden Briefe Ingo Müllers. »Er muss gesehen haben, wie ich Wolf hinten begraben habe, und hat ihn wenig später ausgebuddelt.« Imogen schaut Richard triumphierend an.

»Um ihn wo zu vergraben?«, fragt er skeptisch.

»Völlig klar, auf dem Friedhof, auf Tante Johannas Grab«, sagt sie im Brustton der Überzeugung. »Das ist doch genial. Im Winter ist das Grab kaum begrünt, dort, wo jetzt die Frühlingsblumen blühen, kann er ein Loch gegraben und Wolf darin verschwinden gelassen haben. Da sie außer mir keine Verwandten hat, wird voraussichtlich in den nächsten 30, 40 Jahren kein anderer dort beigesetzt. Und wenn es soweit ist, zerbricht sich kein Totengräber über ein paar zusätzliche Knochen den Kopf. Ein Friedhof ist der ideale Ort, eine Leiche loszuwerden.«

Richard legt die Stirn in Falten und zieht angewidert die Nase kraus. »Da muss einer aber Nerven wie Drahtseile haben, wenn er einen Toten erst ausgräbt, dann, vermutlich nachts, auf den Friedhof bringt, auf einem Grab ein Loch gräbt, um darin sein Opfer zu begraben. Ganz schön riskant ist das. Er kann ja nicht automatisch davon ausgehen, dass nachts kein anderer unterwegs ist. Die Gefahr, entdeckt zu werden, ist meines Erachtens viel zu groß.«

»Möglich«, gibt Imogen zu. »Andererseits bin ich fest davon überzeugt, dass Herr Müller mit der Sache zu tun hat. Leider ist er nicht zu Hause oder er öffnet die Tür nicht. Ich habe so oft versucht, ihn zu erreichen. Ans Telefon geht auch keiner.«

»Vielleicht ist er längst in Bremen«, mutmaßt Richard. »Oder er möchte nicht mit dir sprechen. Ich kann mir gut vorstellen, dass er keine große Lust hat, sich über die näheren Umstände auszulassen, was Wolfs Beisetzung betrifft. So etwas verdrängt man am liebsten schnell.«

»Die Sache ist doch total stichhaltig, findest du nicht?«, beharrt Imogen. »Neben Rudi ist Herr Müller eigentlich der Einzige, der mich nachts im Garten mit Wolf beobachtet haben kann. Dazu kommt dieses Versprechen an Tante Johanna, auf mich aufzupassen. Er hat sich daran gebunden gefühlt und mir aus meiner Klemme geholfen. Er ist ihr treu bis in den Tod. Es kann nur Ingo Müller gewesen sein. Nur bin ich bisher davon ausgegangen, dass er an dem Abend noch nicht aus Südfrankreich zurück war. Das war ein Denkfehler!«

»Schon möglich«, räumt Richard ein. »Deine Idee mit dem Friedhof finde ich hingegen abstrus. Erstens wäre es zu riskant gewesen, zweitens würde er nie und nimmer die Totenruhe deiner Tante stören, indem er ihr einen potenziellen Vergewaltiger ins Grab legt. Ich kann mir das nicht vorstellen.«

»Aber wohin sonst?«

»Warum lässt du die Sache nicht auf sich beruhen?«

»Weil ich es jetzt einfach genau wissen muss.«

»Und wie willst du das anstellen?«

»Indem ich erneut versuche, mit Herrn Müller zu sprechen. Und auf dem Friedhof nachschaue, so einfach ist das.« Imogen blickt triumphierend zu Richard. Der schüttelt verständnislos seinen Kopf.

»Ohne mich, das kann ich dir jetzt schon sagen«, erklärt er in einem Ton, der keinen Widerspruch zulässt. »Du wirst mich nicht dazu kriegen, nachts auf dem Friedhof das Grab deiner Tante zu öffnen, um nach diesem Wolf zu suchen. Bei so etwas mache ich nicht mit. Ich bin doch nicht wahnsinnig!«

Imogen winkt ab. »Brauchst du auch nicht.« Sie lächelt dünn. »Ich bin in einer Stunde wieder da.«

»Du willst alleine ...?« Richard blickt sie fassungslos an. »Du bist übergeschnappt, wirklich!«

Wenige Minuten später machen sich die beiden mit leichtem Gartengerät auf den Weg. Imogen trägt eine kleine Eisenschippe in ihrer Manteltasche. Sie schreitet kraftvoll aus, trotz der fortgeschrittenen Stunde wirkt sie hellwach. Richard folgt ihr sichtlich widerwillig im Abstand von zwei Metern. Er ist eindeutig weniger wild entschlossen, lässt sie aber trotz seiner Skrupel und Bedenken nicht allein gehen.

Eine gute Weile später kehren die beiden verrichteter Dinge, allerdings nicht mit dem von Imogen erhofften Ergebnis zurück. Im Schein von Richards Taschenlampe hatte Imogen mit ihrer kleinen Schaufel auf dem Grab zwischen den Blumen und dem Kamelienbusch probeweise drei tiefe Löcher gebuddelt, und war auf nichts als dunkle Graberde und ein paar Steine gestoßen. Dann hatte sie rasch, bevor es ihr unheimlich wurde und sie Angst vor der eigenen Courage bekam, die Löcher zugeschaufelt und die Blumen an die betreffenden Stellen zurückgepflanzt. Als ihr Haus in Sichtweite kommt, berührt sie Richard am Arm und deutet auf Ingo Müllers Haus, wo die Fenster im Dachgeschoss hell erleuchtet sind.

»Er ist doch noch da«, sagt sie leise zu ihm.

Richard nickt. »Er möchte anscheinend nicht darüber sprechen, verständlicherweise. Sei froh, dass du so glimpflich aus der Sache herausgekommen bist. Das hätte ganz anders ausgehen können.« Er schließt die Haustür auf und schiebt Imogen vor sich ins Haus.

»Also ich wüsste schon gerne, wie er das gelöst hat«, murmelt sie zerknirscht.

»Es gibt eben Dinge zwischen Himmel und Erde, die der Mensch nicht erschließen kann«, findet Richard. »Im Übrigen, wenn ich jemanden verschwinden lassen müsste, würde ich das in meinem Garten tun. Natürlich nur, sofern ich nicht plane, das Haus in absehbarer Zeit zu verkaufen und nicht gerade dort, wo eine Klinik für Psychiatrie gebaut wird.«

Imogen starrt verblüfft zu Richard. »Du meinst, er liegt ...?«

»Vergiss es einfach«, unterbricht er sie. »Sei froh, dass Herr Müller dein Problem gelöst hat. Und manchmal ist es sowieso besser, wenn man nicht alles weiß. Und jetzt wird geschlafen.« Richard nickt Imogen zu, die gehorsam die Treppe hochstapft. Sobald Richard abends sein »Und jetzt wird geschlafen« verlauten lässt, ist jede Gegenwehr sinnlos.

Imogens Entdeckung vom Vortag hat mich ziemlich neugierig gemacht. Ich hätte früher darauf kommen können, dass Ingo Müller bei der Wolf-Geschichte seine Finger im Spiel hat. Seine Liebelei mit Johanna war im Grunde über Jahre ein offenes Geheimnis, aber dass er sozusagen für Imogen eine Art Patenschaft übernommen hatte, war mir neu. So gesehen ist die Sache in sich schlüssig. Ich vermute stark, dass er damals den toten Peter Obermann hat verschwinden lassen, nachdem der im Handgemenge mit Johanna und ihm umgekommen war, ebenso wie Wolf vor wenigen Monaten. Vermutlich leistet Wolf nun dem ehemals missliebigen Ehemann Johannas Gesellschaft, sofern man von so etwas bei Toten sprechen kann und von Peter noch irgendetwas da ist. Da haben sich posthum die beiden Richtigen gefunden. Dass sich Ingo vor Imogen nicht damit brüstet, Wolf entsorgt zu haben, ist verständlich. Deshalb hat er gestern nicht die Tür aufgemacht, nachdem bei ihr der Groschen gefallen war und sie hartnäckig bei ihm Sturm klingelte. Seitdem klar ist, dass er als Mann im Hintergrund bereinigend aktiv war, weiß ich nun, wo er Wolf und vermutlich Peter Obermann entsorgt hat. Auch nach Wochen, die Wolf nun mausetot ist, strömt er anscheinend unverändert seine charakteristischen Gerüche aus. So verzärtelt und hochgezüchtet Muschi ist, ihre Nase funktioniert tadellos wie die der urtümlichsten Wildkatze. Jetzt wundere ich mich nicht mehr, dass sie die paar Male, als es sie von ihrer kuscheligen Couch am Kamin nach draußen trieb, überaus ausdauernd beim hohen Fliederbusch kauerte und den nackten dunklen Boden darunter beschnupperte.

Übrigens kann ich mich Richards Auffassung nur anschließen, man muss nicht alles wissen, um glücklich zu sein, nicht alles Wissen macht automatisch glücklich. Sicher wäre es für Imogen und Richard nicht schön, dauerhaft mit der Erkenntnis zu leben, dass nebenan im Garten unter dem Fliederbusch, der im Frühling immer so üppig dunkelviolett blüht, bereits seit Monaten ein Kadaver vor sich hingammelt, an dessen Schicksal Imogen keinen kleinen Anteil hat. Da stellt sich schwerlich ein Wohlgefühl ein, wenn man weiß, welch gruseliger Vorgang sich nur wenige Meter hinter der eigenen Grundstücksgrenze ereignete. Selbst wenn das Schreckliche lediglich darin besteht, dass die Natur ihren vorbestimmten Lauf nimmt. Das tut nichts zur Sache. Bestimmt meidet Ingo Müller das Gespräch mit Imogen, weil er ihr nicht erzählen will, wohin er Wolf verfrachtet hat. Schließlich hat er Johanna versprochen, auf ihre Nichte aufzupassen. Das bedeutet, im Rahmen seiner Möglichkeiten dafür zu sorgen, dass sie glücklich ist und in Johannas Haus bleibt. Sein Versprechen hat er damit gehalten. Was Imogen treibt, wenn Herr Müller künftig in Bremen weilt, darf nicht mehr sein Problem sein. Irgendwann muss man auch einen treu sorgenden Paten aus der Verantwortung entlassen.

Von meiner Fensterbank im Flur sehe ich, wie im Nachbarhaus die Lichter ausgeknipst werden. Draußen ist es noch dunkel. Nebenan hat es anscheinend eine lange Nacht oder einen frühen Start gegeben. Viel spricht für Letzteres, denn kurz nachdem Imogen und Richard von ihrem nächtlichen Ausflug zurückgekommen waren, war nebenan das Licht ausgegangen, um in den allerfrühesten Morgenstunden wieder eingeschaltet zu werden und über Stunden zu leuchten. Nun liegt das Haus in völliger Dunkelheit da. Irgendwann höre ich die Klappe des Briefkastens. Jemand hat etwas eingeworfen. Der Zeitungsbote, der immer gegen vier Uhr in der Frühe kommt, kann es nicht gewesen sein. Für ihn ist es zu spät, außerdem hört sich die Zeitung anders an. Etwas Leichteres wurde in den Kasten geworfen. Worum es sich dabei handelt, erfahre ich erst sehr viel später an diesem Tag. Richard hatte es übersehen, als er schlaftrunken die Zeitung aus dem Briefkasten angelte. Er war aber so freundlich, Pünktchen und mich hinaus in den Garten zu lassen, bevor er in sein Finanzamt fuhr. In den letzten Wochen hat er sich das angewöhnt, wahrscheinlich ist ihm aufgegangen, dass es sich bei Pünktchen doch um eine Katze und nicht um ein kleines Menschenmädchen handelt.

Jedenfalls ließ er sie bereits vor einigen Wochen, als ihr Quengeln für seine Ohren immer unerträglicher wurde, mit mir hinaus in den Garten, nicht ohne mich zu instruieren, gut auf die zweite Dame des Hauses achtzugeben. Was soll ich sagen? Den Auftrag habe ich selbstverständlich zu aller Zufriedenheit erfüllt, sogar übererfüllt, wenn ich es so nennen darf. Die gute Pünktchen kehrte stets wohlbehalten ins Haus zurück, wenn auch bisweilen etwas später, sie hatte ja so viel zu tun, Geschäftliches, wenn man es so nennen möchte. Ich sprach bereits darüber. In ihren vielfältigen Beschäftigungen war sie, wie man jetzt sieht, überaus erfolgreich. Ich weiß nicht, ob Richard und Imogen das Ergebnis von Pünktchens Ausflügen gutheißen werden, schließlich ist sie eine reinrassige Britisch Kurzhaar mit Ahnenpass und allem Schnickschnack, der zu einer wie ihr dazugehört. Meines Erachtens konnte es überhaupt so weit kommen, weil Richard sie über Wochen und Monate wie ein Baby behandelte und sie ließ es einfach geschehen. Auf diese Weise bemerkte keiner, dass sich die Gute weiterentwickelt hat. Inzwischen hatte sie sich draußen im Laufe der letzten paar Wochen zu einer wahren Attraktion aufgeschwungen. Ich weiß nicht wie viele potente Angeber, natürlich alle keine Rassekater, sich dort das Stelldichein gaben und um ihre Gunst buhlten. Bei Nummer fünf, dem Burschen mit dem speckigen weißen Fell, den verschiedenfarbigen Augen und dem zerfledderten rechten Ohr, hatte ich mit dem Zählen aufgehört. Die Quittung von all dem bekommt sie morgen oder übermorgen, ich meine, ich rieche es förmlich. Man darf also festhalten, dass sie sich bei allerbester Gesundheit befindet und in überaus froher, sehr fortgeschrittener Erwartung. Meine Mission ist damit erfüllt und ich bin gerne bereit, die eine oder andere Patenschaft zu übernehmen und in Erziehungsfragen positiv auf ihre Nachkommenschaft einzuwirken, wenn Not am Mann ist.

Nun will ich es nicht noch spannender machen. Diesen Brief fand Imogen mittags mit der Post im Briefkasten, sie hat ihn nur flüchtig überflogen, ihr Handy bimmelte unentwegt, und überdies hockte Felicitas vor dem Computer im Arbeitszimmer und fragte Imogen im Zuge ihrer Einarbeitung ein Loch nach dem anderen in den Bauch.

Liebe Frau Schweiger-von Stetten, Imogen,

nun kennen Sie die Wahrheit. Es tut mir leid, wenn Sie gestern vergeblich versucht haben, mit mir zu sprechen. Ich hielt es dagegen für angebracht, kein Wort mehr über diese leidige Sache zu verlieren. Aus Ihrem Verhalten habe ich geschlossen, dass Sie nunmehr über die enge Bindung zwischen Ihrer lieben Tante und mir Bescheid wissen. Ich versprach Ihrer Tante, auf Sie zu achten, wenn sie nicht mehr ist. Dennoch ist mein Verhalten erklärungsbedürftig, was ich hiermit tun will. An dem Tag, an dem Ihr Bekannter Ihr Haus betrat, war ich gerade (ohne meine Frau) aus Südfrankreich zurückgekehrt. Ich wurde von einem Fens-

ter im Obergeschoss unseres Hauses Zeuge, wie der Mann Sie bedrängte, mischte mich aber nicht ein, da ich dachte, dass sich das Geschehen in Wohlgefallen auflösen würde. Ich versäumte es, Ihnen zu Hilfe zu eilen, was ich wenige Momente später bitter bereute, als ich beobachtete, dass Sie den Mann in Notwehr niederschlugen und der sich anschließend nicht mehr rührte. Voller Gewissensbisse verfolgte ich, wie Sie ihn begruben, statt zur Polizei zu gehen. Hätte ich direkt, als er Sie belästigte, eingegriffen, wäre es nicht so weit gekommen. Viel Leid und Aufregung hätte ich Ihnen (und auch mir) erspart. Der weitere Gang der Ereignisse um den geplanten Erweiterungsbau des Krankenhauses zwang mich dazu, den toten Radfahrer ein paar Tage später aus Ihrem Beet auszugraben und ihn an einem sicheren Ort verschwinden lassen. Das war das wenigste, was ich für Sie tun konnte. Mit dem Wissen, wo er nun ist, werde ich Sie nicht belasten. Das bleibt mein kleines Geheimnis. Ich hoffe, Sie verzeihen mir mein zu spätes Eingreifen. Vielleicht habe ich trotzdem ein wenig gutmachen und das Schlimmste verhindern können.
Ich wünsche Ihnen und Ihrem Mann alles Gute. Nochmals vielen Dank für die Katze.

Ihr Ihnen treu ergebener
Ingo Müller

Eigentlich war das klar. Hinter allem steckte Herr Müller. Spätestens nachdem er Muschi bei sich aufgenommen hatte und die sich unter dem Fliederbusch so eigenartig aufführte, hätte allen ein Licht aufgehen können. Imogen ist seit dem Lesen der klärenden Zeilen des Nachbarn und, man muss es wohl so sagen, langjährigen Intimfreundes von Johanna seltsam gefasst. Als sie Richard am Abend den Brief zeigt, nickt der zufrieden. Ich glaube, jetzt wird alles gut. Wir haben beste Chancen, dass nun alles wird wie früher.

In den folgenden Tagen ist Imogen sehr umtriebig, nicht nur was ihre Immobiliengeschäfte betrifft. An einem verregneten Nachmittag betritt ein etwas betagter Herr mit Hut und Gehstock unser Haus. Er trägt einen dunkelgrauen Nadelstreifenanzug und schwarze Lackschuhe und sieht auch sonst sehr solide und vertrauenswürdig aus. Er nimmt die Briefmarkensammlung Johannas, die in einer Schublade des alten Schlafzimmerschrankes schlummerte, im wahrsten Sinne des Wortes unter die Lupe und gibt dabei stundenlang fachmännische Kommentare von sich. Zwischendurch nickt er anerkennend und spitzt die Lippen, wobei sich sein Kinn eigenartig kräuselt. Als der Mann mitsamt Johannas Briefmarken das Haus verlässt, umspielt die Mundwinkel meiner Herrin ein zufriedenes Lächeln. Etwas später telefoniert sie mit einem Schornsteinspezialisten und gibt das Edelstahlrohr für unseren Kamin in Auftrag. Endlich! Anscheinend ist sie auf eine Goldmine gestoßen. Der vertraute Qualm, der das ganze Haus während der Wintermonate erfüllte, wird mir möglicherweise fehlen. An Imogens und Richards künftigem Glück wird das sicher nichts ändern. Patrick wird vermutlich noch bereitwilliger und ausdauernder bei uns unterschlüpfen, falls es in seiner Ehe wieder einmal kriselt. Das Gerücht geht, dass er sogar ein Freisemester genommen hat, um sich ausgiebig mit seinen Kindern beschäftigen zu können. Es geschehen noch Zeichen und Wunder.

Man darf davon ausgehen, dass Imogen nun Ruhe gibt, was den Verbleib des Fahrradfahrers betrifft. Ihr Wissensdrang hat sie nun endgültig verlassen, ich schätze jedoch, dass sie nunmehr ahnt, wo er steckt. Als sie den neuen Eigentümern in Ingo Müllers Haus ein Willkommensgeschenk in Form von selbst gebackenem Brot und Salz vorbeibrachte, blieb ihr Blick eigentümlich lange auf der Steinbank unter dem Fliederbusch neben der müllerschen Terrasse haften. Der Busch ist so ziemlich als einziges Grünzeug von Ingo Müllers Rodungsaktion im Winter verschont worden und blühte im Frühling dermaßen üppig, fast unnatürlich prächtig dunkellilafarben, dass bei so manchem staunenden Betrachter automatisch die Frage aufkam, welch wundersamer Dünger diese Blütenpracht hervorgebracht hat. Imogen weiß also Bescheid und ich habe den Eindruck, dass sie mit ihrem Wissen gut leben kann.

Was meine Person betrifft, ist im Grunde alles im Reinen. Imogen wird wieder mehr Zeit für mich haben, wobei ich auf der Hut sein muss. Mit zwei lang anhaltenden tiefen Klagelauten rief Pünktchen Imogen vorhin auf den Plan. Als meine Herrin völlig von den Socken merkte, was los war, telefonierte sie auf der Stelle Richard herbei. Die beiden hatten anscheinend wirklich nicht den Schimmer einer Ahnung. Richard kam freudig erregt und zugleich höchst besorgt aus seinem Finanzamt angesaust. Bereits eine knappe halbe Stunde nach Imogens Anruf hockte er bei seinem Liebling und assistierte der guten Pünktchen aufgeregt bei der Geburt mehrerer Katzenkinder. Ich habe noch keinen Blick auf die Brut werfen können, gehe aber davon aus, dass sie niedlich sind, wie Katzenwelpen das so an sich haben. Hundertprozent handelt es sich um Mischlinge und ich hoffe, dass Richard nun nicht auf den Geschmack kommt und auch einmal reinrassige Britisch Kurzhaarkatzen züchten will. Ich meine, er murmelte so etwas in der Art zu Imogen, als das letzte von sieben Kätzchen das Licht der Welt erblickte und er und Imogen strahlend die Kleinen in Augenschein nahmen. Ich muss aufpassen, wo ich bleibe in dem Gewusel. Schließlich bin ich hier tonangebend, der Chef im Ring sozusagen.

Es bleibt folglich spannend, und nicht nur an der Katzenfront. Übrigens haben Imogen und Richard in einem Laden für Gartenmobiliar eine riesige Sitzbank aus massivem Stein gekauft, die auf einem Wagen mit Kran angeliefert wurde. Imogen hat die Lieferanten instruiert, die Bank genau unter dem Fliederbusch zu platzieren und damit haben die beiden, völlig unaufgefordert und aus eigenem Antrieb, den neuen Eigentümern ein sehr schönes, gewichtiges Willkommensgeschenk gemacht. Und zwar lange Wochen vor deren Einzug ins Haus. Auf der Bank hat sich bei den ausdauernden Regenfällen der letzten Tage sogar bereits grüner Algenbelag gebildet. Eigentlich sieht sie aus, als ob sie schon immer dort gestanden hat. Imogen und Richard, selbstlos, wie sie nun einmal sind, wollen gegenüber den neuen Nachbarn kein Wort wegen der Bank verlieren. Sie ist eine Augenweide, sodass man davon ausgehen kann, dass das bloße Hinschauen Imogen und Richard eine ebenso große Freude bereiten wird, wie den künftigen Nachbarn deren Benutzung.

ISBN 978-3-89969-054-5; Kt.; 408 S.

Das plötzliche Verschwinden des Botschafters erregt in der flirrenden sommerlichen Hitze Madrids die Gemüter in der deutschen Auslandsvertretung. Viel zu lange warten die Diplomaten, bis sie das BKA und die spanische Polizei einschalten, dennoch scheinen die Gewissen der Beteiligten blütenrein. Für die Kommissare Schwarz und Pröll, die die mysteriösen Umstände dieses Falls aufklären sollen, beginnt ein langwieriger Hindernislauf im undurchsichtigen diplomatischen Beziehungswirrwarr. Hinter mondänem Schein und wohl situierten Fassaden verbergen sich menschliche Schwächen, Abgründe tun sich dort auf, wo die Welt vorher so perfekt und in bester Ordnung erschien.

ISBN 978-3-89969-098-9; Kt.; 239 S.

In diesem Ratgeber lesen Sie unter anderem: Wie Sie bei der Anschaffung einer Rassekatze, speziell einer Britisch Kurzhaar, vorgehen; wie manche Hürden im Vorfeld der Anschaffung zu meistern sind; wie die BKH so ist; wie man eine gute Zucht und einen guten Züchter findet, die geeignete Katze auswählt und den eigenen Haushalt auf die neue Katze vorbereitet.

Viel Wissenswertes zum Thema (Rasse-)Katzenhaltung und über die BKH im Besonderen ist in diesem Buch zu finden. Nach dem einführenden ersten Teil schildert der Katzenhalter seine Erlebnisse bei der schwierigen Aufgabe, das neue BKH-Kätzchen an die bereits vorhandene Hauskatzenfraktion zu gewöhnen.

ISBN 978-3-8334-7600-6; Kt.; 143 S.

Vorwurfsvolle Katzenblicke? Nervtötendes Maunzen? Das muss nicht sein. Nach der Lektüre dieses Ratgebers wissen Sie, was Ihre Katzen wirklich wollen.

Geahnt haben Sie es zwar schon, doch nun bekommen Sie es endlich schriftlich: Katzen sind nicht nur anders als Menschen, sie denken auch ganz anders ... und nörgeln bisweilen ziemlich an ihren Leuten herum. Die eigenwilligen Ausführungen des Katers Ignacio über sein Leben im Menschenhaushalt sprechen hierüber wahre Bände. Natürlich weiß er alles besser, und besonders sein kätzischer Mitbewohner leidet oft entsetzlich unter den Launen des Älteren ...

ISBN 978-3-89969-043-9; Kt.; 161 S.

Ob Sie nun eine haben, zwei, oder gar beabsichtigen, sich eine ganze Sammlung zuzulegen...

Wie man mit Exemplaren der bisweilen ausgekochten Spezies Katze klarkommt, überhaupt, was es bedeutet, eine oder mehrere Katzen zu beherbergen, das erfahren Sie in diesem Ratgeber der etwas anderen Art brühwarm.

Doch trotz allen Hochs und Tiefs, die der mitunter gestresste Tierfreund durchlebt, ist eines sonnenklar: Katzen zu haben macht einfach Freude, und vor allem wird es einem mit ihnen nie langweilig. Die sind immer für eine Überraschung gut.